Monogramm Verlagsgesellschaft

Altenhofstraße 18
85049 Ingolstadt
Germany

Kontakt@Monogramm-Verlag.de
www.Monogramm-Verlag.de

Titelbildgestaltung: attentus GmbH, Bremen
Lektorat: Monogramm Verlagsgesellschaft und Martina Gade
Satz: attentus GmbH, Bremen
Druck: CPI books GmbH, Leck

ISBN 978-3-945458-33-4

Alle Personen und Handlungen sind frei erfunden. Ähnlichkeiten mit lebenden Personen oder tatsächlichen Ereignissen sind nicht beabsichtigt und somit rein zufällig.

Andreas Schnabel

Tod mit Verspätung

Für meine leider viel zu früh verstorbene Freundin Kerstin Gähte

1

Heute war sowieso nicht der Tag von Bianca Trapp. Erst hatte sie verschlafen, dann wurde sie auf dem Weg zur Arbeit geblitzt, und jetzt klebte auch noch diese dusselige Mitteilung ihres Chefs am Spind. Darauf stand, sie möge bei ihm noch vor Dienstbeginn zum Rapport erscheinen. Dies war in der für einen Berufspedanten so typischen klitzekleinen und dennoch gestochen scharfen Schrift zu lesen.

„Mist", murmelte die Vierzigjährige bedient. „Wenn dem Himmel schon übel ist, dann kotzt auch der Teufel. Was habe ich denn nun schon wieder verbrochen?"

Die brünette, leicht untersetzte, ein Meter achtundsechzig große Frau arbeitete nun schon über zwanzig Jahre beim Service-Team des Duisburger Bahnhofs. Ihr Kindheitstraum war eigentlich ein Job bei der Landespolizei, was sich um ein Haar erfüllt hätte. Die Einstellungsprüfung hatte sie mit Bravour geschafft, auch die Mindestgröße war kein Problem, wäre da nicht dieser unsägliche Fitnesstest gewesen. Die Sportlichste war sie noch nie. Naja, und nachdem ihr Vater, so lange sie denken konnte, bei der Deutschen Bahn arbeitete, war sie dann eben auch bei der Bahn gelandet. Vitamin B!

Sie hatte es bis obenhin satt, ihrem Chef, diesem Fatzke, dabei zuzusehen, wie er sich an seiner Macht ergötzte. Nur leider war sie die Leidtragende bei diesem Spiel. Sie wusste nicht, was diesem Herrn Boche so unendlich großen Spaß bereitete, sie zur Schnecke zu machen. Es musste sich dabei wohl um Rache dafür handeln, dass sie sich dagegen gewehrt hatte, eines seiner willenlosen Opfer zu werden. Normalerweise hielt ihr direkter Vorgesetzter, Norbert Himmelreich, seine schützenden Hände über sie. Wenn der jedoch in Urlaub war, konnte sich Boche austoben, und das tat er dann auch mit Hingabe, sowie sich ihm auch nur die kleinste Chance bot. Am meisten ärgerte sie sich darüber, dass sie auf dem Weg zu diesem Idioten auch noch weiche Knie bekam. Durch die Glaswände von Himmelreichs Aquarium, wie das Büro des Dienststellenleiters genannt wurde, konnte sie schon sehen, mit welchem großen Vergnügen Boche auf sie wartete.

Mein Gott, wenn ich doch nur einmal in diese süffisant grinsende Hackfresse reintreten dürfte, dachte sie, als sie das Büro betrat.

„Frau Trapp", begrüßte er sie überfreundlich. „Schön, dass Sie es einrichten konnten, zu kommen."

„Ich wurde hierher zitiert, folgte also lediglich Ihrer Anweisung."

„Das ist auch gut so." Er liebte es, diese resolute Frau abkanzeln zu dürfen. „Es ist vor allem schön, dass wir wenigstens dieses Reglement zwischen Modetipps und dem neuesten Make-up in ihrem unterentwickelten Frauenhirn platzieren konnten." Er machte eine sehr lange rhetorische Pause und genoss jede Sekunde davon. Dabei lächelte er sie übertrieben freundlich an. „Sie würden mich jetzt gern erschießen, stimmt's?"

„Nein", antwortete sie und sah dabei direkt an ihm vorbei. „Das lohnt die teure Munition nicht."

Boche wurde blass. „Würden Sie mich bitte ansehen, wenn Sie mit mir sprechen?"

Bianca sah weiterhin an ihm vorbei. „Warum sollte ich? Das lohnt sich erst recht nicht."

„Ihnen ist klar, dass Sie sich hier um Kopf und Kragen quatschen?"

„Ich folge nur Ihrem leuchtenden Beispiel, Herr Boche. Es wird ja wohl noch erlaubt sein, seinem Vorgesetzten nachzueifern."

Die Tür wurde aufgerissen, und ein sichtlich erboster Betriebsratskollege trat ein. „Moin Bianca, Moin Herr Kollege. Sie sollten inzwischen begriffen haben, dass ein Mitarbeitergespräch nicht ohne den Betriebsrat zu beginnen hat, oder?"

„Lieber Kollege Schramm, die Kollegin Trapp betrat mein Büro, ohne vorher anzuklopfen, und drängte mir ihre Anwesenheit geradezu auf. Ich habe lediglich einen guten Tag gewünscht."

„Hätte es eine schriftliche Einladung zum Mitarbeitergespräch gegeben, dann hätte die Kollegin mit Sicherheit draußen auf mich gewartet."

Boche wurde es ungemütlich. „Sie hatte eine schriftliche Einladung."

Schramm sah Bianca irritiert an. „Es gab eine schriftliche Einladung?"

Sie nickte und zeigt ihm die gelbe Klebenotiz. „Wenn man das so nennen will."

„Herr Boche", Schramm kniff die Augen zusammen, „der Betriebsrat hat ein für alle Mal die Schnauze von Ihren Spielchen voll. Zum nächsten von Ihnen anberaumten Mitarbeitergespräch wird grundsätzlich nur noch formell korrekt und nach vorheriger Absprache mit uns eingeladen, und diese Gespräche finden nicht mehr in Ihrem Büro, sondern beim Betriebsrat statt. Weiterhin haben Sie es zu unterlassen, weiblichen Mitarbeitern gegenüber, wie schon bekannt, etwas von fehlender Hirnmasse zu faseln. Haben wir uns verstanden?"

Boche fuhr von seinem Stuhl hoch. „Das ist ja wohl eine ganz üble Unterstellung. Und das vor Zeugen!" Er sah Bianca an. „Frau Kollegin, haben Sie das eben gehört? Ich werde vom Betriebsrat gemobbt!"

Nun huschte zum ersten Mal an diesem Tage ein Lächeln über ihr Gesicht. „Lieber Herr Boche, es ist so, wie

Sie sagen: Mein von Natur aus kleines weibliches Hirn ist so sehr mit den Themen Mode und Make-up zugekleistert, dass ich mir unmöglich merken kann, was ich eben gehört haben soll."

Boches Stimme überschlug sich fast: „Ich höre wohl nicht richtig. Das ist ein Komplott!"

Jetzt bekam auch ihr Lächeln etwas Süffisantes. „Dann sollten Sie mit Ihren Ohren zum Proktologen gehen."

„Was soll ich bei dem?", kreischte der Mann außer sich. „Es sollte selbst Ihnen, mit Ihrem Spatzenhirn, aufgefallen sein, dass ein Proktologe nur in Arschlöcher hineinsieht."

Schramm schloss sich ihrem Lächeln an. „Eben, Herr Kollege, der wäre für Sie wie geschaffen!"

***

Ulf Schramm rührte nun schon seit einer Minute in seinem zuckerfreien Kaffee herum. „Mensch, Bianca, der Boche wird mit der Zeit nicht seniler. Bei jedem Bock, den der schießt, lernt er dazu, und irgendwann wird er dich nach allen Regeln der Kunst von der Planke stoßen."

„Na und? Dann gehe ich eben, aber erhobenen Hauptes."

Er schüttelte den Kopf. „Was hat der nur gegen dich? Ist zwischen euch mal 'was gelaufen?"

Sie lachte auf. „Um Himmels willen! Auf den könntest du mich d'raufschweißen, da würde ich mich losrosten." Sie schüttelte angewidert den Kopf. „Wenn es nach ihm gegangen wäre, dann ja. Irgendwann hätte ich ihm am liebsten irgendwo hin getreten, als er plötzlich mit offener Hose und heraushängendem Schwanz in der Umkleide auftauchte."

Schramm schaute sie sorgenvoll an. „Und weil du ein kluges Mädchen bist, bist du nicht weiter darauf eingegangen?“

Sie lächelte ihn an. „Natürlich nicht … weil ich ein kluges Mädchen bin. Ich habe ihn gemeinsam mit einer ebenfalls nackten Kollegin zu einem kleinen Doppel in die Dusche gelockt. Ich habe ihn festgehalten und sie hat den Hahn aufgedreht.“

Schramm schüttelte den Kopf. „Jetzt wird mir einiges klar. Und warum hat er damals kein Fass aufgemacht?“

„Weil ich einige Kolleginnen zusammengetrommelt hatte, denen es mit Boche ähnlich ergangen ist. Die hätten für mich ausgesagt.“ Sie zuckte mit den Achseln. „Und was kreidet er mir dieses Mal an?“

„Du hättest das Bahnhofsgelände wiederholt unbefugt verlassen. Stimmt das?“

Sie lachte auf. „Ich habe eine alte Oma in einem Rollstuhl der Deutschen Bahn AG auf die gegenüberliegende Straßenseite geschoben, weil die Taxen wegen eines Rettungswagens im Einsatz nicht die Bahnhofsvorfahrt nutzen konnten. Ich kann die doch nicht einfach im Regen vor die Tür stellen und ‚Tschüss‘ sagen.“

„Und deswegen macht der ein solches Fass auf?“

„Für den reicht das. Boche nutzt jede Gelegenheit, um mir eins auszuwischen.“

Schramm kratzte sich nachdenklich am Kinn. „Und er wird erst dann Ruhe geben, wenn er es geschafft hat, dich rauszuekeln. Hast du noch die Namen der Kolleginnen, die Boche damals angemacht hat?“

Sie nickte. „Wozu brauchst du die?“

„Eine kleine Vorsichtsmaßnahme. Ich will nur etwas gegen diesen Mistkerl in der Hand haben, wenn er dir irgendwann einmal richtig übel mitspielt.“

***

Anne Pohl, Biancas Partnerin im Service-Team, wartete geduldig auf ihre Kollegin. Sie wusste ganz genau, dass noch nie jemand fröhlich von einem Termin mit Boche gekommen war. So auch Bianca, der die Anspannung im Gesicht abzulesen war.

„Was hat dieser Penner nun schon wieder zu mosern gehabt?"

Bianca winkte ab. „Nix weiter. Du kennst ihn doch. Wenn Himmelreich nicht da ist, dann lässt der jedem gegenüber die ‚Sau' raus."

„Nein." Ihre Kollegin schüttelte energisch den Kopf. „Den Männern gegenüber nicht. Bei denen muss er ja auch aufpassen, dass er nicht irgendwann einmal eins auf die Fresse kriegt, wenn die etwas von seinen Ferkeleien erfahren würden."

„Was denn für Ferkeleien?"

„Wenn ihm wieder mal einer geblasen werden soll."

Bianca war fassungslos. „Hat er sich denn dir gegenüber schon einmal so geäußert?"

Anne lachte auf. „Nicht nur mir gegenüber, auch anderen, und das läuft immer gleich ab. ‚Die Bahn, meine liebe Frau Pohl', sagt er dann grinsend, ‚kann für Sie Himmel oder Hölle sein und es hängt ganz von Ihnen ab, wo Sie landen. Derjenige, der entscheidet, wohin Sie kommen, das bin ich.' Und dann packt er seine Nudel aus."

„Ist nicht wahr?"

„Und wie das wahr ist. Ich kenne allein in unserem Servicehaufen vier Kolleginnen, denen er dieses Angebot gemacht hat. Eine davon bin ich."

„Und, hast du es angenommen?"

Anne lachte wieder auf. „Schätzelein, dann wäre ich doch deine Vorgesetzte. Nein, ich habe zum ihm gesagt:

‚Chef, das wäre sicher furchtbar lecker, und ich mag Sie ja auch sehr gern, aber bevor ich es Ihnen besorge, muss ich Sie warnen. Wie Sie wissen, bin ich Single und das liegt daran, dass ich so einen unbezwingbaren Drang verspüre, den Herren, vor denen ich knie, immer gleich ein paar Zentimeter von ihrem besten Stück abzubeißen.'"

Bianca grinste. „Und wie hat er reagiert?"

„Du glaubst gar nicht, wie schnell sein Reißverschluss wieder oben war. Leider hatte er sich dabei seine zarte Haut eingeklemmt. Seitdem verzieht er immer sein Gesicht, wenn er mich sieht." Anne wurde wieder ernst. „War es denn diesmal wieder irgend so ein Fliegenschiss, von dem er sich gestört fühlte, oder hat er was Ernsthaftes gefunden?"

„Es ging um die Oma von gestern, die ich zum Taxi begleitet habe."

Anne sah sie irritiert an. „Was hatte er denn daran auszusetzen? Als Pfadfinderin wärst du allein dafür in den Himmel gekommen."

„Aber nicht als Boches Untergebene. Ich habe damit gegen die Dienstvorschrift verstoßen, die es verbietet, als Servicekraft das Bahngelände zu verlassen."

„Aber die Auffahrt war doch durch Feuerwehrautos versperrt", protestierte Anne.

„Egal. Ich hätte mir vorher die Genehmigung holen müssen."

„So ein Blödsinn. Bis du die in der Leitung gehabt hättest, wäre die alte Dame an Altersschwäche gestorben."

„Vorschrift ist Vorschrift, that's the fact."

Anne schüttelte den Kopf. „Unser guter Himmelreich ist ein wirklich toller Vorgesetzter. Er hat nur einen Fehler. Immer, wenn er in Urlaub fährt, lässt er sein Arschloch hier." Sie sah auf ihre Uhr. „Liebelein, wir sollten langsam auf Tour gehen, sonst wird die Duisburger Bahnhofsunterwelt gleich wieder übermütig und das kann ich im Augenblick gar nicht gebrauchen."

Bianca wurde hellhörig. „Hast du auch Stress?"

Sie nickte. „Junior hat wieder mal eine Fünf in Latein geschrieben. Und natürlich waren wieder alle schuld, nur er nicht."

„Hast du ihn auf den ‚Pott' gesetzt?"

Sie zuckte mit den Achseln. „Da hätte der sich ein Ei d'rauf gepellt. Der baut im Augenblick jeden Tag so einen Klops. Ach, weißt du, es wird Zeit, dass bei mir mal wieder ein Mann ins Haus kommt."

Bianca schüttelte den Kopf. „Dann hättest du zwei Pflegefälle an der Backe, sonst ändert sich nichts weiter. Versuch den Jungen lieber allein wieder aufs richtige Gleis zu setzen."

Plötzlich schien es Anne so, als sei ihrer Kollegin gerade etwas Unangenehmes eingefallen. „Hast du etwas vergessen?"

„Ich fürchte, ja. Komm mal mit."

Bianca machte sich hastig auf den Weg in Richtung Schließfächer.

„Was willst du denn bei den Fächern?"

Ihre Stimme klang gehetzt. „Ich muss etwas geradebiegen, wenn es jetzt nicht schon zu spät ist. Himmelreich ist heute nämlich krank, und mit dem war das abgesprochen."

„Was denn?"

„Das wirst du gleich sehen."

Leider lagen auch im Duisburger Hauptbahnhof die Schließfächer nicht zentral, sodass sie ein ganzes Stück Weg bewältigen mussten, bevor sie in die Nische mit den Fächerreihen einbogen. Schon von Weitem hörten sie jemanden lautstark fluchen. „Verdammt nochmal, was für eine Schweinerei. Die ganze Ware ist versaut."

Der Mann hieß Kare-Heinz Ebert und war Kaufmann, wie er immer wieder betonte, dealte aber mit einer Ware, die den Damen vom Bahnservice schon lange ein Dorn im Auge war. Ebert handelte mit gebrauchter, ungewaschener Unterwäsche möglichst junger Mädchen. Er schaltete Anzeigen in einschlägigen Blättern und im Internet und traf sich dann mit den Mädchen hier im Duisburger Hauptbahnhof, um den Deal abzuschließen. Dabei handelte es sich aber nicht um No-Name-Produkte, sondern um Markenware, welche zwei bis drei Tage von möglichst jungen Frauen getragen worden sein musste. Natürlich versuchten vorwitzige Mädels immer wieder mal, Ebert ein oder zwei Schlüpfer der Mama unterzujubeln, doch damit waren sie bei ihm an der falschen Adresse. Einem tiefen Atemzug durch seine offensichtlich sehr feine Nase entging nichts. Diese war ebenso auf den Geruch jugendlichen Ausflusses geschult wie die seiner Kunden. Spitzenstrings, mit ein paar Tropfen Menstruationsblut von frisch zur Frau erblühten Mädchen, erzielten auf dem japanischen Markt Spitzenpreise von fünf- bis zu sechshundert Euro pro Slip. Dementsprechend entsetzt war er, als er sein gemietetes Schließfach mit zig vollgeschissenen Babywindeln vollgestopft vorfand. Der Gestank, der sich bei geöffneter Tür ausbreitete, war mörderisch. „So ein Mist", jammerte der immer verschwitzte, kugelrunde Mann. „Meine ganze Ware ist verdorben. Der Verlust geht in die Tausende."

Anne Pohl versuchte die Begeisterung über den offensichtlich gelungenen Streich zu verbergen. „Wie stellen Sie sich das vor? Sollen wir jetzt eine ‚SOKO Babyschiss' gründen, nur weil jemand gebrauchte Windeln in ein Schließfach stopft. Da hätten wir viel zu tun! Und Herr Ebert, ich verstehe Sie nicht. Die Erzeugerinnen der von Ihnen gewünschten Geruchsnote konnten bisher nicht jung genug sein. Schauen Sie selbst, lauter rosa Windeln von offensichtlich sehr jungen Mädchen. In Ihrem Fall somit Handelsklasse A!"

Die Hautfarbe in Eberts Gesicht wechselte in alle Farben.

„Und wenn ich den Inhalt des von Ihnen gemieteten Schließfachs betrachte und vor allem die erhebliche Geruchsbelästigung in meine Recherchen mit einfließen lasse, so komme ich zu dem Ergebnis, dass Sie, Herr Ebert, gegen die Geschäftsbedingungen zur Anmietung eines Schließfachs bei der Deutschen Bahn verstoßen haben. Sie haben verderbliche Ware weit über das Haltbarkeitsdatum in dem von Ihnen angemieteten Schließfach gelagert. Ich erwarte, dass Sie das Fach umgehend räumen und innerhalb einer Stunde geruchsneutral dem nächsten Mieter überlassen. Darüber hinaus erteile ich Ihnen Kraft meines Amtes für diesen Bereich des Duisburger Hauptbahnhofes Hausverbot."

„Haben Sie nun endlich das erreicht, was Sie schon immer wollten, mir das Hausverbot erteilen?", bellte Ebert sie an.

„Herr Ebert, das, was Sie Geschäft nennen, ist in meinen Augen und ich denke, in den Augen jeder zivilisierten Frau, einfach nur widerlich. Und nun machen Sie, so schnell es nur geht, einen Abgang!"

***

„Mein Gott", bewunderte Bianca ihre Kollegin, „so in Fahrt habe ich dich noch nie erlebt. Hut ab."

Sie standen vor dem Kaffeeautomaten, und zur Feier des Tages wollte Bianca ihrer Kollegin einen Kaffee spendieren. ...

„... und dich habe ich noch nie so still erlebt." Anne warf eine Münze in den Automatenschlitz. „Bisher bist du diesem Herrn bei jeder Begegnung quasi ‚mit dem nackten Arsch ins Gesicht gesprungen', heute aber nichts als entspanntes Schweigen, und das von dir. Da ist doch etwas faul, meine Liebe. Und vor allem, was wolltest du bei den Schließfächern wieder geradebiegen?"

Bianca zuckte mit den Achseln. „Ich bekenne mich schuldig, Euer Ehren.

Und ich Idiotin habe mich noch über den großen, zigmal verknoteten Plastiksack gewundert, den du gestern Abend aus deinem Auto geschleppt hast", lachte Anna. Sie trank einen Schluck heißen Cappuccino. „Stell dir mal vor, Boche bekommt von der Sache Wind und schaut sich die Bänder von den Überwachungskameras an. Dass da jemand von uns mit dem Generalschlüssel dran gewesen sein musste, ist bei dem unversehrten Schloss doch wohl klar. Ebert wird das Zeug ja schließlich nicht selbst in sein Fach getan haben."

„Wenn er aber nichts davon mitbekommt, wäre der Plan doch aufgegangen, oder?", erwiderte Bianca kleinlaut.

„Wusste noch jemand etwas von dieser Schnapsidee?"

„Himmelreich."

„Und der sollte heute Morgen wieder aus dem Urlaub kommen, aber du hattest keine Ahnung davon, dass er heute krankgeschrieben ist."

Bianca schien sich gar nicht mehr für die Worte ihrer Kollegin zu interessieren. Wie gebannt schaute sie, mit ihrem „Coffee to go" in der Hand, an ihr vorbei.

„Hast du mich gerade von deiner Kommunikationsliste gestrichen?"

„Blödsinn. Guck mal hinter dich, ohne dich dabei umzudrehen."

Anne schüttelte den Kopf. „Kannst du mir bitte sagen, wie ich das machen soll?"

„Man kann sich ja auch so umdrehen, dass andere das nicht so mitbekommen."

„Okay, ich versuche es. Worauf soll ich achten?"

Bianca Trapp versuchte so zu wirken, als würde sie mit ihrer Kollegin ein belangloses Gespräch führen. „Achte mal auf die Frau am Geldautomaten. Die kann vor lauter Tränen kaum die Tasten erkennen. Mich irritiert der Mann neben ihr, der das Mädchen am Genick festhält."

Anne Pohl kramte in ihrer Hosentasche und holte einen kleinen Spiegel hervor. Mit der anderen Hand zückte sie aus ihrer Westentasche einen Lippenstift und beobachtete beim „Nachschminken" die Situation hinter sich. „Du hast recht. Ein liebevoller Ehemann würde seine weinende Frau in dieser Situation mit Sicherheit trösten und seine Tochter schon gar nicht so brutal am Genick packen. Und wenn doch, würde die Mutter dazwischengehen. Irgendwas stimmt da nicht. Schau mal, jetzt stopft sie das eben gezogene Geld sogar noch in den Rucksack des Mädchens, aber da ist nichts Zärtliches an ihrer Bewegung. Das sieht so aus, als würde sich in ihr alles dagegen sträuben, aber warum macht sie es dann?"

Bianca war sich auch nicht sicher. „Das Mädel ist doch höchstens zwölf und hat allein nichts auf dem Bahnhof zu suchen. Aber dieses Elternpaar passt nicht zu ihr! Vielleicht sind das gar nicht ihre Eltern? Wir sollten vielleicht die Bundespolizei alarmieren."

Anne Pohl ließ den Spiegel sinken. „Weswegen? Geiselnahme is nich'. Häusliche Gewalt? Dazu wissen wir zu wenig. Nachher machen wir hier ein Riesenfass mit Bundes- und Landespolizei und allem Gedöns auf, nur weil ein Ehepaar Stress miteinander hat. Puh, dann möchte ich nicht in unserer Haut stecken."

Bianca Trapp stieß ihre Kollegin an. „Die drei ziehen weiter. Die sollten wir trotzdem mal im Auge behalten."

Um diese eigenartige Familie unauffälliger beobachten zu können, trennten sie sich. Über ihre Sprechfunkgeräte hielten sie Kontakt zueinander. Die Beobachteten gingen geradewegs auf einen weiteren Geldautomaten am anderen Ende des Bahnhofes zu. Dort wieder das gleiche Spiel. Während sie Geld aus dem Automaten zog, hielt er das inzwischen offensichtlich weinende Kind weiterhin in festem Griff.

„Was meinst du", kam es aus Biancas Funkgerät, „sollten wir vielleicht eine Personenkontrolle durchführen?"

„Nein", antwortete sie leise. „Dazu haben wir keine Berechtigung. Wir sind keine Exekutiv..." Sie glaubte ihren Augen nicht trauen zu können. „Hey, siehst du auch, was ich sehe?"

„Meinst du das, was bei dem Mann aus der Manteltasche rausguckt?"

„Ja."

„Von hier aus sieht es aus wie ..." Anne zögerte.

„... wie eine Pistole." Bianca Trapp war sich vollkommen sicher.

„Rede keinen Blödsinn", kam es zweifelnd zurück. „Woran willst du das denn auf die Entfernung erkennen?"

„Am Magazinende im Griff. Der Kerl hat eine Pistole in der Manteltasche. Ich weiß, wovon ich rede, ich habe selbst so ein Ding bei meinem Schützenverein im Spind. Ich gucke mir das mal aus der Nähe an."

Bianca nahm ihr Handy aus der Tasche, und tat so, als würde sie im Gehen eine SMS absetzen. Dabei lief sie nur zwei Meter an dem Mann vorbei. Ein kurzer Blick im Vorbeigehen gab ihr Sicherheit. „Du bist weiter weg von denen und dich können sie nicht hören. Du alarmierst sofort die ‚Bundespolizei'. Es ist definitiv ein Pistolengriff."

„Gleich die Bundespolizei? Sollten wir nicht vorher die Aufsicht anfunken?"

„Und dadurch noch mehr Zeit verlieren? Nein, wir müssen sofort und direkt handeln. Die können zumindest sofort eine Personenkontrolle durchführen und deren Personalien festhalten."

Die Kollegin nickte und wählte auf ihrem Smartphone eine kurze Nummer.

Bianca gab sich Mühe, den Sichtkontakt zu dem Trio nicht abreißen zu lassen. Ohne sich nur einmal umzusehen, steuerten die drei zielsicher zur Treppe, die zum Gleis 10 führte. Dort war inzwischen der Zug RB 35 Richtung Wesel eingefahren. Bianca schaute auf ihre Armbanduhr. „So ein Mist", murmelte sie. „Schon 14:40 Uhr. In vier Minuten fährt der ab." Sie hob wieder das Funkgerät an ihren Mund. „Hast du etwas von einer Verspätung beim 35er Regio gehört?"

„Nein", kam es gequetscht zurück. „Warum fragst du?"

„Ich fürchte, die drei steigen gleich ein. Wo bist du?"

„Zwanzig Meter hinter dir."

„Okay! Dann nimmst du den ersten Waggon bei dir, ich überhole die 3 und nehme den davor."

„Willst du noch mehr Ärger bekommen? Boche hat dir heute schon eine reingewürgt, nur, weil du auf die andere Straßenseite gegangen bist."

„Ja, aber da habe ich das Bahngelände verlassen. Die Gleise sind Bahngelände. Außerdem ist Gefahr im Verzug. Hast du schon einen Kollegen von der Bundespolizei gesehen?"

„Nein. Die brauchen sicher noch ein paar Minuten."

Bianca Trapp schüttelte verärgert den Kopf. „Das sind Minuten, die wir nicht mehr haben."

Der Mann schob das Mädchen, das immer unwilliger schien, in den Regionalzug, oder zog sie ihn? Bianca war sich wirklich nicht sicher. Aber warum sollte sie ihn ziehen? Warum sollte eine Geisel ihren Geiselnehmer in einen

Zug ziehen, mit dem sie nicht fahren will? Die Frau hingegen folgte den beiden widerstandslos. Dieser Umstand ließ Bianca wieder zweifeln. Ich folge doch nicht einem Typen, der mir was antun will. Es sei denn, er hält meiner Tochter quasi eine Knarre an die Schläfe, dann würde ich noch viel mehr machen, um mein Kind zu retten.

Wie angekündigt, wählte sie den Zugeingang einen Waggon weiter in Fahrtrichtung, Anne Pohl, wie verabredet, dahinter. Punkt 14:44 Uhr schlossen sich die Türen, und der Zug setzte sich in Bewegung. Zwei Bundespolizisten hetzten mit hochroten Köpfen auf den Bahnsteig, und mussten zusehen, wie der Zug ohne sie abfuhr. Bianca konnte ihnen die Flüche von den Lippen ablesen.

Angespannt rechnete sie. In 4 Minuten sind wir in Oberhausen. Dort haben wir nur eine Minute Aufenthalt. Um einen Zug aufzuhalten, reicht das nicht, selbst wenn die Kollegen auf Zack sind. Um 15:14 Uhr sind wir in Wesel. Früher wird kaum jemand eingreifen können oder vielleicht ist ein Zugriff schon in Dinslaken möglich.

Bianca sah ihre Kollegin, mit der sie durch die Glasscheiben zwei Waggons weiter Sichtkontakt hatte, auf ihrem Smartphone eine Mitteilung tippen. Einen Moment später vibrierte ihres.

„Ich denke, vor Wesel passiert gar nichts. Was machen wir, wenn die früher aussteigen?“

„Auf jeden Fall dranbleiben“, antwortete sie.

„Und was machen wir, wenn sich das Ganze als blinder Alarm herausstellt?“

Bianca zuckte mit den Achseln, als sie antwortete. „Dann rennen wir die nächsten Wochen mit der Eselsmütze herum.“

Der Zug fuhr in Oberhausen ein und das Herz schlug ihr bis zum Hals. Sie bemühte sich, zwanglos in die Gegend zu schauen, ohne den vermeintlichen Täter zu fixieren, aber dennoch keine seiner Bewegungen zu verpassen. Schon bevor der Zug ausrollte, fiel ihr auf, dass für die Mittagszeit nur sehr wenige Fahrgäste auf dem Bahnsteig waren. Sollte die Bundespolizei doch schon tätig geworden sein? Vielleicht war sogar einer der neuen Fahrgäste eine Zivilkraft der Bundespolizei?

Der junge Mann, der sich drei Meter von ihr entfernt an einer Haltestange festhielt, käme von der Statur her infrage. Sie schaute auf seine Jacke. Kann man unter so einem kleinen Teil eine schusssichere Weste und Waffe verbergen?

Die Türen schlossen sich, und der Zug setzte sich wieder in Bewegung. Weitere vier Minuten Zeit bis Oberhausen-Sterkrade. Der Mann, der das Mädchen noch immer mit einer Hand im Nacken festhielt, verhielt sich für einen Kidnapper plötzlich seltsam. Er löste den Griff im Genick, öffnete seine Hand und schloss sie ein paar Mal so, als hätte er einen Krampf. Das Mädchen drehte sich sofort zu ihm um und sah ihn an. Daraufhin nahm er sofort wieder die alte Haltung ein. Die beiden schienen nur durch Blicke zu kommunizieren. Bianca war irritiert. Gibt es auch schon bei Kindern ein Stockholm-Syndrom? Sie sah unschlüssig zu ihrer Kollegin, die auf ihr Smartphone tippte und ans Ohr hielt. Ihres vibrierte und sie ging ran. Da ihre Kollegin sehr leise sprach, konnte sie sie kaum verstehen. „Hast du das eben auch gesehen? Die sehen plötzlich gar nicht mehr wie Kidnapper und Geisel aus, sondern wie Vater und Tochter. Er hat aber noch das schwarze Ding in der Tasche, von dem du meinst, dass das eine Pistole sei."

Bianca nickte. „Ich bin mir inzwischen wirklich nicht mehr sicher, wer hier Täter und wer hier Opfer ist. Sicher ist nur, dass wir das Mädchen irgendwie schützen, wenn es chaotisch werden sollte. Du hast doch gemeldet, dass hier eventuell eine Geiselnahme stattfindet?"

„Ja. Ein Mann würde Mutter und Tochter offensichtlich in seiner Gewalt haben.“

Bianca bekam weiche Knie. „Wenn es hier hoch hergehen sollte, dann knallt das SEK eventuell den Falschen ab, durch unsere Schuld. Das müssen wir irgendwie verhindern.“

Der Zug lief in Oberhausen-Sterkrade ein. Nun war es ganz offensichtlich, dass die Polizei irgendetwas unternommen haben musste, denn der Bahnsteig war wie leergefegt. Als der Zug zum Stehen kam, öffneten sich die Türen, einige Fahrgäste stiegen aus, aber niemand stieg hinzu. Es schien also wieder nichts mit Hilfe zu sein. In Bianca stieg Verzweiflung auf. Am liebsten würde sie ihrer Kollegin ein Zeichen geben und mit ihr zusammen den Zug verlassen, aber sie konnten doch nicht tatenlos ein Kind seinem Schicksal überlassen, egal, zu wem es nun gehörte, Mutter oder Vater. Sie beschloss, sich langsam und möglichst unauffällig zu dieser seltsamen Familie vorzuarbeiten. Sie würde nur aus unmittelbarer Nähe eingreifen können.

Die Türen schlossen sich, und der Zug setzte sich wieder in Bewegung. Bianca begann erneut zu rechnen. Um 14:57 Uhr sind wir in Oberhausen-Holten. Dann hätte die Bundespolizei dreizehn Minuten, um in der Pampa etwas aufzubauen. Sie schüttelte den Kopf. Nein, für den Zugriff brauchen sie einige Beamte. In Holten werden sie vielleicht den einen oder anderen getarnten SEK-Mann in unserer Nähe postieren. Zuschlagen werden die bestimmt erst in Dinslaken oder in Voerde. In Voerde hätten sie für so einen Einsatz auch mehr Platz. In ihrem Kopf purzelten die Gedanken nur so durcheinander. Das kannte sie schon von sich, und das behagte ihr nicht. Wenn sie keine Zeit hatte, einen durchdachten Plan zu schmieden, dann handelte sie oft so spontan, dass sie sich damit durchaus auch selbst überraschen konnte. Ihr Papa, ein alter Bergmann aus Gelsenkirchen-Buer, musste dann immer lachen und sagte jedes Mal: Während andere lange denken, packt „dat Bianca dem Bär gleich bei die Eier". Das tat sie auch bei ihrem Biolehrer Dr. Scherzer am Lyzeum, als der ihr beim Nachsitzen an die Wäsche wollte. Er konnte danach eine Woche lang nur noch sehr unrund laufen, und sie flog von der Penne. Sie trug einen Rock, sie hatte Brüste und den Lehrer damit provoziert. Damals war das halt so. Ein Vierteljahr später fand sie sich auf der Hauptschule wieder, aber nur, weil Papas Steiger der Bruder vom Rektor war. Auf jeden Fall hatte sie dort Ruhe vor dem männlichen Lehrkörper. Vielleicht eilte ihr der Ruf nur voraus und die Herren hatten Angst um ihre Kronjuwelen. Dieses instinktive Zupacken war aber schon immer der Knackpunkt in der Beziehung zu ihren Vorgesetzten und überhaupt zu Männern, auch in ihrem Privatleben.

Sie schrak dadurch hoch, dass der Zug die Geschwindigkeit verringerte, und ärgerte sich über sich selbst. In solch einer Situation an einen derartigen Blödsinn zu denken, war typisch für sie. Das durfte ihr aber nicht passieren, schon gar nicht in so einem Augenblick. Da galt es, hellwach zu bleiben.

Oberhausen-Holten mochte früher einmal ein richtiger Bahnhof gewesen sein, heute hingegen war er nichts weiter als ein asphaltierter Seitenstreifen, an dem die Bahn hielt. Bis auf einen Mann mit einem Treckingrad und einem Pärchen war niemand zu sehen, und diese drei wollten sich nun ausgerechnet mit in den Wagen drängeln, in dem sie und die vermeintliche Familie standen. Zuerst bestieg das Pärchen den Zug, dann folgte der Biker. Aber der wuchtete sein Rad mehr in den Zug, als dass er es schob, und zwar genau zwischen den Mann und das Mädchen. Dann ging alles ganz schnell.

Plötzlich schrie die Mutter des Mädchens: „Achtung, da ist eine Bombe im Rucksack!"

Bianca erkannte die Situation sofort als günstig, zumindest die Bombe aus dem gut gefüllten Zug und damit die Passagiere aus dem unmittelbaren Gefahrenbereich zu retten. Wie sie den Rucksack vom Rücken des Mädchens entfernen würde, wollte sie später entscheiden. Sie warf sich geistesgegenwärtig gegen sie und schob sie, kurz bevor sich die Türen schlossen, mit aller Gewalt aus dem Zug. Da die Bahnsteigkante nicht auf gleicher Höhe war, wurde das eine ziemlich schmerzhafte Landung auf dem Bahnhofspflaster. Das Mädchen schrie vor Schmerzen auf, aber auch vor Zorn, wie es schien. „Was soll denn das? Lassen Sie mich in Ruhe."

Beide rappelten sich auf. Neben ihnen setzte sich der Zug in Bewegung, sodass Bianca nicht mehr sehen konnte, was sich darin abspielte.

„Rühre dich nicht von der Stelle", rief Bianca. „Du sollst eine Bombe im Rucksack haben."

***

Im Zug versuchte Anne Pohl ebenfalls einzugreifen, da aber sämtliche Beteiligten in Zivil waren, konnte sie kaum Gut von Böse unterscheiden.

Als das Wort „Bombe" fiel, waren alle Zivilpolizisten in erster Linie darauf bedacht, die Hände der beiden Erwachsenen zu sichern, sodass sie nicht mehr in der Lage waren, irgendetwas zünden zu können. Auf jedem der vier Arme saß also ein Beamter. Ihre Kollegen rissen den Mantel der Frau auf. „Negativ, hier ist nichts." Ein weiterer Polizist öffnete die Jacke des Mannes. „Hier auch nicht."

„Nicht bei uns", rief die Frau verzweifelt. „Nicht wir sind die Terroristen, sondern das Mädchen."

„Die hat uns gedroht, dass sie uns alle in die Luft sprengen würde, wenn wir nicht unser gesamtes Geld abheben würden. Die hat uns von Geldautomat zu Geldautomat geschickt, immer eine Hand am Abzug."

***

Das Erste, was Bianca registrierte, waren zwei tiefschwarze, hasserfüllte Augen, die sie ansahen. Darunter ließ ein zum spöttischen Lächeln verzerrter Mund das Mädchen sehr viel älter erscheinen, als sie es eingeschätzt hatte. Sie stand ihr etwas seitlich zugeneigt, wie ein Footballspieler, der jeden Augenblick zum Tackling ansetzen würde. In der rechten Hand hielt sie einen Griff aus Metall, von dem eine Schnur in den durch den Sturz geöffneten Rucksack führte. Biancas Blick wanderte weiter. Sie erstarrte vor Schreck. Im offenen Rucksack war ein Block grauer Knete zu sehen, der von mehreren Drähten umwickelt war. Daran blinkten mehrere Lämpchen in unregelmäßigen Abständen. „Nur eine Bewegung", rief das Mädchen, „oder nur ein Ton, und wir beide fliegen in die Luft, du dämliche Kuh. Alles wäre ganz glatt über die Bühne gegangen, wenn du hier nicht die Heldin gespielt hättest."

Bianca Trapp war gelähmt vor Schreck. Wie vom Donner gerührt stand sie vor der Göre und spürte, wie sich ihr Verstand immer mehr abmeldete. Mit aller Kraft und völlig ansatzlos schlug sie ihr die Faust derartig heftig auf die Kinnspitze, dass sie wie vom Blitz getroffen nach hinten fiel und benommen liegen blieb. Wie aus dem Nichts waren plötzlich mehrere Bundespolizisten zur Stelle, die von ihren Kollegen über die Trägerin der Bombe informiert worden waren. „Alles kein Problem", kam die Entwarnung. „Das Ding blinkt zwar, ist aber nur eine Attrappe."

Jemand tippte Bianca, die am ganzen Leibe zitternd vor dem Geschehen stand, auf die Schulter. „Sind Sie die Kollegin von der Bahn, die uns fast den ganzen Einsatz vermasselt hat?"

Sie zuckte hilflos mit den Schultern. „Was sollte ich denn machen? Ich wollte doch nur die Bombe aus dem Zug haben."

„Das war im Prinzip auch sehr mutig von Ihnen. Machen Sie sich bitte keine Gedanken. Sie werden in meinem Bericht insofern lobend erwähnt werden, als dass Sie, ohne auf Leib und Leben Rücksicht zu nehmen, die Fahrgäste vor einer verheerenden Explosion schützen wollten."

„Hören Sie nicht zu?", kam es von Bianca. „Ich habe mich geirrt."

„Aber in gutem Glauben, junge Frau." Er schaute besorgt an ihr herunter. „Soll ich für Sie auch einen Krankenwagen rufen? Für das Mädchen kommt gleich einer."

„Warum das denn?"

„Weil die noch immer nicht wieder bei sich ist, und wir bei Kindern ganz besonders vorsichtig sein müssen."

„Das ist kein Kind, das ist eine Verbrecherin. Wie kann sie die Angst der Menschen vor solcherlei Anschlägen nur derartig schamlos ausnutzen? Was wurde denn aus ihren Komplizen im Zug?"

Es dauerte ein wenig, bis ihr der leitende Bundespolizist den ganzen Sachverhalt erklärte. Bianca schüttelte nur ungläubig den Kopf. „Wie kann ein Kind nur auf solche Ideen kommen? Mein Gott, ist die überhaupt strafmündig?"

„Genau das, befürchte ich, ist sie noch nicht. Aber wir werden sehen, was der Computer über dieses Früchtchen ausspuckt. Ich denke mal, dass sie kein unbeschriebenes Blatt ist." Er deutete wieder auf ihre Beine. „Soll ich nun einen Krankenwagen rufen?"

„Wieso das denn?" Sie schaute an sich herunter und bemerkte erst jetzt das Blut, das stetig aus ihrer zerrissenen Hose sickerte.

In diesem Augenblick kam eine Polizistin mit einer Verbandstasche auf sie zu. „Dann setzen Sie sich mal auf die Bank hier, ich werde mir Ihr Bein einmal ansehen."

Erst die Anspannung, dann das viele Blut, auch noch ihr eigenes, ließen ihre Knie weich werden. Die Sanitäterin der Polizei kannte das schon und hatte sie im sicheren Griff. Nachdem sie die Wunden inspiziert hatte, konnte sie Entwarnung geben. „Da haben Sie sich beim Sturz aus der Bahn auf beiden Knien Platzwunden zugezogen. Mit ein paar Stichen sind die aber wieder so gut wie neu."

Bianca Trapp spürte, wie ihre Kraft wiederkehrte. „Und wie geht es diesem kleinen Biest?"

Der Bundespolizist lachte auf. „Die spuckt schon wieder Gift und Galle und ein wenig Blut. Machen Sie sich also keine Sorgen. Die hat sich bei Ihrem Knockout nur auf die Zunge gebissen, ansonsten ist sie wieder okay."

„Und was sagt sie zu ihrem Verbrechen?"

Der Beamte zuckte mit den Achseln. „Sie behauptet, diese Sprengstoffattrappe gehöre zu einem Kostüm, wie auch die Spielzeugpistole, die ihr der Mann abgenommen habe. Sie wolle damit an Halloween als Taliban gehen."

***

Bianca hätte nie damit gerechnet, einmal mit aufgeschlagenen Knien im Krankenhaus zu landen, und nun lag sie nach einer kleinen OP sogar im Aufwachraum, um sich von der Beruhigungsspritze zu erholen. Ein Steinchen hatte sich bei ihrem Fall in ihre Kniescheibe gebohrt und musste chirurgisch entfernt werden. Mehr noch aber musste sie sich von der Nachricht erholen, dass die Ärzte sie unbedingt drei Tage lang im Krankenhaus behalten wollten. Vor lauter Frust bemerkte sie ihre Kollegin erst, als diese direkt neben ihrem Bett stand.

„Na, du Heldin?“

Bianca winkte ab. „Heldinnen bekommen einen Orden und schnappen sich den schönsten Kerl am Set. Auf jeden Fall liegen sie nicht mit bandagierten Knien dumm ’rum.“ Sie klopfte neben sich auf die Bettdecke. „Komm, setz dich. Erzähl doch mal, wie es im Zug weiterging.“

Anne Pohl zuckte mit den Achseln. „Was soll da groß passiert sein? Die SEK-Beamten hatten schlagartig alles im Griff und blitzschnell ihren Kollegen über Funk Bescheid gegeben, dass auf ihrem Bahnsteig ein Mädchen mit einem Sprengstoffrucksack gelandet ist.“

„Mit einer Duisburger Servicekraft im Rücken“, lachte Bianca auf.

So richtig konnte sich Anne nicht über den Scherz freuen, und ihre Kollegin spürte, dass ihr etwas auf der Seele lag.

„Schätzelein, wir kennen uns jetzt lang genug. Irgendetwas ist doch?“

Anne nickte „Eigentlich wollte ich dich jetzt nicht damit belasten, aber du erfährst es ja sowieso.“

„Nun mach’s nicht so spannend. Hat sich Boche schon wegen der Windeln gemeldet?“

Sie nickte betreten.

„Und, müssen wir nun nachsitzen?“

Anne schossen Tränen in die Augen. „Wir sind beide vom Dienst suspendiert.“

Bianca glaubte nicht richtig gehört zu haben. „Suspendiert?“

Wieder nickte ihre Kollegin. „Einfach so.“

„Wer hat dir das mitgeteilt?“

„Boche selbst." Bianca tätschelte aufmunternd ihren Arm. „Wir würden es morgen schriftlich bekommen."

„Suspendiert heißt nicht gleich gefeuert." Sie richtete sich im Krankenbett auf. „Noch ist nicht aller Tage Abend. Himmelreich und Schramm haben da auch noch ein Wörtchen mitzureden, und wir beide können schließlich kämpfen."

2

Bianca war nun schon seit zwei Wochen wieder zu Hause. Die Fäden ihrer Wunden waren bereits gezogen worden, und sie brannte förmlich darauf, wieder mit ihrem Dienst beginnen zu dürfen. Vom Arzt hatte sie auf jeden Fall grünes Licht bekommen. Allerdings hatte sich ihr Arbeitgeber noch nicht zu ihrem Wiedereinstieg geäußert, geschweige denn zu dieser ominösen Suspendierung. Sie hatte sich zumindest, wenn auch widerwillig, von der Boulevardpresse mit ihrem örtlichen Sicherheitschef zusammen und einem Blumenstrauß im Arm grinsend ablichten lassen. So viel Entgegenkommen hatte sie schon mal gezeigt. Trotzdem wurde sie zu diesem Sicherheitschef nicht durchgestellt, als sie ihn einige Tage später zu erreichen versuchte. Sie spürte genau, dass sich irgendetwas über ihrem Haupt zusammenbraute, sie bekam aber nicht heraus, was. Vielleicht lag das daran, dass sie von den Eltern dieser Sprengstoffgöre wegen Freiheitsberaubung und Körperverletzung angezeigt worden war und von ebendiesen Eltern wohl auch noch eine Schadensersatzklage gegen die Bahn anhängig sein könnte. Sie würde darüber gern mit ihrer Kollegin Anne Pohl sprechen, aber selbst die war nicht erreichbar. Sie sei auf einem Lehrgang, hieß es lapidar im Büro von Himmelreich. Als sie ihren Dienstplan für die kommende Woche haben wollte, hieß es nur, dass sie ein paar von den vielen angefallenen Überstunden abbauen solle.

Es klingelte an ihrer Haustür. Sie sah auf die Uhr. „Das wird der Anwalt sein“, murmelte sie. Ulf Schramm vom Betriebsrat hatte ihr dazu geraten. Zwar wurde sie durch einen Anwalt der Bahn vertreten, doch die Gewerkschaft stellte ihr zur Sicherheit noch einen persönlichen Anwalt. Nicht aber der erwartete Besuch stand vor der Tür, sondern ihr Vorgesetzter Himmelreich, Ulf Schramm vom Betriebsrat und eine ihr unbekannte Frau.

„Na, das ist ja eine Überraschung." Sie machte eine einladende Geste. „Tja, Boss, jetzt weiß ich auch, warum ich Sie nicht erreichen konnte."

Himmelreich zuckte entschuldigend mit den Achseln. „Tut mir leid, Bianca, aber es durfte niemand wissen, dass wir hier sind. Wir haben übrigens eine Kollegin aus Berlin mitgebracht. Frau Graf möchte dich gern kennenlernen."

„Das freut mich, Frau Graf", lächelte sie. „Aber glauben Sie mir bitte, dass ich nicht jede Vorgesetzte beim ersten Date gleich zu mir nach Hause einlade."

Alle lachten herzlich und setzten sich an den Esstisch im Wohnzimmer. Nachdem Bianca Kaffee gekocht hatte, kamen ihre Gäste endlich zur Sache. „Liebe Frau Trapp", hob die Berlinerin an, „da haben Sie ja Ihren Chefs ein ganz schönes Ei gelegt."

Ihr Boss lachte gequält auf. „Eines? Mit den ganzen Eiern könnte man Reihen von Schließfächern füllen."

„Es bleibt mir leider nichts weiter übrig, als Ihnen für diese Aktion einen strengen mündlichen Verweis zu erteilen."

Bianca nickte betroffen. „Ich möchte aber gleich anmerken, dass meine Kollegin Anne Pohl absolut nichts damit zu tun hatte. Herr Himmelreich auch nicht."

Frau Graf lächelte sie an. „Dass Sie jetzt auch noch alles auf Ihre Kappe nehmen, entspricht Ihrem Profil, was wir uns in Berlin von Ihnen zusammengebastelt haben."

Bianca sah sie skeptisch an. „Ein Profil? Wird das von jedem gemacht, der rausgeschmissen werden soll?"

„Nein. Das machen wir nur von Leuten, von denen wir meinen, dass sie für speziellere Aufgaben geeignet sind, als im Bahnhofsservice zu versauern."

Bianca zog die Stirn kraus. „Sehe ich vielleicht versauert aus?“

Frau Graf wehrte entschieden ab. „Absolut nicht. Im Gegenteil. Sie machen auf äußerst kreative Art und Weise einen tollen Job.“

Der Betriebsratskollege wurde unruhig. „Ein ‚Sie machen auf sehr kreative Art und Weise Ihren Job‘ ist die kleine Schwester von ‚Sie sind für Ihren Arbeitgeber unberechenbar‘. Wenn dieser Satz im Zeugnis steht, dann kann man sich aufhängen.“

Frau Graf schüttelte energisch den Kopf. „In diesem Falle hätten Sie recht, Herr Schramm, aber ich meine das wirklich positiv, für Ihren Arbeitgeber geradezu wertvoll. Das kommt auch in kein Zeugnis.“

„Okay“, Schramm zuckte mit den Achseln, „wenn dem so ist, wozu bin ich dann hier? Normalerweise werde ich von den Oberen immer nur zu solchen Gesprächen gebeten, die eine Entlassung nach sich ziehen. Das, was Sie sagen, hört sich aber nicht danach an. Kann ich den Anwalt für Frau Trapp also wieder abbestellen?“

„Tun Sie das“, bekräftigte Frau Graf ihr Dementi. „Ich möchte Frau Trapp auch nicht an den Karren fahren, sondern sie um ein Versetzungsgesuch bitten.“

Ulf Schramms Gesicht wurde ernst. „Ich denke, dass es in Herrn Himmelreichs Abteilung genug Mitarbeiter gibt, denen so ein ‚Angebot‘ schon längst von Ihnen hätte unterbreitet werden müssen.“

Frau Graf nickte freundlich. „Wir sind unter uns, also nennen wir das Kind beim Namen. Sie meinen Herrn Boche?“

Schramm nickte grimmig. „Aber hallo.“

Jetzt übernahm Himmelreich. „Kollege Schramm, ich kann Ihre Entrüstung nachvollziehen. Ihre Anregung kommt aber zu spät. Nach einem kurzen, aber konstruktiven Gespräch hat Herr Boche heute als einer der älteren Beamten aus gesundheitlichen Gründen um seine Versetzung in den Ruhestand ersucht. Dem wurde umgehend nachgekommen. Er hat seinen Spind geräumt und bummelt nun bis zur Pensionierung Überstunden ab."

„Wenigstens eine gute Nachricht", fuhr Bianca fort. „Und nun soll ich Boches Job übernehmen?"

„Nee, Bianca, das wären Perlen vor die Säue geworfen."

„Wie kann ich das verstehen? Sucht die Bahn jetzt in meiner Person die jüngste Frührentnerin des Betriebes?"

„Nein, im Gegenteil." In einem Krimi hätte sich Frau Graf in diesem Augenblick vorsichtig umgesehen, um sicher zu sein, dass ihr niemand zuhören konnte. „Ihr großer Jugendtraum war es, zur Polizei zu gehen."

Bianca nickte. „Wenn ich da nicht hätte vorturnen müssen."

„Jetzt könnte ihr Traum wahr werden. Wir brauchen Sie und Ihre Fähigkeiten in einer Spezialabteilung."

„Soll ich vielleicht Schwarzfahrer jagen?"

Frau Graf schüttelte energisch den Kopf. „Das kann jeder Depp."

„Moment mal", kam der Protest von der Betriebsratsseite. „Gegen diese Äußerung protestiere ich aber aufs Schärfste."

„Ist akzeptiert", lächelte Frau Graf ihn an.

„Und was ist das für eine geheimnisvolle Spezialabteilung?", erkundigte sich Bianca.

„Eine Abteilung, die einen ähnlichen Status wie die alte Bahnpolizei hat, aber mehr die Aufgaben einer betriebseigenen Kripo übernehmen soll."

Himmelreich wirkte skeptisch. „Sie meinen demnach, Straftäter zu entlarven, die vollgeschissene Windeln in Schließfächern deponieren?"

„Nein. Das wäre im wahrsten Sinne des Wortes Kinderkacke."

„Was sind das denn dann für Fälle?"

„Es verschwinden zum Beispiel jede Menge Gleise und Kabel, es werden Fahrkartenautomaten gesprengt, und es verschwinden sogar ganze Güterwaggons mit Ladung."

Himmelreich glaubte seinen Ohren nicht trauen zu können. „Ganze Waggons? Einfach so, nach dem Motto: ‚Ich bin dann mal weg'?"

„Leider genauso."

Schramm entfuhr: „Das ist krass."

Alle schwiegen für einen Moment und versuchten, die Tragweite dieser Tatsache zu erfassen.

„Aber das sind dann keine kleinen Gauner, sondern richtig heftige Kaliber." Bianca hatte einen Kripobeamten im Schützenverein und wusste, wovon sie sprach. „Die werden sich totlachen, wenn wir sie zur Personalfeststellung ins Vorsteherhäuschen bitten."

„Das ist uns klar, Frau Trapp. Sie werden dementsprechend ausgebildet, bewaffnet und teilweise auch ‚undercover' unterwegs sein."

Bianca lachte auf. „Ich und eine Knarre?"

„Warum nicht, Frau Trapp. Sie sind eine ausgezeichnete Schützin und Jägerin, haben alle Waffenscheine und was die Sportpistole betrifft, sind Sie eine Meisterschützin. Mit Ihrer Dienstpistole würde Sie die Bundespolizei vertraut machen. Und nicht nur damit. Die Beamten würden Sie in allem unterweisen, was Sie für Ihren neuen Job benötigen."

Bianca war unschlüssig. „Und was befähigt mich aus Ihrer Sicht für diesen Job?"

„Sie haben, wie es sich vor allem auch bei dieser letzten Aktion erwiesen hat, einen gewissen Instinkt, Ungereimtheiten zu entdecken. Außerdem haben Sie den Mut, auch unkonventionelle Aktionen durchzuziehen. Vor allem kennen Sie sich durch Ihre vielen Dienstjahre in fast allen Sparten der Bahn aus. Was Sie sonst noch alles für diesen Job brauchen, das müssen Sie sich leider selbst beibringen, denn Sie und Ihre neuen Kolleginnen und Kollegen betreten Neuland."

Bianca war hin- und hergerissen. Einerseits wäre das endlich mal wieder eine neue Aufgabe, andererseits aber drohten da noch Altlasten. „Ich nehme an, dass man für diesen Job ein makelloses Führungszeugnis braucht?"

Frau Graf zog die Stirn kraus. „Bringen Sie Licht in Ihre dunkle Seite, Frau Trapp. Welcher Oma haben Sie die Handtasche geraubt, und welche Bank haben Sie das letzte Mal überfallen?"

Bianca musste lachen. „So heftig war's dann doch nicht. Ich habe mir aber vor kurzem einen Punkt wegen einer dusseligen Geschwindigkeitsübertretung eingefangen, und dann droht mir ja jetzt der Prozess wegen dieser unsäglichen Göre."

Frau Graf öffnete ihre Aktentasche und zog ein Schreiben heraus. „Das müsste spätestens morgen bei Ihnen eintreffen. Die Staatsanwaltschaft hat die Ermittlungen gegen Sie eingestellt, und was die Klage gegen die Bahn betrifft, so werden wir Sie höchstens als Zeugin brauchen, aber Sie, als Bianca Trapp, sind aus der Sache raus."

Ihr fiel ein Stein vom Herzen. „Okay, wenn ich durch diese Aktion einen ‚hochfalle', dann soll das so sein. Aber was wird aus Anne Pohl? Ich habe sie in die ganze Geschichte mit hineingerissen und kann sie jetzt nicht im Stich lassen."

„Ich habe es Ihnen gesagt", warf Himmelreich ein. „Die Kollegin lässt niemanden hängen."

„Eine weitere Eigenschaft, die Sie für Ihren neuen Job qualifiziert. Was Ihre Kollegin betrifft, so ist sie momentan auf einem Lehrgang für Führungskräfte, da sie die Funktionsstelle des Kollegen Boche übernehmen wird."

Bianca überlegte kurz und sah dann ihren alten Boss an. „Was ist ,Cheffe'? Sie kennen mich lange genug. Würden Sie mir dazu raten?"

„Ran an den Feind, Mädchen. Du bist ein kriminalistisches Trüffelschwein, und dieser Job ist genau das Richtige für dich. Sollten wir uns irren, dann kannst du jederzeit zu mir zurück. Versprochen!"

Bianca nickte entschlossen. „Na, dann wollen wir mal. Wo bitte geht's zur Front?"

***

Gut drei Wochen später schlief sie im Hörsaal IV der Bundespolizeiakademie Lübeck bei Staatskunde fast ein.

In ihrem vierwöchigen Lehrgang waren bis auf einen Haufen junger Leute nur noch drei weitere Bahnmitarbeiter. Ein Lokführer aus Dresden, der auf den wunderbaren Namen Sergey Schüffelchen hörte und nach acht Jahren bei der Bundeswehr zur Bahn kam, ein Fahrdienstleiter aus Garmisch namens Xaver Mayerhuber, ebenfalls beim Bund gewesen, wie Schüffelchen auch bei den Feldjägern, und last but not least Thomas Jessen, ein Elektroingenieur, der nach seiner Bundeswehrzeit über ein duales Studium zur Bahn kam. Alle waren aus dem gleichen Jahrgang wie Bianca. Der Stoff, den sie zu lernen hatten, wäre eigentlich interessant gewesen, wäre er nicht von einem phonetischen Anästhesisten vermittelt worden. Was sie letztendlich wachhielt, war das Versprechen an Thomas, ihn ebenfalls am Einschlafen zu hindern. Thomas Jessen konnte es sich nicht schon wieder leisten, unangenehm aufzufallen, nachdem er beim gestrigen Schießtraining alles in der Halle gefährdete, nur nicht die Scheiben, die es zu treffen galt. Jetzt schlug aber gleich Biancas Stunde der Wahrheit. Sie musste zum Ausdauertest, und davor hatte sie Manschetten.

Eine Viertelstunde später war es dann so weit. Noch fühlte sie sich körperlich gut, aber sie stand ja erst an der Startlinie des Dreitausend-Meterlaufes. Gott sei Dank wusste sie Thomas an ihrer Seite. Eigentlich hätte dieser gertenschlanke Leichtathlet als Träger des goldenen Sportabzeichens gar nicht mitlaufen müssen. Er hatte jedoch mitfühlend ihre ängstlichen Blicke bei der Eröffnung des Sporttests bemerkt, und so beschloss er, für sie das Zugpferd zu sein. Für ihn, als Langstreckenspezialist, war das kein Problem.

„Nun mach dich nicht schon vorher verrückt. Nach fünfhundert Metern hast du dich eingelaufen und dann geht alles wie von selbst. Du musst nur deinen Rhythmus finden. Beim dritten Kilometer beginnt der Kampf gegen den Schweinehund, aber den gewinnst du. Ich bin ja bei dir."

„Rede doch keinen Blödsinn", zischte sie ihm zu. „Das ist bei mir kein Schweinehund, sondern ein zwei Meter großer und 200 Kilo schwerer Staffordshire Bullterrier. Wir trainieren jetzt seit vier Abenden, und jeden Abend kotze ich mir nach spätestens 1500 Metern die Lunge aus. Wieso schnaufst du nicht so? Wir sind schließlich gleich alt."

Jessen grinste. „Am Anfang der Woche waren auch noch Herz und Gekröse dabei. Mach dich also nicht schon vorher selbst fertig. Du schaffst das. Außerdem bin ich im Training, du nicht."

Ihr Blick fiel auf Polizeihauptmeister Kruse, ihren Sportausbilder, der mit der Startpistole in der Hand grinsend neben der Tartanbahn stand. Der Mann war seit über zwanzig Jahren in seinem Job an der Schule und erkannte die Wackelkandidaten allein schon am Angstschweiß. Bianca nahm er sich natürlich auch vor. „Was ist, Frau Trapp? Haben Sie heute ab der 1000-Meter-Marke wieder Ihren hübschen roten Schal um?“ Er schlug sich, vor Vergnügen wiehernd, auf die Schenkel. „Verzeihen Sie, Trapp, ich habe das wohl mit Ihrer Zunge verwechselt.“

Der Spruch selbst ärgerte sie nicht so sehr wie das Gelächter einiger vor Testosteron nur so strotzender Jungpolizisten, die mit ihr diesen Test absolvieren mussten. Sie hatte sich Retourkutschen gegenüber Vorgesetzten eigentlich verbeten, aber in diesem Augenblick ging es wieder einmal mit ihr durch. „Darf ich eine Frage stellen, Herr Kruse?“

„Aber gern doch, meine Gnädigste. Dazu bin ich da.“

„Wie lange schießen Sie eigentlich schon solche Rennen an?“

Der Mann blies sich wie ein preußischer Korporal auf. „Das habe ich schon gemacht, meine Liebe, als Sie noch mit einer Trommel um den Weihnachtsbaum gerannt sind.“

Sosehr sie auch mit sich kämpfte, es ging einfach nicht, dieses Arschloch musste einfach einen drüber kriegen. „Dann wird es ja mal Zeit, dass Sie auch treffen.“

Erst war nur zaghaftes Gelächter zu hören, doch nachdem alle sahen, dass ihrem Ausbildungsleiter Hauptkommissar Scheuermann der Spruch ebenfalls gefiel, trauten sich alle, herzhaft zu lachen.

„Nun machen Sie schon, Kruse, schießen Sie gefälligst, aber diesmal auch zielen“, munterte er seinen Untergebenen auf.

Der Startschuss fiel. Und die Truppe setzte sich in Trab. Die jungen Wilden legten natürlich von der Spitze weg ein Höllentempo vor.

„Mein Gott“, stöhnte Bianca. „Sind die auf der Flucht? Da komme ich nie mit!“

„Bleib locker und denke nur an dein Tempo." Thomas spürte ihre Panik und versuchte, betont langsam auf sie einzureden. „Immer ein Schritt nach dem anderen und immer daran denken, dass Laufen Spaß macht. Nach dem ersten Kilometer werden die sehr viel friedlicher werden." Als er merkte, dass Bianca schon etwas lockerer neben ihm trabte, versuchte er, sie ein wenig von ihrer zweifelsohne vorhandenen Konditionsschwäche abzulenken. „Dem Kruse hast du es aber gegeben. Dem würde ich während des Lehrgangs nicht mehr den Rücken zudrehen."

„Ach was. Der hat mich sowieso schon auf dem Kieker gehabt. Bei solchen Leuten ist es besser, den Gemeinheiten gleich einen Riegel vorzuschieben."

„Dann hoffen wir, dass das bei dem geklappt hat."

Sie beobachtete ihn aus dem Augenwinkel und bewunderte die unglaubliche Leichtigkeit seiner Schritte. „Wieso wirkst du neben mir wie eine junge Gazelle?" Nach inzwischen knapp fünfhundert zurückgelegten Metern schnaufte sie schon ein wenig.

„So wirke ich immer, wenn ich um ein Reh herumtanzen darf."

Sie verzog das Gesicht. „Willst du mich anbaggern?"

Jessen winkte lachend ab. „Ich baggere grundsätzlich erst nach zehn Kilometern."

Kurz bevor sie die ersten tausend Meter hinter sich hatte, spürte sie bereits ein leichtes Ziehen in den Oberschenkeln. Sie sehnte sich nach dem ersten Stopp. Allen Teilnehmern wurde nach einer Blutdruckkontrolle auch noch durch einen kleinen Stich ins Ohrläppchen Blut für einen Laktattest abgenommen. Das ging ihr alles viel zu schnell. Sie hatte auf eine längere Erholungsphase gehofft.

Als sie wieder auf der Strecke waren, beschwerte sie sich bei ihm. „Würdest du bitte bei der nächsten Kontrolle nicht auch noch demonstrativ Kniebeugen und Hampelmänner machen, das deprimiert mich."

„Ich versuche lediglich, warm zu bleiben." Er sah sie lächelnd von der Seite an. „Hast du Zeit gehabt, zu gucken, wer da alles mit Schnappatmung aus dem Rennen genommen wurde?"

„Nein. Wer denn?"

„Drei von den jungen Hirschen, die die Herde unbedingt anführen wollten, und unsere beiden Bahnkollegen. Mayerhuber haben sie sogar Sauerstoff gegeben."

Ihr huschte ein gequältes Lächeln übers Gesicht. „Willst du mir damit signalisieren, dass ich mich ganz gut halte?"

„Genau das. Triumphiere aber nicht zu früh. Die nächste Kontrolle ist erst in zweieinhalb Runden und dann kommen nochmal zwei. Und die haben es in sich."

„Wie liegen wir in der Zeit?"

„Die ersten Tausend in sehr guten 7:14. Wir sind also locker im Rahmen."

Sie dachte an ihre Mutter, die ihr erzählte, wie sie als junges Mädchen nach tagelangen Fußmärschen auf der Flucht auch noch von russischen Tieffliegern über die Felder gehetzt wurde, und wie sehr ihr dabei die Beinmuskulatur brannte. So etwas Ähnliches spürte sie jetzt schon nach sechzehnhundert Metern. Plötzlich überfiel sie eine unerklärliche Müdigkeit. Am liebsten würde sie jetzt dort, wo sie gerade lief, einfach nur auf die Tartanbahn sinken und schlafen.

Thomas schien dieses Gefühl zu kennen. „Hallo, holde Maid, ich bitte um etwas positivere Gedanken."

„Woher willst du wissen, was ich denke?", hechelte sie ihn verärgert an. „Kümmere dich gefälligst um deinen Scheiß."

Das erinnerte ihn an sein früheres Vorhaben, ein Buch über die Leiden des ungeübten Sportlers zu schreiben.

„Hör auf, zu pöbeln, und spare dir deine Kraft für die letzten achthundert Meter." Er schien ihre Gedanken zu erahnen. „Und wenn ich schon nicht baggern darf, dann pampe ich dich wenigstens an."

Kurz vor dem zweiten Zwischenstopp dachte sie an Thomas' Tipp, auf den letzten einhundert Metern zu hecheln, um so noch mehr Sauerstoff in die Lungen zu bekommen. Das schien zu klappen. Sie rang nicht mehr so panikartig nach Luft und ihrem Blutdruck schien das auch gutgetan zu haben. Bei der Blutentnahme fühlte sie sogar so etwas wie eine Hochstimmung. Bin ich gut, dachte sie, oder verplempere ich hier nur mein Adrenalin?

Und dann ging es wieder auf die Strecke. Innerhalb der ersten vierhundert Meter mutierte sie von einer kraftstrotzenden Laufmaschine zu einem zitternden Häuflein Elend. Jeder weitere Schritt war eine Quälerei.

„Was ist los, du Schlappschwanz?", zischte Thomas sie von der Seite an. „Große Fresse und nichts dahinter?"

„Lass mich in Ruhe, du Arsch", fauchte sie ihn böse an. Das Brennen in ihren Oberschenkeln wurde mörderisch. Noch dreihundert Meter lagen vor ihr. Sie müsste einfach nur nach rechts raus und sich ins Gras schmeißen, in dieses herrlich kühle Gras. Ihr Laufstil wurde schleppend.

„Du wirst weiterlaufen, du Jammerlappen, und wenn ich dir alle drei Meter in deinen fetten faulen Hintern trete."

So hatte noch nie jemand mit ihr geredet, außerdem hatte sie alles, nur keinen fetten Hintern. Diesem Penner wollte sie es heimzahlen. Ein Ruck durchzuckte sie, ihr Lauf wurde auf einmal geschmeidig, die Schmerzen in den Beinen waren wie weggeblasen, und geradezu besoffen von Adrenalin stürmte sie schneller durchs Ziel, als sie sich je hätte träumen lassen. Selbst Kruse staunte, als er sie heranstürmen sah. „Mensch Jessen, haben Sie der Trapp 'nen

Knallfrosch in die Kimme gesteckt? Die rennt ja plötzlich wie ein Wiesel."

Thomas Jessen grinste ihn an. „Guter Trick! Jetzt weiß ich wenigstens, wie Sie damals Ihre Prüfung geschafft haben."

***

Als Bianca aus der Dusche kam, fand sie ein Buschröschen auf ihren bereitgelegten Klamotten. Das war keine besondere Rose, nur eine von denen, die hier überall auf dem Gelände wuchsen. Dabei lag ein zusammengefalteter Zettel, der dieses Röschen doch zu einer ganz besonderen Blume machte. Sie entfaltete ihn und las:

„Sorry! Ich wollte dich vorhin nicht verletzen,
Thomas."

Jetzt musste sie lächeln, obwohl sie ihn gerade eben noch hätte ermorden können. Derartig herabwürdigend hatte noch nie ein Mann mit ihr ungestraft sprechen dürfen. Das Schlimmste war, dass sie genau das in diesem Augenblick gebraucht hatte. Ohne seinen Anschiss hätte sie die Prüfung zwar auch bestanden, aber nicht mit so viel Anerkennung von den Kollegen, nicht mit so viel Stolz über ihre eigene Leistung. Das erste Mal in ihrem Leben war sie für diesen Tritt in den Hintern wirklich dankbar.

Nun musste sie sich beeilen, denn bereits in fünf Minuten sollte sie schon wieder auf der Schießbahn sein. „Nicht einmal anständig föhnen kann man sich. Dieses Lehrgangsprogramm kann keine Frau ausgearbeitet haben", schimpfte sie vor sich hin, während sie im Eilschritt über das Gelände lief.

Beim Schießen stand das abschließende Aktions-Scheibenschießen mit der P30 auf dem Programm. Das war die neue Standardpistole bei der Bundespolizei. Dabei schossen immer zwei Beamte nebeneinander. Insgesamt zehn Serien zu jeweils fünf Schuss auf eine Scheibe, die sich dem Schützen jeweils nur sieben Sekunden zeigten. Nach jeder Serie gab es einen Stellungswechsel, der vom Schießmeister durch lautes Rufen angesagt wurde. Da neun Frauen im Lehrgang waren, hatte sich Kruse großzügig als Biancas Schießpartner zu Verfügung gestellt. Er war ein recht passabler Schütze und wollte für den Spruch heute Vormittag Genugtuung durch Demütigung.

Die vier Pärchen vor ihr schlugen sich recht und schlecht, dann waren Kruse und Bianca dran. Nachdem beide das Kommando „Fertig" mit einem: „Schütze eins" und „Schütze zwei" bestätigt hatten, kam das Stellungskommando. Die Schützen hatten jeweils drei Sekunden Zeit, sich in die angesagte Stellung zu bringen. Danach ertönte eine Hupe, und die Scheiben drehten sich zu ihnen. Es blieben ihnen nur fünf Sekunden Zeit, um ein Magazin mit jeweils fünf Schuss auf die Scheibe abzufeuern, bis sie sich wieder wegdrehte. Danach folgte ein Magazinwechsel. Während ihnen das neue Lagekommando mitgeteilt wurde, fuhren neue Scheiben hoch. Insgesamt feuerte so jeder zehn Salven ab. Kruse schien mit seiner Leistung gar nicht zufrieden zu sein, denn trotz ihrer Ohrenschützer hörte sie ihn ständig lamentieren. Nach dem letzten Schuss fuhr der obere Teil der Pistole, der sogenannte Schlitten, zurück und rastete ein. So war auch gewährleistet, dass keine Patrone mehr im Lauf oder im Magazin war. Sie legten die Waffen vor sich auf einen Schützentisch und hoben die Hände. Das war das Zeichen für den Ausbilder, dass er gefahrlos die Schießbahn betreten konnte.

Scheuermann grinste übers ganze Gesicht. „Nun, mein lieber Kruse, wie ich der elektronischen Anzeige entnehmen konnte, ist das ein Tag für Sie, von dem Sie noch Ihren Enkeln erzählen werden."

Kruse lächelte arrogant. „Das wurde ja mal Zeit, dass unserer ‚Bahnfee' einmal die Grenzen aufgezeigt wurden."

Scheuermann nickte. „Stimmt. Mehr als 500 Ringe konnte sie nicht holen. Kruse, meinen Respekt, Sie haben mit 469 Ringen wirklich ausgezeichnet geschossen."

Kruse grinste Bianca an und deutete eine Verbeugung an. „Es war mir eine Ehre, Ihnen das hier einmal beibringen zu dürfen, wenn Sie richtig aufgepasst haben." Er begann wieder, wiehernd zu lachen.

„Richtig, Kruse", kam es von Scheuermann. „Ich hoffe, Sie haben dabei auch gut aufgepasst. Frau Trapp hat nämlich die sagenhafte Leistung von 492 Ringen. Das hatten wir noch nie auf dieser Schießbahn. Ich gratuliere Ihnen, Frau Kollegin. Ich denke mal, dass Kruses Enkel die Einzigen in Lübeck sind, die von dem heutigen Nachmittag nie etwas erfahren werden."

Mit hochrotem Kopf und schmallippig verließ der Ausbilder den Raum.

Bei Thomas Jessen lief es nicht ganz so erfolgreich. Er würde es ein absolutes Debakel nennen.

„Mensch, Jessen", kommentierte Scheuermann diese Leistung. „Hätten wir nur erahnen können, in welche Richtung Sie geschossen haben, dann hätten wir Sie bestehen lassen, aber so sind Sie glatt durchgefallen. Sagen Sie mal, was ist los mit Ihnen, Sie waren doch beim Bund? Da haben Sie doch schon rumgeballert."

„Ich war bei den Sanis, Herr Hauptkommissar."

„Na, dann werden Sie wohl damit beschäftigt gewesen sein, ihre Zuschauer auf dem Schießstand zu verbinden, oder hat es religiöse Gründe, dass Sie diese wunderbaren Pappscheiben nicht durchlöchern wollten? Sie müssen nur etwas sagen, dann stellen wir Ihnen auch einen Blindenhund." Er schüttelte den Kopf. „Mensch, Jessen, nur weil Sie Ihrer Kollegin vorhin so nett geholfen haben, gebe ich

Ihnen morgen noch eine Chance. Dann müssen Sie mindestens 300 Ringe schaffen. Wie Sie das schaffen, ist Ihr Problem, verstanden?"

Ein leises „Jawohl, Herr Hauptkommissar" war von Jessen zu hören.

„Lauter", brüllte der ihn an.

„Jawohl, Herr Hauptkommissar", schrie Jessen den Ausbilder an.

Der drehte sich um und schickte sich an, die Bahn zu verlassen. „Na also, geht doch."

Bianca hatte den ganzen Schlamassel durch das Zuschauerfenster beobachtet. Zuerst nahm sie den völlig geknickten Jessen in den Arm, dann flüsterte sie ihm ins Ohr: „Hör mal, du Schlappschwanz, nur Flachwichser kneifen vor diesem Idioten. Ich weiß nicht, ob eine Nacht dazu reicht, aus dir einen Buffalo Bill zu machen, aber die 300 Ringe schaffen wir." Sie wandte sich zum Schießmeister. „Chef, hier haben Sie meine EC-Karte. Buchen Sie bitte 1000 Schuss Kaliber 9x19 Millimeter ab. Wir haben heute Abend eine Menge Arbeit vor uns."

***

Es war zwar keine offizielle Feierstunde, die Polizeioberrat Michelsen in seinem Büro abhielt, aber die vier Lehrgangsteilnehmer für die neue „Bahnpolizei" fühlten sich durchaus geehrt, dass ihre Urkunden vom Chef der Akademie persönlich ausgehändigt werden würden. Sogar Frau Graf von der Bahn und einer ihrer Kollegen, den die Bahnkollegen bisher nicht kannten, waren anwesend.

Polizeidirektor Michelsen sah in die Runde. „Meine Damen und Herren, wie ich weiß, kennen sich alle Beteiligten bis auf einen Mann, den ich Ihnen gern vorstellen möchte. Das ist mein sehr geschätzter Kollege Volker Kösters. Herr

Polizeirat Kösters ist von der Bundespolizei als Sicherheitsberater zur Bahn überstellt worden, um dort eine Spezialtruppe zu leiten, der Sie nun die Ehre haben, anzugehören. Diese Gruppe handverlesener Bahnkolleginnen und -kollegen soll ab jetzt der Joker gegen die stetig wachsende Kriminalität auf der Schiene sein. Aus der Bamberger Bundespolizeiakademie werden noch weitere vier Mitarbeiterinnen und Mitarbeiter zu Ihnen stoßen, und morgen werden sie dann gemeinsam mit Ihnen in Köln den Dienst aufnehmen. Bevor ich Ihnen Ihre Dienstwaffen und Dienstausweise aushändigen werde, möchte der Kollege Kösters noch zu Ihnen sprechen."

Volker Kösters, ein schlanker, etwa fünfzigjähriger Mann mit vollem blonden Haar und einem Schnauzer, wirkte eher sorgenvoll als erleichtert. „Kolleginnen und Kollegen, Sie haben in den vergangenen Wochen viel gelernt, doch werden Sie bald feststellen, wie wenig das war. Wenn Sie sich besser kennenlernen, werden Sie sich etwas wundern, wer alles zu dieser Spezialtruppe gehören soll. Da ist zum einen ein bayrischer Gemütsmensch, ein altgedienter Feldwebel und Afghanistanveteran, und zum zweiten ein Vollblutsachse, dessen Name Schüffelchen wie ein Kuscheltier klingt, ebenfalls afghanistanerfahren. Zum dritten ein, wie sich in der Ausbildung zeigte, akademisches Konditionswunder, ebenfalls ein Veteran in der Gruppe, der als Sanitätsfeldwebel seine Schießprüfung nur deshalb bestanden hat, weil die Vierte im Bunde seine abgefeuerten Kugeln mit der Schießscheibe vor dem Einschlag in die Wand noch wegfangen konnte. Hinzu kommt, dass unsere Meisterschützin bereits als ‚Miss Marple' des Bahnhofsservice bei der Unterwelt unangenehm aufgefallen war. So unterschiedlich unser Haufen auch sein mag, jeder ist auf seinem Gebiet ein absoluter Spezialist. Schüffelchen kennt sich mit allem aus, was sich auf Gleisen bewegen kann, und hat darüber hinaus auch noch für all diese Gefährte eine Fahrlizenz. Mayerhuber ist ein Meister der Verhörtechnik, dem nicht die kleinste Regung seines Gegenübers entgeht, und hat den Ruf als ‚kabelloser Lügendetektor'. Jessen ist ein Spezialist der Systemanalyse und galt schon beim Bund als Superhirn des Verbandmullgeschwaders und unsere Kollegin Trapp hat einfach das, was einen Superbullen ausmacht. Sie kann kriminelle Vorgänge förmlich riechen und schießt aus fünfzig Meter Entfernung einer umherschwirrenden Mücke die Flügel weg. Die anderen Kolleginnen und Kollegen werde ich Ihnen morgen vorstellen, sie werden aber vorwiegend im süddeutschen Raum operieren. Diese Gruppe ist ähnlich zusammengestellt wie Sie." Er sah sich in der Runde um. „Gibt's bis dato Fragen?"

Die Angesprochenen schüttelten den Kopf.

„Gut, dann komme ich zur heiklen Seite unseres Jobs. Eine Abteilung wie die unsrige hat es bisher noch nicht gegeben und wird es auch nicht geben, jedenfalls nicht offiziell. Wir bewegen uns schlicht und ergreifend in einer rechtlichen Grauzone. Als Bahnpolizisten haben wir keine ausreichenden Befugnisse, um effektiv zuschlagen zu können. Wir sind keine Exekutivbeamten wie ausgebildete Bundespolizisten. Laufbahnspezifisch sind unsere Stellen ab sofort dem Verfassungsschutz unterstellt und dennoch operieren wir autark. Des Weiteren erhalten Sie mit der Lehrgangsurkunde die Ernennung zum Beamten auf Probe. Sollte keiner von Ihnen goldene Löffel klauen, dann wird das eine Lebensstellung, egal, was aus dieser Abteilung einmal werden wird." Er machte eine Pause, um Zwischenfragen zuzulassen.

Mayerhuber hatte eine. „Wenn ich Sie richtig verstehe, habe ich eben die Metamorphose vom Bahnheini zum Spezialagenten erlebt. Uns wurde zugesagt, dass wir jederzeit wieder zurückwechseln können. Geht das denn auch, wenn ich jetzt plötzlich Beamter bin?"

Frau Graf meldete sich. „Stimmt, das habe ich Ihnen zugesagt, und ein entsprechendes Schriftstück wird Ihnen nachher ausgehändigt."

Mayerhuber lehnte sich zufrieden zurück.

„Und nun", fuhr Kösters fort, „kommen wir zum Geheimhaltungsfaktor unserer Arbeit. Die Bahn ist ein absoluter Tratsch-Verein, und wir werden nicht in Verschwiegenheit operieren können, obwohl wir es sollen. Ich bitte Sie, über Ihren Job weitestgehend Stillschweigen zu bewahren. Ist das hiermit zur Kenntnis genommen?"

Alles nickte.

Bianca meldete sich. „Eine Frage hätte ich noch. Wie nennen wir uns, und wo ist unsere Dienststelle?"

Kösters lächelte nun etwas entspannter. „Unsere Zentrale ist in einem alten Stellwerk in Köln-Deutz untergebracht. Wo kann man einen Baum besser verstecken als in einem Wald. Was den Namen betrifft, bin ich überfragt. Frau Graf, waren Sie da schon kreativ?"

Die Angesprochene war auf diese Frage nicht vorbereitet. „Äh, ja, äh ..." Sie dachte fieberhaft nach. „Das wollte ich eigentlich Ihnen überlassen."

„Also Leute, wer hat eine Idee?"

„Vielleicht Jim Knopf und die wilde Dreizehn?", warf Schüffelchen in die Runde.

Mayerhuber schüttelte energisch den Kopf. „Auf so eine saublöde Idee kann nur Lukas der Lokomotivführer kommen."

Alles lachte.

„Von uns wird bald jeder gehört haben, aber es gibt uns in keinem Telefonbuch", warf nun Thomas Jessen ein, der bisher geschwiegen hatte. „Wenn wir unsere Arbeit gut machen, dann wird man uns bestenfalls spüren, aber nie sehen. Wir sind quasi Zauberer in einer Welt der Muggel, und wir leben in einem alten Stellwerk zwischen den Schienen. Warum nennen wir unsere Abteilung nicht einfach ‚Gleis 9½'?"

Alles schwieg für einen kurzen Augenblick. Kösters grinste übers ganze Gesicht. „Respekt, Kollege Jessen. Wenn man schon nicht schießen kann, dann sollte man kreativ sein. Ich denke, wir haben einen Namen für unseren Haufen gefunden."

***

Nachdem alle ihre Urkunden erhalten hatten, wartete Thomas anschließend vor der Tür auf Bianca. Sie wechselte noch ein paar Worte mit Frau Graf, bevor auch sie ins Freie trat.

„Hör mal, Bianca, ich möchte dir von Herzen für deine Hilfe danken. Ich habe noch nie eine Nacht mit einer Frau verbracht, in der es so heftig geknallt hat und doch nichts passiert ist."

Sie winkte ab. „Blödsinn. Ich konnte meinen sportlichen Lebensretter doch nicht so einfach in der Scheiße sitzen lassen. Es wäre nur nett, wenn du mir rechtzeitig Bescheid gibst, wenn du zukünftig deine Knarre ziehst. Dann kann ich nämlich Urlaub beantragen."

Beide lachten. „Also nach Köln wird es uns verschlagen." Thomas war nachdenklich. „Du wohnst ja in der Gegend, aber für mich wird das Rheinland schon ein Abenteuer. An St. Martin und den Karneval werde ich mich gewöhnen müssen."

Sie schüttelte den Kopf. „Ich denke, du bist jeck genug, um dich nahtlos in die Reihe der Irren einfügen zu können. Das Schunkeln können wir ja dann mal bei einem Kölsch üben. Ich hoffe, wir verlieren uns über den schwerwiegenden Dienst nicht aus den Augen."

Er lächelte sie an. „Das hoffe ich auch."

Kösters kam auf die zwei zu. „Da habe ich ja meine beiden Superagenten. Können wir mal ein wenig beiseite gehen?"

Sie folgten ihm gespannt. „Frau Trapp, Sie sind unverheiratet?"

Bianca nickte.

„Kinder- und beziehungslos?"

„Ja."

„Und Herr Jessen, für Sie gilt das Gleiche?"

Thomas nickte.

„Wunderbar. Dann habe ich keine Anrufe von eifersüchtigen Beziehungs- oder Ehepartnern zu erwarten."

Bianca wurde hellhörig. „Was hat das zu bedeuten?"

„Ich möchte Ihnen hiermit eröffnen, dass Sie beide von nun ab ein Team sein werden. Sie werden täglich mehr Zeit miteinander verbringen, als Sie es täten, wären Sie miteinander verheiratet." Er sah amüsiert in zwei fassungslose Gesichter und schickte sich an zu gehen. „Dann Servus, bis morgen." Bevor er die beiden ihrem „Schicksal" überließ, drehte er sich aber noch einmal zu ihnen um. „Übrigens. Sie wurden von einer ganzen Gruppe von psychologisch geschulten Fachleuten begutachtet und als extrem miteinander harmonierend eingestuft. Sie haben, was diese Entscheidung betrifft, kein Vetorecht." Er grinste sie breit an. „Und jetzt wünsche ich Ihnen endgültig eine schöne Heimreise."

Er war schon fast an der Tür, als Bianca ihm noch etwas hinterherrief. „Aber eines sage ich Ihnen gleich, Herr Polizeirat: Wenn der schnarcht, dann wechsle ich zur Post!"

3

Bianca stand unglücklich vor ihrem Spiegel und probierte die nicht gerade zahlreichen Varianten zum Tragen eines Holsters mit der Dienstwaffe aus. Genauer gesagt, gab es nur zwei Varianten, entweder ein Schulterholster oder ein Hüftholster. „Attraktiv macht das nicht gerade, und bequem ist es auch nicht", murrte sie, „entweder kann ich nicht mehr laufen oder ich sehe aus wie ein militanter Clown."

Es klingelte an der Haustür.

„Und jetzt drängeln die auch noch."

Schnell entschloss sie sich für das Hüftholster mit Gürtel, richtete sich mit einer fahrigen Handbewegung die Haare und verließ die Wohnung. Sie hoffte inständig, dass sie nur heute vom Fahrdienst abgeholt werden würde. Jeden Morgen alle dreißig Sekunden auf die Uhr zu schauen, aus Angst sich zu verspäten, war ihr viel zu stressig.

Irritiert schaute sie auf den großen VW-Bus, der lediglich für zwei Fahrgäste geschickt wurde. „Moin, Buffalo. Alles frisch?"

„Definitiv nicht", brummte Thomas, „so aufgeregt war ich das letzte Mal am Morgen meiner Konfirmation."

Bianca schüttelte den Kopf. „In froher Erwartung des Heiligen Geistes?"

„Nee. Ich wusste, dass mir mein Vater ein Moped schenken wollte. Eine Zündapp Gts50. War zwar gebraucht, das Teil, aber der Fuchsschwanz am Lenker war neu."

Sie sah sich im Fahrzeug um und beugte sich danach zum Fahrer. „Sind wir die Einzigen, die Sie abholen sollen, oder gibt's noch eine Kaffeefahrt?"

„Nein", kam die Antwort, „die anderen beiden werden von meinem Kollegen eingesammelt. Es sollten zwar auch noch die Bamberger Kollegen kommen, die sind aber gleich durchgefahren, weil es im Süden Probleme geben würde."

Er guckte sich die beiden durch den Rückspiegel an. „Ich kenne das alte Stellwerk in Deutz. Was ist da denn plötzlich für ein Betrieb? Das ist doch tot, oder nicht?"

„Wir sind Teil eines Expertenteams, das überprüfen soll, ob sich das Gebäude für ein Notfallstellwerk eignet", antwortete Thomas geistesgegenwärtig. „Sie wissen selbst, was in NRW los war, als in Duisburg die Verkehrsleitstelle abgebrannt ist."

Der Fahrer war nicht zufrieden mit der Antwort. „Aber was wollen die in Deutz, wenn in Hamm die Elektronik spinnt?"

„Die Entfernung ist kein Problem. Die Bildschirme müssen nur groß genug sein, dann können sie jedes Streckenbild darauf abbilden. Wenn Sie die Technik dafür installieren, können Sie Ihre Heizung oder Ihre Jalousien ja auch über Ihr Handy von Mallorca aus steuern. Und wenn Sie dann noch die Live-Bilder über die Webcam an der Wand haben, denken Sie, Sie sitzen in Hamm und das mitten in Deutz."

Die Neugier des Fahrers war gestillt, ein weiterer Mitarbeiter war über die Innovationsfreude seines Arbeitgebers begeistert, und Thomas hatte die erste Geheimhaltungsprobe mit Bravour bestanden. Nach dieser Erklärung machte sich der Kollege auch keine großen Gedanken mehr, als er sie nur zum Bahnhof Deutz bringen sollte. Den Rest würden sie dann zu Fuß gehen.

Zehn Minuten später standen sie vor dem alten Gemäuer.

„Von wegen, der Bildschirm muss nur groß genug sein", murmelte Bianca schmunzelnd, als sie nach ihrem Klopfen darauf warteten, dass ihnen jemand öffnete. „Hier hat man bereits Probleme mit der Statik, wenn man nur versucht, ein Tablett an die Wand zu nageln."

Die Tür öffnete sich, und nachdem sie ihre Namen genannt hatten, bat sie ein Mitarbeiter herein. Der Mann führte sie eine steile Kellertreppe hinab. Danach ging es durch einen nur spärlich beleuchteten, ca. zwanzig Meter langen Gang, an dessen Ende sich eine Stahltür befand, die an einen Bunker erinnerte. Der Mann hielt einen Chip an den Griff und die Tür glitt geräuschlos zur Seite. Dahinter tat sich ein geräumiges, hochmodernes Großraumbüro auf. Kösters stand in dessen Mitte an einem drei mal drei Meter großen Tisch, in welchen ein annähernd ebenso großer Bildschirm eingelassen war. Neben ihm beugte sich ein junger Mann darüber.

Kösters begrüßte sie freundlich. „Na, endlich ist die Kavallerie da. Schnappt euch einen Kaffee und hört zu."

Thomas steuerte auf die Kaffeemaschine zu. Aus Lübeck wusste er, dass Bianca ihren Kaffee schwarz mochte, und kam mit zwei Tassen an den Tisch zurück.

Kösters zeigte auf den jungen Mann. „Das ist DJ Data. Es ist unglaublich, was der einem ganz normalen Notebook alles entlocken kann. Einst war er in der Hackerszene der Beste der Besten und hat der Bahn das Leben schwergemacht. Heute ist er bei der Bahn und macht den Hackern das Leben schwer."

Bianca und Thomas nickten dem jungen Mann zu.

„Sagt euch Interoperabilität im Schienenverkehr etwas?"

Bianca unterbrach ihn. „Moment bitte. Ich würde uns auch ganz gern vorstellen. Wir sind ja jetzt schließlich Kollegen."

DJ lächelte sie an. „Das ist sehr freundlich, aber ich kenne Sie bereits."

„Woher denn das?“, fragte Thomas erstaunt. „Wir sind uns eben zum ersten Mal begegnet.“

Kösters hatte sichtlich Spaß an der Situation. „Data hat euch aus rund 300.000 Bahnmitarbeitern herausgefiltert. Euren Lebenslauf kennt der auswendig.“ Er sah die beiden an. „Könnt ihr jetzt bitte meine Frage beantworten?“

„Die mit der Interoperabilität im Schienenverkehr?“

Kösters nickte.

Thomas schien sich nicht ganz sicher zu sein. „Ist das nicht so ein Versuchsprogramm für ein Managementsystem im nationalen und internationalen Güterverkehr?“

Kösters nickte. „Genau das ist es. Es soll einmal europaweit genutzt werden, es ist aber noch völlig unklar, welches System sich von welcher Bahn entwickelt auf unserem Kontinent durchsetzen wird.“

Thomas sah ihn ungläubig an. „Wo liegt das Problem? Auf dem Mond sind wir schon vor mehr als 45 Jahren gelandet. Die Militärs können aufgrund der Satelliten der jeweilig anderen Seite genau sagen, an was für Raketen welche Schrauben fehlen. Dann wird man doch so ein System mit links entwickeln können.“

„Die Deutsche Bahn ist auch dabei, hat aber augenblicklich ein Problem. Früher sind nur Ladungen verschwunden. Die leeren Waggons sind irgendwann irgendwo wieder leer aufgetaucht. Doch leider verschwinden die Waggons heutzutage einfach mit der Ladung.“

Thomas war im Bilde. „Und das ist vor allem dann ziemlich blöd, wenn man versucht, sein neues System in ganz Europa durchzusetzen, und es kommen dennoch Waggons weg.“

Kösters nickte. „Und wenn sich das in unserem Auftrag entwickelte System nicht europaweit durchsetzt, wird’s richtig teuer für die Bahn, weil wir auf den gesamten Entwicklungskosten sitzenbleiben. Deshalb wurde auch eine Art SOKO gegründet."

„Wer ist das, und wo sitzen die?"

Kösters grinste sie an. „Ihr beide seid das, und der Sitz ist Gleis 9½!"

Data unterbrach das Gespräch. „Sorry, aber hier kommt gerade über den internen Ticker, dass es am Güterbahnhof Köln-Eifeltor einen tödlichen Unfall gegeben hat. Vielleicht solltet ihr da mal hinfahren."

Kösters stimmte zu. „Gute Idee. Dann haben die Sonderermittler der Bahn ihren ersten Auftritt, und ihr könnt da gleich mal ein wenig in der modernen Containerwelt recherchieren."

***

Als Bianca und Thomas am Eifeltor ankamen, war die KTU der Kölner Kripo schon bei der Arbeit. Bei einem tödlichen Arbeitsunfall kamen die automatisch, auch wenn es da kaum noch etwas zu ermitteln gab. Özgür Can, so hieß der tote Rangierer, hatte laut Notarzt einen Herzinfarkt. Er fiel auf die Gleise und wurde just dort von einer Rangierlok erfasst.

„Wer seid ihr denn", fragte ein Kripomann aus Köln.

„Trapp und Jessen sind unsere Namen", antwortete Bianca freundlich und beide zeigten ihre Dienstausweise. „Wir sind Sonderermittler der Bahn."

Erst bestaunte der Polizist die Ausweise, dann drehte er sich zu seinem Kollegen um. „Sag mal, Jupp, hast du schon mal was von Sonderermittlern bei der Bahn gehört?"

„Ja", kam die Antwort prompt. „Die jagen Schwarzfahrer." Jupp kam näher. Sie lachten, bis einer von ihnen bemerkte, dass Bianca und Thomas bewaffnet waren. „Guck doch mal, die haben sogar Knarren. Werden Wiederholungstäter jetzt erschossen?“

„Nee, die sind nur für Fangschüsse gedacht.“

Die Polizisten staunten. „Für Fangschüsse?“

„Ja“, lächelte Thomas sie an. „Wenn sich zum Beispiel Kripobeamte in einem Bereich aufhalten, bei dem die anliegenden Oberleitungen nicht stromlos geschaltet wurden, und sie auch noch mit langen Messlatten hantieren, dann kann ihnen schon mal so ein Stromschlag die Innereien verschmoren. Oft sind sie trotzdem noch nicht ganz tot, und dann kommt der Fangschuss ins Spiel. Wäre ja sonst auch eine Quälerei, gell?“

„Sagen Sie mal“, fragte einer der beiden konsterniert, „wollen Sie uns verarschen?“

„Ja“, erwiderte Thomas grinsend. „Sie sind einfach dankbare Opfer.“

Er zog Bianca etwas zur Seite. „Komm, nur weg von diesen Idioten. Lass uns rüber in die Rangierleitung gehen. Da wird man uns sicher etwas über den toten Kollegen sagen können.“

Sie platzten in eine Spontantrauerfeier für den bedauernswerten Kollegen.

Bianca zeigte ihren Ausweis. „Hallo, meine Herren, unsere Namen sind Trapp und Jessen. Wir sind Sonderermittler der Bahn. Wer von Ihnen ist der Schichtleiter?“

Ein älterer Mitarbeiter erhob sich. „Ich, meine Dame. Mein Name ist Missenich, Günther Missenich. Geht es um Özgür?“

„Nicht nur. Wir würden gern von Ihnen wissen, was hier wo genau passiert ist und wie der Tagesablauf des Kollegen Can ausgesehen hat.“

„Na, dann kommen Sie mal mit. Ich zeige Ihnen, wie Rangierer als Versuchskaninchen so ihren Tag verbringen.“ Er führte sie ins Schichtleiterbüro, von dem aus man annähernd die gesamte Anlage überblicken konnte. „Wie Sie sehen, ist hier der Teufel los. Obwohl wir für fast alles Maschinen und Computer haben, gibt es zwei Dinge, die der Rangierer noch mit der Hand machen muss. Sich den Arsch abwischen und die Räder abklopfen, um zu testen, ob die Bremsen frei sind."

Bianca sah ihn fragend an. „Das kenne ich aus alten Western, als die Rangierer mit einem großen Hammer gegen die Bahnräder geschlagen haben."

Der Mann nickte. „Stimmt, und das hat sich nur insofern geändert, dass heute meist nur noch auf Sicht überprüft wird. Nur bei Auffälligkeiten wird geklopft. Nur nicht mit einem Hammer, sondern mit einem großen metallenen Schraubenschlüssel zum Beispiel. Natürlich haben die in den Ausbesserungswerken ultramoderne Röntgengeräte für Achsen und Laufräder, aber das ist nur etwas für die ICEs. So etwas Feines bekommen unsere Waggons gerade einmal alle sechs bis acht Jahre bei der Hauptuntersuchung zu sehen. Die Kollegen, die ein defektes Laufrad noch am Klang hören können, sterben langsam aus. Das sieht man ja an Özgür."

„Und damit war er heute beschäftigt? Neben seiner Leiche lag so ein großer Schraubenschlüssel."

„Ja. Das hat er am liebsten gemacht. Darin war der ein Ass. Der kam so oft zu uns rein und sagte, dass der eine oder andere Flachwagen krank sei. So hat er das immer ausgedrückt. Dann war wirklich immer etwas kaputt und für uns höchste Zeit, das Ausbesserungswerk darüber zu informieren."

Thomas schaute interessiert aus dem Fenster. „Herr Missenich, Sie sprachen eben von Versuchskaninchen. Wie soll ich das verstehen?"

Der Mann winkte ab. „Nicht allzu wörtlich nehmen, obwohl wir uns tatsächlich ein wenig so fühlen. Eifeltor ist einer der neuesten Container-Umschlagbahnhöfe, wo natürlich immer das Modernste vom Modernen ausprobiert wird. Aktuell testen wir ein neues Erkennungs- und Leitsystem für Containertragwagen. Das soll in ein bis zwei Jahren europaweit zum Einsatz kommen und irgendwann auch für alles anwendbar sein, was sich auf Schienen bewegen kann."

Thomas bremste ihn in seinem Redefluss. „Sagen Sie uns bitte erst einmal, wie das alte System funktioniert."

„Gern. Firma XY will zum Beispiel einen Container mit der Bahn verschicken. Deren Disposition meldet der Bahn, wohin, mit welcher Fracht und mit welchem Gesamtgewicht der Container verschickt werden soll. Die Bahn meldet dann Ort und Zeit zur Anlieferung. Z. B. soll Metallschrott nach Afrika geliefert werden und ab Rostock in See stechen. So stellt der Zentralrechner des Frachtzentrums aus vielen Containern einen Zug zusammen, der nach Mannheim geht. Das ist ein großer Fracht-Knotenpunkt. Welcher Container auf welchen Flachwagen kommt, bestimmt ebenfalls der Computer. Ist ein Zug fertig zusammengestellt, kommt eine Lok davor, der Lokführer bekommt eine Rolle mit den Frachtpapieren eines jeden einzelnen Waggons, und ab geht die Bahn. In Mannheim angekommen, wirft der Lokführer diese Frachtrolle von seinem Führerstand in einen Auffangbehälter. Der dortige Wagenmeister nimmt ihn aus dem Fangkorb und bringt ihn in die Bergzentrale. Mitarbeiter öffnen die Rolle und die einzelnen Waggonbegleitscheine werden von Hand in ein vom Computer angegebenes Fach gelegt. Es erfolgt wieder per Computer die Zusammenstellung eines Zuges, dieses Mal nach Maschen bei Hamburg. Auch hier bestimmt der Rechner, welcher Waggon an welcher Stelle im Zugverband läuft. In Maschen dann dasselbe Prozedere, nur geht der Zug von dort nach Rostock. Am Zielort Rostock ist ein großer Seeverladebahnhof. Von da ab geht es nach Afrika."

Thomas war noch nicht zufrieden. „Wenn das alles per Rechner bestimmt wird, warum werden dann die Laufzettel der einzelnen Waggons noch mit der Hand sortiert?"

Missenich hatte diese Frage schon erwartet. „Weil wir ohne Papiere komplett den Überblick verlieren würden, wenn der Rechner durch einen Stromausfall oder durch einen Virus ausfallen sollte."

Bianca zog die Stirn kraus. „So weit okay, aber habe ich das mit der ‚Bergzentrale' eben richtig verstanden?"

Missenich grinste sie an. „Hört sich seltsam an, ist es aber nicht. Ein Zug kommt in dem Rangierbahnhof auf einem der siebzehn Einfahrtgleise an. All diese Einfahrtgleise liegen auf einem riesigen Plateau. Dort oben werden alle Waggons abgekoppelt. Der Computer bestimmt, welche Waggons freigegeben werden, und diese rollen dann allein durch die Schwerkraft auf eines der vierundsechzig, ebenfalls vom Computer angegebenen, tiefergelegenen Ausfahrtgleise. Überwacht wird das Ganze von dem sogenannten ‚Bergmeister', der im Stellwerk sitzt und vom höchsten Punkt dieses Berges den Überblick hat."

„Das ist doch perfekt", entfuhr es Bianca. „Wozu soll es ein neues System geben?"

„Weil man mit dem alten System nur weiß, wo die einzelnen Waggons sein müssten. Mit dem neuen System weiß man sofort, wo die einzelnen Waggons tatsächlich sind. Dafür sind die Gleise der modernen Güterumschlagbahnhöfe und ein paar Versuchsstrecken mit Barcode-Lesegeräten ausgerüstet worden. Die können solche Tafeln", er hob eine Tafel mit einem Barcode hoch „im Vorbeifahren lesen. Diese Barcodetafeln werden hier von einem Spezialdrucker ausgespuckt und von uns per Hand in die dafür am Waggon vorgesehenen Halterungen gesteckt. Natürlich nur bei den Waggons, die auf diesen Versuchsstrecken verkehren."

„Und was ist beim neuen System der Vorteil?"

„Die Kosten werden gesenkt, da der Mensch auf den Rangierbahnhöfen so gut wie wegfällt. Jeder Waggon wird irgendwann so eine maschinenlesbare Barcodetafel an der Seite haben, die zusätzlich mit einem Transponderchip ausgerüstet ist."

„Ist das nicht doppelt gemoppelt?", fragte Thomas dazwischen.

„Im Prinzip ja, aber im Winter sind die Tafeln durch den aufgewirbelten Dreck oft unlesbar, und bei großer Sommerhitze fallen manchmal die Transponder aus. Aus diesem Grund verlangt das Bundesamt für den Güterverkehr sowohl Gürtel als auch Hosenträger."

Bianca war beeindruckt. „Das ist ja eigentlich idiotensicher."

Missenich nickte. „Eigentlich ja, aber trotzdem verschwinden nicht nur Ladungen spurlos, sondern ganze Container mitsamt Tragwagen. Deswegen werden die Tragwagen stichprobenhaft mit GPS-Sendern ausgerüstet. Da kann man die einzelnen Wagen sogar dann aufspüren, wenn unser System völlig spinnt."

„Ist es denn nun sicher?"

„Nein. Es wurden jüngst Ladungen vermisst, die hier verladen wurden. Das ging aus den Frachtbriefen der Speditionen hervor. Da waren Güter dabei, an die wir uns gut erinnerten. Zum Beispiel ein Container voller Edelstahlschrott. Der bestand nur aus Krankenhausbedarf. In diese unzähligen Bettpfannen hätte ganz Europa reinscheißen können. Und der Wagen mitsamt Ladung war einfach verschwunden. Mit Barcode, Transponder und GPS. Wir fingen an die Listen mit der Hand zu schreiben. Wir lassen uns doch nicht von diesem Computer verarschen!"

„Und?“

„Es verschwanden wieder Container mitsamt dem Flachwagen.“

Thomas stutzte. „Aber Sie konnten doch nun nachweisen, dass Sie diese Container hier verladen und aufs Gleis gesetzt hatten.“

„Ja. Als wir Krach geschlagen hatten, wurde nachgeforscht und es stellte sich heraus, dass die Barcodetafeln und GPS-Sender plötzlich im Bestand ganz anderer Umschlagbahnhöfe waren. Da standen wir ganz schön blöd da!“

„Irgendwann kam dann irgendein EDV-Experte und hat anhand der Protokolle überprüft, wo das System manipuliert wurde. Gott sei Dank hatten wir hier eine reine Weste, unsere Kiste war sauber.“

Missenich war regelrecht glücklich, in Bianca und Thomas endlich einmal aufmerksame Zuhörer gefunden zu haben, die ihn nicht gleich für einen Spinner hielten. „Ich hoffe, Sie haben etwas Zeit mitgebracht. Dann könnte ich Ihnen das Gelände zeigen?“

Thomas nickte ihm zu. „Dann mal los.“

***

Nach einer knappen Dreiviertelstunde hatten sie sich einen Überblick über alle 12 Gleise und die sechs wirklich eindrucksvollen Verladekräne verschafft. Missenich war stolz darauf, sein liebstes Kind solchen netten Leuten zeigen zu dürfen.

„Hier sehen Sie, wie die Containerkräne die einzelnen Behälter vom LKW auf die kleineren Tragwagen und jeweils zwei Container auf die großen Lenkachsentragwagen heben. Während die sogenannten Lascher ihre Arbeit machen, die Container auf den jeweiligen Tragwagen befestigen, registriert der Lademeister die Kennnummern der Container und die des Tragwagens und gibt sie in den Computer ein. Dann entnimmt er unserem Spezialdrucker die vom Computer bestimmte Tafel oder auch den zugeteilten GPS-Sender, befestigt sie am Wagen und registriert die erfolgte Installierung ebenfalls per Computer. Das geht alles mit einem Scanner. Getippt wird da nichts mehr."

Thomas war beeindruckt. Dieses System schien tatsächlich sicher.

Danach führte Missenich sie wieder zu der Stelle, wo der Kollege Can verunglückt war. „Hier in Eifeltor werden die einzelnen Tragwagen nicht beladen und dann zu Zügen zusammengekoppelt, sondern die Tragwagen werden leer aufs Gleis gestellt. Die Kräne fahren die Gleise hoch und runter und setzen die Container auf die vom Computer berechneten Tragwagen", fuhr Missenich in seinem Vortrag fort. Er schüttelte den Kopf. „Wenn hier Rangierloks entlangfahren, sind sie so extrem langsam, dass eigentlich gar nichts passieren kann."

Thomas konnte die Verzweiflung Missenichs nachvollziehen. „Beruhigen Sie sich bitte. Ich denke nicht, dass der Kollege Can einen Fehler gemacht hat. Wenn der Notarzt recht hatte, war Cans Herz der Grund. Anscheinend ist er genau neben der fahrenden Lok zusammengebrochen und auf das Gleis gekippt. Ganz sicher können wir aber erst sein, wenn der Rechtsmediziner mit seiner Arbeit fertig ist. Also, zerbrechen Sie sich nicht den Kopf, solange wir nicht die genaue Todesursache kennen."

***

Als sie wieder in ihrem alten Heimatstellwerk angelangt waren, besorgte Thomas erst einmal zwei Pizzen. Inzwischen hatte ihnen die Kripo die Fotos vom Einsatzort gemailt. Bianca hatte sie mit Hilfe von Data auf das große Screen Board an der Wand ziehen können und betrachtete sie. Sie ärgerte sich, dass ihr nicht schon am Einsatzort die Barcodetafel aufgefallen war, welche Can auf den Tatortfotos in der Hand hatte.

Thomas betrat das Büro. „Einmal ‚Quattro Stagioni' und eine ‚Frutti di Mare'. Die sind schon geschnitten. Brauchst du dennoch Besteck?"

Sie ging gar nicht darauf ein. „Dieser Missenich hat uns doch vorhin erzählt, dass die Barcodelabels mit dem Transponder vor dem Verladen vom Computer bestimmt und dann gleich in die dafür vorgesehenen Halterungen gesteckt werden."

Thomas trat zu ihr. „Stimmt, so habe ich ihn auch verstanden."

Sie tippte mit der Hand auf das elektronische Bild. „Wenn Can gerade dabei war, die Räder abzuklopfen, warum hatte er dann so eine Barcodetafel in der Hand? Damit hatte der doch gar nichts zu schaffen?"

Thomas starrte sie an. „Die Tafel in seiner Hand ist mir sofort aufgefallen. Warum habe ich diese Frage nicht gestellt?"

„Weil wir zu dem Zeitpunkt noch nichts über das Verladeprozedere wussten."

Sie wandte sich zu Data. „Kollege, komm doch mal bitte."

Der Angesprochene erhob sich von seinem Platz und trat zu ihr. Sie tippte wieder auf das Bild. „Kannst du das Bild so weit vergrößern, dass wir den Barcode lesen können?"

Data zuckte mit den Achseln. „Mal gucken, aber das wird schwierig. Irgendwann wird es eben unscharf."

Er tippte mit beiden Fingern auf das Bild im Bildschirm und zog den Rahmen auseinander. Das Bild vergrößerte sich. Nachdem er das noch zweimal gemacht hatte, waren die Zahlen und Striche zu unscharf, als dass man sie hätte zweifelsfrei erkennen können.

„Shit", schimpfte Thomas. „Dann sollten wir unsere Pizza stehen lassen und schnell nochmal hinfahren."

Keine halbe Stunde später waren sie wieder am Tatort. Die Leiche Cans war zwar schon auf dem Weg zur Rechtsmedizin, aber die Spurensicherung war noch vor Ort.

„Kollege", wandte sich Bianca an einen der Beamten, „inzwischen sind uns schon die Bilder der Unfallstelle übermittelt worden. Der Tote hatte ein Barcodelabel in der Hand. Haben Sie das noch hier?"

Der nickte. „Ja. Das ist schon eingetütet."

„Darf ich mit meinem Handy davon ein Foto machen?"

Der Beamte hatte nichts dagegen, kramte die entsprechende Tüte aus dem Beweismittelkoffer und legte sie darauf. „Fotografieren ja, aber nicht anfassen."

Es gelang ihr nicht gleich, die Tüte so zu fotografieren, dass der komplette Barcode lesbar war, aber nach einigen Versuchen hatte sie ihn endlich deutlich im Bild. Danach gingen sie zu Missenich, der schon wieder am Schreibtisch saß.

„Sie waren doch schon längst weg. Haben Sie nach so kurzer Zeit schon Heimweh?"

„Nicht ganz, Herr Missenich. Kurze Frage: Könnten Sie mal bitte nachsehen, ob dieser Code schon an einen Container vergeben worden ist?"

„Woher haben Sie den?"

Bianca wurde ungeduldig. „Das spielt jetzt keine Rolle. Bitte sehen Sie nach."

Widerwillig setzte er seine Lesebrille auf und meldete sich beim Server an. „Aber ich sage Ihnen gleich: Ich habe an diesem Terminal kein Zugriffsrecht. Ich kann hier nur nachschauen."

„Das reicht uns schon."

Betont langsam diktierte Bianca Missenich die Zahlenfolge. Nachdem er Enter gedrückt hatte, dauerte es etwas, bis der Rechner eine Übereinstimmung gefunden hatte und den Standort des Waggons anzeigte.

„Sehen Sie", Missenich schien erleichtert. „Der Container steht hier noch."

„Logisch", bemerkte Thomas, „die Codekarte haben wir ja auch hier in der Hand."

„Woher haben Sie die Tafel?"

„Can hatte sie in der Hand, als er verunglückte."

Missenich verstand die Welt nicht mehr. „Wie kann das sein? Wie kann Özgür ein Barcodelabel in der Hand gehabt haben, dessen Nummer schon im System ist? Wenn das Ding am Waggon ist, hat er damit absolut nichts mehr zu tun!"

Bianca verstand die Aufregung des Mannes. „Kann es sein, dass er sie auswechseln wollte?"

Missenich schüttelte den Kopf. „Auf wessen Anweisung denn?" Er zeigte auf den Bildschirm. „Sehen Sie, hier ist dem Barcodelabel auch per Zufallsgenerator ein GPS-Sender zugeteilt worden. Jetzt müssen wir den nur anpeilen, und wir werden sehen, wo der Waggon steht." Er gab die Nummer des Senders ein und wartete kurz. „Da!" Er tippte aufgeregt mit dem Zeigefinger auf den Bildschirm. „Sehen Sie, da haben wir den Schlingel schon." Er vergrößerte den Bildausschnitt. „Aber da sind ja gar keine Gleise. Da ist nur eine Straße. Was, zum Teufel, ist am Melatengürtel?" Entgeistert starrte Missenich auf die angezeigte Straßenkarte.

Bianca hatte eine Idee. „Wo ist Özgür Cans Leichnam hingekommen?"

„In die Rechtsmedizin, hieß es."

Bianca sah ihn an. „Und wo ist die?"

Thomas holte sein Handy aus der Tasche und tippte darauf herum. „Am Melatengürtel 60 bis 62 ist das Rechtsmedizinische Institut der Universität Köln."

Missenich begriff alles etwas langsam. „Wollen Sie damit sagen, dass Özgür sowohl Barcodelabel als auch GPS-Sender eines Waggons bei sich hatte, der laut System bereits abgefertigt ist?"

„Nicht ich, sondern das System behauptet es", konterte Thomas und nickte grimmig. „Jetzt gehen wir auf die Gleise und suchen den Tragwagen, der entweder keine Barcodetafel hat oder mit einer falschen Tafel bestückt ist, die nicht im System gelistet ist."

„Und wie machen wir das?", frage Bianca.

„Wir fotografieren alle Barcode-Tafeln im Umkreis des Unfallortes. Diese Fotos lassen wir von Data auswerten."

Missenich blieb skeptisch. „Wenn Sie etwas finden, dann würde das bedeuten, dass Özgür den bereits aus dem System genommen hat, und das geht von hier aus nicht."

Bianca setzte den Gedanken fort. „Dann muss es jemand anderes getan haben, aber von wem und wann bekam Can dann die Anweisung, was zu tun ist?"

Thomas sah sie nachdenklich an. „Dann sollte sich Data mal mit der Spurensicherung kurzschließen. Ich nehme an, dass Cans Handy jetzt dort ist und untersucht wird."

„Das glaube ich nicht", sagte Bianca. „Wenn sich Cans Herztod bestätigt, dann kommt kein Mensch auf die Idee, sein Handy zu überprüfen."

„Dann soll Data es veranlassen. Ich denke mal, dass wir darin eine SMS finden, in welcher er klare Anweisungen erhalten hat. Vielleicht führt uns diese Spur zu Cans Auftraggebern. Wenn sich Data der Sache annimmt, haben wir schon Ergebnisse, bevor wir wieder zu Hause sind."

„Aber da ist noch etwas!", schoss es Missenich durch den Kopf. „Wenn Can die Tafeln ausgewechselt hat, muss er auch die Wagenpapiere im Sortierfach ausgetauscht haben." Er erhob sich und ging an das Sortierregal. „Dann machen Sie auch von den Papieren eine Kopie. Darin dürften dann nur noch die Papiere mit der neuen Nummer liegen."

***

„Warum macht man Pizza nicht gleich aus Latex?" Bianca kaute mit finsterer Miene auf einem Stück Quattro Stagioni herum. „Dann sind die Dinger unbegrenzt haltbar, und man kann sie vor dem Essen einfach eine halbe Stunde auf die Heizung legen. An der Konsistenz ändert sich dabei gar nichts."

„Stimmt", pflichtete ihr Thomas mit vollem Mund bei. „Kalte Pizza in der Mikrowelle aufzuwärmen, ist eben nicht der Renner."

Data setzte sich zu ihnen. „Ich habe leider schlechte Nachrichten für euch. Cans Handy war sauber. Der hat damit alle Jubeljahre mal mit seiner Schwester in der Türkei telefoniert, aber nie eine SMS empfangen. Bei sogenannten ‚Sozialen Diensten' war er gar nicht angemeldet."

Bianca war enttäuscht. „Kann er das gelöscht haben?"

„Nein. Auf einem Smartphone kann der Laie nichts löschen, was nicht wieder rekonstruierbar wäre, und es gab nichts zu rekonstruieren."

Thomas überlegte. „Wie gehen wir jetzt vor? Sag doch mal was, Data. Wir brauchen einen goldenen Tipp."

„Den könnt ihr von mir haben." Kösters schlenderte in die Teeküche und goss sich eine Tasse Kaffee ein. „Ich habe die ‚Schüffel-Hubers' bereits mit einem richterlichen Beschluss zu Cans Haus geschickt, um da alles auf den Kopf zu stellen. Vielleicht solltet ihr auch hinfahren. Ihr wisst wenigstens, wonach ihr suchen müsst, und ich denke, ihr werdet dort auch etwas finden. Data wird inzwischen Cans Finanzen überprüfen. Des Weiteren treffen wir uns heute Abend um 20:00 Uhr hier. Data hat es geschafft, einen IT-Experten der Bahn hierherzulocken. Wir haben ihn über unseren Anfangsverdacht unterrichtet, und er stand unserer Theorie wenigstens nicht gleich ablehnend gegenüber."

Bianca fragte irritiert. „Was heißt hier nicht ablehnend? Wir saugen uns doch nichts aus den Fingern!"

Kösters verstand ihren Einwand. „Dieses System ist für viele hohe Herren in der Gütersparte das allerliebste Kind. Für die Entwicklung wurde viel Geld ausgegeben und das wollen die mit satten Gewinnen wieder reinholen. Das bewirkt natürlich bei allen auch ein Karrieresprung. Da gibt es kein ‚Wenn und Aber'."

„Und was ist mit gesundem Menschenverstand?"

„Was ist das denn? Genauso gut kannst du einen Rauschgiftsüchtigen darauf hinweisen, dass sein Dope gesundheitsschädlich ist." Er tippte auf seine Uhr. „Und nun macht, dass ihr zu Cans Wohnung kommt und seid pünktlich wieder hier, möglichst mit Ergebnissen."

***

Schüffelchen begrüßte sie mit einem freundlichen Lächeln. „Na, ihr beiden Barcodejäger, da hat ja das kriminalistische Trüffelschwein seinem Ruf wieder mal alle Ehre gemacht."

Bianca zuckte mit den Achseln. „Was kann ich dafür, wenn jemand beim Labeln tot umfällt?"

Schüffelchen zuckte mit den Achseln. „Aber ich begreife die Sache noch immer nicht. Wenn jemand den Zentralcomputer hacken kann, warum muss man dann noch die Barcodetafeln wechseln?"

Bianca freute sich, einem so erfahrenen Bahner, wie Schüffelchen einer war, etwas erklären zu können. „Weil der Absender der Fracht die Codenummer auf den Papierdurchschlägen hat. Wenn die Fracht nicht beim Empfänger angekommen ist, dann können die sich mit der alten Nummer nach ihrem Waggon totsuchen, während die Fracht mit dem alten Waggon aber mit einer neuen Nummer unbehelligt durch die Republik schippert."

Thomas schaute ihn nachdenklich an. „Hör mal Schüffel, du bist doch Lokführer. Wie kann man sich eigentlich so ein kompliziertes System ausdenken? Bis der letzte Depp kapiert hat, wie das funktioniert, fahren die Loks lange schon ohne Führer."

Schüffelchen sah ihn betroffen an. „Stimmt leider. Das werden wir wahrscheinlich noch erleben. Ich denke aber, dass dieser Wust dadurch entsteht, dass wir augenblicklich zwei Systeme bedienen müssen: einmal das althergebrachte und dann das automatische Lesesystem. Aber zu unserem jetzigen Fall: Wenn sich dieses System wirklich durchsetzen sollte, dann fällt auch der ganze Wechselkram von den Barcodetafeln weg. Loks und Wagen haben dann ihren eigenen festen Barcode und Transponder, und die Ladung wird dem Wagen zugeteilt, nicht umgekehrt. Dazu müssten dann zwar überall entsprechende Lesegräte angebracht sein, aber umsonst ist der Tod."

„Das würde aber bedeuten, dass tausende Rangierer ihren Job verlieren", warf Mayerhuber ein.

Thomas zuckte mit den Achseln. „Schon, aber was interessiert dich das?"

„Mich interessiert das überhaupt nicht, aber dieser Umstand könnte ein Motiv sein, diesen ganzen Laden hier ad absurdum zu führen, indem man Container mit Wagen klaut." Bianca stimmte ihm zu. „Aber egal, am Prinzip des

Verfahrens hat sich durch ein Motiv nichts geändert, also müssen wir die Kerle, die das machen, entlarven."

Thomas grinste. „Warum bist du dir so sicher, dass das Kerle sind?"

„Weil kein Container geklaut wurde, der für Douglas bestimmt war oder gar Pelze geladen hatte." Sie sah sich um. „Okay, Schüffel, habt ihr etwas Neues für uns?"

„Die Fritzbox hat zwar Anrufe registriert, aber leider waren die ohne Kennung. Voicemails waren auch keine aufgezeichnet. Den PC haben wir bereits von den Fachleuten der Kripo abholen lassen, da alles mit Kennwort gesichert war. Huber ist gerade dabei, die Papier- und Abfallkörbe zu durchsuchen. Gott sei Dank war Can alleinstehend und hat anscheinend grundsätzlich auswärts gegessen. In seinem Kühlschrank war nur Bier. Ich bin gerade dabei, ein Puzzle aus Papier zusammenzusetzen, das wir in einem der Papierkörbe gefunden haben."

„Und was ist darauf zu sehen?"

„Nur Zahlen."

Thomas' Gesicht hellte sich auf. „Könnte das ein Barcode sein?"

Schüffelchen war anderer Meinung. „Wenn, dann für mehrere Tafeln. Für eine sind das zu viele Zahlen."

Auch Bianca war zuversichtlich. „Welches Format hat das Blatt?"

„DIN A5, würde ich sagen."

Sie steuerte auf einen Block zu, der auf dem Wohnzimmertisch neben dem schnurlosen Telefon lag. „Vielleicht können wir dir ja deinen Job vereinfachen. Ich denke, das hier ist deine Vorlage." Sie streifte sich Latexhandschuhe über und hielt den Block seitlich gegen das Licht. Sie schien offensichtlich mit dem zufrieden, was sie sah. Sie verschwand in Richtung Toilette, kam mit ein paar Blatt Klopapier wieder, öffnete die Tür zur Terrasse und ging hinaus. Mit dem Klopapier wischte sie einige Male über die eingestaubten Steine, kam wieder herein und setzte sich an den Tisch. Vorsichtig begann sie, den aufgenommenen Dreck durch Wischbewegungen auf das Papier zu übertragen. Die Zahlenabdrücke wurden sichtbar. „Na bitte!“, brummte sie zufrieden. „Hier haben wir doch alles, was wir brauchen.“ Sie fotografierte den Zettel und schickte ihn sofort zu Data.

Thomas war verblüfft. „Wo hast du denn den Trick her ... aus einer Spezialausbildung?“

Bianca zwinkerte ihn an. „Nee. Als Kind hatte ich mal einen Detektivkasten. Da war für solche Sachen extra Graphitpulver drin. Man kann aber auch einen angespitzten Bleistift nehmen.“

***

Während der Fahrt nach Deutz schwiegen Thomas und Bianca erst eine Weile, aber sie spürte, dass ihn eine Frage quälte.

„Raus damit.“

„Womit?“

„Du kaust auf einer Frage herum. Spuck’ sie aus.“

Er war verblüfft. „Stimmt“

„Also raus damit.“

„Warum haben die ausgerechnet uns beide zusammengesteckt?“

Sie zuckte mit den Achseln. „Keine Ahnung. Hat wohl gerade so gepasst, wie bei Dick und Doof, Tünnes und Schäl oder Plisch und Plum.“

„Hm“, er kratzte sich nachdenklich am Kinn. „Sehr befriedigend finde ich die Antwort nicht.“

Sie lächelte. „Vielleicht, weil du läufst und ich hechle.“

„Oder ich schieße und du triffst", ergänzte er ihren Gedanken.

„Oder so. Wir scheinen uns gut zu ergänzen." Sie lächelte ihn an. „Auf jeden Fall fühle ich mich wohl mit dir." Sie schaute auf die Uhr. „Los, drück auf die Tube. Wir haben schließlich ein Date."

Sie waren die Letzten, die in der Zentrale ankamen. Kösters winkte ihnen zu, deutete auf zwei freie Stühle und eröffnete die Sitzung.

„Zuerst möchte ich euch Herrn Piet Mayers vorstellen. Er gehört zu einer europäischen IT-Sondereinheit und kommt von der NS."

Bianca war unsicher. „Hat das was mit Nazis zu tun?", tuschelte sie zu Thomas.

„Nein", kam es postwendend zurück. „Nicht NS von Nazi, sondern Niederländische Bahngesellschaft."

Kösters fuhr fort. „Er ist uns jetzt für diesen Fall zugeteilt, weil Data nicht für alle IT-Bereiche zugangsberechtigt ist. Tja", er sah sich in der Runde um, „der erste Fall für unsere Spezial-Truppe, und gleich gibt es eine ganz harte Nuss zu knacken. Fakt ist, dass der Bahn Fracht mitsamt Containern gestohlen wurde. Dank der Spürnase unserer Kollegin wissen wir jetzt im Prinzip auch, wie. Irgendjemand ändert, von wo und wie auch immer, die Ladelisten der Container. Jetzt, wo das Güterleitsystem noch in der Erprobung ist, benötigt dieser Jemand Passmänner auf den jeweiligen Verladebahnhöfen, die die Barcodetafeln und gegebenenfalls auch die GPS-Sender austauschen und die Ladelisten manipulieren."

„Wieso austauschen?", fragte Mayers dazwischen.

„Weil es nach dem Diebstahl des Containers auffallen würde, dass einer fehlt."

„Okay, aber warum fallen die leeren Ladewagen dann nicht auf?"

„Weil die auch verschwinden!"

Mayers schüttelte den Kopf. „Das würde ja bedeuten, dass da jemand bislang unbemerkt auf das ganze System Zugriff hat."

Kösters wusste plötzlich nicht mehr, ob der Holländer wirklich der richtige Mann war, der ihnen zur Verstärkung zugeteilt wurde. „Deswegen sind Sie hier."

Der Mann bekam hektische Flecken im Gesicht. „Aber das ist völlig unmöglich."

Kösters wurde ärgerlich. „Mijnheer Mayers, Sie können ganz beruhigt sein. Wir sind nicht auf der Suche nach dem Schuldigen. Ich sage es für Sie gern noch einmal: Wir versuchen herauszubekommen, wer von wo und auf welchem Weg Eingriffe in einen hochsensiblen IT-Bereich der Deutschen Bahn AG vornimmt, ohne dass die Firewall Alarm schlägt. Das ist vor allem Datas und Ihr Job, und ich bitte Sie herzlichst um eine konstruktive Mitarbeit."

Mayers war offensichtlich angesäuert und plusterte sich angespannt auf. „Was verstehen Sie unter konstruktiv?"

„Dass Sie im Laufe unserer Zusammenarbeit das Wort ‚unmöglich' aus Ihrem Hirn streichen. Das verhindert nämlich unseren, und damit auch Ihren, Erfolg."

Alle erwarteten von dem Mann, dass er aufstehen und gehen würde, aber das Gegenteil geschah. Er blieb sitzen und ließ offensichtlich angestauten Dampf ab. „Ich werde wohl einen völlig neuen Umgang mit den Dingen bei Ihnen lernen müssen. Ich entschuldige mich. Meine Aussage war ...", er stockte mitten im Satz. Alles lachte. „Nennen Sie mich Piet", fügte er lächelnd hinzu.

Kösters nickte ihm versöhnlich zu. „Damit hätten wir mit Data und Piet eine schlagkräftige ‚Etappe' unserer kleinen Armee gebildet. Wir kommen zur Infanterie. Was haben die Schüffel-Hubers zu melden?"

„... oder besser gesagt, die leichte Kavallerie ...! Im Hause Can haben wir die Zahlen gefunden, die dem Rangierer offensichtlich über das Festnetz mitgeteilt wurden."

Data unterbrach ihn. „Der Anruf erfolgte übrigens von einem Wegwerfhandy aus Frankreich. Soweit ich es nachverfolgen konnte, aus dem Raum Marseille."

„Ansonsten", fuhr Schüffelchen fort, „haben wir in der Tiefkühltruhe in mit Wasser gefüllten Tupperdosen eine nicht gerade kleine Menge eingefrorener Goldbarren gefunden. Dem Detektor nach tippen wir auf eine Größe von jeweils fünf Gramm. Wie reinhaltig der Fund ist, können wir erst bestimmen, wenn der Schatz aufgetaut ist."

„Das erklärt auch, weshalb Can nur ein Girokonto hatte, auf dem sich alles im absolut gängigen Rahmen eines Normalverdieners bewegte", unterbrach ihn Data wieder. „Wenn ihr fertig seid, habe ich noch etwas anderes: Wir haben den Fahrwagen mit dem gesuchten Container, den Can umlabeln wollte, gefunden. Bis 22 Uhr brauchen wir eine Entscheidung, ob der Wagen im Verband bleiben soll, oder nicht. Dann nämlich geht der Zug raus."

Kösters zog die Stirn kraus. „Warum ist der nicht schon längst ausgekoppelt?"

„Weil ich darum gebeten habe, es nicht zu tun", ging Bianca dazwischen. „Der Wagen ist an letzter Stelle. Den aus dem Verband zu nehmen, ist eine Sache von Minuten. Wenn der aber ausgekoppelt wird, bekommen das die Auftraggeber bestimmt mit. Wenn wir den Container jetzt, wie mit Can vereinbart, auf den Weg bringen, haben wir eine Chance herauszubekommen, was damit passiert."

Thomas unterstützte Bianca in ihrem Vorschlag. „Wir sollten dann aber auch noch einen GPS-Sender von uns dazu schmuggeln. Einen, der möglichst noch gar nicht im Überwachungssystem der Bahn aufgetaucht ist, der nur von Data geortet werden kann."

Data winkte ab. „Keinen GPS-Sender, das ist zu unsicher. Ich bastele uns da etwas zusammen, was die anderen nicht orten können."

Kösters nickte zufrieden. „Das machen wir. Data, wie lange brauchst du dazu?"

„Zwanzig Minuten. Ich habe alles hier."

„Okay, du hast zehn."

Alle erhoben sich.

„Halt", Kösters zeigte auf Bianca und Thomas. „Ihr beide bleibt noch kurz."

„Jetzt weißt du auch, warum ich bislang keine Karriere gemacht habe", raunte sie Thomas zu, „noch keinen ganzen Tag im Dienst und schon der erste Anschiss." Und zum Chef gewandt. „Um es gleich zu sagen: Ich war's."

Kösters grinste die beiden an. „Keine Sorge, ich schätze eure Arbeit. Ich schätze sie derart, dass ich euch beiden leider einen weiteren Job reindrücken muss. Für Bianca wird das kein Problem sein, sie kennt die Örtlichkeiten."

Sie bekam große Augen. „Duisburg?"

Kösters nickte. „Yes, Ma'm. Wie du schon vermutet hast, ist da eine Bande am Werk, die Leuten ihre Schließfachschlüssel stiehlt, um damit die Fächer blitzartig zu leeren. Ist das Gepäck aus dem Fach raus, wechselt es genauso schnell den ‚Eigentümer', sodass wir nie jemanden auf frischer Tat ertappen konnten."

Biancas Augen leuchteten. „Sind die endlich erwischt worden?"

„Nein, sonst wärt ihr morgen nicht in Duisburg. Eine gewisse Anne Pohl hat explizit dich angefordert, die Sache vor Ort aufzuklären."

Sosehr sich Bianca auch freute, ihre alte Kollegin wiederzusehen, sie schüttelte den Kopf. „Sorry, aber wir reiten gerade auf gestohlenen Containern durch die Republik."

Kösters grinste sie an. „Schön gesagt, meine Liebe, aber zwischendurch könnt ihr euren Rössern auch mal ein wenig Pause gönnen. Solange sich hier nichts tut, gibt es für die Tiere in Duisburg einen wunderbaren Mietstall."

4

Es war schon ein seltsames Bild, Anne Pohl an dem Schreibtisch sitzen zu sehen, vor welchem sie vor noch gar nicht langer Zeit gestanden hatte, um sich die Tiraden des Herrn Boche anzuhören. Dahinter saß nun also ihre Freundin, frisch vom Lehrgang für Führungskräfte zurück, und erledigte Schreibkram.

Bianca klopfte und öffnete die Glastür. Ein Strahlen machte sich auf Annes hübschem Gesicht breit. „Bianca, mein Schatz", sie erhob sich, lief um den Schreibtisch herum und umarmte ihre Freundin stürmisch. „Mein Gott, ist das schön, dich mal wieder im Arm zu halten."

Bianca genoss diese herzliche Begrüßung. „So schön ich es jetzt auch fände, wenn wir zusammen ganz in Ruhe einen Pott Kaffee trinken könnten, aber wir haben hier einen Job zu erledigen. Hast du meine gestrige Bestellung beisammen?"

„Die Technik hat bis eben daran herumgeschraubt."

Bianca war sichtlich zufrieden. „An beiden Haupteingängen sind Lichtbrücken, an den Nebeneingängen haben die Kollegen Handlampen. Jetzt brauchen wir nur noch einen Lockvogel."

Anna machte ein betretenes Gesicht. „Daran hapert's leider. Ich habe ein paar Kollegen von anderen Bahnhöfen gefragt, aber niemanden dazu überreden können."

„Logisch." Bianca schüttelte den Kopf. „Die Kollegen befürchten bei den Banden, die rund um den Bahnhof ihr Unwesen treiben, auf die schwarze Liste zu kommen."

Da Thomas Biancas Plan kannte, war ihm klar, dass er an diesem Tag noch im Mittelpunkt des Geschehens stehen würde. Hier in Duisburg gab es mit Sicherheit niemanden, der ihn erkennen könnte, also war er für den Job wie geschaffen. Thomas sollte einen Handlungsreisenden spielen, der umständlich zwei sehr auffällige Wertkoffer in einem Schließfach verstaute. Die Koffer waren so präpariert, dass derjenige, der die Schließfachtür als Erster öffnete, von einem feinen Sprühnebel getroffen würde. Die Flüssigkeit fluoresziert unter Schwarzlicht. Die Koffer waren ebenfalls mit dieser Flüssigkeit bedeckt, sodass sie und die Hände eines jeden, der sie angefasst hatte, ebenfalls unter Schwarzlicht leuchteten. Nachdem Thomas die Koffer im Fach verstaut hatte, sollte er sich im Bahnhof überall dort herumtreiben, wo Taschendiebe leichte Beute machen können.

„Gibt es noch Fragen?", erkundigte sich Bianca, als sie den Plan all denen erläutert hatte, die in die Aktion eingebunden waren.

Zwei Kollegen schienen ihn zwar inhaltlich begriffen zu haben, aber dennoch nicht damit einverstanden zu sein. Bianca kannte sie nur zu gut. „Stephan, Boris, was ist denn nun schon wieder? Passt euch etwas nicht?"

Es war ihnen unangenehm, so direkt angesprochen zu werden. „Was soll schon sein?", begann einer der beiden. „Wir finden es absolut nicht in Ordnung, dass du gestern noch eine ganz normale Kollegin warst und hier heute als Chef einen auf dicke Hose machst."

Bianca lächelte ihn an. „Deinen Frust kann ich verstehen, Boris. Dass das bei dir mit der dicken Hose nicht klappt, ist klar. Dazu brauchst du einfach dementsprechende Eier. Leider hast du gar keine. Also halte den Rand und mach das, was dir aufgetragen wird. Habe ich mich deutlich ausgedrückt?"

Boris wollte etwas erwidern, wurde aber von Stephan daran gehindert. „Hör auf, Boris. Du quatschst dich um Kopf und Kragen. Die Weiber haben hier eben nun mal das Sagen. Außerdem hat die 'ne Knarre und du nicht."

Bianca sah auf die Uhr. „Also Leute, ich hoffe, ihr habt keine Fragen mehr zur Sache. Es ist jetzt 9:38 Uhr. Wir stehen für den Köder um exakt 10:00 Uhr bereit. Hoffen wir, dass das ein Erfolg wird und wir diesen Kerlen das Handwerk legen können. Jetzt möchte ich das Wort noch kurz an den Kollegen Nadler von der Bundespolizei übergeben. Er ist heute der Einsatzleiter bei den ‚Bupolis'."

Nachdem Nadler sich für Biancas Einleitung bedankt hatte, erläuterte er kurz, wo er überall die insgesamt 18 Beamten postiert hatte.

Nach dem Briefing blieben nur Bianca und Thomas sitzen.

„Von wo aus wirst du das Spektakel beobachten?"

Bianca deutete mit dem Kopf in Richtung Zentrale. „Ich werde dich im Fernsehen bewundern können. Ich hoffe, dass der Diebstahl des Schlüssels über die Kameras zu sehen sein wird. Dann hätten wir die Kerle endlich am Haken."

***

Thomas stand schon eine ganze Weile mit seinen Wertkoffern in Position, als über die Kameras endlich ein Mann aus der Zielgruppe gesichtet werden konnte, der sich offensichtlich für die Schließfächer interessierte. Bianca gab Thomas über Funk das vereinbarte Zeichen und er wuchtete die beiden metallenen Koffer ins Schließfach. Danach steuerte er auf ein Geschäft zu, vor dem schon eine lange Schlange von Leuten auf ihren ‚Coffee to go' wartete. Er rechnete damit, auf die klassische Tour angerempelt zu werden, und dementsprechend angespannt war seine Körperhaltung. Aber es geschah nichts dergleichen. Plötzlich hörte er Biancas Stimme in seinem Ohr. „Du kannst jetzt in die Zentrale kommen, der Schlüssel dürfte weg sein."

Thomas schüttelte erstaunt den Kopf. Er war sich sicher, dass ihm nichts gestohlen wurde. Er durchsuchte seine Taschen. Es war alles noch da, bis auf den Schlüssel. Hektisch klopfte er seine Kleidung ab, doch der war weg. Konsterniert machte er sich auf den Weg zur Überwachungszentrale.

„Na?!", begrüßte ihn Bianca, „hast du nicht das Mädchen bemerkt, das hinter dir in der Schlange stand?"

„Klar habe ich die bemerkt. Ich habe sie auch nicht aus den Augen gelassen."

„Das haben wir gesehen, du ‚Chauvi', dabei hast du aber leider den Jungen vor dir aus den Augen verloren, der dir in die Manteltasche gegriffen hat." Sie lachte. „Wir haben diese Szene direkt für dich 'rauskopiert."

Kopfschüttelnd beobachtete er sich, wie er in all seiner Ahnungslosigkeit vor dem Laden stand und sich den Schlüssel hatte stehlen lassen. „Ich fasse es nicht. Dabei hatte ich extra noch ein Portemonnaie in dieselbe Tasche gesteckt, aber das hat er nicht angerührt."

Anne war nur wenig erstaunt. „Das sind eben absolute Profis. Man darf sich von dem kindlichen Alter der Beteiligten nicht ablenken lassen. Die sind straff organisiert, für Kids unglaublich diszipliniert und haben es dabei faustdick hinter den Ohren." Sie zeigte auf einen dritten Jungen, der augenscheinlich nur an der Warteschlange vorbeiging. Erst, als sie das Bild vergrößert hatten, war zu sehen, wie der Schlüssel übergeben wurde.

„Okay", kam es von Bianca. „Nun haben wir schon vier Mitglieder der Bande. Mal sehen, wie viele noch dazukommen."

Keine drei Minuten später steuerte eine dunkelhaarige Frau mittleren Alters auf das Schließfach zu und öffnete es. Als sie von dem feinen Nebel getroffen wurde, zuckte sie leicht zusammen. Als würde sie eine Spinnwebe entfernen, wischte sie sich übers Gesicht. Dann nahm sie die Wertkoffer an sich und verschwand aus dem Sichtbereich der Kamera. Den toten Winkel schien die Truppe bereits für die erste Übergabe genutzt zu haben, denn als einer der Koffer auf einem anderen Bildschirm auftauchte, trug ihn ein älterer Mann im hellen Trenchcoat. Koffer Nummer zwei war plötzlich auf einer ganz anderen Kamera zu sehen. Den trug wiederum der Junge, dem der Schlüssel zuerst übergeben worden war. „Na, wenigstens bei der dritten Station ein alter Bekannter", brummte Bianca. „Solche Sippen gehen meist mit noch mehr Mitgliedern auf Raubzug." Sie erhob sich. „Nun wollen wir doch mal sehen, wer uns an den Ausgängen alles ins Netz geht."

***

Täter und Diebesgut waren unter der Lichtbrücke durch das Schwarzlicht gut zu erkennen. Die bereitstehenden Einsatzkräfte der Bundespolizei kannten kein Pardon. Wenn die Festgenommenen ihre Kumpane lauthals warnen wollten, wurden sie von den resoluten Beamten unsanft daran gehindert. Außenstehenden schien das unangemessen brutal vorzukommen. Die ersten besorgten Bürger versammelten sich aufgeregt um den Mannschaftswagen, in welchen die Festgenommenen zur ersten Aufnahme der Personalien verbracht wurden.

„Was machen Sie denn mit den armen Flüchtlingen?", rief eine aufgebrachte Rentnerin. „Reicht es nun schon alleine Ausländer zu sein, um von Ihnen verhaftet zu werden."

Einer der Festgenommenen mit auf dem Rücken gefesselten Händen, der gerade von zwei Polizisten zum Wagen geführt wurde, brüllte aus Leibeskräften „Free Syria", was die entrüstete Menge vor dem Mannschaftswagen anwachsen ließ.

Die Tatsache, dass sich die Polizeibeamtinnen und -beamten auf keinerlei Diskussion mit Passanten einließen, heizte deren miese Stimmung noch mehr an. Aus anfangs nur irritierten Zuschauern wurden aggressive Wutbürger. Immer mehr Beamte wurden von der Einsatzleitung vom Inneren des Bahnhofes abgezogen, um einen schützenden Ring um den Mannschaftswagen mit den Festgenommenen zu bilden. Thomas stand etwas außerhalb des Geschehens und beobachtete alles. Er war darüber entsetzt, mit welcher Zielsicherheit diese abgezockten Gauner die angeheizte Stimmung der Menschenmenge schürten und für ihre Ziele nutzten. Dabei fiel ihm auf, dass außerhalb des Auflaufs immer mehr Leute zu sehen waren, die rein äußerlich durchaus zu den soeben Festgenommenen hätten gehören können. Sie schienen zumindest der gleichen Bevölkerungsgruppe anzugehören.

Er nahm sein Funkgerät an den Mund. „Hör mal, Bianca, du magst mich für verrückt halten, aber um den Mannschaftsbus herum rotten sich immer mehr Typen zusammen. Ich werde den Einsatzleiter bitten, die Gaunertruppe zum nächsten Revier zu bringen. Dort können die Kollegen vom Erkennungsdienst ihren Job ruhiger erledigen. Ist das okay?"

„Ist gut, mach' das!", kam es zurück. „Hier sind gerade noch zwei mit gelben Markierungen an den Händen geschnappt worden, und wenn die eingesackt sind, kann es losgehen."

Thomas hatte den Einsatzleiter der Bundespolizei schnell aufgespürt. Der hatte die Ruhe weg und schien noch nicht einmal erstaunt, als ihm Thomas von seiner Beobachtung berichtete. „Das lassen Sie mal unsere Sorge sein, junger Mann. Wir haben die Situation absolut im Griff und glauben Sie mir, mit dem ‚Gesocks' kennen wir uns aus."

Der Hauptkommissar hatte kaum noch Zeit, sich in seiner Uniform sicher zu fühlen. Inzwischen standen mit Nadler insgesamt 11 Beamte um den Wagen herum. Plötzlich überrollte sie, wie auf ein geheimes Kommando, der aufgebrachte Mob. Die völlig überraschten Bundespolizisten wurden einfach umgerannt oder durch gezielte Schläge außer Gefecht gesetzt. Sie hatten gegen die an die fünfzig Schläger überhaupt keine Chance. Ein Beamter versuchte, seine Waffe zu ziehen, um einen Warnschuss abzugeben, aber die wurde ihm einfach aus der Hand gerissen. Offensichtlich hatte er noch nicht einmal Zeit gehabt, sie zu entsichern. Im Nu waren die Türen des Mannschaftswagens aufgerissen, die beiden Beamten, die im Inneren auf die Diebe aufpassen sollten, herausgezogen und niedergeschlagen. So verschafften sich die Angreifer freie Bahn, um die Insassen des Wagens befreien zu können. Nach diesem Tohuwabohu, dem fast schon animalischen Kampfgebrüll der Angreifer, nach diversen Hilferufen der Polizistinnen und Polizisten herrschte plötzlich so etwas wie Totenstille auf dem Bahnhofsvorplatz. Thomas fand sich auf einem der Angreifer liegend wieder, dem von einer heftig aus der Nase blutenden Polizistin Handschellen angelegt wurden. Dann waren aus allen Richtungen sich nähernde Sirenen von den zur Hilfe gerufenen Einsatzwagen zu hören. Die Polizistin nickte Thomas zu. „Ich weiß zwar nicht, wer Sie sind, aber ich weiß, dass Sie mir das Leben gerettet haben. Danke."

Bianca hatte das Ganze aus der Ferne beobachten müssen. Panik stieg in ihr auf. Panik davor, diesen einsatztechnischen Super-GAU verantworten zu müssen. Gelähmt vor Entsetzen stand sie da und hoffte inständig, dass das alles nur ein furchtbarer Traum war. Thomas erhob sich, klopfte seine Kleidung ab und sah seine Kollegin ein paar Meter weiter stehen. An ihrer Gesichtsfarbe konnte er erkennen, wie sie sich fühlte. Er ging zu ihr und nahm sie in den Arm. „Hey, Bianca, für diesen ganzen Scheiß konntest du nichts. Dafür konnte niemand etwas. Das war so wirklich nicht vorhersehbar."

Sie schüttelte den Kopf. „Ich habe noch immer nicht begriffen, wie das alles passieren konnte. Woher kamen plötzlich diese vielen aggressiven Leute? Hier ging es ja zu wie in der Kölner Silvesternacht."

Thomas nickte. „Nur, dass sie hier nicht irgendwelchen Mädels an die Wäsche, sondern ganz gezielt Ordnungskräfte angegriffen haben."

Mehrere Rettungs- und Notarztwagen trafen vor dem Bahnhof ein. „Gibt's Verletzte?", fragte Bianca ängstlich.

„Ja, auch einige Polizisten hat es offensichtlich verbeult."

„Und die Festgenommenen, was ist mit denen?"

Thomas zuckte mit den Achseln. „Die scheinen wohl verschwunden zu sein."

„Verschwunden?", Bianca war entsetzt. „Wie hört sich das denn an? Da ist niemand verschwunden, das war eine brutale Gefangenenbefreiung."

„Egal, wie du es nennst, einen der Angreifer konnten wir jedenfalls schnappen. Das weiß ich nur deswegen, weil ich direkt danebenstand."

Der Einsatzleiter hörte das mit. „Moment mal, der Herr stand nicht nur daneben, der ist dazwischengegangen, als meine Kollegin angegriffen und verprügelt wurde. Der Festgenommene hat mit einem Baseballschläger auf sie eingeschlagen. Ihr Kollege hat sich, ohne auf seine Gesundheit zu achten, auf ihn geworfen. Ihr Kollege ist ein Held!"

Thomas war sichtlich verlegen. „Nun reden Sie doch nicht so einen Blödsinn. Hätte ich den Baseballschläger gesehen, dann wäre ich mit Sicherheit nicht so tollkühn gewesen. Aus dem Alter bin ich nämlich raus. Das war alles nur Zufall, der Ihrer Kollegin geholfen hat. Mehr nicht."

Der Polizist ließ sich nicht beirren. „Ich werde diesen Vorfall lobend an die Bahndirektion weiterleiten. Davon wird mich niemand abbringen."

***

Am nächsten Morgen saßen Bianca und Thomas mit etwas flauem Magen an ihren Schreibtischen und warteten auf das Eintreffen Kösters zum Dienst. Schüffelchen und Mayerhuber waren auch schon da und trauten sich aufgrund der enorm schlechten Laune Biancas nicht, etwas zu sagen. Natürlich wussten sie über den *Buschfunk* von den gestrigen Vorfällen. Bianca schaute auf ihre Uhr. „Ich weiß zwar nichts über die Gewohnheiten vom Boss, bin mir aber sehr sicher, dass er nicht grundlos weg ist. Höchstwahrscheinlich bekommt der unseretwegen in irgendeiner Chefetage einen Einlauf verpasst."

Thomas grinste. „Ich will ihn nicht als Genießer hinstellen, aber ich denke, dass der so etwas ganz gut verkraftet. Außerdem weiß ich noch immer nicht, was wir hätten anders machen können. Für alles, was innerhalb des Bahnhofes geschah, war nun mal die Bundespolizei verantwortlich."

Bianca war damit nicht einverstanden. „Aber ich habe ihnen das Ding eingebrockt. Die haben doch nur Amtshilfe geleistet."

Thomas wollte gerade etwas erwidern, da stand Kösters plötzlich im Raum. „Ist Frau Kollegin wieder bei ihrer

Lieblingsbeschäftigung angelangt und zerfleischt sich ein wenig selbst?“

Sie verzog das Gesicht. „Du hast schon davon gehört?“

„Aber natürlich. Das kam heute schon in den Nachrichten.“

„Unsere Nummer?“

„Nein, aber die Folge davon.“ Er winkte alle Anwesenden an den Besprechungstisch. „Die Polizei konnte anhand der Videos vom Bahnhofsvorplatz und der Bilder innerhalb des Bahnhofes alle beteiligten Personen identifizieren. Es handelt sich um einen libanesischen Familienclan, der hier in Duisburg leider schon oft aufgefallen ist. Heute Nacht wurden der gesamte Wohnblock umstellt und die gestern Vormittag beteiligten Leute samt und sonders eingesackt. Es wurde sogar die entwendete Dienstwaffe mitsamt Munition sichergestellt. Dabei waren die farblichen Markierungen eine große Hilfe. Bei der Hälfte der Leute ist ein Asylverfahren anhängig, und die sitzen bereits in Abschiebehaft.“

Thomas wurde hellhörig. „Ja, geht denn das so einfach?“

Kösters zuckte mit den Achseln. „Das ist nicht meine Baustelle. Ich habe aber gehört, dass der Anwalt der Libanesen Beschwerde eingelegt hat. Er meint, dass die farbliche Markierung der Täter als Stigmatisierung ähnlich einem Judenstern gleichkäme.“

Bianca brauste auf. „Na, damit werden sie doch hoffentlich auf die Schnauze fallen, oder?“

„Justitia ist hin und wieder eine recht launische Zeitgenossin. Meine Hand lege ich für diese Dame nicht ins Feuer.“

Bianca konnte ihren Frust nicht verbergen. „Bekomme ich wegen gestern noch einen eingeschenkt?“

Kösters grinste sie an. „Wenn du darauf bestehst, könnte ich etwas arrangieren. Ansonsten bitte ich dich, diesbezüglich deine Klappe zu halten."

„Aber man kann den Kollegen von der Bundespolizei doch jetzt nicht hängen lassen."

„Kann man schon. Und ich schwöre dir, wenn der nur eine kleine Chance sähe, den ganzen Müll, der da gelaufen ist, auf dich abzuladen, dann hätte er es bereits gemacht."

Bianca konnte sich nicht im Zaum halten. „Aber ..."

Kösters' Miene ließ kein Widerwort zu. „Was, bitte, ist an ‚Klappe halten' missverständlich?" Er schaute die beiden scharf an, und als Bianca dreimal durchgeatmet hatte, fuhr er fort. „Euer Waggon ist weg."

„Der, den wir präpariert hatten?"

„Genau der. Mit ihm leider sowohl der offizielle als auch der inoffizielle Peilsender."

Thomas war gespannt. „Und hat ihn die Bahn als verlustig gemeldet?"

„Nein. Kurz vor seinem Verschwinden wurde er wieder aus dem System genommen."

Data betrat das Büro.

„Leider kein so guter Morgen."

Kösters sah auf die Uhr. „Wenn du jetzt erst kommst, dann kommst du von irgendwoher. Also woher?"

„Ich habe im Vorzimmer der Herren Abteilungsleiter darauf gewartet, bis der IT-Chef den Herren die Lage erklärt hat."

„Und?"

„Nichts und. Es bleibt alles beim Alten. Statistisch gesehen hat sich die Zahl der gestohlenen Container nicht vermehrt, und solange sich daran nichts geändert hat, sehen die Herrschaften keinerlei Veranlassung, Maßnahmen einzuleiten. Das würde nur die Verhandlungen mit den anderen Bahnen belasten, wenn es darum geht, denen das Containersystem zu verkaufen."

Bianca verstand die Welt nicht mehr. „Es kann also wieder mal nicht sein, was nicht sein darf. Wir bauen ein Flugzeug, und wen interessiert das schon, ob es überhaupt fliegen kann."

Kösters breitete resigniert die Arme aus. „Das war schon immer so, und daran wird sich auch nichts ändern."

Bianca schlug mit der flachen Hand auf den Tisch. „Es wird Zeit, dass wir sie dazu zwingen."

„Und wie, bitte?" Thomas sah sie kopfschüttelnd an. „Was braut sich schon wieder in diesem Hirn zusammen?"

„Wovor haben die hohen Herren wohl Angst?"

Kösters lachte auf. „Dass die Boni gekürzt werden."

Bianca grinste gehässig. „Das steht an zweiter Stelle."

„Noch mehr Angst haben die nur vor den Taliban."

„Richtig. Da sollten wir ansetzen."

Data schüttelte den Kopf. „Okay, du wurdest uns als leicht verrückt angekündigt. Dabei wurde uns aber verschwiegen, dass du komplett irre bist. Willst du mit Burka und Sprengstoffweste die nächste Hauptversammlung aufmischen?"

„Weniger. Wir sollten genau auf dem Weg, wie uns die Altmetallcontainer unterm Hintern weggezogen wurden, irgendetwas Gefährliches selbst klauen."

Kösters zeigte sich interessiert. „Und an was denkst du?"

„Mit Chlorgas kann man zum Beispiel ein ganzes Spaßbad mit hunderten von Leuten vergiften, sogar tödlich vergiften."

Thomas war entsetzt. „Hast du vor ein Exempel zu statuieren?"

„Natürlich nicht! Wir klauen nur einen leeren Container inklusive Flachwagen, deklarieren die Fracht als Chlorgasflaschen, setzten ihn ins System, stellen ihn auf irgendein Abstellgleis und warten, was passiert."

„Und was willst du damit beweisen?"

Thomas grinste. „Dass wir damit einen Anschlag vorbereiten könnten, wenn wir nur wollten. Spätestens dann müsste unser oberster Sicherheitshäuptling Hummeln in den Arsch kriegen." Er sah sich im Raum um. „Data, bekommst du das hin? Die Schüffel-Hubers werden dir dabei helfen. Schüffelchen kennt bestimmt ein paar Gleise, die sich dafür eignen würden."

Der gelernte Lokführer grinste. „Da gibt es ganz fantastische Ecken."

Kösters nickte. „Könnt ihr euch bitte darum kümmern?"

„Klar doch."

Bianca fühlte sich von ihrer eigenen Idee ausgeschlossen. „Und was ist mit uns?"

„Ihr beide solltet euch umsehen."

„Wo?"

Data antwortete für Kösters. „In Okkersbach und Umgebung."

Thomas zog die Stirn kraus. „In welcher Pampa liegt das denn?"

Data drückte auf die Fernbedienung und auf dem großen Wandbildschirm erschien eine Landkarte. „Okkersbach liegt im Nordhessischen. Es liegt an einer ziemlich frequentierten Nord-Süd-Trasse. Dort ist auch ein Wartegleis. Auf das werden langsame Güterzüge umgeleitet, wenn sie von schnelleren Personenzügen überholt werden sollen. Und genau dort haben wir die letzten GPS-Zeichen empfangen können. Unseren GPS-Sender hingegen haben wir noch einmal kurz nur unwesentlich später auf einer Straße geortet, die diese Trasse kreuzt. Dann war gänzlich Ende."

Bianca konnte kaum glauben, was sie da hörte. „Moment bitte. Ich habe das jetzt so verstanden, dass da ein kompletter Waggon mit Container und allem Zipp und Zapp verschwunden ist? Einfach vom Gleis weg, als hätte sich David Copperfield eine Schaffnermütze geklaut?"

Thomas schmunzelte. „Ein Copperfield klaut sich keine, der zaubert sich eine."

Bianca fühlte sich nicht ernstgenommen. „Ich habe diesen Illusionisten nicht umsonst ins Spiel gebracht. Wenn wirklich ein ganzer Waggon mitsamt Ladung verschwunden ist, dann sollten alle denken, er hätte sich in Luft aufgelöst."

„Fakt ist nun mal", unterbrach sie Kösters, „dass der Waggon weg ist. Ihr beide werdet nach ihm suchen."

„Wo? In Okkersbach?"

„Kennt ihr einen besseren Ort für so eine Suche?"

***

Es war stockdunkel um sie herum. Biancas schlechte Laune waberte wie eine böse Wolke durchs Auto.

„Ich wäre dir dankbar, wenn du irgendwann mit dem Schmollen aufhören könntest", versuchte Thomas ein Gespräch zu beginnen.

„Ich schmolle nicht", antwortete Bianca. „Ich bin verstimmt."

Thomas grinste. „Und was, bitte schön, ist der Unterschied?"

„Schmollen ist, wenn man, also faktisch ...", sie zögerte, „also verstimmt sein ist schmollen mit faktischem Hintergrund."

Er versuchte, ihr Profil im Dunkeln zu erkennen. „Gibt es eigentlich Situationen, in denen du dich selbst nicht ernst nimmst?"

Sie spürte seine Blicke. „Ich denke, jetzt ist so eine Situation. Man kann sich ja auch mal verbal vergaloppieren. Ich finde es absolut beschissen, dass unser Boss ‚hopp' sagt und wir durch den brennenden Reifen springen."

„Mein Problem ist, dass du ständig durch die Dinger springst, ohne dass jemand ‚hopp' sagt. Und ich Depp immer hinterher."

„Dafür bin ich dir auch dankbar." Sie knuffte ihn freundschaftlich in die Seite. „Und nun sitzen wir hier mitten in der Pampa und schauen auf einen stehenden Güterzug. Ganz großes Kino."

„Wir stehen hier, weil wir recherchieren sollen, wie es möglich ist, dass ein Güterzug zwanzig Waggons hat, wenn er auf dieses Ausweichgleis einfährt, und wenn er wieder losfährt, sind es nur noch neunzehn."

Sie lächelte sarkastisch. „Telekinese. Meister Yoda hat Obiwan anschaulich gezeigt, was man alles verschwinden lassen kann, wenn die Macht mit einem ist. Was man mit Raumgleitern machen kann, die im Sumpf stecken, gelingt einem auch mit Schrottcontainern auf einem Ausweichgleis."

Thomas nickte. „Okay, aber wohin damit? Für den Abtransport braucht man eine Straße. Für so einen Schwertransport ist ein Feldweg zu schmal. Auf der Länge dieses Gleises sind nur zwei Unterführungen. Eine davon ist zu eng. Da bleibt nur diese hier."

Sie sah sich um. „Das hier ist eine Kreisstraße. Während wir hier stehen, sind schon ein paar Autos vorbeigefahren. Die Straße muss also gesperrt worden sein, sonst hätte es mit den Anwohnern Stress gegeben. Wir sollten nach Okkersbach fahren und mal beim Polizeiposten vorsprechen. Vielleicht wissen die etwas."

***

Nur Minuten später hielten sie vor dem kleinen Revier. Hätte davor nicht ein Streifenwagen geparkt, wären sie glatt vorbeigefahren. Das Haus selbst machte nicht den Eindruck, als sei es überhaupt bewohnt. Es vermittelte eher den Eindruck, als handele es sich um eine vor Jahren geschlossene Dorfkneipe. Das kleine Schild ‚Polizeiposten Okkersbach' musste man förmlich suchen. Dass darin dennoch so etwas wie Leben herrschte, erkannten sie am Licht, das zwischen den Lamellen einer Jalousie hindurchschimmerte.

Thomas war sich nicht sicher, ob er klingeln sollte. „Was meinst du", flüsterte er, „haben die überhaupt einen Nachtdienst, den man um diese Zeit stören kann?"

Bianca hatte wenig Bedenken. „Wenn in einem Polizeiposten um 22:30 Uhr Licht brennt, sind in der Regel Beamte anwesend und das dürften sie nur, wenn sie auch Dienst haben."

Thomas klingelte, und eine Stimme sprach zu ihnen, offensichtlich vom Band. „Sie haben sich außerhalb der Bürozeiten beim Polizeiposten Okkersbach gemeldet. Wenn Sie eine Straftat melden wollen, so bitten wir Sie, sich bei den Revieren Trendelburg oder Hofgeismar zu melden, die im 24-Stunden-Dienst geöffnet sind. Dieser Polizeiposten ist erst wieder morgen ab 8:00 Uhr geöffnet."

Bianca war sauer. „Das kann doch nicht sein, dass es Gegenden in unserem Land gibt, in denen bei Sonnenuntergang die Bürgersteige hochgeklappt werden." Sie bummerte gegen die geschlossene Scheibe.

Thomas grinste. „Mal sehen, ob die jetzt in die Gänge kommen."

Die Lamellen der Jalousie wurden mit zwei Fingern auseinandergeschoben, und ein Augenpaar wurde sichtbar. Bianca hielt erst ihren Dienstausweis in die Höhe und drückte ihn dann an die Scheibe. Nachdem die Augen dem

Hirn ihres Besitzers inhaltlich das gemeldet hatten, was sie lasen, war so etwas wie Panik darin zu erkennen. Das Augenpaar verschwand. Drei Minuten später wurde die Eingangstür aufgeschlossen. Ein Mann schob seinen Kopf durch den Türspalt. „Was habe ich da gelesen, Bundespolizei Abteilung Bahn-Sicherheit?"

Dieser Dorfgendarm ging Bianca jetzt schon auf den Zeiger. „Bundespolizei ist richtig. Würden Sie uns jetzt kurz öffnen?"

Der Mann musterte sie von oben bis unten. Als er ihre Waffe erspähte, entwickelte er schlagartig Stresspickel. „Sie sind ja bewaffnet!", rief er und knallte die Tür zu.

Bianca hatte Mühe, die Geduld zu bewahren. „Sie haben, so hoffe ich doch, auch Ihre Dienstpistole dabei. Könnten Sie uns jetzt bitte hereinlassen."

Eine Sperrkette wurde aus dem Schlitz gezogen, und die Tür öffnete sich ganz. „Na, dann kommen Sie mal." Als beide eingetreten waren, schaute er sich besorgt auf der Straße um. „Hoffentlich hat Sie niemand gesehen." Danach schloss er wieder die Tür.

Thomas wunderte sich. „Wieso, ist es hierzulande strafbar, wenn man sich um diese Zeit an die Polizei wendet?"

„Strafbar ist es nicht, aber wenn die Leute um uns herum mitkriegen, dass wir auf Klopfzeichen hin öffnen, dann haben wir bald keine Ruhe mehr für Dienstgeschäfte."

Bianca grinste. „Und die wollen schließlich auch erledigt sein."

„Sie müssen das verstehen. Nachts sind wir hier nichts weiter als ein Streifenposten, damit diese Region der Direktion rund um die Uhr geschützt ist. Die Anfahrt von den umliegenden Revieren würde einfach zu lange dauern."

Sie betraten einen Raum mit zwei Schreibtischen. An einem davon saß eine junge Beamtin mit hektischen Flecken im Gesicht.

Er zeigte auf sie. „Das ist die Kollegin Polizeikommissarin Jennifer Blum, und ich bin Hauptkommissar Carsten Herman. Wie können wir Ihnen helfen?"

Damit Bianca etwas „abkühlen" konnte, ergriff Thomas das Wort. „Wir sind die Kollegen Trapp und Jessen von der Bahn-Sicherheit. Wir würden gern von Ihnen wissen, ob und wann in der letzten Zeit die Kreisstraße, die unter der Bahntrasse hindurchführt, wegen irgendwelcher Arbeiten gesperrt war."

Kollege Herman sah sie ungläubig an.

Thomas hakte nach. „Ist Ihnen die Frage irgendwie unangenehm?"

Herman schüttelte den Kopf. „Nein. Sie ist ungewöhnlich. Genauso könnte mich ein Schaffner nach dem nächsten Zug fragen. Wer kommt denn von der Bahn, Sie oder wir?"

Thomas verstand. „Da haben Sie völlig recht. Wir sind hier, um ungewöhnliche Vorkommnisse zu untersuchen. Und gerade die werden nur ganz selten angemeldet. Sie verstehen?"

Hermans Gesicht hellte sich auf. „Ach, Sie meinen irgendwelche krummen Dinger?"

Thomas nickte. „Genau die meine ich."

„Nee, da kann ich sie beruhigen." Herman setzte sich hinter seinen Schreibtisch und deutete auffordernd auf die beiden Besucherstühle. „Neben den Hauptgleisen werden auf dem Ausweichgleis ab und zu defekte Waggons abgekoppelt und von einer Sondereinheit gleich abgeborgen."

„Abgeborgen?", unterbrach ihn Bianca.

„Ja, so nennen die ‚Bahner' das. Wir bekommen einen Anruf auf dem Festnetz, und dann sind die auch schon gleich mit einem Kranwagen und zwei Tiefladern da und bergen Ladung und Waggon ab. Das geht ratzfatz und weg sind die wieder. Das dauert keine Stunde. Der Zug ist dann immer schon längst weitergefahren."

Bianca glaubte ihren Ohren nicht zu trauen. „Und woher kommen die ‚Bahner'?"

„Na, eben von der Bahn. Das steht ja auch auf den Wagen drauf. ‚Im Auftrag der Deutschen Bahn AG'. Außerdem zeigten die uns ihre Bahnausweise."

„Haben Sie bei diesen Aktionen ab und zu auch zugesehen?"

„Natürlich", antwortete Herman, und in seiner Stimme schwang so etwas wie Stolz mit. „Wir haben ja die Straße gesperrt. Mir ist sogar einmal aufgefallen, dass die kaputten Waggons immer am Ende des Zuges waren. Ich bin ja schließlich nicht doof. Ich habe danach gefragt und uns wurde erklärt, dass die Rangierer die Waggons, die ihnen nicht so ganz koscher erscheinen, immer ans Ende des Zuges koppeln, damit sie, sollten sie kaputtgehen, leicht geborgen werden können. Die kennen ihre Pappenheimer schließlich."

Bianca war fassungslos. „Ja, ich denke, die kennen wir jetzt auch. Es kann übrigens sein, dass sich morgen im Laufe des Abends die Kollegen Schüffelchen und Mayerhuber bezüglich eines Berichtes bei Ihnen melden." Sie nickte ihm zu. „Aber Vorsicht, die sind auch bewaffnet."

Beide erhoben sich. „Vielen Dank für die umfassende Auskunft."

Herman erhob sich ebenfalls, um sie wieder hinauszulassen. Freundlich nickend öffnete er ihnen die Tür. „Immer stets zu Diensten, liebe Kollegen", verabschiedete er sie.

Bianca drehte sich noch einmal zu ihm. „Was ich noch sagen wollte, Herr Kollege. Kollegin Jennifer hat ihre Bluse momentan auf links gedreht und Ihre Diensthose, Herr Hauptkommissar, kann durchaus auch geschlossen getragen werden.“

5

„Zur Sonne“ hieß das kleine Hotel, in dem sie noch ein Zimmer gefunden hatten. Im Gegensatz zu seinem Namen war es aber eher eine finstere Absteige. Von außen schon wenig ansprechend, blieb dem Gast beim Eintritt in das Zimmer glatt die Spucke weg. Kein Fernseher, kein Radio, keine Minibar und das Mobiliar stammte aus den Anfangsjahren eines schwedischen Möbelhauses. Für beide Etagen mit Gästezimmern gab es nur ein Bad, in welchem wahrscheinlich schon Bismarck geduscht hatte. Das Hotel befand sich über dem Schankraum der Dorfkneipe, in der noch kräftig geraucht werden durfte. Wo kein Kläger ist, da ist auch kein Richter. Bemerkenswert waren auch die beiden Toiletten, auf jeder Etage eine. Dennoch waren die Zimmer gut gebucht. Mitten in der nordhessischen Pampa musste man froh sein, überhaupt ein Bett gefunden zu haben. Eine Zimmersuche in Kassel und seiner direkten Umgebung war während der „Documenta“ nahezu sinnlos.

Bianca sah sich ungläubig im nikotinvergilbten Schankraum des kleinen Hotels um. „Was muss man eigentlich einem Gast in so einem Schuppen bieten, um wenigstens einen einzigen Stern zu bekommen?“

„Vergiss es“, brummte Thomas. „Dieses Haus ist sogar von einem Gummipunkt weit entfernt. Erstaunlicherweise waren die Betten sauber. Ich habe schon seit Ewigkeiten nicht mehr unter so einem riesigen Daunensack gelegen, der in einen frisch gestärkten Bezug gezwängt wurde.“

„Meiner hat gekratzt wie die Sau. Wenn die Bettwäsche ausgemustert wird, verkaufen sie die an die Polizei und die häkeln sich kugelsichere Westen draus.“

Sie knautschte erst wortlos auf ihrem in der Mikrowelle aufgetauten Brötchen herum, dann folgte ein Schluck Kaffee. Angewidert verzog sie das Gesicht. „Mann Gottes, das ist ja vielleicht eine Brühe."

Thomas grinste. „Man muss morgens nur eine Bohne durchs Abwaschwasser schießen, dann spart man sich die Kaffeemaschine."

Bianca schob die Tasse von sich. „Also, in diesem Kaff möchte ich nicht tot über'n Zaun hängen." Sie verstummte und starrte eine Weile ins Leere. Dabei schien sie den gestrigen Abend Revue passieren zu lassen. „Sag mal, was lief da gestern eigentlich auf diesem seltsamen Polizeirevier ab?"

Thomas zuckte mit den Achseln. „Der Offenbarungseid eines Ordnungshüters, würde ich sagen."

Sie stutzte. „Wieso Offenbarungseid?"

„Weil der sich nicht nur blöd stellt, der ist so bescheuert und glaubt felsenfest, alles richtig gemacht zu haben. Er könnte natürlich auch ein exzellenter Schauspieler sein."

„Und was machen wir nun?"

„Wir warten darauf, dass uns Data eine Liste aller schrottverarbeitenden Betriebe hier in der Nähe überspielt. Dann klappern wir die der Reihe nach ab."

„Hast du eine Ahnung, wie viele das sind?"

„Nö, aber so viele können es nicht sein."

Sie nickte. „Wir wissen durch den Superbullen zumindest, dass die Kerle mit ganz großem Gerät anrücken. Dann können wir die kleinen Klitschen doch von vornherein ausschließen, oder?"

„Mit Sicherheit." Thomas würgte den Rest seines Kaffees hinunter. „So ein Container ist keine Konservenbüchse, und ein Waggon wird nicht aus Lego gebaut. Um diese Kaliber kleinzukriegen, braucht man schon angemessenes Werkzeug."

***

Dem Afghanen Ahmad Jahani sah man seine 86 Lebensjahre nicht an. Der kleingewachsene Witwer sprach ein, für einen gebürtigen Ausländer, sehr gepflegtes Deutsch. Der Geschäftsmann hatte in den vergangenen 43 Jahren einen prosperierenden Wertstoffhandel in Warburg aufgebaut und tagsüber inzwischen genug Zeit, um in Ruhe alt zu werden. Damit konnte sich der noch sehr agile Mann aber nicht anfreunden. Jahani war als ältester Sohn einer wohlhabenden Kaufmannsfamilie in Kabul aufgewachsen. Eigentlich sollte er das väterliche Geschäft übernehmen, entschied sich aber für eine Karriere in der Armee. Bereits mit 30 Jahren hatte er den Rang eines Oberstleutnants und wurde 1961 zum Chef der königlichen Leibgarde des Schahs Muhammed Zahir, dem letzten König Afghanistans, befördert. Am 17. Juni 1973 änderte sich sein Leben radikal. Der Schwager und Cousin des Königs Daud Kahn putschte seine Majestät an diesem Tag während eines Italienaufenthalts bei einer Nacht- und Nebelaktion aus dem Amt. Im Exil dankte Seine Majestät ab, und Ahmed war seinen Job los. Die neuen Machthaber stuften ihn als Konterrevolutionären ein, entzogen ihm die Staatsbürgerschaft und beschlagnahmten sein gesamtes Familienvermögen. Jahani war über Nacht nicht nur staaten-, sondern auch mittellos. Ein Offizierskollege der Bundeswehr, den Jahani bei einem Strategielehrgang für Ordonanzoffiziere an der Führungsakademie in Hamburg kennengelernt hatte, setzte alle Hebel in Bewegung, um ihm die Einreise nach Deutschland zu ermöglichen. Das Einzige, was der ehemalige Offizier aus seiner Soldatenzeit damals noch besaß, war ein wertvoller Diamantring. Diesen hatte ihm sein König zum Abschied für seine Treue geschenkt. Zum ersten Mal hatte er das Schmuckstück kurz nach seiner Einreise in Deutschland beim Pfandleiher versetzen müssen, um sich ein an der Bahntrasse Warburgs liegendes Grundstück kaufen zu können. Das war der Grundstein für seinen Schrotthandel. 1978 durften ihm seine Frau Ebru und seine beiden Söhne Mahmud und Muhammed nach Deutschland folgen. Im Laufe der achtziger Jahre hatte er immer wieder aufs Neue seinen Ring versetzt, um Anschaffungen für die Firma finanzieren zu können. Er schaffte es aber immer wieder, den Schmuck pünktlich auszulösen, sodass dieser heute noch ihr kostbarster Familienbesitz war. 1990 wurden alle Mitglieder der Familie Jahani deutsche Staatsbürger und in Deutschland ansässig. Ahmed wurde von ihnen zu ihrem Clanführer, zu ihrem Sheikh gewählt. Sheikh Ahmed war für die Presse der erste „echte" Deutsche Sheikh, denn er hatte an primärer Stelle der Familienpolitik immer die nahtlose Integration seines gesamten Clans in die deutsche Gesellschaft unterstützt und auch gefordert. Heute waren die Mitglieder der Familie Jahani angesehene Kaufleute, Lehrer, Polizeibeamte, Richter, Rechtsanwälte und sehr erfolgreiche Ärzte. Inzwischen waren sogar wieder einige der gut ausgebildeten jungen Jahanis nach Kabul zurückgekehrt, um beim Wiederaufbau ihrer Heimat zu helfen.

Mit 80 Jahren zog sich Sheikh Ahmed von der Spitze seines Unternehmens zurück. Seine Söhne waren die neuen Geschäftsführer der Firma mit inzwischen mehr als dreißig Angestellten. Er wurde Aufsichtsratsvorsitzender der relativ kleinen Aktiengesellschaft und hielt persönlich die Sperrminorität. Sämtliche Aktien waren im Besitz des Jahani-Clans. Seine Söhne hatten an ihn zu berichten und damit lag es augenblicklich im Argen. Der alte Mann kannte die Ankaufspreise für hochwertigen Schrott sehr genau und die enormen Mengen, die in den letzten Monaten angeliefert wurden, hätten sich in der Bilanz widerspiegeln müssen. Dem war aber nicht so.

Seine wichtigsten moralischen Güter waren Ehrlichkeit gegenüber seinen Geschäftspartnern und Mitmenschen, Loyalität gegenüber seiner Familie und seinen Stammesbrüdern sowie die Treue zu seinem Glauben an Allah und den Koran. Und nun wurde er ausgerechnet von seinem eigenen Fleisch und Blut hintergangen. Vor allem empfand er diesen Umstand als Schande für sich, da er es nicht geschafft hatte, seinen eigenen Söhnen ehrbares Verhalten zu vermitteln. Er wollte seine Söhne schon mehrfach zur Rede stellen, welche ihm aber genauso erfolgreich auswichen wie seine beiden Enkel.

Sein Enkel Amir, der Älteste, war als Arbeiter in der Firma angestellt. Er sollte das Schrottgeschäft als ganz normaler Azubi von der Pike auf lernen. Das forderte Loyalität sowohl der Geschäftsführung als auch seiner Familie und vor allem seinem Großvater gegenüber. Mit diesem Spagat kam der junge Mann offensichtlich nicht zurecht. Er vergrub sich in seiner Arbeit und war für niemanden mehr aus der Familie ansprechbar. Sein jüngerer Enkel Emin zog sich von der gesamten Familie zurück. Als Schüler der elften Klasse hatte er noch nichts mit der Firma zu tun. Ahmed hatte seine Söhne bereits mehrfach angehalten, sich intensiver um den Jungen zu kümmern. Doch weder Vater noch Onkel hatten Interesse daran gezeigt. Neuerdings wurde dem Alten berichtet, dass sich Emin regelmäßig in einer sogenannten Hinterzimmer-Moschee mit islamistischen Predigern und Gleichgesinnten treffe. Vermutlich tendiere die konservative Gruppe in Richtung Salafismus. Selbst das schien den Vater des Jungen nicht ernsthaft zu interessieren.

Doch heute war für Ahmad Jahani das Maß des Erträglichen überschritten. Bei einem Rundgang über den Betriebshof beobachtete er den langjährigen Mitarbeiter Wilfried Klages dabei, wie er ununterbrochen Bahnräder mit dem Gabelstapler von der Demontagehalle zur Schrottfräse fuhr. Eigentlich sollte er sich darüber freuen, denn hochwertigeren Stahl gab es sonst nur in der Rüstungsindustrie. Komisch war, dass Wilfried ihn auch beim zweiten Vorbeifahren ignorierte. Klages war absolut nicht die hellste Kerze auf der Torte, aber arbeiten konnte er für drei und er war seinem alten Chef unglaublich dankbar. Ahmed war es gewesen, der ihn aus einem Obdachlosenheim geholt, ihn in seinem Haus aufgenommen und gut bezahlte Arbeit gegeben hatte. Normalerweise würde er sofort anhalten, aus dem Gabelstapler steigen, seine Kappe abnehmen und Ahmeds Hände küssen, wie er das bei den Afghanen abgeschaut hatte, und freute sich jedes Mal wie ein Kind über Ahmeds Segen. Als er ihn nun ein drittes Mal grußlos passieren wollte, stoppte ihn der alte Mann.

„Guten Tag, Wilfried. Was ist los? Bist du so beschäftigt, dass du mich nicht mehr siehst?"

Der Hüne von einem Mann traute sich nicht, seinem alten Chef in die Augen zu sehen. „Ja, Herr Ahmed, ich muss die Räder aus der Halle bekommen. Es soll heute noch ein Schützenpanzer geliefert und gleich abgewrackt werden."

„Das ist gute Arbeit für dich." Ahmed klopfte auf das Waggonrad. „Feiner Stahl. Sag einmal, wo habt ihr ihn her?"

Wilfried bekam hektische Flecken im Gesicht. „Wir haben einen Waggon zerschnitten."

„Wann wurde der denn geliefert?"

„Weiß ich nicht. Der stand heute Morgen in der Halle. Mehr kann ich dazu nicht sagen."

„Und wir hatten für den Waggon auch einen Abwrackauftrag?"

„Sicher." Wilfried wand sich wie ein Wurm am Angelhaken. „Aber darum kümmert sich ja immer Ihr Sohn. Da habe ich nichts mit zu tun. Der sagt ‚Wilfried mach' und Wilfried macht."

Ahmed nickte ihm zu. „Das weiß ich doch, mein treuer Freund." Dabei strich er immer wieder nachdenklich mit einem Finger über einen Stempel auf dem Stahl. „Sag einmal, willst du denn heute gar keinen Segen von mir?"

Wilfried errötete betroffen. „Morgen vielleicht. Wilfried hat heute zu viel zu tun."

Er setzte seine Kappe auf, schwang sich in den Fahrersitz, ließ den Motor wieder an und sah zu, dass er wegkam.

Für Ahmed war jetzt alles klar. Der Stempel, über den er immer wieder gestrichen hatte, war von der letzten Hauptuntersuchung des Rades, und danach hätte es noch über ein Jahr lang rollen dürfen. Solche „Schätze" gibt die Bahn nicht auf legalem Wege heraus.

***

Drei Schrottbetriebe in Kassel und Umgebung hatten Bianca und Thomas schon aufgesucht, aber in keinem davon gab es die räumlichen Möglichkeiten, große Teile, wie einen Waggon, zu verschrotten.

Bianca war sich dessen nicht so sicher. „Hier liegt alles voller Schrott, aber du guckst da einfach nur drüber und sagst, ‚Nee, hier nicht'."

Thomas zuckte mit den Achseln. „Um einen ganzen Waggon in einer annehmbaren Zeit zu zerlegen, brauchst du mehr als einen Schneidbrenner. Wenn du solche Dinger klaust, dann solltest du den Stahl derart zerkleinern, dass du an den einzelnen Teilen nicht mehr erkennen kannst, was das einmal war. Dafür sind riesige Pressen und Schredder notwendig, so groß wie Einfamilienhäuser. Siehst du die hier?"

„Nee!"

„Ich bin auch frustriert, aber deswegen maule ich dich nicht gleich an."

Sie lächelte entschuldigend. „Sorry. Ich bin halt so schrecklich ungeduldig. Tagelang zu recherchieren ist nicht mein Ding. Welcher Schrottplatz ist der nächste auf Datas Liste?"

„Wir müssen nach Warburg. Das ist ein ganz heißer Kandidat in meinem persönlichen Ranking, denn die liegen direkt an der Bahntrasse und verschrotten auch für die Bahn. Die kennen sich gut mit dem Geschäft aus."

Das wollte Bianca nicht einleuchten. „Meines Erachtens scheiden die aus. Wenn die direkt an einer Bahntrasse sind, müssen sie die Waggons doch nur aufs Grundstück ziehen und fertig."

„Und was ist, wenn da gar kein Rangiergleis ist? Man nimmt so einen Waggon unmöglich kurz mal zwischen zwei ICEs auf der Haupttrasse an den Haken."

***

Mahmud war konsterniert, als sein Vater mit Amir sein Büro betrat. „Papa, was soll das? Ich habe zu tun. Jetzt ist einfach keine Zeit für ein Familienmeeting."

„Schweig, mein Sohn", herrschte der Alte ihn an. „Dein Bruder soll auch herkommen."

„Der hat aber auch zu tun."

„Ich habe dich nicht dazu erzogen, mir zu widersprechen?"

Mahmud war die Situation unangenehm. Vor allem fürchtete er, vor seinem Sohn gemaßregelt zu werden, der im Nachbarbüro alles mitbekam. „Vater, ich weiß nicht, was dich so gegen deine eigenen Söhne aufbringt, aber was immer es auch sei, es muss nicht vor einem Auszubildenden besprochen werden."

„Da bin ich ganz anderer Meinung“, schimpfte der alte Mann. „Er soll ruhig wissen, dass sein Vater ein Betrüger ist.“

Nun betrat auch Muhammed das Büro seines Bruders. „Tut mir leid, wenn ich etwas zu spät komme. Was liegt an?“

Mahmud winkte ab. „Vater hat irgendeine fixe Idee und will uns jetzt dafür zur Schnecke machen.“

„Was heißt hier fixe Idee?!“, brüllte Ahmed ihn an. „Auf unserem Hof liegen rund einhundertfünfzig Tonnen Edelstahlschrott. Der Tagespreis dafür ist im Einkauf rund ein Euro pro Kilo. Das müsste also mit 150.000 Euro zu Buche schlagen. Aber Fehlanzeige, da ist nichts zu finden. Ich frage als Vater und als Aufsichtsratsvorsitzender meine Herren Söhne und Geschäftsführer unserer Firma: Wo kommt der Schrott her? Hat ihn Allah vom Himmel fallen lassen? Hat er auch in seiner unermesslichen Güte Container und Waggons regnen lassen, die hier in Nacht- und Nebelaktionen zerlegt werden?“

Muhammed versuchte, seinen Vater zu beruhigen. „Ich weiß gar nicht, warum du dich so aufregst. Unser Job als Geschäftsführer ist es, Gewinn zu machen. Und der wird in diesem Jahr alles übertreffen, was wir bisher in der Firmengeschichte erwirtschaftet haben.“

Ahmed war über die Kaltschnäuzigkeit seines Sohnes entsetzt. „Und um das zu erreichen, heiligt der Zweck die Mittel?“

Mahmud sprang seinem Bruder bei. „Ja, Papa, so ist das nun einmal in der Geschäftswelt.“

„Und was ist mit Ehrlichkeit? Ist etwa Betrug das, was uns der Allmächtige in seinem heiligen Buch lehrt?“

„Nein, das ist es nicht“, erwiderte Mahmud. „Aber als Allah den Propheten bat, uns Gläubigen den Koran zu schenken, ging es in der Geschäftswelt anders zu.“

Ahmed winkte ab. „Sohn, versündige dich nicht!“, brüllte er außer sich. „Ich bin nicht hier, um mit euch religiöse Grundsatzdebatten zu führen. Wir werden uns morgen um 15:00 Uhr hier wieder treffen, und dann möchte ich von euch beiden über alles informiert werden. Ich will dann aber nicht nur wissen, was hier läuft, sondern vor allem, wie es läuft. Und wenn mir das nicht gefällt, dann gnade euch Allah. Und wenn ich etwas Illegales finde, werdet ihr euch auch vor dem Gesetz dafür verantworten müssen. So wahr ich euer Vater bin, führt mich dann der direkte Weg zur Polizei.“

***

Bianca staunte, als sie die riesigen Zerkleinerungsmaschinen sah. „Das sind ja Monster“, rief sie Thomas durch den Krach hindurch zu. „Mit was zerschneidet man Stahl?“

„Mit noch viel härterem Stahl und enormen Scherkräften.“

Alles, was die Maschine in ihrem Inneren zermalmt hatte, fiel auf Förderbänder und wurde so ohne menschliches Dazutun an jeden gewünschten Ort auf dem Gelände transportiert.

„Was meinst du, sind wir hier richtig?“ Bianca hoffte auf ein Ende der Schrottplatzbesuche.

„Also theoretisch könnten die so einen Ladewagen plus Container in einer Nacht derart zerschreddern, dass wir Mühe hätten, denen etwas nachzuweisen.“

Ein Angestellter stellte sich ihnen in den Weg. „Das hier ist Firmengelände. Sie haben hier nichts zu suchen.“

Thomas zeigte ihm seinen Ausweis. „Unsere Namen sind Jessen und Trapp. Wir sind Sonderermittler bei der Bahn.“

„Aha!" Der Mann sah kurz auf den Ausweis und zuckte mit den Achseln. „Hier gibt es nichts zu ermitteln. Schon gar nichts Sonderbares. Ich werde Sie mal ins Büro bringen. Dort können Sie mit den Chefs sprechen."

Er führte sie zwischen Haufen von verschiedenen Schrottarten hindurch in ein recht properes Verwaltungsgebäude. Darin schien „dicke Luft" zu herrschen, denn sie wurden mit einem unüberhörbaren Türknallen begrüßt und ein augenscheinlich sehr aufgebrachter älterer Herr rauschte erstaunlich schnellen Schrittes grußlos an ihnen vorbei. Doch dann hielt er an und drehte sich zu ihnen um. „Entschuldigen Sie bitte meine Unhöflichkeit, aber ich bin augenblicklich zu sehr beschäftigt, um meiner Gastfreundschaft nachkommen zu können."

Ohne auf eine Antwort zu warten, wandte er sich zur Tür und eilte aus dem Gebäude.

Der Angestellte war nicht weniger erstaunt über diesen Auftritt als Bianca und Thomas. „Warten Sie bitte kurz, ich werde Sie anmelden." Danach verschwand er in einem der Büros.

Bianca überlegte. „Wie heißt der Besitzer dieser Firma?"

Thomas sah auf seine Kladde. „Das ist die Jahani-AG, also eine Aktiengesellschaft."

„Jahani, das hört sich nicht sehr deutsch an. Vielleicht war das der Boss. Mit seinem Bart und der weißen Strickmütze auf dem Kopf wird er Muslim sein."

„Und ein sehr gläubiger sogar", fügte ein großgewachsener Mann hinzu, der plötzlich wie ein Geist hinter ihnen auftauchte.

Gleichzeitig fuhren beide herum.

„Sind Sie die eben von meinem Mitarbeiter angekündigten Sonderermittler der Bahn?" Er schaute sie freundlich, aber dennoch durchdringend an. „Beamte wie Sie werden eigentlich nur dann geschickt, wenn einem etwas zur Last gelegt wird."

Thomas reichte dem Mann freundschaftlich die Hand. „Oder um Sie einfach nur vor etwas zu warnen. Guten Tag. Unsere Namen sind Trapp und Jessen." Er wollte seinen Dienstausweis aus der Tasche ziehen.

„Lassen Sie ruhig stecken. Ihren Ausweis haben Sie ja schon meinem Platzmeister gezeigt", hielt ihn Mahmud davon ab. „Mein Name ist Mahmud Jahani, ich bin einer der beiden Geschäftsführer. Mein Vater, den Sie soeben kurz gesehen haben, ist Gründer dieses Unternehmens und unser Aufsichtsratsvorsitzender."

Bianca hakte nach. „Er schien ‚not amused' zu sein. Gibt's Stress in der Firma?"

Jahani lächelte gewinnend. „In welcher Firma gibt es heutzutage keinen Stress, doch hier hängt augenblicklich mehr der familiäre Haussegen schief. Mein Vater hat sich gerade darüber beklagt, dass ihm die Jugend nicht den ihm gebührenden Respekt entgegenbringt. Aber ich möchte Sie nicht mit unseren Generationsproblemen behelligen. Ich denke mal, dass Sie Ihren eigenen Familienzwist mit sich herumschleppen." Er bat sie mit einer einladenden Geste, ihm zu folgen.

Das Büro hatte nichts von dem, was man im Allgemeinen von dem Chef eines Schrottplatzes erwarten würde. Es war mit seinen gläsernen Wänden lichtdurchflutet, es war modern und hatte dennoch etwas Gemütliches. Mahmud Jahani bat sie, auf einer großzügigen Sitzgarnitur Platz zu nehmen.

„Darf ich Ihnen Tee servieren lassen oder einen Kaffee?"

Bianca und Thomas nickten. „Tee, bitte."

Kurz drauf schlürften sie aus für den Orient typischen kleinen Gläsern köstlichen Tee. Die entspannte Runde hatte augenscheinlich mehr mit einem freundschaftlichen

Besuch zu tun als mit einer Vernehmung in einem Kriminalfall. Nachdem Jahani das Gefühl hatte, seine Gäste mit geradezu entwaffnender Freundlichkeit eingelullt zu haben, versuchte er jetzt, das Gespräch in eine von ihm gewünschte Richtung zu lenken. „Sie sprachen bei der Begrüßung von einer Warnung. Die Bahn ist ein großer und treuer Kunde von uns. Wovor sollten wir gewarnt werden?"

„Sie sind von Ihrem Maschinenpark und Ihrem Personal in der Lage, komplette Waggons zu verschrotten." Thomas stellte sein Glas auf den Untersetzer.

„Ja", bekräftigte Jahani, „das ist unser Geschäft und wir sind stolz darauf, der Bahn diese Dienstleistung anbieten zu können."

„Wie läuft diese Dienstleistung ab?"

„Nach der Auftragserteilung fahren wir mit unserem speziell dafür konstruierten Tieflader zu dem Ausbesserungswerk, welches die Verschrottung ausgeschrieben hat. Dort wird uns der Waggon von einem Kran aufgesetzt und wir fahren mit der Ladung wieder zurück."

Thomas hatte sich das so ähnlich vorgestellt. „Wie viele derartige Aufträge haben Sie pro Jahr?"

Mahmuds Gesicht verdunkelte sich etwas. „Leider sind die Aufträge im vergangenen Jahr zurückgegangen. Den letzten Waggon haben wir vor ungefähr einem halben Jahr verschrottet. Augenblicklich ist das Verteidigungsministerium unser größter Auftraggeber, was den tatsächlich erlittenen Verlust nicht ausgleichen kann. Wir waren in diesem Jahr leider dazu gezwungen, Mitarbeiter zu entlassen." Er sah die beiden mit steilen Falten auf der Stirn an. „Aber nun sagen Sie mir bitte, wovor Sie uns warnen wollen."

„Es sind in Deutschland maximal zwölf für Sie ernstzunehmende Mitbewerber im Schrottgeschäft." Thomas beobachtete jede Regung im Gesicht seines Gesprächspartners. „Es sind im vergangenen halben Jahr Waggons spurlos verschwunden, von denen wir meinen, dass Ihnen vielleicht einer davon zum Verschrotten angeboten werden könnte."

Mahmud schüttelte vehement den Kopf. „Nicht bei uns. Wir nehmen derartige Aufträge grundsätzlich nur von der Bahn selbst an, da wir gar nicht dazu in der Lage wären, diese ohne Hilfe auszuführen. Wir haben keinen eigenen Kran, der einen ganzen Waggon auf unseren Tieflader heben könnte."

Bianca wollte etwas entgegnen, wurde aber von Thomas durch einen leichten Stoß mit seiner Fußspitze gegen ihr Schienbein daran gehindert. Dafür antwortete er. „Na, dann kommen Sie als Bösewicht ja nicht infrage."

Mahmud Jahani lächelte offensichtlich erleichtert. „Gewähren Sie mir bitte die große Ehre, Ihnen unseren Betrieb zeigen zu dürfen."

„Gern", Thomas lächelte extrem entspannt zurück.

„Ich hole nur schnell die Helme." Der Geschäftsführer erhob sich. „Wir wollen uns doch schließlich auch heute an die geltenden Bestimmungen halten, nicht wahr?"

„Bist du bescheuert?", zischte Bianca, als ihr Gastgeber das Büro verlassen hatte, „du weißt doch gar nicht, was ich sagen wollte."

„Natürlich weiß ich das. Du wolltest sagen, dass der fehlende Kran kein Argument sei. Er könne sich schließlich einen mieten." Er genoss ihre erstaunte Miene, als er ihren Gedanken fast ein zu eins formulierte. „Und weil wir genau das nicht gefragt haben, wird er uns für blöd halten. Soll er sich doch in dieser Sicherheit wiegen. Er muss ja nicht wissen, dass bei uns alle Alarmanlagen angefangen haben, zu blinken."

Bianca war irritiert. „Ach, haben sie das?"

***

Es war wirklich beeindruckend, zu sehen, mit welcher Leichtigkeit diese riesigen Maschinen dicke Panzerstahlplatten zerschnitten, als wäre es Pappe. Beeindruckend war auch der unglaubliche Krach, den sie dabei machten. Bianca und Thomas waren froh, dass Ohrschützer an den Helmen angebracht waren, die sie nur herunterklappen mussten, um ausreichend geschützt zu sein.

Bianca beugte sich zu Jahani. „Warum laden Sie die alten Waggons überhaupt auf einen Tieflader? Die Schienen sind doch direkt hinter dem Zaun. Warum machen Sie da nicht einfach eine Weiche hin und schieben die Dinger direkt auf Ihren Hof?"

Allein an dem unschuldigen Gesicht, welches Bianca bei der Frage machte, konnte Thomas ablesen, dass sie Herrn Jahani weiter darin bestärken wollte, zwei komplette Idioten vor sich zu haben.

Ihr Plan schien geklappt zu haben, denn Mahmud wirkte überheblich, als er ihre Frage beantwortete. „Das sind Hochgeschwindigkeitsgleise. Darauf können sogar ICEs umgeleitet werden, wenn auf anderen Strecken etwas blockiert sein sollte. Darauf können Sie nicht einfach einen ausgemusterten Waggon abstellen und warten, bis wir ihn hier reingehoben oder -geschoben haben. Die Züge, die darauf fahren, haben eine viel zu hohe Geschwindigkeit, als dass sie rechtzeitig bremsen könnten, wenn da plötzlich so ein Schrottwaggon auf den Gleisen stünde."

Thomas beugte sich jetzt zu ihm hinüber. „Können wir uns mal den Haufen ansehen, zu dem der Stahl jetzt befördert wird?"

Jahani machte ein Handzeichen, dass sie ihm folgen sollten. „Gern, wenn Sie so einen Gefallen an altem Stahl haben?"

Kurze Zeit später standen sie vor einem bereits jetzt schon haushohen Schrotthaufen, auf den immer mehr Metallteile vom Kopf des Förderbandes herunterrieselten. Bianca hatte aber momentan mehr Augen für Thomas als für den Schrott. Er hatte offensichtlich etwas entdeckt, wovon Jahani nichts merken sollte. Sie glaubte zumindest, es zu spüren.

Na, wenn schon blöd, dann richtig blöd, dachte sie sich. „Herr Jahani, ich hätte da vielleicht eine etwas dumme Frage."

„Aber gern, gnädige Frau." Mahmud versuchte sein verführerischstes Lächeln aufzusetzen. „Was eine schöne Frau fragt, kann gar nicht dumm sein."

Bianca beschloss, Herrn Jahani für diese Antwort bei passender Gelegenheit noch dorthin zu treten, wo es solch widerlich schleimenden Arschlöchern besonders wehtut. „Warum ist das hier eigentlich nicht vor Regen geschützt? Das ganze Zeug fängt doch bei Nässe an zu rosten. Sie wollen es doch weiterverkaufen."

Während Mahmud Jahani einen Vortrag darüber hielt, dass der Hochofen den ganzen Rost rückstandsfrei verbrennen würde, hatte Thomas Zeit, sich den Schrott genauer anzusehen. Das Teil eines ehemaligen Laufrades schien es ihm besonders angetan zu haben. Er trat ein paar Schritte vor, stieg auf den Rand des Haufens, krabbelte etwas hoch und beugte sich vor. Bianca wusste sofort, dass er sich dort etwas genauer ansehen wollte. Mahmud, der das ebenfalls bemerkte, hastete ihm nach und versuchte, ihn wieder zurückzuziehen. Thomas war jedoch schneller. „Was machen Sie denn da? Kommen Sie sofort zurück! Wenn der Förderbandkopf nur ein wenig nach links schwenkt, dann kommt der ganze Metallschrott aus fünfzehn Metern Höhe genau hier herunter! Wenn der Sie trifft, sind Sie tot."

Thomas griff sich dennoch geschwind ein kleines Stahlteil, welches nur etwas mehr als ein Kilo wog, und kehrte mit einem unschuldigen Gesichtsausdruck zu ihnen zurück. „Tut mir leid. Ich habe das Stück nur gesehen, und es gefiel mir so gut. Da lasse ich mir einen Ständer dranschweißen und stelle es mir als kleine Skulptur auf meinen Schreibtisch. Als Briefbeschwerer." Er schaute dem konsternierten Mann treu in die Augen. „Darf ich Ihnen das Teil abkaufen?"

Mahmud war entnervt und winkte ab. „Lassen Sie mal. Lebensmüde haben bei mir ein Geschenk frei."

Bianca wurde ungeduldig. „Ich habe genug gesehen. Wir wollten doch noch bei diesem tollen Schuhoutlet in Kassel vorbeifahren. Wenn wir uns nicht beeilen, machen die zu."

Thomas machte zu Herrn Jahani eine Geste der Entschuldigung. „Tut mir leid, aber versprochen ist versprochen."

Jahani lachte erleichtert. „Und wenn es um Schuhe geht, verstehen Frauen keinen Spaß. Da werden sie zu Bestien."

Auf dem Weg zum Ausgang kamen sie an einem riesigen Hundezwinger vorbei.

„Mann, ist das ein Ding. Halten Sie darin einen Tyrannosaurus?"

„Nein", entgegnete Mahmud. „Das ist der Tageskäfig unserer beiden Dobermänner. Nachts laufen die auf dem Gelände frei herum und passen auf, dass wir nicht wieder von Metalldieben heimgesucht werden. Einer meiner beiden Söhne geht mit ihnen anscheinend gerade Gassi."

Nachdem sich Mahmud Jahani von den beiden Gästen verabschiedet hatte, suchte er seinen Bruder auf, der die drei von seinem Bürofenster aus beobachtet hatte. „Na, Bruder, was waren das für Vögel?"

„Irgendwelche Sonderermittler der Bahn."

Muhammed legte seine Stirn in Falten. „Geht von denen eine Gefahr aus?“

Mahmud winkte ab. „Der Arme ist so damit beschäftigt, seine strunzdumme Lady in Schach zu halten, dass er den Wald vor lauter Bäumen nicht sieht.“ Er schaute aus dem Fenster. „Übrigens, hast du Papa gesehen? Ist der vielleicht mit den Hunden weg?“

„Nein. Amir macht mit denen eine Runde. Papa ist wohl in die Moschee gegangen.“

Mahmud kniff die Lippen zusammen und flüsterte. „Hoffentlich verquatscht er sich nicht beim Imam. Ihm ist in seinem heiligen Zorn augenblicklich alles zuzutrauen.“

Muhammed winkte ab. „Selbst, wenn er das täte. Der Imam lebt quasi von unseren Spenden. Von seinem Gehalt aus der Türkei könnte der sich bei seinen vier Kindern noch nicht einmal ein neues Fahrrad leisten. Der wird die einzige goldene Gans in seiner Gemeinde mit Sicherheit nicht schlachten wollen.“

***

„So, und was machen wir nun?“ Bianca sah Thomas erwartungsvoll an.

„Bis es Nacht wird, einen guten Eindruck, dann müssen wir nochmal auf den Platz.“

„Bevor du mir sagst, warum, kläre mich bitte auf, warum ich die dusselige Thusnelda spielen musste.“

Thomas lächelte sie an. „Und die hast du mit Bravour abgegeben, das muss der Neid dir lassen.“

„Aber warum diese Show?“

„Hast du nicht gemerkt, wie der Kerl immer selbstsicherer wurde? Der hält uns beide für total bescheuert und wird heute Nacht richtig gut schlafen.“

Bianca wurde ungeduldig. „Dann lass ihn, aber du scheinst dir sicher zu sein, dass wir die Gesuchten nun gefunden haben. Was bringt dich zu dieser Annahme?"

„Dieser Kerl hat doch gleich gesagt, dass sie keinen eigenen Kran hätten, der so stark sei, dass man ganze Waggons damit von den Gleisen heben könne. Dieses Argument ist lächerlich. Damit gibt er ja zu, dass man sich so ein Ding jederzeit mieten kann."

Biancas Freude über den angeblichen Fahndungserfolg schwand. „Und allein darauf stützt du deinen Verdacht?"

Thomas sah sie beleidigt an. „Blödsinn! Hast du das Ding neben ihm auf dem Sideboard gesehen."

„Nee, da lag nur ein Handfunkgerät."

Thomas nickte. „Nur war das leider keines. Das hast du an der seltsamen Antenne erkennen können. Mit so einem Ding ortet man Wanzen und GPS-Sender."

„Du meinst, damit haben sie unsere versteckten Sender finden und ausschalten können?" Bianca pfiff anerkennend durch die Zähne.

„Hast du den Tieflader auf dem Hof gesehen? Auf dem waren Schienen montiert, um darauf einen Waggon transportieren zu können. Schienen haben allerdings die dumme Angewohnheit, zu rosten. An vier Stellen waren sie jedoch blank. Was bedeutet, dass darauf noch vor ein paar Tagen ein Waggon gestanden haben muss."

Bianca hatte noch immer Zweifel. „Das sind nur Indizien, aber keine klaren Beweise."

„Den habe ich gefunden!"

„Auf dem Schrottberg, auf den du unbedingt klettern musstest?"

Thomas grinste sie triumphierend an. „Genau dort. Da lag nämlich der Teil eines Laufrades, auf dem ein Zulassungsstempel war. Demnach hätte das Rad noch gut und gern zwei Jahre lang rollen können. Solche Dinger sind verdammt teuer. Die schmeißt niemand auf den Schrott, und schon gar keine Bahn AG."

Biancas Gesicht hellte sich auf. „Der Briefbeschwerer."

„Nein", Thomas war etwas enttäuscht. „Das war nur eine Ausrede, damit ich mir den Prüfstempel näher ansehen konnte."

„Zeig doch mal, wie so ein Stempel aussieht."

Thomas zuckte entschuldigend mit den Achseln. „Der war leider auf einem Teil, das gut und gern fünfzehn bis zwanzig Kilo gewogen hat. Das müssen wir uns heute Nacht erst noch holen."

„Bist du wahnsinnig? Hätten die wirklich nur einen abgerichteten Saurier nachts auf dem Platz, dann würde ich dich ja begleiten, aber Jahani sprach von Dobermännern. Die bekommen kein Hundefutter, sondern naschen jede Nacht von dem herumliegenden Stahl, die bellen noch nicht einmal, bevor sie uns zerreißen."

Thomas überlegte. „Irgendeine Schwachstelle müssen selbst diese Viecher haben."

Bianca überlegte. „Mein alter Vorgesetzter Himmelreich hatte so einen Dobermann. Der gehorchte aufs Wort, nur wenn ein läufiges Weibchen in der Nähe war, dann war es aus mit der Folgsamkeit. Da kannte der nur noch seine Hormone."

Thomas leuchtete das ein. „Woher bekommen wir jetzt aber zwei läufige Dobermanndamen?"

„Wieso zwei?"

„Meinst du, eine reicht für zwei Rüden?"

„Es wird doch wohl genügen, wenn ich mit der Dame vor dem Tor hin und her flaniere. Dahinter können sich die Herren meinetwegen zerfleischen, wer für das Weibchen der Attraktivere ist."

„Okay, aber woher bekommen wir so ein Weibchen? Das muss ja nicht unbedingt eine ‚Doberdame' sein, oder? Läufig alleine dürfte reichen."

„Ich rufe mal Himmelreich an. Der hat seinen Köter hier aus der Gegend geholt. Vielleicht hat dieser Zwinger ja gerade eine läufige Hündin auf Lager." Sie hielt vorm Wählen inne. „Was machen wir eigentlich, wenn wir erwischt werden?"

Thomas grinste sie an. „Dann werde ich sagen, dass ich mein Handy auf dem Schrotthaufen verloren habe und es suche."

„Okay, die halten uns für blöde, aber deshalb sollten wir keinen Fehler machen."

„Aber meine alte Nokia-Möhre liegt wirklich da."

Bianca war entgeistert. „Dir war heute Nachmittag schon klar, dass du da noch einmal hinmusst, um dieses Teil abzuholen?"

„Klar doch."

„Ohne, dass wir das vorher miteinander besprochen haben?"

„Du warst ja schließlich nicht mit auf dem Schrotthaufen", entgegnete Thomas freudestrahlend.

***

Ahmed Jahani wollte eigentlich den Imam seiner Moschee um Rat fragen ..., aber wäre das wirklich klug gewesen? Natürlich hatte auch ein muslimischer Geistlicher so etwas wie Schweigepflicht, aber die Jahanis waren nun einmal eine derart angesehene Familie, dass schon eine bloße Andeutung in der Freitagspredigt katastrophale Auswirkungen für den gesamten Clan haben könnten. Also setzte er sich lieber auf seine Bank an seinem Lieblingsfluss, der Diemel, und genoss die Ruhe. Das war die richtige Umgebung, um wieder einmal ganz entspannt in sich gehen zu können. Seine Söhne hatte er so sehr unter Druck gesetzt, dass sie von allein zur Vernunft kommen würden, hoffte er. Er freute sich schon fast auf das klärende Gespräch am nächsten Tag. Dann würden sie auch verstehen, dass es für alle das Richtige sei, wenn er die Geschäftsführung des Unternehmens wieder übernähme.

Den jungen Mann, der sich neben ihn setzte, hatte er schon von Weitem kommen sehen, sich aber nichts weiter dabei gedacht. Er machte für den alten Mann auch nicht den Eindruck, als würde eine Gefahr von ihm ausgehen.
„Sie sind Sheikh Ahmed Jahani?"

„Ja, mein Sohn, der bin ich." Ahmed musterte ihn von der Seite. „Dich kenne ich nicht, du bist kein Jahani."

„Das stimmt", antwortete der junge Mann.

„Du bist Deutscher?"

„Ja."

„Dennoch trägst du Takke und Bart, wie es gläubige Muslime zu tun pflegen. Wie kommt es, dass ich dich noch nie in der Moschee gesehen habe?"

„Weil ich mit Kämpfern bete, die sich im Dschihad befinden."

Ahmed zog die Stirn kraus. „Gehörst du zu diesen verwirrten jungen Menschen, die dieser Hetzer um sich versammelt hat? Warum, mein Junge? Genieße den Frieden und lebe ein Leben nach dem Koran."

Der junge Mann nickte. „Ich kämpfe, weil Allah es mir befiehlt."

„Nein, mein Sohn. Allah schenkte uns durch seinen Propheten einen friedvollen Islam und Allah gefällt nur, wer diese friedliche Religion auch lebt. Du kämpfst für einen schlimmen Demagogen."

„Nein, wir ehren und achten die Gläubigen. Unser Kampf gilt den Ungläubigen, die uns die Luft zum Atmen und zum Beten nehmen. Unser Kampf gilt Leuten wie dir, die den reinen Islam durch eine dekadente westliche Lebensweise vergiften."

Ahmed schüttelte den Kopf. „Du bist auf einem Irrweg, mein Sohn. Das Schwert des Propheten wird dich selbst in der Hölle richten, wenn du nicht zum friedlichen Islam Allahs zurückfindest."

„Ich bin ein Kämpfer. Auf mich warten alle nur erdenklichen Genüsse im Paradies."

Ahmed winkte ab. „Ach, hör doch mit diesem Jungfrauenblödsinn auf. Stell dir doch nur mal vor, die gäbe es wirklich. Du würdest vom grausamen Dschihad direkt in einen nie enden wollenden Zickenkrieg wechseln. Und bei Allah, dagegen wäre ein ganz normaler Glaubenskrieg ein Kinderspiel."

Der junge Mann erhob sich erregt. „Du versündigst dich, alter Mann. Du bist des Todes, Sheikh Jahani. Allahu Akbar!"

Bevor Ahmed überhaupt in den Sinn kam, dass sein Leben ernsthaft in Gefahr sein könnte, wurde er schon von hinten gepackt. Mehrere Männer hielten ihn fest. Von einer Sekunde auf die andere war er nicht mehr in der Lage, sich von der Bank zu erheben. Er konnte noch nicht einmal seine Arme bewegen, um nach den Händen zu greifen, die seinen Kopf wie einen Schraubstock umklammerten und brutal nach hinten bogen. Ihm war, als ob sein vom Alter schon morsches Genick bräche. Um ihn herum hörte er noch weitere Stimmen, die fast hysterisch „Allahu Akbar" riefen. Dieser Ruf hallte wie Donner in seinen Ohren. Gleichzeitig spürte er etwas unglaublich Heißes an der Vorderseite seines Halses. Diese Hitze schnitt förmlich in seinen Hals.

„Was macht ihr da?", wollte er rufen, aber er merkte nur noch, wie sein Schrei in einem gurgelnden Laut erstickte.

Das glühend heiße Schwert brannte sich immer tiefer durch seine Kehle. Das Letzte, was er spürte, war eine Art Stromschlag, der durch all seine Glieder schoss, und einen über alle Maßen qualvollen Schmerz.

6

Bianca und Thomas waren angespannt. Eigentlich hatten sie vor dem „Einsteigen" auf den Schrottplatz im Hotel noch ein wenig schlafen wollen, aber die Aufregung ließ ihnen keine Ruhe. Himmelreich kannte tatsächlich einen Zwinger ganz in ihrer Nähe, und die hatten zurzeit sogar eine heiße Hündin. Nach einigen Erklärungen war der Hundehalter bereit, bei der Aktion mitzuwirken.

„Warum kommt der denn nicht? Hat dein Himmelreich auch die richtige Adresse weitergegeben?" Die beiden saßen in ihrem Dienstwagen vor dem Schrottplatz.

Bianca war sichtlich genervt. „Ich habe ihm die Adresse, die du mir gegeben hast, auf WhatsApp geschickt."

„Und warum kommt er dann nicht?"

„Mein Gott, Thomas", herrschte Bianca ihn an, „du bist wie ein Kind, das Heiligabend auf die Bescherung wartet. Vielleicht steht er im Stau, was weiß ich denn."

Das ließ Thomas nicht gelten. „Ein Stau, kurz vor Mitternacht, mitten in der nordhessischen Pampa? Um diese Zeit kommt man sogar auf der ‚Champs Élysées' glatt durch."

Ein VW-Bus näherte sich dem Bahnhof Parkplatz.

„Vielleicht ist er das", versuchte Bianca ihren Partner zu beruhigen.

Der Wagen fuhr auf den Parkplatz und stellte sich direkt neben sie. Der Fahrer stieg aus und hielt auf Bianca zu, die ihr Fenster hinabgleiten ließ. „Sind Sie Frau Trapp?"

„Genau die bin ich. Und Sie sind Herr Minkert?"

„Wolfgang Minkert. Und im Auto habe ich meine Alma."

Bianca stieg aus. „Und sie ist heiß?"

„Und wie." Er taxierte erst Bianca und danach Thomas, der jetzt ebenfalls das Auto verließ. „Kann ich sicherheitshalber mal Ihre Dienstausweise sehen?"

Die zwei zückten ihre Ausweise und hielten sie ihm hin.

„Also, würde ich den Herrn Himmelreich nicht persönlich kennen, hätte ich sofort die Polizei gerufen. Sie glauben ja gar nicht, was für Leute sich bei mir melden. Letztens haben irgendwelche Sodomisten bei mir eine läufige Hündin kaufen wollen."

Bianca gab Thomas einen freundschaftlichen Klaps auf die Schulter. „Da machen Sie sich bitte bei uns keine Sorgen. Erstens steht mein Partner nur auf kleine weiße Pudel und in diesem Fall brauchen wir Ihre Alma wirklich nur dafür, zwei Rüden auf dem angrenzenden Schrottplatz so abzulenken, dass mein Partner gefahrlos über den Zaun steigen kann."

Thomas war sauer. „Hör mal, was erzählst du da eigentlich?"

Bianca lachte hell auf. „Nun lass mich doch mal einen Spaß machen."

Minkert konnte, wie Thomas, nur gequält lachen. Die ganze Sache war ihm zwar irgendwie unheimlich, doch er wollte seinem alten Bekannten Himmelreich einen Gefallen tun. „Gut, dann wollen wir mal. Ich bleibe aber die ganze Zeit bei meiner Alma, nur damit das klar ist."

Bianca war einverstanden. „Kein Problem." Sie wandte sich an Thomas. „Und du sattelst die Hühner. Wenn du wirklich von der Gleisseite aus den Zaun überwinden willst, hast du noch einen kleinen Fußmarsch vor dir. Dein Diensthandy hast du dabei?"

Thomas war noch immer etwas beleidigt. „Natürlich", grummelte er. „Ich werde dich gleich anrufen, wenn ich so weit bin."

Ohne weitere Worte ging er los.

„Ihr Kollege scheint Ihren Spaß aber falsch verstanden zu haben, oder?“

Bianca winkte ab. „Da machen Sie sich mal keine Sorgen, der blubbert gerne ein wenig herum, aber in einer Viertelstunde hat er sich wieder beruhigt.“

Genau fünfzehn Minuten später kam der erlösende Anruf. Thomas war in Position. Nun war es an der Zeit, die Hündin am Eingangstor zu platzieren und zu warten, bis die beiden Dobermänner Witterung aufgenommen hatten. Es passierte aber gar nichts.

„Wir sollten uns laut unterhalten, dann kommen sie vielleicht“, murmelte Bianca enttäuscht. „Oder wir machen am Tor ordentlich Rabatz.“

Dem Hundezüchter kam das Ganze schon seltsam vor. „Sind Sie sich sicher, dass die beiden Rüden nicht kastriert sind? Dann können wir hier nämlich bis zum St. Nimmerleinstag stehen, und es passiert überhaupt nichts.“

„Wann kann ich denn nun los?“, fragte Thomas ungeduldig am Telefon.

„Sobald wir die Hunde hier am Tor haben“, antwortete Bianca. „Warte, ich werde ein wenig nachhelfen.“ Sie sah sich um, hob einen größeren Stein vom Wegesrand auf und warf ihn gegen den unteren Blechrand des großen Rolltors. Das Scheppern war in halb Warburg zu hören. Die Hunde schlugen sofort an und ihr Kläffen kam rasch näher. Als sie gleich darauf wütend am Tor hochsprangen, gab Bianca das „Go“ für Thomas.

Plötzlich war sie sich nicht mehr sicher, dass ihr Unternehmen vom Erfolg gekrönt wäre. „Also, ich bin ja keine Fachfrau“, raunte sie, „aber das sieht für mich nicht gerade nach liebestollen Viechern aus.“

Der Züchter knipste seine Taschenlampe an, was die beiden Hunde hinter dem Tor fast ausrasten ließ. Immer wieder stellten sie sich hysterisch kläffend am Gitter auf.

„Hören Sie mal", der Mann drehte sich zu Bianca um, „was seid ihr eigentlich für zwei Kasper, die versuchen, zwei Weibchen mit einem dritten geil zu machen. Das mag vielleicht bei Menschen klappen, aber dann auch nur bei euch in Köln."

Kaum hatte er diesen Satz ausgesprochen, schienen die beiden Dobermannweibchen etwas für sie viel Interessanteres gewittert zu haben. Wie auf Kommando drehten sie abrupt ab und rannten in die Richtung zurück, aus der sie gekommen waren.

„Thomas, mach, dass du wegkommst. Die Hunde rennen plötzlich in deine Richtung."

Aus dem Telefon war nichts weiter als ein gepresstes „Scheiße" zu hören und irgendwann nur noch ein lautes Stöhnen.

„Was ist denn?", rief Bianca, „bist du in Sicherheit?"

„Ich weiß nicht", antwortet Thomas hörbar gestresst. „Ich hänge hier irgendwie fest. Du musst, glaube ich, herkommen und mir helfen." Im Telefonhintergrund war das wütende Gebell der Hunde zu hören.

Der Züchter, der alles mithörte, war sauer und bedient. „Hören Sie mal, was für Clowns arbeiten eigentlich in Ihrer Truppe? Erst können Sie nicht Männchen von Weibchen unterscheiden und nun sind Sie auch noch zu blöde über einen Zaun zu klettern." Er nickte seinem Hund zu. „Und für dieses Trauerspiel haben wir uns mitten in der Nacht ins Auto gesetzt. Komm Alma, wir sehen zu, dass wir wieder nach Hause kommen."

Ohne Bianca auch nur eines weiteren Blickes zu würdigen, zogen die beiden ab.

Sosehr sie sich auch beeilte, sie hatte mindestens eine Viertelstunde Fußweg bis zu der Stelle, an der Thomas auf das Gelände der Jahanis geklettert war. In der ganzen Zeit hatten sie zwar über Telefon Kontakt, aber eine wirkliche

Verständigung war wegen des Gekläffs kaum möglich. Vielleicht wurde Thomas deswegen von Minute zu Minute einsilbiger. Als sie bei ihm eintraf, konnte sie sich ein Grinsen nicht verkneifen. Kopfüber hing er mit seinem Gürtel in der Stacheldrahtrolle fest, die an der oberen Kante des Zaunes angebracht war.

„Ist sonst alles in Ordnung?“ Sie stellte sich gebeugt unter ihn, damit er sich mit den Händen auf ihren Schultern hochdrücken konnte.

„Weiß ich noch nicht. Entweder hat mir eine von den Bestien in den Hintern gebissen, oder ich habe mich irgendwie in den Stacheldraht gesetzt.“ Er drückte sich mit aller Kraft auf ihren Schultern hoch. „Jetzt!“, rief er, und sie richtete sich mit durchgedrückten Knien auf. Der Plan, ihn dort oben vom Zaun zu lösen, war gelungen. Die Landung hingegen reihte sich nahtlos in das allgemeine Debakel dieses Unternehmens ein. Da ihn Bianca nicht halten konnte, knallte Thomas platt auf den Rücken. Im ersten Augenblick blieb ihm die Luft weg.

„Mein Gott, nun erstick’ mir hier nicht auch noch“, rief sie doch etwas besorgt, als sich seine Gesichtsfarbe im Schein ihrer Taschenlampe vom Knallrot ins Bläuliche veränderte. Instinktiv griff sie nach seinen Händen und zog ihn zu sich hoch. Als er wieder auf seinen Füßen stand, schien sich die Atemblockade zu lösen. Er schnappte angestrengt nach Luft.

„Scheiße“, röchelte er, „tut das weh.“

„Wo?“

„Rücken, Rippen, Arsch“, antwortete er knapp.

„Mach mal ein paar Schritte. Wenn das einigermaßen geht, dann sollten wir langsam zurück zum Auto gehen.“

Von Schmerzen gebeugt, lief Thomas ein paar Schritte. Obwohl er stark humpelte, schien er sich bei seinem halben Salto ohne Netz nichts gebrochen zu haben.

Nach zwanzig Minuten hatten sie ihr Auto erreicht.

Mittlerweile kam Thomas wieder zu Kräften. „Kannst du mir mal erklären, was an unserem Plan so schiefgegangen ist?“

„Ja. Wir beiden Künstler haben übersehen, dass es sich bei den beiden Dobermännern leider um ‚Doberfrauen‘ handelt. Am Tor gab es demnach kein Liebeswerben, sondern nur einen kurzen Zickenkrieg, bis die Hündinnen einen Eindringling witterten, nämlich dich.“

„Und was hat der Zwingerchef zu unserem Lapsus gesagt?“

„Der war stinksauer und hat mich nicht mal mehr mit dem Arsch angeguckt. Himmelreich wird morgen ziemlich stinkig sein, fürchte ich.“

Thomas war über seine eigene Dummheit fassungslos. „Wir Deppen sind bei zwei aggressiven Dobermännern, zwei Kampfmaschinen im Wachdienst, automatisch davon ausgegangen, dass es sich um Rüden handelt.“

Auch Bianca war erschüttert. „So ein Lapsus darf uns nie wieder passieren.“

„Aber nun sei doch mal ehrlich. Selbst wenn wir die Hunde im Zwinger gesehen hätten, hätte ich nicht darauf geachtet, welchen Geschlechts sie wären. Hätten sie im Körbchen gelegen oder einfach nur zähnefletschend am Gitter gestanden, wären wir auch nicht klüger gewesen. Woran soll man am Kopf erkennen, dass das Weibchen sind?“

Bianca grinste ihn an. „Am Lippenstift.“

***

Eine erste Begutachtung von Thomas’ Wunden ergab, dass er sich den Allerwertesten wohl am Stacheldraht aufgerissen haben musste. Bisswunden sähen anders aus, befand Bianca, und sie deckten sich in der nächsten Nachtapotheke mit Verbandmaterial ein. Ins Krankenhaus wollte Thomas auf keinen Fall. Die hätten auch ohne ihn genug zu lachen. Weiterhin beschlossen sie, sich in der nächsten Nachttankstelle mit ein paar Seelentröstern einzudecken. Wenn die Pflaster erst einmal verklebt waren, wollten sie sich gemeinsam die „Kante" geben. Niederlagen muss man sich schönsaufen.

„Bist du gegen Tetanus geimpft?"

Thomas lag mit nacktem Hintern auf seinem Hotelbett vor ihr und ließ sich behandeln. „Ja, bei der Einstellungsuntersuchung vom Polizeiarzt."

Sie sparte nicht mit Desinfektionsmittel, dementsprechend laut war sein Gejammer. „Ich hätte nie gedacht, dass ein Arsch so wehtun kann."

„Logo", konterte sie. „Das ist ja normalerweise auch eine erogene Zone und dementsprechend von Nerven durchzogen." Sie inspizierte die letzte Wunde etwas genauer. „Es könnte sein, dass sich der Quatsch hier entzündet. Der Stacheldraht war schließlich rostig und ich weiß nicht, ob ich beim Säubern alles rauswischen konnte."

Plötzlich spürte er, dass ein Tropfen auf seinen Allerwertesten fiel. Er drehte sich zu ihr. „Hör mal, du weinst ja."

„Tut mir leid."

Er schüttelte den Kopf. „Hör auf damit. Ich überlebe doch!"

Sie griff sich eine übrig gebliebene Zellstoffmullkompresse und tupfte sich die Nase ab. „Ich trauere ja auch gar nicht. Wenn überhaupt, dann kommen bei mir nur Wuttränen. Wir haben uns wirklich nicht mit Ruhm bekleckert. Im Grunde ging bisher alles in die Hose, was wir angefangen haben. Mit uns haben sie zwei Deppen zu Ermittlern gemacht. Du solltest dir eine neue Partnerin suchen."

„Einen Scheiß werde ich", kam es empört von Thomas zurück. „Erstens bin ich mit mindestens fünfzig Prozent an dem beteiligt, was schiefgelaufen ist, und zweitens habe ich noch nie einem Menschen so sehr vertraut wie dir."

Sie musste lächeln, obwohl immer neue Tränen rollten. „Wie kommst du dazu? Du kennst mich doch kaum."

„Ohne dich, meine Liebe, säße ich gar nicht hier." Er hatte sich inzwischen aufgesetzt und seine Unterhose wieder hochgezogen. „Du hast völlig Recht, wir haben Scheiße gebaut und ich sehe das süffisante Grinsen der ‚Schüffelhubers' jetzt schon vor mir, aber das werden wir gemeinsam ertragen." Er goss Rotwein in die Gläser. „Und jetzt sollten wir das Ganze begießen. Mir zumindest wäre verschärft danach, und wenn wir morgen früh nüchtern sind, retten wir wieder die Welt."

Sie nickte. „Das werden wir und jetzt weiß ich, dass ich bei dieser Ausbildung hier einen richtig feinen Kerl als Partner bekommen habe."

***

Im Wohnhaus der Jahanis brannte weit nach Mitternacht noch Licht. Der Letzte, der in Mahmuds Wohnung eintraf, war Muhammed. Sein Bruder hatte ihn per Handy in einer Disco aufgetrieben. Wütend stürmte er ins Wohnzimmer. Fast der ganze Clan war dort versammelt.

„Hör mal, spinnst du, mich mitten in der Nacht hierher zu zitieren? Was berechtigt dich zu so einer Ungeheuerlichkeit? Wie stehe ich jetzt vor meinen Freunden da?"

„Mir ist völlig egal, was deine Saufkumpane von dir halten, und ich werde dir gleich sagen, was mich dazu berechtigt." Er drückte ihm einen braunen DIN A4-Umschlag in die Hand. „Papa ist weg."

Muhammed stutzte. „Wie, Papa ist weg? Wo wird er um diese Zeit schon sein? Oben in seiner Wohnung. Und er wird schlafen."

„Da ist er eben nicht und hättest du irgendwann einmal die arabische Schrift gelernt, könntest du auf diesem Wisch lesen, was los ist!"

Muhammed bebte vor Zorn. „Okay, du hast es mal wieder geschafft, mich vor der Familie zu demütigen. Aber nun sag schon, was los ist."

„Papa hat uns einen Abschiedsbrief hinterlassen. Ich habe ihn vorhin im Briefkasten gefunden."

„Was heißt Abschiedsbrief? Will er wieder zurück nach Afghanistan?"

Mahmud senkte seinen Blick. „Nein. Er will zu seinem Schöpfer. Er will sich das Leben nehmen."

Muhammed war fassungslos. „Das ist unmöglich. Unser Vater und Selbstmord? Niemals!"

„Und warum schreibt er es dann, wenn es unmöglich ist?"

Muhammed zog den Papierbogen aus dem Umschlag. „Das soll hier stehen?" Er drehte und wendete den Bogen hin und her. „Das ist ja geradezu Kalligraphie. Wer Selbstmord begehen will, der schreibt es hastig auf und malt es nicht wie eine Sure."

Cousin Hakim erhob sich aus dem Sessel, nahm Muhammed das Blatt Papier aus den Händen und betrachtete es genau. „Also, mein Arabisch ist auch nicht gerade toll, aber das Ding hier wimmelt nur so von orthographischen Fehlern. Unser Onkel war in allem, was er machte oder verfasste, nahezu perfekt. Das hier hat er nie und nimmer geschrieben."

Mahmud war ratlos. „Also lebt unser Vater, aber wo ist er? Ist er vielleicht auf dem Weg nach Afghanistan? Ist er in der Moschee oder im Bordell?"

Bis zu diesem Zeitpunkt schwiegen die weiblichen Teilnehmer der Familienrunde, jetzt entstand entsetztes Gemurmel. Muhammed war davon sichtlich genervt. „Was soll das Getuschel? Mein Vater war ein ehrbarer Muslim und Witwer. Natürlich ging er auch ab und zu ins Bordell. Man hat ja schließlich auch im Alter Bedürfnisse."

Mahmud winkte ab. „Es ist jetzt nicht die Zeit, über das Liebesleben unseres Vaters zu urteilen. Wir müssen ihn finden. Also lass uns jetzt die Familie zum Suchen einteilen. Danach müssen wir uns kurzschließen. Wenn wir beide jetzt nicht an einem Strang ziehen, schlittern wir in eine Katastrophe."

***

Bianca und Thomas waren inzwischen bei der zweiten Flasche Wein angekommen. Besonders gut war er nicht, aber er machte „fusselig in der Birne", und das war seine Aufgabe.

„Sag mal", begann Bianca vorsichtig zu fragen, „gibt es eigentlich eine Frau Jessen?"

Thomas grinste. „Es gab mal eine."

Sie zog die Stirn kraus. „Seid ihr geschieden, oder bist du Witwer?"

Thomas zuckte mit den Achseln. „Ich habe keine Ahnung."

„Du wirst doch wohl wissen, ob dich deine Frau verlassen hat oder tot ist."

„Verlassen hat sie uns, definitiv. Meine Tochter war zu der Zeit vier, und wir hatten gerade ihre Krebsdiagnose bekommen."

„Was für Krebs?"

„Lymphdrüsenkrebs. Ein sogenanntes Hodgkin Lymphom. Zwischen uns hat es sowieso schon schwer gekriselt und dann kam das auch noch dazu. Sie meinte, sie schaffe das nicht, und eines Tages war sie auf und davon. Sie war Biologin und wollte im südamerikanischen Dschungel nach einem Krebsmittel forschen. Ich fand das toll, bis ich erfahren habe, dass auf dieser Forschungsstation ebenfalls eine Jugendliebe von ihr forschte. Irgendwann hieß es, dass ihr Boot auf dem Amazonas von einem Riesenrochen oder einem anderen Flussungeheuer attackiert worden sei. Alle an Bord seien ertrunken. Ich habe nie wieder etwas von ihr gehört. Nach einem Jahr hat die Uni dann auch aufgehört, ihr Gehalt zu zahlen. Mir wurde gesagt, dass die Chance, dass sie noch am Leben sei, gegen null tendiere. Wenn ich auch noch den Bestattungszuschuss ausgezahlt haben wolle, solle ich sie nach drei Jahren vom Amtsgericht für tot erklären lassen."

„Und, hast du das machen lassen? Das wäre ja auch wichtig für deine Tochter."

„Nach über dreißig Monaten Kampf ist leider auch meine Tochter gestorben. Okay, für sie wäre es vielleicht gut, denn wenn Ulla auch tot wäre, dann ist meine kleine Maus nicht ganz allein da oben." Er wischte sich eine Träne aus dem Augenwinkel. „Wenn es überhaupt ein ‚Da-Oben' gibt."

Bianca war betroffen und betrunken. „Das tut mir leid. Ich wollte dich nicht zum Weinen bringen."

Er winkte ab. „Lass mal. Ich bin ja froh, dass es wieder klappt. Das habe ich in einer Selbsthilfegruppe erst wieder mühsam lernen müssen." Er griff ihre Hand und drückte sie. „Aber ich danke dir, dass du gefragt hast."

Sie erwiderte seine Geste. Nach einer Weile des Miteinander-Schweigens quälte sie eine Frage. „Und du willst gar nicht wissen, ob es einen ‚Trapper' gibt?"

„Schon, aber ich traue mich nicht so richtig, zu fragen. Männer wollen ja bekanntlich immer nur das Eine und heucheln Interesse, um die Auserwählte in die Kiste zu kriegen."

Sie hielt seine Hand noch immer und lächelte. „Wir liegen bereits in der Kiste."

„Ja, aber einfach nur so, ohne Stress und Action." Er lächelte verlegen. „Mit 'nem ramponierten Hintern klappt es, denke ich, auch vorn nicht so richtig. Vor allem nicht mit der Frau, die dir gerade den Popo gepudert hat."

„Das war Sulfonamidpulver und kein Babypuder."

Thomas richtete sich leicht auf. „Sag mal, baggerst du mich gerade an?"

Sie zuckte mit den Achseln. „Wenn zwei Erwachsene nachts zusammen in einem Bett liegen, dann wird entweder geschnarcht oder gebaggert. Ich kenne es in solch einer Situation nicht anders."

„Ich auch nicht. Aber ich weiß auch um die Leere danach."

„Das stimmt, die kenne ich auch." Ihr rann jetzt auch eine Träne über die Wange.

Er wischte sie zärtlich mit seinem Zeigefinger weg. „Was ist nun, gab oder gibt es einen ‚Trapper'?"

Bianca schüttelte den Kopf. „Du nervst. Wollen wir nicht doch lieber vögeln?"

„Das stört doch beim Quatschen und vor allem beim Saufen."

„Man quatscht und säuft nur mit der allerbesten Freundin."

Er grinste. „Du bist meine. Wenn wir morgen wieder nüchtern sind, können wir uns ja gemeinsam auf dem Klo die Nase pudern, oder noch besser, du meinen Hintern."

***

Nachdem die Brüder die Aufgaben in der Familie verteilt hatten, wer und wo nach Ahmed Jahani zu suchen hatte, zogen sie sich kurz zu einer Beratung in die Küche zurück.

„Weißt du, ob Papa mit irgendwem über seinen Verdacht über unsere Geschäfte gesprochen hat?"

Muhammed schüttelte den Kopf. „Woher? Mir hat er das heute Morgen erst vor den Kopf geknallt."

„Ich habe aus der Buchhaltung schon einen Tipp bekommen, dass er sich plötzlich verstärkt um unsere getätigten Zahlungen gekümmert hat. Sie fand es seltsam, dass er sich gar nicht für die Einnahmen interessierte. Deswegen hat sie mir diesen Wink gegeben."

In Muhammeds Gesicht machte sich Panik breit. „Was machen wir denn nur, wenn Papa zu reden beginnt?"

„Genau das müssen wir verhindern. Wo würde er bei seinem Problem Hilfe suchen?"

„Beim Imam?"

„Da war er die letzten Tage nicht. Ich habe vor ein paar Stunden mit ihm gesprochen."

„Dann beim Steuerberater?"

Mahmud nickte. „Das könnte sein. Da fährst du zuerst hin. Ich fahre währenddessen zu Pfarrer Goldmann. Die beiden waren in letzter Zeit dauernd zusammen und haben über Gott und die Welt geredet. Vielleicht hat er sich ihm anvertraut."

„Aber was machen wir mit Papa, wenn wir ihn gefunden haben? Wenn er merkt, dass wir ihn an irgendetwas hindern wollen, dreht der durch."

Mahmud ließ die Schultern hängen. „Keine Ahnung. Lass uns darüber reden, wenn wir ihn haben."

Muhammed massierte sich die Schläfen. Irgendwie musste er versuchen, den Alkohol aus dem Hirn zu bekommen. „Aber was machen wir, wenn der Zettel doch echt war und Papa sich umgebracht hat?“

Mahmud sah seinen Bruder ernst an. „Und ich sage es wieder: unser Vater und Selbstmord? Niemals!“

***

Bianca wurde wach. Sie merkte, wie ihre rechte Hand warm wurde. Sie kannte diese Wärme. Ihre Hand wurde von der Sonne beschienen. Dass selbige in ein derartig verdrecktes Hotel, selbst wenn es „Zur Sonne“ hieß, überhaupt noch einen Weg hineinfand ...

Sie wollte den Kopf schütteln, doch stechende Schmerzen berieten sie eines Besseren. Sie stutzte. Ihr war plötzlich so, als würde ihr Kopfkissen atmen. Es war aber warm und weich, roch nach Fusel und bewegte sich jetzt auch. Die Panik war fürchterlich, die ihr durch die geöffneten Augen bis in den Hinterkopf schoss. „Mein Gott, Thomas, was machst du in meinem Bett?“

Sein Allgemeinzustand schien dem ihren zu ähneln. „Ich versuche, nüchtern zu werden.“

„Das kannst du auch in deinem Bett.“

„Wir liegen in meinem Bett.“

Langsam begriff sie, dass sie die Nacht gemeinsam mit ihrem Arbeitskollegen verbracht hatte. „Kannst du mal bitte nachsehen, ob ich etwas anhabe?“

„Warum solltest du nackt in meinem Bett liegen?“

Sie richtete sich etwas auf. „Weil du ein Mann bist und ich eine Frau?“

Er lachte sarkastisch auf. „Entspanne dich. Du bist vollständig angezogen. Ich wusste gar nicht, dass es typisch weiblich ist, sich die Kleider vom Leib zu reißen, nur um in mein Bett zu dürfen.“

Sie setzte sich stöhnend auf und ließ die Beine aus dem Bett baumeln. „Ich bin im Augenblick nicht dazu in der Lage, mich angemessen aufzuregen."

Er setzte sich hinter sie und begann, vorsichtig ihren Nacken zu massieren.

Sie begann leise vor Wonne zu schnurren. „Oh ...mein ... Gott ... ist ... das ... gut."

Sein Handy klingelte. Er griff danach, nahm den Anruf an und drückte auf „freisprechen". „Thomas Jessen."

„Hier Kösters. Wie weit seid ihr, Leute?"

Thomas riss sich zusammen, um möglichst zackig zu wirken. „Wir wissen nun, wer hinter den Diebstählen steckt. Wir haben aber noch nichts gegen sie in der Hand."

„Heute Nacht war bei denen aber Ruhe?"

Thomas war verwundert. „Ja, das können wir bestätigen. Wir waren vor Ort."

„Eine weitere Baustelle habt ihr im Augenblick also nicht im Visier?"

„Nein. Wir sind kurz davor, die Firma zu überführen."

„Okay, dann muss das Team Schüffelhuber ran."

„Was liegt denn an?"

„Es ist wieder ein Waggon gestohlen worden. Diesmal kein Laufwagen mit Computerschrott oder Edelmetallen, sondern ein Kesselwagen voller Chemie."

Bianca war jetzt so weit, sich auch am Gespräch zu beteiligen. „Das waren wir doch selbst."

„Moin, Gnädigste. Nein, mit unserer ‚Bestellung' hat das nichts zu tun. Da bedienen sich leider auch andere, wieder mit der gleichen Nummer. Wir tappen völlig im Dunkeln, wer da wo etwas umgelabelt haben könnte. Noch ist der Inhalt mit Wasserstoffsuperoxid aber relativ harmlos, wenn da nicht andere Chemikalien hinzukommen. Wir werden das weiter beobachten." Er machte eine Pause. „Wann seid ihr wieder da?"

Thomas zuckte mit den Achseln. Bianca nickte ihm zu. „Wenn wir weiter nichts Belastendes finden, fahren wir heute Abend wieder nach Köln."

„Okay, dann tschüss. Haltet mich auf dem Laufenden."

Er drückte das Gespräch weg und sah Bianca an. „Hast du eine Idee, was wir nun machen sollen?"

Sie erhob sich vom Bett. „Wir gehen wieder auf den Schrottplatz und erklären, dass du dein Handy dort auf dem Stahlhaufen verloren haben musst. Vielleicht lassen sie uns ohne Aufpasser suchen. Aber zuerst sollten wir duschen." Als sie die Zimmertür öffnete, drehte sie sich noch einmal lächelnd zu ihm um. „Dank dir für diese Nacht, und ich freue mich schon darauf, wenn wir uns nachher zusammen die Nase pudern."

Er nickte ihr zu. „Gern, aber dann solltest du mir auch meine Fragen beantworten."

Sie zögerte etwas, bevor sie antwortete. „Es hat in meinem Leben einige Männer gegeben und jedes Mal hat es verdammt wehgetan. Mittlerweile habe ich endlich gelernt, mit mir selbst klarzukommen und mich mit meinen Macken anzufreunden. Das darf ich mir nicht durch neue Eskapaden kaputtmachen."

Thomas lächelte. „Willkommen im Club, Schwesterchen."

***

Auf dem Schrottplatz der Jahanis herrschte Totenstille. Weder der Schredder noch eines der Förderbänder waren in Betrieb. Bis auf einen einzelnen Arbeiter war sonst auch niemand zu sehen. Bianca und Thomas steuerten auf den Mann zu.

„Guten Morgen." Bianca hielt ihm ihren Bahnausweis unter die Nase. „Ihr Chef hat uns gestern bei einem Rundgang das Gelände gezeigt. Dabei ist meinem Kollegen das Handy aus der Tasche gefallen. Das würden wir jetzt gern suchen, wenn wir dürfen."

Der Mann nickte. „Kein Problem. Die Hunde sind mit den Chefs weg und alle Maschinen ruhen. Sie können gefahrlos suchen."

Thomas wunderte sich. „Gestern war hier ein Getöse und Gewimmel, heute ist alles ruhig. Was ist los?"

„Die Chefs und die Belegschaft suchen den alten Herrn Jahani. Die ganze Familie und die beiden Hunde helfen dabei. Der Mann ist Mitte achtzig und schon seit gestern abgängig. Wir machen uns große Sorgen um den Alten."

„Und Sie suchen hier?"

„Nein. Wäre er hier, dann hätten die Hunde ihn schon längst gefunden. Ich halte hier nur Stallwache. Einer muss ja für Anlieferungen vor Ort sein."

Die beiden zogen zu dem hinteren Teil des Geländes los, in dem sie den Schrottberg vermuteten, wobei er nach links und Bianca mehr nach rechts zog.

„Wohin denn nun?", raunte Thomas ungeduldig. „Wir sind gestern rechts um den Schredder herum- und dann immer dem Laufband nachgelaufen, bis wir zu dem Schrotthaufen kamen."

Plötzlich stutzte er. „Guck mal da! Ist nicht auch ein Waggon mit Edelstahlschrott verloren gegangen? Und jetzt sieh mal, was dahinten liegt." Er zeigte auf eine nach allen Seiten hin offene Lagerhalle, in dem der offensichtlich hochwertige Schrott gelagert wurde. Es war zwar alles geschreddert, doch griff er zielsicher nach einem Teil, welches auch Bianca schon einmal gesehen hatte.

„Bingo. Das ist ein Stück von einer Bettpfanne, über die sich der Schichtleiter von Eifeltor so lustig gemacht hatte", bestätigte sie.

Thomas zückte sein Smartphone und machte Aufnahmen von dem deformierten Stück Edelstahl. Als sie sich weiter umsahen, war er sich sicher. „Wenn wir jetzt eine Liste von allen Ladungen hätten, die verschwunden sind, dann würden wir hier sicher mehrmals fündig werden."

Nach kurzem Suchen glaubten sie vor dem Metallhaufen zu stehen, auf dem Thomas sein Handy postiert hatte. Er zögerte. „Ich bin mir eigentlich sicher, dass das hier war, aber dies ist anderer Schrott. Der Stahl ist nicht ganz so hochwertig."

Bianca drehte sich einmal um ihre eigene Achse. „Die Richtung stimmt. Gestern waren wir um die gleiche Zeit hier, und die Sonne kommt aus derselben Richtung. Aber der Schuppen dahinten war neben und nicht vor uns."

Sie gingen in die von Bianca angegebene Richtung. Dann erkannte er den Schrott wieder. „Schau hier, das sind eindeutig Metalle von einem Waggon. Und da in mittlerer Höhe muss auch mein Handy liegen." Er kraxelte an die vermeintliche Stelle und begann zu suchen. Er erkannte zwar das Radteil mit dem Stempel, aber sein Handy war nirgends zu finden. Er wandte sich ihr zu. „Gib mir doch mal bitte dein Smartphone. Das hat die bessere Kameraauflösung."

Sie streckte ihre Hand aus und reichte es ihm. Den ersten Stempel hatte Thomas schnell „im Kasten". „Ich gucke mal, ob ich noch weitere Teile finde."

„Dann möchte ich aber vorher mein Smartphone wiederhaben. Nicht, dass das auch noch im Schrott verschwindet."

Er gab es ihr wieder zurück und stieg ein wenig höher. Gerade wollte er ihr zurufen, dass direkt vor ihm das Stück eines Laufrades mit einem kompletten Prüf-Stempel läge, da ertönte hinter ihnen die Stimme Mahmuds. Links und rechts neben ihm jeweils ein knurrendes Dobermannweibchen.

„Sie mögen vielleicht von der Bahn-Sicherheit sein, aber das gibt Ihnen noch lange nicht das Recht, hier herumzuschnüffeln. Darf ich fragen, wonach Sie suchen?"

Thomas versuchte, sich so wenig wie möglich ertappt zu zeigen. „Guten Tag, Herr Jahani. Ich suche in der Tat etwas. Ich habe hier gestern nämlich mein Handy verloren. Da drüben haben wir bei dem Herrn mit der Wollmütze um Erlaubnis gebeten."

„Dann hat das ja alles seine Richtigkeit." Mahmud Jahani konnte sich sogar so etwas wie ein Lächeln abringen. „Kommen Sie mal bitte zu mir. Ihre Suche bringt nichts."

Thomas stieg vorsichtig von dem Haufen. Jahani fragte prompt: „Darf ich die Hunde einmal schnüffeln lassen?"

Ohne eine Antwort abzuwarten, tippte er beiden Hunden auf die Nasen, berührte Thomas' Hose und befahl: „Riech das Stöckchen." Die Hunde richteten sich auf, schnüffelten an Thomas' Hosenbein und tobten los.

Bianca und Thomas sahen ihnen irritiert hinterher. „Da hinten habe ich es aber mit Sicherheit nicht verloren", raunte Thomas.

„Das denke ich mir", konterte Mahmud Jahani. „Die Hunde stehen auch an der Stelle, an der Sie heute Nacht versucht haben über den Zaun zu klettern."

Jetzt sah man Thomas doch seine Betroffenheit an.

Jahani fuhr fort: „Und Sie können von Glück reden, dass die Hunde heute Morgen Ihr Handy aufgespürt haben, als sie Ihre Witterung noch in der Nase hatten." Er zog es aus seiner Jackentasche. „Ich nehme an, das hier ist das edle Teil", und übergab es an Thomas.

„Vielen Dank, Herr Jahani, da habe ich ja wirklich Glück gehabt."

„So meine ich das nicht." Jahanis Augen funkelten böse. „Hätte ich es nicht schon gehabt, dann hätte ich die Aktion mit dem Handy für eine dumme Ausrede gehalten und die Hunde auf Sie gehetzt."

Thomas wurde es bei dem Gedanken, die Hunde erneut hinter sich zu spüren, ungemütlich. „Ich danke Ihnen herzlich, dass Sie es nicht getan haben."

„Was ist mit Ihrem Vater?", fragte Bianca, um von diesem unangenehmen Thema wegzukommen. „Haben Sie ihn schon gefunden?"

Mahmud war unsicher. Er hatte ja schon gestern gesagt, dass er vermutete, dass sein Vater nach Afghanistan gereist sein könnte.

Bianca bemerkte sein Dilemma. „Ihr Angestellter hat uns von Ihrer Suche erzählt", versuchte sie ihm eine Brücke zu bauen.

Jahani schien ihr dafür dankbar zu sein. „Nein, leider nicht! Langsam machen wir uns ernsthaft Sorgen. Sollte er tatsächlich nach Hause geflogen sein, hätte er sich schon längst aus Kabul gemeldet."

Ihr Telefon klingelte. Nach einem kurzen Gespräch schaltete sie das Gerät aus. „Gibt es hier in der Nähe eine Straßenbrücke über die B 252?"

Mahmud nickte. „Ja, gar nicht weit weg von hier."

***

„Was ist denn passiert?", fragte Thomas, als sie wieder im Auto saßen. Laut Mahmud hatten sie nur ein paar hundert Meter vor sich.

„Die Leitstelle ‚Hessen Nord' der Bundespolizei hat mich angerufen. Die neueste Dienstanweisung ist, uns und alle anderen Einsatzkräften zu alarmieren, wenn etwas

Außergewöhnliches auf und in der Nähe von jeglichem Bahngelände vorkäme."

„Hört sich ja spannend an", murmelte Thomas. „Was ist denn passiert?"

„Da soll sich jemand an der Brücke umgebracht haben."

Thomas machte ein sorgenvolles Gesicht. „Weiß man schon wie?"

Bianca zuckte ratlos mit den Achseln. „Wenn wir Glück haben, hat er sich lediglich erschossen."

7

Sie hatten kein Glück. Das Bild, das sich ihnen bot, war einfach grauenhaft. Da schien ein Körper geradezu explodiert zu sein. Selbst der Kopf war nicht mehr in einem Teil, wie es oft bei Selbstmordattentätern der Fall ist. Bianca und Thomas standen auf der Brücke und besahen sich das Unglück aus sechs Metern Höhe.

„Darf ich bitte fragen, wer Sie sind?“ Ein Beamter der Bundespolizei war auf die beiden sich etwas unsicher verhaltenden Menschen aufmerksam geworden.

„Trapp und Jessen, Sonderermittler der Deutschen Bahn.“ Sie zeigten ihre Ausweise.

Der Bundespolizist sah sie sich genau an und stutzte. „Was sind Sie denn nun?“, fragte er unsicher. „Bahnmitarbeiter oder Kollegen? Hier steht beides drauf.“

Thomas war es inzwischen leid, an jeder Einsatzstelle erneut blöd angemacht zu werden. „Unsere Planstellen sind beim Verfassungsschutz angesiedelt, also ganz weit oben.“

Der Polizist war verwirrt. „Wie weit oben?“

Bianca beugte sich zu ihm und flüsterte: „So weit oben, dass wir Menschen nach Guantanamo schicken können.“

Sie drehten sich um und nahmen die Treppe neben der Brücke, die zu den Gleisen hinabführte. Der Abgang war normalerweise durch eine verschlossene Tür gesichert, die inzwischen aber von den Bundespolizisten geöffnet worden war. Beide hatten einen gewaltigen Kloß im Hals. Weder Thomas noch Bianca hatten vorher je einen derart zerstörten Körper gesehen. Dass es sich dabei um ein forensisches 100-Teile-Puzzle handelte, erleichterte den Anblick etwas.

Ein Mann kam auf sie zu. „Sind Sie die beiden Ermittler, die uns von der Bahn angekündigt wurden?“

Bianca sah ihn skeptisch an. „Haben Sie uns etwas Ernsthaftes zu sagen oder dürfen wir uns nur wieder blöde Bemerkungen anhören?"

Er verzog keine Miene. „Gerichtsmediziner machen niemals blöde Bemerkungen, es sei denn, ihr Kunde lebt wider Erwarten. Das dürfte in diesem Fall aber kaum zu erwarten sein."

„Also, legen Sie los, Doc."

Der Arzt zog die Stirn kraus. „Ich muss Ihnen ganz ehrlich sagen, dass ich ein derartiges Fundbild noch nie angetroffen habe. So, wie es den Anschein hat, ist der Mann nicht vor den Zug gesprungen, sondern muss zwischen die Waggons geraten sein. Er ist also nicht frontal an der Lok abgeprallt, sondern vom gesamten Zug zermalmt worden. Hier liegt überall sehr viel Körper herum, aber nur wenig Blut. Viel zu wenig, wenn Sie mich fragen."

„Wie kommen Sie darauf, dass das ein Mann gewesen sein könnte?"

„Zwischen den Gleisen liegt auch ein Penis", kam die ungerührte Antwort.

Thomas schluckte. „Zu welchem Anfangsverdacht kommen Sie also?"

„Wenn mich nicht alles täuscht, hat hier eine männliche Leiche Suizid begangen."

Bianca glaubte, sich verhört zu haben. „Hier ist ein Toter vor den Zug gesprungen?"

„Tote springen nicht, sie werden geworfen. In diesem Falle nicht vor den Zug, sondern er muss von dort oben", er zeigte auf die Brücke, „genau zwischen zwei Waggons geworfen worden und von dem Rest des Zuges zermalmt worden sein."

„Wo gibt's denn sowas?", murmelte Thomas.

Der Arzt blieb ungerührt. „Hier im Nordhessischen."

Bianca verstand die Welt nicht mehr. „Wenn ich eine Leiche verschwinden lassen will, dann gibt es hier in der Gegend doch genug Wald, um sie zu vergraben. Wer ist denn so blöd, einen Toten hier auf den Gleisen zu entsorgen, wo jeder den Körper sehen kann?"

„So blöd ist das gar nicht", berichtigte sie der Doc. „Güterzüge fahren an dieser Stelle mit ca. achtzig Stundenkilometern. Und wenn ein Körper so zerstückelt ist wie der hier, dann wird schon mal dran vorbeigefahren. Die typischen Merkmale für eine rasche Erkennung fehlen ja. Diese verstreuten menschlichen Reste sind für die vielen Waschbären und Füchse in dieser Gegend eine willkommene Bereicherung ihrer Speisekarte. Nach drei Tagen hätten Sie hier gar nichts mehr vorgefunden."

***

Kösters war über die magere Ausbeute der beiden nicht gerade begeistert. Das war sogar online über Skype zu spüren.

„Okay, ihr habt Fotos von Laufradteilen, die offensichtlich noch ihren Dienst auf der Schiene hätten tun können. Dann habt ihr auch noch Teile einer Bettpfanne fotografiert. Das reicht bei der Staatsanwaltschaft noch nicht einmal für ein ‚Arschrunzeln'." Kösters freute sich, auf diese Art und Weise noch einmal Thomas' rückseitige Blessuren kommentieren zu können.

„Aber ohne einen Durchsuchungsbeschluss kommen wir nicht aufs Gelände, um dort einmal alles gründlich in Augenschein nehmen zu können", entgegnete Bianca. „Ist denn dieser Frequenzscanner kein Grund für den Staatsanwalt?"

„Der Besitz ist jedenfalls nicht strafbar."

Thomas' Handy klingelte. Er entschuldigte sich, ging beiseite und nahm das Gespräch an. Als er: „Das ist ja ein Ding" raunte, hörte das sogar ihr Chef am anderen Ende der Computerleitung. Nachdem er das Telefonat beendet hatte, trat er wieder zu ihnen. „Das war der Doc von der Kasseler Rechtsmedizin. Das Opfer von den Gleisen war ein sehr alter Mann."

„Der alte Jahani?", fragte Bianca dazwischen.

„Keine Ahnung, einen Namen hat die Leiche leider noch nicht. Es ist durchaus möglich, dass es sich dabei um Ahmed Jahani handelt, denn sie haben ein Hautstück mit einem Tattoo gefunden, das ein orientalisches Wappen zeigt. Was für eines genau, wird noch recherchiert. Noch brisanter allerdings ist die Tatsache, dass der Mann definitiv schon tot war, als der Zug seinen Körper zerriss."

Kösters wurde hellhörig. „Was hat die Polizei bisher veranlasst?"

„Sie bereitet eine Fahndung mit Flugblättern vor. Die gegründete Mordkommission geht von der Vertuschung eines Verkehrsunfalls mit Todesfolge aus."

„Hat sie denn schon einen Unfallort?"

„Sie sucht noch."

Kösters sah ihn aufmunternd an. „So weit also die Fakten, Thomas, und was sagt der Bauch des Ermittlers zu der ganzen Sache?"

Der Angesprochene zuckte mit den Achseln. „Der Bauch guckt ratlos aus der Hose."

„Und was denkt Miss Marple über die Sache?"

„Die ganze Nummer stinkt gewaltig zum Himmel."

Kösters pflichtete ihr bei. „Und deswegen wird sie auch wieder ihren Mister Stringer schnappen und am Ball bleiben. Aber bitte denkt dran: Ihr seid von der Bahn und nicht von der Kripo. Keine Alleingänge, vor allem keine mehr mit Hund."

***

„Keine Alleingänge“, wiederholte Bianca mit vollem Mund. „Wie stellt der sich das vor? An jeder Einsatzstelle werden wir wie Aliens behandelt. Mit uns will doch sowieso keiner was zu tun haben.“

Sie waren nach der Videokonferenz mit ihrem Vorgesetzten ins Restaurant Deele in Warburg eingekehrt und versuchten, dem Frust der letzten Tage mit einem guten Essen zu Leibe zu rücken.

Thomas lächelte selig. „Es muss nur genug schieflaufen, dann schmecken die Kalorien nochmal so gut.“

Ein Pärchen in ihrem Alter betrat das Restaurant und steuerte genau auf sie zu. Beide groß, beide schlank, sie mit blonden langen Haaren, er mit Sommersprossen und einem roten Lockenkopf, und beide könnten so, wie sie in ihren Alltagsklamotten steckten, einem Modemagazin entsprungen sein.

Bianca hörte auf zu kauen. „Hast du die bestellt?“

Thomas schüttelte den Kopf.

Das Paar blieb vor ihrem Tisch stehen. „Die Kollegen Trapp und Jessen?“

„Und zwar beim Essen“, antwortete Thomas. „Und wir haben mit wem das Vergnügen?“

„Mit den Hauptkommissaren Timm und Schneider. Wir sind vom BKA.“

„Wie haben Sie uns denn gefunden?“

Die Kollegin Timm zog die Stirn kraus. „Ich bitte Sie, wir sind vom BKA und haben unsere Möglichkeiten.“

„Erzählen Sie mehr.“ Bianca machte eine einladende Geste. „Setzen Sie sich doch bitte. Dürfen wir aufessen oder werden wir gleich festgenommen?“

„Hätten wir einen Grund?“, kam die Antwort von der Kollegin Timm postwendend.

„Kommt drauf an, wer Sie schickt." Bianca säuberte ihre Lippen mit der Stoffserviette.

„Unser aller Kollege Kösters schickt uns. Er möchte Sie nach dem Einsatz unbedingt wiederhaben und bat uns, ein Auge auf Sie zu werfen."

„Denkt er denn, dass es gefährlich werden könnte?"

Frau Timm grinste übers ganze Gesicht. „Er meinte nur, dass es da, wo Sie jeweils sind, erst gefährlich werden könnte."

Auf Biancas Stirn bildeten sich zwei nachdenkliche Falten. „Ich fühle mich, ehrlich gesagt, als Grobmotorikerin diffamiert."

„Nein, Frau Trapp. Wenn dieser Eindruck entstanden sein sollte, so ist das der von mir gewählten Kurzform geschuldet. Er sagte wortwörtlich, dass Sie es ‚im Urin' hätten, wenn sich etwas zusammenbrauen würde. Er nannte es eine ‚kriminalistische Blase'."

Thomas lächelte pikiert. „Ist das nicht schön, dass unser Vorgesetzter so enthusiastisch über den Unterleib seiner Angestellten Auskunft gibt?" Er trank einen Schluck alkoholfreies Bier. „Gab es irgendeine Neuigkeit von meiner Prostata?"

„Sorry, aber die war kein Thema." Der Kollege Schneider signalisierte der Kellnerin, dass er auch gern zwei alkoholfreie Biere hätte. „Was Kösters aber erwähnte, ist, dass Sie als Hundeflüsterer nur bedingt einsetzbar wären."

Bianca lachte hell auf, während Thomas eher zerknirscht wirkte. „Och, Thomas, nun fang bitte nicht wieder ernsthaft an, zu schmollen. Das war einfach ein Punkt, der an die Kollegin vom BKA geht." Und zum Kollegen Schneider gewandt: „Da muss ich mich einfach einmischen." Gut gelaunt erzählte sie die ganze Geschichte, die von den beiden BKA-Beamten mit herzlichem Gelächter quittiert wurde.

Inzwischen hatten alle ihr Bier, und Thomas hob sein Glas. „Jetzt, wo wir über den kleinen Dienstweg zu einem ‚Zwangskleeblatt' geformt wurden, sollten wir vielleicht den Haupt- oder Oberkommissar weglassen. Ich heiße Thomas und dies", er verneigte sich etwas vor Bianca, „ist meine wunderbare Kollegin Bianca."

Die BKA-Beamtin antwortete: „Und wir sind Svea und Tim."

Thomas stutzte. „Du heißt Timm mit Nachnamen und er Tim mit Vornamen?"

Sie nickte.

„Dann solltet ihr nicht heiraten", lachte Bianca. „Tim Timm hört sich irgendwie blöd an, oder?"

Das Eis war nun zwischen ihnen gebrochen. Bianca und Thomas erzählten in kurzen Sätzen, wie sie zu Amt und Würden gekommen waren und was ihre Recherchen bisher ergeben hatten.

„Respekt", murmelte Svea. „Dafür, dass ihr blutige Anfänger in unserem Fach seid, habt ihr eine Menge herausbekommen, und ich bin völlig eurer Meinung, dass sich da etwas zusammenbraut."

Thomas' Handy klingelte. Er nahm ab und horchte angespannt. „Vielen Dank, Herr Doktor. Könnten Sie mir bitte den vollständigen Bericht auf mein Handy schicken? Ach, übrigens, das BKA brauchen Sie nicht zu informieren. Wir sitzen mit den Kollegen gerade zusammen. Ich gebe dann alles weiter."

Er legte auf und sah betreten in die Runde. „Der Mann, der auf den Gleisen endete, war nicht nur tot, als er Selbstmord beging, er handelte dabei auch kopflos."

Bianca legte ihre Stirn in Falten. „Willst du uns veräppeln?"

„Nein. Der Doc ist sich sicher, dass der Mann rituell, also mit einem Messer, enthauptet wurde."

***

Spätestens, seit Bianca und Thomas in der mobilen Einsatzzentrale des BKA saßen, stieg so etwas wie Ehrfurcht in ihnen hoch. Was da innerhalb kürzester Zeit an Technik und Manpower aufgefahren wurde, war vom Allerfeinsten. Selbst in der Dunkelheit drang nicht der kleinste Lichtschein aus der alten Scheune, die am Rande des Weldaer Waldes lag. Inzwischen war es halb zwei in der Nacht und das allgemeine Briefing hatte bereits stattgefunden. Obwohl die beiden daran teilnehmen durften, wurde kein Wort darüber verloren, wie sie in die Ermittlungen eingebunden werden sollten.

Svea zauberte mit einem Fingerwisch eine Luftaufnahme des Schrottplatzes auf einen großen Wandbildschirm. „Ihr kennt euch da doch aus." Sie zeigte auf ein großes Dach. „Was ist das?"

„Das ist eine relativ große Verschrottungshalle. Dort kommen die Waggons hinein und, wie wir seit heute wissen, auch Panzer. Das große Dach dort gegenüber ist eine zu allen Seiten offene Lagerhalle, in der Metalle lagern, die vor Regen geschützt werden müssen." Thomas tippte mit dem Zeigefinger auf einen Schrotthaufen, der sich zwischen der Lagerhalle und dem Zaun zum Bahngelände erhob. „Das ist die Stelle, an der ich das Handy ‚verloren' habe. Von dort aus bin ich, als die Hunde kamen, wieder zum Zaun zurück."

„Von wann sind die Bilder?" Bianca glaubte, darauf Schneereste zu erkennen, und aus dem Schornstein des Verwaltungsgebäudes drang dunkler Rauch.

„Vom Januar dieses Jahres", beantwortete ein schlanker Mittfünfziger ihre Frage, der in diesem Augenblick den Raum betreten hatte. „Schober ist mein Name, Kriminaloberrat Schober." Der zwei Meter große Mann baute sich direkt vor Bianca auf und sah geradezu arrogant auf sie herab. „Mit wem habe ich das zweifelhafte Vergnügen?“

„Mit den Kollegen Trapp und Jessen von der neu installierten Kriminalpolizei der Bahn“, ging Svea schlichtend dazwischen. Sie schien an Biancas Körperhaltung zu bemerken, dass diese im Begriff war auf Kampfmodus umzuschalten.

„Ach, diese bunte Truppe“, grinste Schober von oben herab. „Von der habe ich bereits gehört.“ Er drehte sich von ihnen weg. „Kann mir mal jemand sagen“, brüllte er in den Raum, „warum wir bei so einer heiklen Aktion Azubis beschäftigen müssen?“

„Weil wir ohne diese Azubis im Falle Waggonklau noch im Behördentiefschlaf liegen würden“, versuchte Svea ihn zu bremsen.

Der Kriminaloberrat dreht sich wieder zu ihnen. Die Arroganz war aus seinem Gesicht gewichen. Es war darin plötzlich so etwas wie Wohlwollen zu erkennen. „Dann sind Sie am Ende das sagenumwobene Duo ‚Miss Marple‘ und ‚der mit dem Hund tanzt‘?“

Thomas wurde puterrot. „Na super. Da scheint unser Boss ja mal wieder Langeweile gehabt zu haben.“

Schober lächelte jetzt sogar übers ganze Gesicht. „Machen Sie sich nichts daraus, junger Mann. Wir haben alle schon einmal einen Bock geschossen. Kösters und ich haben als junge Wachtmeister bei einer Übung den Diensthubschrauber des damaligen Innenministers aus Versehen mit Diesel betankt.“ Er lachte schallend und fügte hinzu: „Deswegen ist aus uns bisher auch nichts geworden.“ Er machte eine einladende Geste. „So, liebe Kollegen, Sie sind die Kenner der Materie in diesem Fall. Wie würden Sie uns raten vorzugehen?“

Bianca und Thomas waren über die Wendung dieses Gespräches überrascht und erfreut zugleich. Während sie noch damit beschäftigt war, ihr Blut wieder auf Betriebsdruck zu bekommen, übernahm er die Initiative. „Von den Gleisen gehoben wurden die Waggons vor den Augen der hiesigen Schutzpolizei. Wir sind uns sicher, Teile von Laufrädern der entwendeten Flachwagen auf dem Hof der Firma Jahani entdeckt zu haben, die noch vor Ende ihrer Laufzeit verschrottet wurden. Weiterhin haben wir auch Teile von gestohlenen Ladungen gefunden." Svea warf mit einem jeweiligen Fingerwisch parallel zu seinem Vortrag die passenden Handybilder auf die elektronische Wandtafel.

Schober war ein aufmerksamer Zuhörer. Er zeigte auf das Bild mit dem Stempel auf dem Metall. „Das ist so ein Prüfstempel?"

Thomas nickte. „Ja. Es liegen auch noch Teile mit den Seriennummern auf dem Haufen. Ich kann sie nur nicht den jeweiligen Prüfstempeln zuordnen. Das können nur die Kollegen in den Ausbesserungswerken. Ich warte stündlich auf Nachricht, ob diese Nummern mit denen der gestohlenen Waggons übereinstimmen, dann hätten wir sogar etwas Gerichtsverwertbares."

„Das ist im Augenblick aber alles ein sekundäres Problem", stoppte ihn Bianca bei seinen Ausführungen. „Die Leiche, die heute auf den Gleisen entdeckt wurde, hat jemand in bereits enthauptetem Zustand auf den Gleisen platziert oder von der Brücke geworfen, als der Zug diese Stelle passierte. Dieser Meinung ist jedenfalls der Doc aus der Rechtsmedizin."

Svea hakte an dieser Stelle ein. „Im Güterbahnhof wurden am betreffenden Zug nur an den Stellen Gewebeteile entdeckt, die die These des Rechtsmediziners untermauern."

„Bei der Leiche handelt es sich übrigens mit hoher Wahrscheinlichkeit um den Seniorchef des Schrottunternehmens. Selbst das“, fuhr Bianca fort, „wäre kein Problem, wenn der Doc nicht festgestellt hätte, dass es sich bei der Enthauptung mit hoher Wahrscheinlichkeit um eine rituelle Tötung gehandelt hat.“

„Wie kommt der Doc auf Enthauptung?“

„Weil er Hautfetzen aus der Halspartie des Opfers gefunden hat, an der eindeutig Schnittränder festzustellen waren.“

„Sich ihrer Feinde derart zu entledigen“, fuhr Bianca fort, „ist augenblicklich eine dumme Angewohnheit der Islamisten. Ich denke, dass wir uns allein schon mit dem begründeten Verdacht auf eine rituelle Tötung in einer völlig neuen Dimension befinden.“

Schobers Miene verfinsterte sich zusehends. „Da wird also das Oberhaupt einer auf Schrottdiebstahl spezialisierten Bande auf die Art des IS geköpft. Sind das nun interne Querelen einer Kooperativen oder ist da ein Kampf zwischen Verbrechen und Terror ausgebrochen? Auf jeden Fall ist diese Nummer eindeutig zu groß für unseren kleinen Haufen. Ich werde sofort Wiesbaden informieren.“

Tim hatte sich bisher zurückgehalten. „Wir sollten vorsichtig sein. Die einzige Gemeinsamkeit zwischen den beiden Fällen ist bisher nur die Örtlichkeit. Der Staatsanwalt wird uns etwas husten, wenn wir ihm lediglich damit ankommen. Das wird für einen Durchsuchungsbeschluss nicht reichen.“

„Da haben Sie recht“, pflichtete Schober ihm bei. „Wir müssen vordringlich andere Dinge klären. Was und ob die Jahanis geklaut und geschreddert haben, ist dabei sekundär. Primär sollten wir recherchieren, ob überhaupt etwas von dem Zeug für islamistische Anschläge verwendet werden kann oder schon wurde. Das ist das Einzige, was die ganz hohen Herren interessiert. Dann wäre es schön, wenn wir an DNA-Material der Jahanis herankämen. Nur so lässt sich zweifelsfrei klären, ob der Tote vom Bahngleis überhaupt der alte Jahani ist. Eine Identifizierung durch Angehörige kommt ja bei dem Zustand der Leiche nicht infrage." Er schaute die vier an. „Gibt's noch Fragen?"

Thomas zog die Stirn kraus. „Was die islamistischen Anschläge betrifft, da sollten Sie sich bitte nochmal mit unserem Chef kurzschließen. Ein anderes Team von uns recherchiert nämlich gerade hinsichtlich des Verbleibs eines ebenfalls gestohlenen Kesselwagens. Wenn jemand die Ladung mit bestimmten haushaltsüblichen Chemikalien zusammenmischt, dann könnte es heftig knallen, hieß es." Er zuckte entschuldigend mit den Achseln. „Ich will den Teufel ja nicht an die Wand malen, aber wenn diese Fälle doch irgendwie zusammenhängen, sollten wir rechtzeitig reagieren können."

Schober nickte. „Sie haben völlig recht. Timm und Struppi, ihr schnappt euch unsere beiden Bahnarbeiter und kümmert euch ausschließlich um die Jahanis. Ich werde mit Kösters und dem Verfassungsschutz telefonieren. In einer hiesigen Unterkunft für Asylbewerber sollen sich Polizeibeamte vor kurzem nicht ganz korrekt verhalten haben. Ich kann mir gut vorstellen, dass der Verfassungsschutz da einen Informanten eingeschleust hat. Vielleicht gibt es dort Hinweise, dass Islamisten oder Salafisten in Warburg ihr Unwesen treiben."

Svea schaute ihn nachdenklich an. „Chef, Sie haben eben erwähnt, dass wir gegen die Jahanis nichts in der Hand hätten, wofür wir eine richterliche Anordnung zur Durchsuchung bekommen würden. Was sollen wir also machen?"

Schober grinste. „Für solche Fälle haben Sie die Kollegin Trapp im Team. Sie ist Spezialistin für unkonventionelles Vorgehen."

***

Mahmud Jahani ging wie ein Zootier mit Hospitalismus unruhig in seinem Büro auf und ab. Hin und wieder schlug er mit der Faust an die Wand, wenn er sie erreicht hatte. Sein Bruder Mohammed saß wie ein Häuflein Elend im Sessel der Couchgarnitur.

Mahmud schüttelte den Kopf. „Warum kommst du nicht zu mir, wenn du Geld brauchst? Mit dieser Nummer reitest du uns doch alle ins Unglück."

„Weil du es mir nie gegeben hättest, da es sich um Spielschulden handelt", antwortete sein Bruder. „Eigentlich ist die Sache völlig easy. Wir bergen den Waggon und die Ladung kommt auf einen extra LKW. Danach haben wir damit nie wieder etwas zu tun. Ich verspreche dir bei Allah, dass das eine einmalige und absolut sichere Nummer ist. Dann bin ich die Kerle ein für alle Mal los."

„Was ist denn das für eine Ladung?"

Mohammed zuckte mit den Achseln. „Keine Ahnung. Das haben die mit keinem Wort erwähnt."

Mahmud schlug erneut gegen die Wand. „Und was ist, wenn wir auf diese Weise in irgendwelche Drogengeschäfte hineingezogen werden?"

„Wie soll das gehen? Selbst wenn die Bullen unseren Laden auf den Kopf stellen, der Container mit Drogen, wenn es denn welche sind, war nie auf unserem Grundstück. Da können die sogar mit Drogenhunden kommen. Die werden nichts finden. Den Flachwagen haben wir in 12 Stunden verschrottet und dessen Stahl nach einem Tag entsorgt."

Mahmud überlegte. „Ich möchte mit der ganzen Sache nichts zu tun haben. Nimm dir, was du an Maschinen brauchst, aber ich mache da nicht mit." Er trat vor seinen Bruder, packte ihn am Kragen und zog ihn halb zu sich hoch. „Und wenn du einen unserer Söhne in die ganze Sache mit hineinziehst, dann bringe ich dich eigenhändig um. Hast du das verstanden?"

Mohammed hatte seinen Bruder noch nie so außer sich erlebt. „Aber Mahmud, das kannst du doch nicht machen. Ich bin dein Bruder!"

„Nein, Mohammed, das war einmal. Du bist nicht mehr mein Bruder. Du hast unsere ganze Familie verraten. Und sollte morgen oder übermorgen unser Vater wiederkommen, wird es sein Tod sein, wenn ich ihm davon erzähle."

„Dann lass es unser Geheimnis sein", flehte Mohammed ihn an. Mahmud wandte sich von ihm ab. „Das kann ich nicht, und das weißt du ganz genau."

„Dann würde ich dich wenigstens darum ..."

Amir stürzte in das Büro seines Vaters. „Papa, entschuldige bitte, dass ich hier so einfach reinplatze", er hielt ein Stück blutigen weißen, gehäkelten Wollstoff in der Hand und drückte es ihm in die Hand. „Ich war gerade mit den Hunden die Runde machen. Die haben plötzlich wie wild gejault und neben Großvaters Lieblingsbank im Sand gescharrt, als wären sie von Sinnen. Das haben sie dann aus dem danebenliegenden Busch gezogen." Der junge Mann reichte seinem Vater den Stoff.

Mahmud griff mit versteinertem Gesicht danach und faltete den Lappen auseinander. „Bei Allah, das ist die Takke unseres Vaters."

Mohammed sank erschüttert in den Sessel zurück. „Bist du sicher?"

„Aber schau doch nur das Muster. Das ist Vaters Takke, da bin ich mir sicher." Mahmud warf die Gebetsmütze auf den Tisch und ging erneut auf und ab. „Das kann nur bedeuten, dass unser Vater tot ist. Aber wer sollte daran Interesse haben, einen alten Mann zu töten?"

Mohammed vergrub sein Gesicht in seinen Händen. „Vielleicht ist das ein Zeichen."

„Was für ein Zeichen?"

„Ein Zeichen dafür, was uns geschieht, wenn wir uns widersetzen."

Mahmud stürzte auf seinen Bruder zu. „Wer tötet unseren Vater, um uns wovor zu warnen? Nun sprich endlich, sonst werde ich morgen deine Takke neben der unseres Vaters beerdigen. Und ich schwöre dir, sie wird genauso blutig sein."

„Allah wird erzürnt sein, wenn du die Hand gegen dein eigenes Fleisch und Blut erhebst."

„Allah ist schon erzürnt, wenn er sieht, wie du alles verrätst, wofür dein Vater gelebt und geschuftet hat. Und nun hör auf, zu jammern, du Wurm. Ich muss nachdenken." Mahmud ging abermals wortlos für mehrere Minuten hin und her, bis er sich wieder zu ihnen wandte. „Amir, du, deine Mutter und Emin, ihr werdet unverzüglich zu Cousin Hakim gehen. Dort werdet ihr so lange bleiben, bis euch einer von uns beiden wieder abholt."

„Aber Vater. Mein Platz ist hier."

„Schweig. Dein Platz ist der, den ich dir zuweise."

Amir nickte. „Ich werde tun, was du mir sagst. Emin ist aber nicht zu Hause. Ich weiß auch nicht, wo ich nach ihm suchen soll."

„Er wird wieder in seiner Gebetsstube sein oder bei Freunden übernachten, wie er es in letzter Zeit so oft getan hat", kam es kleinlaut von Mohammed.

Mahmud schüttelte den Kopf. „Dass du nicht weißt, wo dein Sohn übernachtet, ist eine Schande." Er atmete tief durch. „Dann soll es so sein. Sowohl da als auch dort ist er wenigstens in Sicherheit. Nun geh wenigstens du zu Hakim, mein Junge, und nimm deine Mutter mit. Allah sei mit euch."

Amir drehte sich wortlos um und ging.

„Und was soll ich machen?“, fragte Mohammed.

Mahmud sah ihn verächtlich an. „Zieh morgen Nacht dein Geschäft durch und dann verschwinde. Und tritt mir danach nie wieder unter die Augen.“

***

Volker Kösters stand am frühen Morgen mit finsterer Miene am Besprechungstisch. Seitdem Bianca und Thomas in und um Warburg herum recherchierten, war es erheblich ruhiger im Gleis 9½ geworden. Nun war aber wieder Leben eingekehrt, denn Kösters hatte auch die beiden Münchner Teams zur Verstärkung geholt. „Leute“, versuchte er seine Truppe eindringlich einzuschwören, „ich fürchte, wir sind gleich zu Beginn unserer bahnpolizeilichen Wiederauferstehung in eine ganz üble Sache hineingeraten, und leider haben wir bei dem ganzen Spiel keinerlei Ahnung, mit wem wir es hier zu tun haben. Data, präsentiere jetzt mal eine kleine Zusammenfassung der wenigen Fakten, die wir haben.“

„Moin, Herrschaften. Ich muss mich meinem Vorredner anschließen, denn das, was wir haben, ist mehr als dürftig. Beginnen wir mit dem Waggon, den wir selbst haben verschwinden lassen. Der steht unbehelligt auf einem Rangiergleis bei Neukloster in Mecklenburg-Vorpommern. Dort scheint sich niemand darüber Gedanken zu machen und selbst eine Suchanfrage, die ich in Umlauf gebracht habe, blieb bisher unbeantwortet. Dann zu den inzwischen drei real vermissten Waggons. Dabei handelt es sich um einen Kesselwagen mit Wasserstoffperoxid, der bei den ‚Bayer-Werken‘ vermisst wird, einen Stückgutwaggon mit Aceton-Behältern, der nie bei der Firma ‚Procter & Gamble‘ angekommen ist, und last but not least einen Stückgutwaggon mit Schwefelsäuretanks, der auf dem Weg von den Frankfurter ‚Hoechst-Werken' zur Firma ‚Henkel' nach Düsseldorf war. Die drei Chemikalien sind Bestandteile von ganz gewöhnlichen Haushaltsreinigern. In einem bestimmten Verhältnis zusammengemixt und mit nur wenigen Hilfsmitteln ausgerüstet, könnte man damit aber auch APEX herstellen. Das ist ein relativ instabiler Sprengstoff, dessen Wirkung die von TNT sogar noch übertrifft und gern für islamistische Terroranschläge benutzt wird."

„Kann man den Aufwand des Zusammenmixens mit dem einer Drogenküche vergleichen?", fragte Schüffelchen.

Data nickte. „Ja, es kommt auf die Menge an, die hergestellt werden soll. Das größte Problem dabei ist die temperaturgerechte Lagerung. Natürlich ist dabei auch der Transport nicht ohne Risiko, denn wenn die einzelnen Kristalle dieses Acetonperoxids durch Wärme, Schlag oder heftige Erschütterung aneinander reiben, dann kracht es schon, und zwar gewaltig." Er sah in die Runde, ob es Fragen gäbe. „Damit kommen wir zur dritten Baustelle. Es ist ein weiterer Waggon verschwunden. Eigentlich ein ganz harmloses Ding, laut Ladepapieren mit Werkstattabfällen beladen. Gechartert wurde der Waggon allerdings vom Heeresbeschaffungsamt und sollte Fracht von Münster nach Oberndorf in Baden-Württemberg bringen."

„Ach du heiliger Bimbam", entfuhr es Schüffelchen.

„Wieso, was ist denn?", erkundigte sich ein Münchner Kollege. „Kennst du da jemanden?"

Data lächelte sarkastisch. „Wir kennen da alle jemanden, nämlich die Firma ‚Heckler & Koch'. Inhalt dieses Waggons waren sechstausend beanstandete G36-Sturmgewehre mit dreihunderttausend Schuss ebenfalls beanstandeter Leuchtspurmunition." Data lächelte triumphierend. „Nun habe ich aber noch eine gute Nachricht. Dadurch, dass wir inzwischen genau wissen, nach welchen Dateimustern wir suchen müssen, wissen wir, dass der Waggon nach Rostock umgeleitet wurde. In der kommenden Nacht exakt um 3:36 Uhr wartet dieser auf demselben Ausweichgleis an letzter Stelle auf das Passieren eines ICE wie auch unsere bereits verschwundenen Altmetallwaggons. Das war's von mir."

Data setzte sich. Nach einer kurzen Pause, in der die neuen Informationen bei jedem sacken konnten, ergriff Kösters wieder das Wort: „Ich nehme die Bezeichnung ‚Üble Sache', in die wir hineingerutscht sein sollen, zurück und ersetze sie durch ‚Riesenscheiße'."

„Und was sagt die Bahn dazu?", kam es von einem Münchner Kollegen.

„Die bestehen leider noch immer darauf, dass nicht sein kann, was nicht sein darf. Unser neuer Sicherheitschef kommt aus dem Führungsstab der Landespolizei und ist endlich mal ein Profi. Er versucht gerade die Direktion wachzurütteln. Ich habe inzwischen auch schon Kontakt zum BKA und zur Bundespolizei aufgenommen. Die GSG 9 ist alarmiert und wenn jemand versucht, den Waggon mit den Gewehren abzukoppeln, erfolgt der Zugriff. Die Kollegen Trapp und Jessen arbeiten in Warburg bereits eng mit dem BKA zusammen. Der Zug geht vom Rangierbahnhof Mannheim direkt nach Maschen. Da ist das nächste Lesegerät am Gleis. Aus dem System ist die Nummer schon raus. Dort wird irgendjemand die Frachtrolle entgegennehmen, der vermutlich auf der Gehaltsliste der Kerle steht. Dieser Jemand wird dann wahrscheinlich die geänderte Ladeliste austauschen und die Papiere für den auf dem Ausweichgleis verschwundenen Waggon aus der Rolle nehmen. An dieser Übergabestelle wird das örtliche SEK lauern." Er machte eine Pause. „Gibt's noch Fragen dazu?"

Schüffelchen machte ein nachdenkliches Gesicht. „Gibt es denn gesicherte Hinweise darauf, dass der Diebstahl der Gewehre einen terroristischen Hintergrund hat?“

„Nein.“ Kösters zuckte mit den Achseln. „Der einzige Hinweis, den wir haben, ist, dass der alte Aufsichtsratsvorsitzende, der des Diebstahls verdächtigen Entsorgungsfirma, vermisst wird, und dass eine rituell enthauptete Leiche ganz in der Nähe aufgefunden wurde, die durchaus die des Jahani Seniors sein könnte. Um das mit Sicherheit behaupten zu können, müssen wir uns noch die DNA des alten Herrn besorgen.“

„Also, ich halte das für eine nicht ganz ungefährliche Panikmache gleich mit der GSG 9 anzurücken“, warf ein anderer ein.

„Das mag schon sein“, erwiderte Kösters. „Aber stehen wir nicht extrem blöd da, wenn sich Terroristen so ganz nebenbei, unter den Augen der Behörden, sechstausend Sturmgewehre mit reichlich Munition klauen?“

„Ich denke, die Dinger schießen nicht genau“, kam es aus der Münchner Ecke.

„Mag sein, aber um zum Beispiel einen ganzen Flughafen damit zu stürmen und tausende Menschen zu erschießen, reicht's. Da muss man nur in die Menge halten und abdrücken. In so einer Situation zielt sowieso niemand genau.“

Betretenes Schweigen erfüllte den Raum.

„Okay, unsere bayrischen Kollegen kümmern sich um die Suche nach den Kesselwagen im süddeutschen Raum, die Schüffelhubers nehmen sich Norddeutschland vor. Ich möchte, dass jeder Bahnmitarbeiter bis heute Abend weiß, dass Kesselwagen gesucht werden, aber niemand darf erahnen, dass man damit eine Großstadt in die Luft jagen könnte. Mit anderen Worten: größte Effektivität mit null Information.“

***

„Bianca!“

Mehr als ein Grunzen bekam Thomas nicht als Antwort.

„Bianca, aufstehen!“

Sie schrak hoch. „Was machst du schon wieder in meinem Bett?“ Sie schaute ihn glasig an.

„Erstens: Ich liege nicht in deinem Bett, sondern sitze auf dessen Kante. Zweitens: Du wolltest um sechs Uhr aufstehen. Jetzt ist es sieben.“

Sie fuhr wie von der Tarantel gestochen hoch.

„Und drittens bin ich angezogen, und du bist fast nackt.“

Sie hielt sich die Hände vor die Brüste und stürmte ins Bad.

„Und viertens“, murmelte er, „ist dein Körper einfach umwerfend schön.“

„Was murmelst du da?“, ertönte es aus dem Bad.

„Ich gehe schon mal runter, habe ich gesagt, und schmiere dir ein paar Brote to go. Wir müssen in spätestens einer Viertelstunde vor dem Schrottplatz der Jahanis Posten beziehen.“ Ist ja lustig, dachte er beim Rausgehen. Ich schlafe auch nackt. Wir haben also schon eine Gemeinsamkeit.

***

Sie hatten sich mit ihrem Auto genau hinter die Kollegen gestellt, die sie ablösten. Von dort konnte man sowohl den Haupt- als auch den Nebeneingang des Wertstoffhandels der Jahanis überwachen. Bianca ging mit dem Tablet des BKA, welches ihnen gestern ausgehändigt worden war, auf das Onlinetagebuch dieser Überwachungsaktion. „Schau an“, sagte sie überrascht, „einer der Enkel ist mitten in der Nacht mit seiner Mama nach Kassel zu seinem

Onkel, einem Rechtsanwalt, aufgebrochen. Halb zwei Uhr nachts ist für einen Verwandtenbesuch schon eine ungewöhnliche Zeit. Findest du nicht auch?"

„Schon, es sei denn, man sucht dringenden Rat, weil man zum Beispiel seine Familie dabei erwischt hat, sechstausend Sturmgewehre zu klauen."

Sie sah ihn noch immer ziemlich verschlafen an. „Wie kommst du denn auf so einen Schwachsinn?"

Thomas verdrehte genervt die Augen. „Och Mensch, nun werde doch endlich mal wach und guck auf die Infoseite."

„Ist ja schon gut", grummelte sie beleidigt und, tippte auf ihrem Tablet herum. „Oh mein Gott", entfuhr es ihr, als sie zur Hälfte durch war, „was geht denn hier ab?" Sie las weiter und je näher sie dem Ende der Datei kam, desto mehr verfinsterte sich ihr Gesicht. „Hier steht, dass dieser ganze Waggonklau erst durch diese Hacker möglich wurde. Täglich werden Konten geknackt und Großkonzerne ausspioniert und die stellen unsere ganze Ermittlungsarbeit einfach so ins Internet. Für jeden mit einer Hackerseele sozusagen frei Haus. Das ist doch Irrsinn! Da müssen wir uns doch wirklich nicht wundern, wenn wir Bullen ständig wie Deppen vorgeführt werden!"

„Nun mach mal halblang in deinem heiligen Zorn. Wir haben da nicht einfach ein Tablet in die Hand gedrückt bekommen, sondern ein absolut sicheres Teil. Das kann man nicht so einfach hacken. Mit so einem Ding läuft die Kanzlerin herum und chattet mit dem Innenminister."

Bianca blieb skeptisch. „Wäre schön blöd, wenn die von der Behörde etwas anderes erzählen würden. Sicher dachte das auch die Bahn von ihren Computerprogrammen."

Thomas unterbrach sie. „Nun hör mal auf, Galle zu spucken. Dahinten kommt jemand, den wir kennen."

Sie beobachteten Mohammed Jahani dabei, wie er sich mehr schleppend als laufend auf das Tor des Nebeneingangs zubewegte, es mit fahrigen Bewegungen aufschloss und sich dabei immer wieder umsah, als ob er einen Verfolger vermuten würde. Schließlich öffnete er das Tor nur einen Spalt, um auf das Grundstück zu schlüpfen.

„Was ist denn mit dem?", murmelte Bianca.

„Keine Ahnung", raunte Thomas. „Es sieht aber ganz danach aus, als würde er vor etwas fliehen."

***

„Was ist an dem Satz: ‚Tritt mir nie wieder unter die Augen!' falsch zu verstehen?" Mahmud erhob sich drohend hinter seinem Schreibtisch.

„Nichts", stöhnte Mohammed und ließ sich auf den Sessel fallen. „Bei Allah, sind das Schmerzen."

„Was ist denn passiert?"

„Die Schweine haben mich zusammengeschlagen."

„Wer?"

„Na, die."

„Wer die?"

„Na eben die, die meinen Jungen als Geisel haben."

„Geht es vielleicht etwas genauer?"

„Die, für die wir in der kommenden Nacht den Waggon von den Gleisen bergen sollten. Wir bekommen den Jungen zurück, sobald wir alles erledigt haben, hieß es."

„Nicht wir, mein Lieber. Das ist ganz allein deine Baustelle. Damit habe ich nichts zu tun."

„Und hast du vielleicht auch nichts mit deinem Neffen zu tun? Haben du und Papa nicht ständig gepredigt, dass Blut dicker ist als Wasser?"

„Das hindert dich aber nicht daran, den Jungen in die Scheiße zu reiten."

„Hör bitte auf, mir Vorwürfe zu machen. Das mache ich schon ganz allein. Emin braucht jetzt unsere Hilfe.“

Mahmud tigerte wieder in seinem Büro auf und ab. „Und wie stellst du dir das vor? Der Einzige, der dem Jungen jetzt noch helfen kann, ist sein Vater, der auf direktem Wege zur Polizei gehen und denen reinen Wein einschenken sollte.“

„Dann hängst du aber auch mit drin, mein sauberer Herr Bruder, und die Firma Jahani existiert nicht mehr.“

Mahmud hielt kurz inne. „Da magst du recht haben.“ Er überlegte. „Uns bleibt nichts weiter übrig, als mitzuspielen. Du wirst alles so durchziehen, wie die es wollen, und dann können wir nur hoffen, dass sie uns den Jungen unversehrt zurückgeben. Den Kranwagen hast du doch hoffentlich gegen Cash schwarz gemietet?“

„Natürlich, für wen hältst du mich?“ Er sah seinen Bruder fragend an. „Und was machst du so lange?“

„Ich halte hier die Stellung und dich auf dem Laufenden, sobald sich Emin oder sonst jemand meldet.“

8

Kurz nach der Abenddämmerung tat sich auf dem Betriebshof der Jahanis endlich etwas. Über den digitalen Funkkanal der Bundespolizei bekamen Bianca und Thomas mit, dass sich ein Kranwagen, gefolgt von einem Tieflader, auf den Weg machte. Mehr als die Fahrer der beiden Fahrzeuge waren aber an Bord nicht zu erkennen.

„Seltsam“, wunderte sich Thomas. „Der Polizist hat doch von sehr viel mehr Arbeitern gesprochen.“

„Vielleicht kommen die anderen direkt zur Einsatzstelle“, mutmaßte Bianca. „Warum sollten die Jahanis die Stunden der Fahrt auch noch bezahlen.“

Beide waren wieder einmal von dem technischen Aufwand, den Bundespolizei und BKA für diese Aktion betrieben, beeindruckt. Das gesamte Einsatzgebiet rund um das Ausweichgleis konnte durch hochwertige Kameras abgedeckt werden. So klein sie auch waren, mit ihnen konnte man zoomen, schwenken und sogar die Objektive wechseln. Dabei wurde auch das Signal jeder einzelnen Kamera separat aufgezeichnet, sodass die gesamte Handlung gerichtsverwertbar und in HD zu jeder Zeit und in voller Länge nachvollzogen werden konnte. Aufgezeichnet wurde alles in einem als Gemüselaster getarnten Truck, der gleichzeitig als Einsatzzentrale diente. Darin liefen auch sämtliche Signale der Kameras zusammen, die rund um den Hof der Jahanis postiert waren.

Bianca starrte auf einen der Bildschirme. „Seht ihr den roten PKW da schräg gegenüber vom Hinterausgang des Schrottplatzes? Ist das ein Überwachungsteam von uns?“

Der Dispatcher zoomte näher ran. Im Auto waren drei Männer zu erkennen, die immer wieder nervös auf die Uhr sahen und sich wild mit den Händen fuchtelnd offensichtlich stritten.

„Das sind ja seltsame Vögel“, brummte Tim. „Was haben die denn für Pudelmützen auf dem Kopf?“

Thomas schüttelte den Kopf. „Das sind keine Pudelmützen, das sieht mir eher nach hochgeschobenen Sturmhauben aus.“

Aus dem Raum mit dem Bedienungspult der Kameras meldete sich der Dispatcher. „Hat jemand die Schutzpolizei an die Brücke zum Ausweichgleis bestellt? Hier hält gerade ein Streifenwagen mit Kasseler Kennzeichen und den Konvoi mit Kran und Tieflader habe ich auch schon auf dem Schirm. Hoffentlich vermasseln uns die Kollegen nicht die ganze Nummer.“

Auf Schobers Stirn erschienen Sorgenfalten. „Legen Sie das Bild bitte auf unseren Monitor.“

Vor ihnen erschien die Brücke, und davor stand der Streifenwagen. Ein Polizist stieg aus.

„Moment mal“, rief Bianca verblüfft. „Könnt ihr mal näher heranzoomen?“

Die Kamera zoomte so lange auf den Polizisten, bis sie ein gestochen scharfes Portrait von ihm vor sich hatten.

„Das ist der Dorfsheriff, von dem wir die Informationen mit den Straßensperrungen hatten.“

Schober drückte einen Knopf um Verbindung zur Scheune in Warburg aufzunehmen. „Habt ihr auch das Bild vom Polizisten online?“

Der Mann bestätigte.

„Dann notiert euch das Kennzeichen des Streifenwagens und wer der ‚Kollege‘ ist. Ich möchte wissen, mit wem er in den letzten 24 Stunden telefoniert und was für SMS und Emails er bekommen hat. Dienstlich und privat.“

Inzwischen waren der Kranwagen und der LKW beim Streifenwagen eingetroffen. Die Fahrer sprangen auf die Straße.

„Kennen Sie die beiden Typen?“

Thomas nickte. „Ja. Der, der den Kran gefahren hat, ist einer der Söhne Jahanis. Soweit ich mich erinnere, ist das Mohammed. Der LKW-Fahrer ist ein Angestellter. Den Kranwagen müssen die irgendwo gemietet haben. Auf dem Gelände der Jahanis habe ich so ein Riesending jedenfalls nicht gesehen."

Sie verfolgten gespannt die Szene.

Bianca konnte gar nicht glauben, was sich vor ihren Augen abspielte. „Also, das ist ja irre. Dreimal dürfen wir raten, was wohl in dem Umschlag ist, den Jahani dem Polizisten gerade in die Innentasche seiner Lederjacke geschoben hat. Und so, wie die beiden miteinander umgehen, war das nicht die erste Zuwendung."

„Aber die Kollegin scheint davon absolut keine Ahnung zu haben. Er hat sie mit den Warnlampen zum Absperren der Straße geschickt. Ihr etwas nachzuweisen dürfte schwierig werden."

Thomas schüttelte verächtlich den Kopf. „Die scheint sowieso nicht die Hellste im Kopf zu sein. Wer sich von so einem Typen vögeln lässt, der hat noch nicht einmal Schmiergeld verdient."

Der Dispatcher meldete sich. „Jetzt tut sich was am Schrottplatz." Sofort erschien das dazugehörige Bild auf dem großen Monitor.

„Das ist, nehme ich an, ein Enkel der Jahanis. Der sieht zumindest so aus", kommentierte Bianca die Bilder. „Emin heißt er, glaube ich."

„So, wie der sich bewegt, scheint der mächtig Schiss davor zu haben, dass ihn jemand verfolgen könnte."

Mit dieser Vermutung schien Thomas ins Schwarze getroffen zu haben, denn bevor der Junge um die Straßenecke bog, lugte er ganz vorsichtig um die Steinmauer, ob ihm am Haupteingang auch niemand auflauerte. Der Junge schien das Auto, in dem die drei Männer saßen, erkannt zu haben. Er ging ein paar Meter zurück, schaute nach links und rechts, nahm Anlauf, hängte sich an die Mauerkante und zog sich so weit hoch, dass er ein Bein darauflegen konnte. Es folgte ein kurzer Körperschwung und drüber war er.

„Also, wenn der vor diesen Kerlen Schiss hat", bemerkte Svea, „sollten wir denen doch einmal auf den Zahn fühlen. Ich fürchte, da braut sich etwas zusammen."

Schober war ihrer Meinung. „Dann solltet ihr vier so schnell wie möglich hinfahren und nachschauen, um was für Gestalten es sich bei denen handelt. Ich habe bei der Sache auch kein gutes Gefühl."

***

Mahmud Jahani schrak von seiner Arbeit hoch. War da nicht eben ein Geräusch zu hören gewesen? Er erhob sich von seinem Schreibtischstuhl und sah vorsichtig aus dem Fenster. Beruhigt stellte er fest, dass da nichts war. Doch plötzlich stockte sein Atem. War ihm auf einmal doch so, als würde noch jemand im Raum sein. Blitzartig drehte er sich um. Auf der Schwelle seiner Bürotür kauerte, wie aus dem Nichts, sein Neffe Emin. „Was ist denn mit dir los, mein Junge? Bist du von allen guten Geistern verlassen, dich hier so anzuschleichen? Kannst du deinen Onkel nicht im Stehen begrüßen?"

Der Junge war den Tränen nahe. „Das geht nicht. Es darf mich hier niemand sehen. Tu bitte so, als wärst du allein im Raum. Wir werden beobachtet."

Mahmud konnte der Versuchung, sich zum Fenster zu drehen, kaum widerstehen. „Wer beobachtet uns?"

„Brüder aus der Gemeinschaft des heiligen Korans."

Mahmud wurde ungehalten. „Vor Glaubensbrüdern muss man keine Angst haben. Schon gar nicht als gläubiger Muslim."

Emin liefen Tränen über die Wangen. „Ich bin kein Muslim mehr."

„Wer sagt denn so einen Blödsinn?"

„Der Imam."

„Unser Imam?"

„Nein, der Imam der Gemeinschaft."

Mahmud schlug mit der Faust auf den Schreibtisch. „Was erzählst du für einen Schwachsinn? Da setzt sich irgend so ein dahergelaufener Kerl einen roten Fez auf, wickelt einen weißen Schal drum, und du Esel glaubst sofort, was er dir erzählt."

„Versündige dich nicht, Onkel! Ich bin ein Krieger des Propheten."

„Was bist du?" Mahmud schoss aus seinem Stuhl, ging schnellen Schrittes auf Emin zu, bückte sich nach ihm, griff ihn am Kragen und hob den Jungen zu sich hoch. Er schüttelte ihn kräftig. „Ein Krieger des Propheten? Wie kann jemand reinen Herzens und Geistes für einen Propheten kämpfen, der Frieden predigt!"

„Bitte hör auf damit, Onkel", jammerte Emin. „Ich bin in Lebensgefahr. Die anderen Krieger wollen mich töten."

Mahmud konnte kaum glauben, was er hörte. „Die töten ihre eigenen Leute? Warum?"

„Weil ich mich dagegen wehren wollte, dass sie meine Familie ins Unglück stürzen. Und weil ihr Trachten alles nichts mit dem heiligen Djihad zu tun hat, wofür uns Allah mit dem Einzug ins Paradies belohnen würde. Ich bin vor ihnen geflohen!"

Mahmud brüllte seinen Neffen derartig an, dass er die Gefahr, die sich hinter ihm auftat, gar nicht bemerkte. „Du

Wahnsinniger ...“ Ein furchtbarer Schmerz durchfuhr plötzlich seinen Kopf, und es wurde dunkel um ihn.

***

Obwohl Bianca nur Beifahrerin war, hatte sie Probleme, das Telefonat anzunehmen. Kriminaloberrat Schober war dran. „Leute, passt bitte auf, wenn ihr auf das Grundstück der Jahanis geht. Die drei Typen aus dem Auto sind alle mit Kalaschnikows bewaffnet. Sie haben sich Zutritt zu dem Anwesen verschafft. So gepolstert, wie sie sind, scheinen sie schussfeste Westen zu tragen. Wartet also bitte, bis das SEK vor Ort ist.“

Svea wusste, dass Schober kein Pardon kannte, wenn man seine Anweisungen missachtete. „Okay, wenn der Boss warten sagt, dann warten wir. Tim und ich sichern den Haupteingang und ihr beide übernehmt das hintere Tor. Wenn es nicht abgeschlossen ist, dann macht das Fahrzeug der beiden Kerle fahruntüchtig.“

Bianca sah sich hilflos zu Thomas um, der hinter ihr saß. „Weißt du, wie man das macht? Ich kenne nur den Trick mit dem Zucker im Tank. Aber woher sollen wir jetzt Zucker bekommen?“

„Das wird auch mit Zucker nicht klappen, jedenfalls nicht sofort. Zur Not zerstechen wir die Reifen. Lass uns erst einmal da sein, dann wird uns schon etwas einfallen.“

Nur Minuten später rollte der VW-Bus vor dem Grundstück der Jahanis aus. Das Blaulicht hatte Tim schon vor längerer Zeit abgestellt. Ohne die Türen hinter sich zuzuknallen, verließen die vier den Wagen. Svea und Tim schlichen mit ihren Waffen im Anschlag zum Haupttor, Bianca und Thomas zu dem nun leerstehenden PKW. Thomas sah als Erstes nach, ob der Wagen verschlossen war. Er zog vorsichtig an der Klinke und die Tür sprang auf. Er musste sich nur kurz orientieren, um den Hebel zu finden, mit dem sich der Motorraum öffnete.

„Was willst du denn da vorne? Im Film ziehen die Bösewichter immer irgendwelche Kabel unter dem Lenkrad hervor, um so eine Karre zu starten. Vielleicht sollten wir die einfach abreißen, dann startet der Wagen auch nicht mehr."

„Da hast du im Prinzip recht", flüsterte Thomas. „Wenn der Wagen ein Benziner ist, entfernen wir einfach die Zündkabel. Das ist erheblich einfacher."

So vorsichtig, wie er nur konnte, zog er am Hebel für die Motorhaube. Leise sprang die Verriegelung auf. Den Frontriegel zur Seite zu schieben war auch kein Problem. Langsam hob er die Haube an. „Halt mal bitte", zischte er gepresst und streckte ihr die Taschenlampe entgegen.

Sie griff zu und leuchtete ihm. „Wunderbar", lächelte er erfreut, „das ist ein alter Benziner. Sogar noch einer mit Verteilerkopf." Er öffnete das Plastikgehäuse und zog mit geübtem Griff den Verteilerfinger von der Halterung. „So, jetzt können die orgeln, wie sie wollen, hier tut sich nichts mehr." Er drückte die Haube leise wieder zu.

Plötzlich hörten sie aus dem Verwaltungsgebäude des Schrottplatzes Schreie.

Bianca drehte sich wie gebannt in die Richtung, aus der sie kamen. „Mein Gott, das hört sich so an, als würde da jemand um sein Leben schreien."

Aus dem Funkgerät hörten sie Sveas Stimme. „Hört ihr das auch?"

„Natürlich", kam die Antwort. „Sollen wir trotzdem warten?"

„Moment, Tim hat gerade das SEK am Handy. Die sind erst in zehn Minuten hier."

Bianca sah zu Thomas. Der zog seine Waffe und nickte. „Wir sollten reingehen. So, wie sich das da drin anhört, lebt da in zehn Minuten keiner mehr", flüsterte sie ins Funkgerät.

„Okay, Zugriff!", kam die knappe Anweisung von Svea. „Ihr nehmt die Rückseite des Bürogebäudes, wir kommen von vorn. Passt auf, dass ihr nicht in unser Schussfeld geratet."

***

Mohammed war sichtlich erleichtert, als sie den letzten Waggon des Güterzugs vom Zugführer unbemerkt abgekoppelt hatten. Kaum rauschte der ICE vorbei, setzte sich der Güterzug auch schon wieder in Bewegung. Der Rest war jetzt nur noch Routine, freute sich Mohammed. Auf dem großen Bildschirm im Einsatzbus wirkte seine gute Laune fast schon wie ein Happy End.

Schobers Stimme war von allen beteiligten Einsatzkräften über die Ohrstöpsel klar und deutlich zu hören. „Achtung, Leute, die heiße Phase der Aktion hat begonnen. Der Zugriff erfolgt erst dann, wenn die Ladung des Waggons separiert wurde. So lange bleibt alles in sicherer Deckung! Ende."

Als er die Sprechtaste wieder löste, tippte ihm ein Mitarbeiter auf die Schulter. „Schlechte Nachricht aus Warburg. Die Kollegin Timm hat den Zugriff angeordnet. Gefahr im Verzug."

Schober erhob sich von seinem Stuhl und stürmte zum Funktisch. „Kollegin Timm? Was soll das? Ich habe doch angeordnet, dass ihr warten sollt!"

„Wir können nicht warten, im Gebäude wird jemand abgeschlachtet." Das fast schon animalische Gebrüll war selbst für Schober deutlich zu hören. „Dann macht in Gottes Namen eure Arbeit, aber nehmt euch vor ‚friendly fire' in Acht."

Der Kollege am Funktisch sah ihn fragend an. „Sorry, Boss, aber meinen Sie wirklich, dass Sie die Kolleginnen und Kollegen darauf aufmerksam machen müssen?“

„Haben Sie eine Ahnung, Mann! Da ballern gleich vier absolute Greenhorns herum. In diesem Haus bringen sich jetzt sogar die Ratten in Sicherheit.“

***

Das hintere Tor war nur leicht angelehnt und somit für Bianca und Thomas schon mal kein Hindernis. Jetzt hatten sie nur noch einen ca. einhundertfünfzig Quadratmeter großen Hof zu überqueren, in dem so viel Gerümpel herumstand, dass sie alle drei Meter Deckung finden konnten. Das panische Gebrüll, das aus dem Haus drang, zerrte an ihren Nerven. Je näher sie kamen, desto deutlicher waren nun auch Details herauszuhören. Mehrere Männer schrien eine völlig panische Frau oder einen Jugendlichen auf Arabisch an, und die oder der brüllte nur noch, ob vor Schmerz oder Angst war für sie nicht zu unterscheiden. Plötzlich riefen die Männer mehrmals „Allahu Akbar“, dann steigerte sich das Geschrei kurz zu einem gellenden Kreischen, welches nur Sekunden später in einem Gurgeln erstickte.

Bianca versuchte Ruhe zu bewahren. Sie wusste genau, dass die Panik, die in ihr aufstieg, sie nur selbst in Gefahr bringen würde. Sie sah sich zu Thomas um, der dicht hinter ihr war. Ihm schien das offensichtlich alles weniger auszumachen. In diesem Augenblick bewunderte sie ihn.

Hintereinander schlichen sie zu einem Palettenstapel, der sich unmittelbar neben der ebenfalls nur angelehnten Hintertür befand. Das war ihre letzte Deckung, bevor sie das Haus stürmen konnten. Plötzlich hatte sie das Gefühl, ihre Pistole nicht mehr richtig greifen zu können. Ihre Hände schienen aus Seife zu sein, sodass ihre Waffe jederzeit aus der Hand rutschen konnte. Außerdem scheuerte ihre schusssichere Weste am Hals, auf dem Rücken juckte etwas ganz fürchterlich und sie musste dringendst aufs Klo.

„Ich scheine für so eine Scheiße nicht gemacht zu sein", murmelte sie.

„Seid ihr in Position?", kam die Anfrage über Funk.

„Wir sind bereit."

Sie drehte sich zu Thomas um. „Was ich noch sagen wollte", flüsterte sie ihm ins Ohr, „du bist ein wirklich toller Mann, und ich fühle mich bei dir sicher."

Thomas war irritiert. Sosehr er sich auch über den Inhalt ihrer Worte freuen konnte, sie hatten plötzlich etwas Ultimatives. Es hörte sich für ihn an, als würde sie ihm schnell noch etwas Nettes sagen wollen, weil sie spürte, dass sie vielleicht schon bald keine Zeit mehr dafür haben würde.

Sie stockte und deutete mit ihrem Kopf in eine andere Richtung. „Schau mal, da ist noch eine Tür. Verdammte Hacke, welche sollen wir nehmen?"

„Du nimmst die hier, ich nehme die da hinten", flüsterte Thomas, „die scheinen beide ins Großraumbüro zu führen. Dann nehmen wir sie von drei Seiten in die Zange."

„Zugriff!", hörten sie über Funk die gepresste Stimme von Svea.

Sie schaltete das Laserlichtmodul ihres Rotpunktvisiers an ihrer Waffe ein, atmete tief durch und schlüpfte durch die angelehnte Tür. Das Großraumbüro war nur spärlich beleuchtet. Links und rechts boten ihr große Tresen Deckung. Vorsichtig lugte sie über den rechten Tresen. Da tat sich nichts. Auch im linken Teil des Raumes herrschte Ruhe. Sie wünschte sich jetzt sehnlichst, das arabische Gebrüll der Männer als Orientierung zu haben.

Im Hof erklang ein Schuss. Glas splitterte. Vorsichtig robbte sie wieder zur Tür, um zu sehen, ob Thomas in Gefahr sei. Der schien aber nur eine Scheibe zerschossen zu haben, um so den Türriegel von innen betätigen zu können. Sie sah gerade noch, wie er vorsichtig schleichend im Inneren des Gebäudes verschwand.

Gebückt huschte sie auf den Flur, von dem aus es in die Einzelbüros ging. Die Flurwände waren hüfthoch gemauert. Der Rest der Wand sowie die Türen bestanden aus Glas. Vorsichtig lugte sie um die Türzarge von Mahmuds Büro. Dort lag jemand. Sie konnte aber nur die Füße sehen. Das hässliche TakTakTak einer AK47 dröhnte durch das Gebäude. Entfernte Schreie. Bianca schien es, als wäre auch eine Frauenstimme darunter.

„Svea, alles klar?“, flüsterte sie ins Funkgerät.

„Mit mir ja, doch Tim scheint es erwischt zu haben. Er signalisiert mir aber gerade, dass es dank schusssicherer Weste nicht so schlimm ist. Vorsicht, die Kerle flüchten in eure Richtung.“

Von draußen drangen Rufe und Türenschlagen zu ihnen.

„Die Spezialeinheit ist da“, ertönte Sveas Stimme in ihren Ohren. „Also Achtung, ab sofort haben auch die Guten eine Sturmhaube auf.“

Bianca robbte an die Füße der auf dem Boden liegenden Person heran und rüttelte an einem. Er bewegte sich leicht. „Da ist wenigstens Leben drin“, murmelte sie erleichtert. Vorsichtig schob sie sich immer weiter, bis sie mit dem Kopf Mahmuds auf gleicher Höhe war. Er stöhnte und blutete stark aus einer Wunde am Hinterkopf. „Sie haben den Jungen“, röchelte er. „Sie haben Emin und sie haben Abdullah.“

„Wer ist Abdullah?“ Ihre Frage schien er aber nicht mehr gehört zu haben. Sein Kopf sackte zur Seite, und röchelnd glitt er in eine tiefe Bewusstlosigkeit.

Auf allen vieren krabbelte sie in das nächste Büro. Das muss das von dem Bruder sein, dachte sie. Auch dort lag ein Mensch in der Ecke. Sie richtete sich in Deckung eines Regals vorsichtig auf, um sich über die Mauern einen Rundblick verschaffen zu können. TakTakTak. Glassplitter stoben um sie herum. Sie musste entdeckt worden sein. Ohne zu überlegen, warf sie sich neben den Körper und landete in einer riesigen Blutlache. Vorsichtig hob sie ihren Kopf und sah in das blasse Gesicht Emins. Seine Augen waren vor Entsetzen geweitet. Ein Stück Fleisch, offensichtlich seine Zunge, lag einen halben Meter neben dem Kopf, dann erst kam sein Körper. Sie hatten vorhin an der Enthauptung dieses Jungen quasi per Hörspiel teilgenommen.

Bianca wollte sich mit den Händen aufstützen, um weiter zu krabbeln, rutschte aber auf dem schmierigen Blut immer wieder aus.

TakTakTak. Um sie herum wirbelten erneut Glassplitter auf. Verzweifelt rollte sie sich zur Seite. TakTakTakTakTak. Dort, wo sie eben noch lag, stob der Teppich in Fetzen. Sie gab blind drei Schüsse in die Richtung ab, aus der sie glaubte, beschossen worden zu sein. Ein wütender Aufschrei war zu hören. Sie schien getroffen zu haben und nickte zufrieden. „Einen habe ich erwischt", flüsterte sie ins Funkgerät, „aber ich weiß nicht, wo genau." Sie hatte plötzlich ihren alten Jagdausbilder vor Augen, der den Finger hob und „Vorsicht" sagte. „Es gibt nichts Gefährlicheres als einen angeschossenen Eber."

„Achtung, Bahn-Team, hier ist die SEK-Einsatzleitung. Wo sind Sie?"

Bianca überlegte fieberhaft. Sie schaute sich um. „Ich glaube, im Büro von einem Jahani." Sie wusste, dass das alles andere als eine exakte Standortbeschreibung war, aber die Angst lähmte ihren Verstand.

Der Beamte versuchte, sie zu beruhigen „Wenn der Haupteingang zwölf Uhr ist, auf wie viel Uhr liegen Sie?"

„Wo, verdammt, ist der Haupteingang?“, murmelte sie. In dem ganzen Wirrwarr hatte sie komplett die Orientierung verloren. Sie versuchte erneut, über die hüfthohe Mauer zu schauen. „So gegen fünf, glaube ich.“ Ihr war klar, dass das alles andere als eine genaue Positionsbeschreibung war.

TakTakTakTak ... Wieder stob Putz neben ihr auf. Dieser Scheißkerl muss irgendwo hochgeklettert sein, schloss sie daraus und schoss ihr ganzes Magazin in die vermeintlich gegnerische Richtung leer. In Windeseile holte sie ihr Ersatzmagazin aus dem Futteral und lud nach. Durch ihre Schüsse und den Strahl ihres Laserlichtmoduls schien sie von den Beamten des SEK geortet worden zu sein. Es klang plötzlich so, als würde nun aus mehreren Waffen geschossen werden. Um sie herum schlugen Querschläger ein.

Bloß weg hier, ging es ihr durch den Kopf und sie robbte, so schnell sie nur konnte, wieder auf den Flur. Nun entbrannte am anderen Ende des Gebäudes eine wüste Schießerei. Von Todesangst getrieben, krabbelte sie zwischen den beiden Tresen im Großraumbüro zum Hinterhofausgang.

Atemlos rief sie ins Mikrofon: „Ich verschwinde aus eurem Schussfeld auf den Hof hinaus.“

„Bahnteam, wissen Sie, wo Ihr Kollege ist?“

Bianca liefen Schweißtropfen in die Augen. Sie konnte kaum noch etwas erkennen. „Ich habe keine blasse Ahnung.“

***

Kurz nachdem noch von Mohammed angeheuerte Helfer zu ihnen stießen, wurden die Stützen vom Kranwagen ausgefahren und die Straße von den Polizisten komplett gesperrt. Parallel dazu wurden beim Container sämtliche

Laschen gelöst und Hebeketten an den Ecken eingeklinkt. Für die Beobachter konnte es keinen Zweifel mehr geben, dieses Team war in Sachen „Containerdiebstahl" eingespielt.

Auf den Bildschirmen, auf denen diese ganze Aktion in der mobilen Einsatzleitung verfolgt wurde, war Mohammed Jahani die Anspannung deutlich anzusehen. Immer wieder schaute er nervös auf die Armbanduhr.

„Er scheint auf irgendetwas zu warten."

Schober nickte. „Ich weiß auch, auf was. Irgendjemand muss ja schließlich noch die Ladung abholen. Der LKW, den er selbst mitgebracht hat, der ist für den Waggon. Die müssen ja noch die Knarren loskriegen. Um die dreht es sich ja schließlich. Ich kann mir nicht vorstellen, dass die Jahanis auch noch in den Waffenhandel eingestiegen sind."

Noch bevor auf den Monitoren irgendetwas zu sehen war, meldete der hoch über der Einsatzstelle schwebende Polizeihubschrauber die Ankunft eines Rollkippers. Schober setzte umgehend sämtliche an der Aktion Beteiligten davon in Kenntnis. Er fügte aber noch hinzu, „Nochmal an alle: Wir greifen erst dann ein, wenn der Container verladen ist. Vorher bleibt jeder in Deckung."

Als hätte sich Jahani mit dem Fahrer abgesprochen, war der LKW „just in time" ladebereit. Kaum war der Container auf der Straße abgestellt worden, fuhr der Rollkipper seinen Ladearm aus, um diese riesige Stahlkiste auf seine Ladefläche zu ziehen. Kurz bevor Schober das "Go" geben wollte, fuhren zwei PKW mit quietschenden Reifen vor. Es sprangen jeweils vier vermummte, in dicke Panzerwesten gekleidete und mit Kalaschnikows bewaffnete Personen heraus, die sofort begannen, auf alle umherstehende Personen zu feuern. Der Schutzpolizist konnte zwar noch seine Waffe ziehen, wurde aber im selben Augenblick von mehreren Salven durchsiebt. Tödlich getroffen ließ er die

Waffe fallen und sackte vor seinem Streifenwagen zusammen.

Bevor Schober genau analysieren konnte, was sich da auf den Monitoren abspielte, gab er seinerseits Feuerbefehl und forderte umgehend Verstärkung an.

***

Vorsichtig und so geräuschlos wie möglich öffnete Bianca die Tür zum Hof. Gerade so weit, dass sie ins Freie kriechen konnte. Eigentlich wollte sie sich hinter dem Palettenstapel gleich neben der Tür verbergen und die ganze Schießerei in Sicherheit abwarten, doch das, was sie in der Mitte des Hofes sah, ließ ihr das Blut in den Adern gefrieren. Thomas' Hände waren mit einem Kabelbinder auf dem Rücken zusammengebunden und er kniete vor einem der vermummten Verbrecher. Dieser hatte sich mit der linken Hand in Thomas' Haare verkrallt und den Kopf ihres Partners brutal nach hinten gebogen. In der rechten fuchtelte er aufgeregt mit einer Machete. Kaum hatte der Mann Bianca wahrgenommen, drehte er sich in ihre Richtung. Dabei riss er heftig an Thomas' Kopf. Das Knacken der Halswirbel war über den ganzen Hof zu hören. „Bleiben Sie, wo Sie sind. Ich töte diesen Verräter, bei Allah!"

„Tu, was er sagt, und bring dich in Sicherheit", warnte Thomas sie mit brüchiger Stimme. „Schießen hat keinen Sinn. Der trägt einen Sprengstoffgürtel."

Bianca erhob sich mit der Pistole im Anschlag aus der Deckung. Eine Hand hatte er in Thomas' Haaren, die andere am Griff der Machete. Einen Zünder konnte er somit nicht bedienen. „Das werden Sie nicht tun." Sie wunderte sich über die Bestimmtheit und die Härte in ihrer Stimme. Darin war nichts von der Angst, die in ihr brodelte, zu spüren. „Sie werden meinen Kollegen sofort loslassen, das

Messer weglegen und sich ergeben." Der Punkt des Laservisiers ihrer Waffe bohrte sich förmlich in die Stirn ihres Gegners.

„Niemals! Ich werde uns alle in die Luft sprengen. Doch vorher werde ich diesen Ungläubigen in die Hölle schicken." Er riss Thomas' Kopf an den Haaren zu sich hin, sodass diesem in seiner Lage nichts weiter übrigblieb, als dem Wahnsinnigen seine schutzlose Kehle darzubieten. „Allahu Akbar", kreischte der Wahnsinnige mehr hysterisch, als dass er seinem Gott mit diesem Ruf huldigen wollte. In seinem erhobenen Arm zuckte es, doch bevor er die Klinge herabsausen lassen konnte, peitschte ein dünner Schuss über den Hof. Als ob der Mann sein Tun noch einmal überdenken wolle, hielt er in seiner Bewegung inne.

Seltsam, dachte Bianca. Wenn ich einen laufenden Keiler treffe, kippt dieser immer gleich nach hinten. Obwohl sie sicher war, den Kerl getroffen zu haben, blieb der einfach stehen, als wolle er sie verhöhnen. Bruchteile von Sekunden kamen ihr wie nicht enden wollende Minuten vor. Der Mann stand einfach nur da, wie ein Mahnmal, dessen Silhouette sich langsam und schmerzvoll in ihre Erinnerung einbrannte. Sie schoss ein zweites Mal. Diesmal platzte sein Kopf förmlich und er kippte nach hinten. Im Tod verkrampfte sich seine Hand und riss Thomas an den Haaren mit sich.

Ohne darüber nachzudenken, dass jederzeit noch zwei weitere Täter auf sie schießen könnten, stürzte Bianca zu Thomas. „Ist alles in Ordnung?"

Ein Weinkrampf schüttelte seinen Körper. „Mein Gott, ich hatte noch nie in meinem Leben solche Angst."

Sie kniete sich neben ihn und bog die starren Finger des Toten auseinander, sodass er Thomas' Haare freigab. Fast liebevoll zog sie seinen Oberkörper auf ihren Schoß und nahm seinen Kopf schützend in die Arme. „Denkst du, mir geht es anders?“ und auch sie konnte ihre Tränen nicht mehr zurückhalten. „Aber diese Schweine nehmen dich mir nicht weg. Niemals werden die das tun, solange ich lebe!“

***

Schobers Leute waren inzwischen in eine wüste Schießerei verwickelt. Die Terroristen nagelten die Leute der GSG 9 mit gezielten Salven in ihrer jeweiligen Deckung fest.

„Hier Teamleiter einundzwanzig. Passt bloß auf! Das sind Leute mit Kampferfahrung.“

Schober überlegte. „Achtung, Scharfschützen! Hier Schober mit einer ‚Dreiundvierzigzwölf‘. Sowie ein Ziel identifiziert ist, wird die Bedrohung final beendet. Bestätigung mit Freigabecode.“

Die drei postierten Scharfschützen bestätigten die Freigabe des finalen Todesschusses mit ihren jeweiligen Empfangskennungen. Unmittelbar darauf sackte einer der Angreifer nach links ab. Pulsierend schoss Blut aus seinem Kopf. Sein Körper wollte gar nicht aufhören zu zucken, als hätte man ihn direkt an eine Starkstromleitung angeschlossen.

Schober fühlte sich bei diesen Bildern elend. „Ich sitze hier mit meinem Hintern in Sicherheit“, dachte er mit traurigem Gesicht, „und bringe Menschen um. Ich muss nur eine Zahl sagen und töte sie damit. Was unterscheidet mich eigentlich von diesen verwirrten Fanatikern? Für mich ist das Gesetzbuch mein persönliches Buch der Bücher. Ich interpretiere es und töte. Diese armen verbrecherischen Schweine tun doch eigentlich nur das, was ihnen von den furchtbaren Mullahs eingetrichtert wurde. Wie werde ich eines Tages vor Gott stehen? Nachher hatten die vielleicht sogar noch recht, nicht ich."

Einer der Terroristen warf seine Kalaschnikow in hohem Bogen weg und stand mit erhobenen Armen auf. Zwei Beamte der Spezialeinheit liefen geduckt auf ihn zu, um ihn festzunehmen.

„Achtung, Kommandowagen", tönte Biancas tränenerstickte Stimme aus den Lautsprechern. „Hier am Schrottplatz haben diese Schweine Sprengstoffwesten an. Passt auf, dass die sich bei der Festnahme nicht in die Luft sprengen."

Diese Warnung kam keine Sekunde zu spät.

„Kollegen, sofort zurück in Deckung!", brüllte Schober ins Funkgerät. „Scharfschütze, der ergibt sich nicht, der will sich in die Luft sprengen. Feuer frei!"

In der allgemeinen Kakophonie des Todes war dieser eine, tödliche Schuss gar nicht herauszuhören, dessen Projektil sich in den Oberkörper des sich gerade ergebenden Mannes bohrte. Dafür überdeckte die mächtige Detonation alles. Die Druckwelle erfasste auch den Truck und rüttelte die Insassen kräftig durcheinander. Einzelne Körperteile des Terroristen verteilten sich über die gesamte Einsatzstelle am Ausweichgleis. Es folgten eine zweite und noch eine dritte Explosion.

***

Auch für Svea, Tim und die SEK-Leute im Inneren des Bürogebäudes war der Hinweis auf die Sprengstoffwesten ein unter Umständen lebensrettender Tipp. Sollte eine davon im Inneren des Gebäudes hochgehen, wäre die Wirkung um ein Vielfaches heftiger als im Freien. So stellten sie von ihrer Seite aus erst einmal das Feuer ein. Die Kerle hingegen ballerten sofort auf jede Ecke des Raumes, aus der sie ein Geräusch hörten.

„Achtung, Team Bahn!“, hörte Bianca Sveas Stimme durch ihren Ohrstöpsel. „Ihr müsst sofort den Hof räumen. Wir versuchen, die Kerle durch die Nebentür zu drängen, um sie dann außerhalb des Gebäudes ausschalten zu können.“

„Machen wir“, kam Biancas knappe Antwort. Sie versuchte erst gar nicht, Thomas von den Handfesseln zu befreien. Sie sprang auf und zog ihn mehr oder weniger hinter sich her. „Wir müssen hier sofort raus!“

Er hatte bei dem Gerangel mit dem Terroristen seinen Ohrhörer verloren und konnte den Funkverkehr nicht mitverfolgen. „Was ist denn los?“

„Hier fliegt uns gleich alles um die Ohren. Wir sollen den Hof verlassen.“

Obwohl nur Thomas' Hände gebunden waren, hatte er auch beim Laufen Probleme. Er war desorientiert und seine Schritte schwerfällig. Endlich am Seitentor des Geländes angekommen, wurde die Tür durch einen SEK-Beamten geöffnet.

„Sind alle vom Hof weg?“, erkundigte sich der Teamleiter.

„Der Hof ist sauber. Es sind nur noch zwei von diesen Typen im Gebäude.“ Bianca hatte Mühe, dass Zittern ihrer Knie zu verbergen. „Der dritte liegt in der Mitte des Hofes.“

Der Beamte nickte anerkennend. „Das haben wir gesehen. Hut ab, Frau Kollegin. Das war ein sauberer Schuss.“

Ein angestrengtes Lächeln huschte über ihr Gesicht, als ihr zwei der Rettungsassistenten Thomas abnahmen. Mit Erleichterung stellte sie fest, dass seine Schritte schon wieder etwas sicherer waren, als er zwischen den beiden Sanitätern zum Rettungswagen geführt wurde.

Nachdem sie sich selbst auch in Sicherheit gebracht hatte, kam ein älterer Bundespolizist auf Bianca zu. „Machen Sie sich um ihren Partner keine Sorgen. In einer halben Stunde ist der wieder ganz der Alte. Das ist so eine Art Angstlähmung und ganz normal, wenn man gerade dem Tod von der Schippe gehopst ist."

Bianca atmete erleichtert auf. „Kennen Sie das schon?"

Der Mann winkte ab. „In unserem Job hat das so ziemlich jeder schon mal durchgemacht. Wenn Sie brav ihre Berichte geschrieben haben, dann schnappen Sie sich den Jungen und dann ab zum ‚Psycho' bezüglich posttraumatischer Störungen. Da müssen Sie übrigens auch hin. Wenn Sie den morgen aufsuchen, dann sind Sie beide übermorgen schon wieder auf der Piste."

Bianca sah ihn erstaunt an. „Warum denn ich?"

„Ich denke mal, dass das keine alltägliche Arbeit von Ihnen ist, zwischen Brunch und Abendessen ein paar Leute zu erschießen, oder?"

Sie schüttelte den Kopf. „Nein. Ich hoffe, das wird es auch nicht."

„Sehen Sie, und damit Sie nach so einer Übung nachts wieder richtig schlafen können, muss der Doc mit Ihnen zusammen die Schäfchen zählen." Er zog eine Plastiktüte für Beweismittel aus der Seitentasche seiner Weste. „Und nun müssen Sie nur noch Ihre Knarre mitsamt der Munition hier hineinversenken, damit die KTU und die Interne genau wissen, wer wann wen und wo erschossen hat."

Sie entlud ihre Waffe vorschriftsmäßig und ließ sie von den Magazinen getrennt in die Plastiktüte gleiten. Der Polizist verschloss sie mit einem Clip. „Ich denke, Sie sollten jetzt ein wenig ausspannen und zu Ihrem Kollegen gehen. Der guckt von dahinten schon ganz eifersüchtig, was wir hier die ganze Zeit miteinander zu bereden haben."

Sie war dankbar für diesen Tipp, so musste sie sich nicht eingestehen, dass sie in diesem Augenblick ein Bedürfnis nach Nähe hatte. Das kam hin und wieder schon einmal vor, aber dann war die Sache mit einem One-Night-Stand abgetan und sie hatte danach ihre Ruhe. Bei Thomas war das irgendwie anders, dementsprechend beklommen ging sie auf ihn zu. „Na, wie geht es dir?"

Er spürte ihre Hemmungen. Ihm war klar, dass man auf einen Menschen, dem man gerade das Leben gerettet hat, nicht völlig unbefangen zugehen konnte. „Geht so", krächzte er mehr, als dass er es sagte. Auch er fühlte sich befangen. Er stand noch nie dem Retter des eigenen Lebens gegenüber. Erschwerend hinzu kam, dass es eine Retterin war. Das irritierte ihn, obwohl er sich sicher war, kein Macho zu sein. Würde er sich genauso klein und hilflos fühlen, wenn sie ein Mann und sein Kumpel wäre? „Ich danke dir. So langsam gehöre ich dir ganz. Bei der Ausbildung rettest du meinen Arsch und jetzt sogar meinen Kopf. Den Rest schenke ich dir."

Sie setzte sich neben ihn und legte ihren Arm um seine Schultern. „Nee, lass mal. Wenn überhaupt, will ich mir den Rest verdienen." Der Satz war noch nicht ganz raus, da wurde ihr die Doppeldeutigkeit ihrer Aussage klar und sie lief rot an. „Also, wenn du verstehst, wie ich das gemeint habe."

Er stieß ihr sanft mit dem Ellenbogen in die Seite. „Da mach dir mal keine Sorgen."

Eine gewaltige Explosion auf dem Hinterhof des Schrottbetriebes ließ die Erde noch in großer Entfernung erbeben. Nur Sekunden später war auch die Nachtluft mit diesem ganz bestimmten Geruch, der durch Explosionen entsteht, erfüllt.

Thomas liefen wieder Tränen über die Wangen. „Das ist doch alles nur noch Wahnsinn. Und wir sind mittendrin."

9

Kösters war am frühen Morgen im Schlepptau eines „hohen Tieres“ des militärischen Abschirmdienstes mit einem Hubschrauber eingeflogen worden. Als sie das zur Einsatzzentrale umgewandelten Gebäude bei Warburg betraten, warf er Bianca und Thomas ein aufmunterndes Lächeln zu.

Nachdem Schober ihn und den Offizier der versammelten Mannschaft vorgestellt hatte, zog er Bilanz der vergangenen Nacht. „Meine Damen und Herren, Kolleginnen und Kollegen, der Terror in Deutschland hat eine neue Qualität erreicht. Es sind nicht mehr einzelne Täter, die Angst und Schrecken verbreiten, wir haben es inzwischen mit ganzen Terrorzellen zu tun, die absolut professionell organisiert sind wie die Täter des Anschlages auf den Pariser Nachtclub und die Metro. Dank der Aufmerksamkeit und der Professionalität einer neuen und noch sehr kleinen Gruppe, die seit einem knappen Monat für die Bahnsicherheit zuständig ist, wurde eine Katastrophe ungeahnten Ausmaßes verhindert. Neu ist vor allem die Tatsache, dass die islamistisch gesteuerten Täter offensichtlich sowohl Hilfe innerhalb der Bahn als auch innerhalb der Schutzpolizei hatten. BKA und Bundespolizei sind am Anfang der Ermittlungen und über die Motive der einzelnen Mitwirkenden noch nicht im Bilde. Der Generalstaatsanwalt ist seit heute Nacht eingeschaltet.“ Danach erläuterte Schober den genauen Ablauf der Geschehnisse an der Eisenbahnbrücke. „Die Bilanz“, fasste er sichtlich bewegt weiter zusammen, „ist erschütternd. Vier der Terroristen wurden von den GSG 9-Einheiten erschossen, zwei sprengten sich selbst in die Luft und zwei ergaben sich den Einsatzkräften. Ebenfalls ums Leben kamen Mohammed Jahani, sein Mitarbeiter, drei seiner Hilfskräfte wurden teilweise lebensgefährlich verletzt. Ein Schutzpolizist, der offensichtlich in die kriminellen Machenschaften verwickelt war, wurde erschossen, seine Kollegin musste mit einem schweren Schock ärztlich versorgt werden. Erfreulich hingegen ist, dass nur ein einziger Beamter der eingesetzten GSG 9-Kräfte durch einen Streifschuss verletzt wurde." Verhaltener Beifall unterbrach ihn kurz. „Nahezu gleichzeitig", resümierte er weiter, „wurde der Wertstoffhandel der Jahanis in Warburg von ebenfalls drei islamistischen Kämpfern überfallen. Emin Jahani, ein Enkel des Hauses, wurde vor Eintreffen unserer Leute rituell enthauptet. Ohne deren beherztes Eingreifen wäre es seinem Onkel, Mahmud Jahani, wahrscheinlich ähnlich ergangen. Dennoch zog er sich bei einem Kampf mit den Terroristen schwere Kopfverletzungen zu. Augenblicklich liegt er auf der Neurochirurgie der Uni-Klinik Kassel im künstlichen Koma und kann noch nicht vernommen werden. Einer der Täter wurde erschossen, zwei sprengten sich, nachdem auch sie Schussverletzungen durch die Einsatzkräfte erlitten hatten, ebenfalls in die Luft. Als sich zwei der IS-Kämpfer augenscheinlich ergeben wollten, möchte ich an dieser Stelle betonen, dass ohne die rechtzeitige Warnung, dass die Terroristen mit Sprengstoffwesten ausgerüstet waren, wahrscheinlich mehrere Beamten getötet worden wären. Mein besonderer Dank gilt daher den Kollegen Trapp und Jessen von der Bahn. Diesen Dank möchte ich mit einer Bitte verbinden: Bringt den Leuten von Gleis 9½ an den Einsatzstellen einfach mehr Achtung entgegen. Sie haben einigen Kolleginnen und Kollegen von uns den Arsch gerettet und diese Anerkennung einfach verdient." Diesmal war der Beifall lauter und anhaltender. „Am Güterbahnhof Maschen wurde übrigens ein weiterer Unterstützer der Terroristen festgenommen. Er verweigert bisher jegliche Aussage, hat aber zu erkennen gegeben, dass er sich im

Beisein seines Anwalts zu den Vorwürfen äußern wird." Er blickte in die Runde. „Gibt's noch Fragen zum Hergang?" Es meldete sich niemand. „Okay, so geht's weiter: Die Spurensicherung ist im Augenblick an beiden Einsatzstellen. Das wird bis ca. 16:00 Uhr dauern. Bis dahin sollten Sie sich alle aufs Ohr legen. Heute Nachmittag kümmern sich bitte die Kollegen Timm und Schneider vom BKA sowie Trapp und Jessen von der Bahn wieder um die Einsatzstelle in Warburg. Die Aufarbeitung der Geschehnisse am Ausweichgleis liegt dann bei uns."

***

Schon während Schobers Ausführungen hatte Bianca Mühe, dessen Worten inhaltlich zu folgen. Selbst das dicke Lob, welches Thomas und sie für ihre Arbeit einstrichen, kam bei ihr nicht richtig an. Wo sie auch hinsah, sie sah die Augen des Menschen vor sich, den sie getötet hatte. Schlafen sollten sie, da sie in ein paar Stunden wieder aufstehen mussten, aber wer kann nach derartigen Erlebnissen schon schlafen? Da der Weg in ihr „Sonnenhotel" zu weit war, hatten sie sich im Hotel „Ten Hoopen" eingemietet. Es waren noch zwei Einzelzimmer frei. Der Gedanke, alleine und dazu noch in diesem fremden Geruch von gestärkter Bettwäsche schlafen zu müssen, machte sie irgendwie verrückt und traurig. Außerdem kratzte das neue T-Shirt, welches sie sich schnell mit ein paar Slips zusammen gekauft hatte. Sie war auf einen so langen Aufenthalt in der Fremde nicht vorbereitet. Plötzlich klopfte es an der Tür.

„Ja bitte?"

„Ich bin es", ertönte Thomas' niedergeschlagene Stimme.

Sie öffnete. „Was ist denn?"

„Ich kann nicht schlafen. Ich bin müde wie ein Hund, bekomme aber kein Auge zu."

Sie zog ihn zu sich rein und schloss die Tür.

„Es tut mir leid, wenn ich jetzt auch dir noch den Schlaf raube."

Sie nahm ihn in den Arm. „Blödsinn. Wärst du nicht zu mir gekommen, hätte ich in den nächsten zehn Minuten an deiner Tür geklopft."

Es fröstelte ihn. „Das mag sich völlig bescheuert anhören, doch sowie ich die Augen schließe, sehe ich mich in der Pathologie liegen und schaue den Rechtsmedizinern bei der Arbeit zu."

„Und wen sezieren die?"

„Mich. Das ist ja das Bescheuerte."

Bianca nickte. „Das ist wirklich nicht ganz normal." Sie überlegte kurz. „Hast du denn Schmerzen dabei?"

„Nee, wie denn? Ich bin doch tot."

Sie befühlte seine Stirn. „Und wenn du noch lange hier 'rumstehst, bist du es bald wirklich. Komm ins Bett."

Er sah sie verdattert an. „Was soll ich denn in deinem Bett?"

„Warm werden."

„Du hast doch kaum etwas an."

„Du auch nicht."

Sie zog ihn ins Bett und deckte sich und ihn zu. Damit sie beide unter die Decke passten, lagen sie eng aneinander. „Na, ist es schlimm für dich?"

„Ich weiß nicht. Ich spüre dich, deine Beine, deinen Bauch, deine Brüste, ich spüre einfach alles."

Sie musste lächeln. „Ich spüre auch alles."

Seine Gedanken fuhren Karussell. „Ich bin verwirrt. Eben lag ich noch auf dem kalten Seziertisch und einen Moment später liege ich mit meiner fast nackten Kollegin im Bett."

Sie kicherte. „Hattest du auf dem Seziertisch auch eine Erektion?“

Er wurde verlegen. „Sorry, wenn man tot ist, achtet man nicht auf solche Nebensächlichkeiten. Ich habe immer in meinen offenen Brustkorb sehen müssen.“

Sie legte ihren Kopf auf seinen Brustkorb. „Es muss furchtbar sein, sich so zu sehen.“

„Es ging eigentlich. Ich hatte ja keinen Kopf mehr. Der lag auf dem Nachbartisch.“ Er legte einen Arm um sie. „Und warum konntest du nicht schlafen?“

„Als ich geschossen habe, hat mich dieses Schwein angeguckt. Ich bekomme diese Augen nicht aus dem Hirn. Ich kann es einfach nicht fassen, dass ich jemanden erschossen habe. Ich habe ihn kaltblütig getötet.“ Sie vergrub ihr Gesicht in seiner Achsel.

„Und hättest du ihn nicht getötet, dann würde ich jetzt wirklich auf diesem Blechtisch liegen, während die Prosektoren an meinen Resten herumschnippeln.“

Sie schüttelte den Kopf. „Wir müssen auf andere Gedanken kommen, sonst drehen wir beide durch.“

Sie schwiegen eine kurze Weile und beiden lag eine Frage auf der Zunge. Er war es, der das Schweigen brach. „Meinst du, Sex würde uns jetzt helfen?“

Sie zuckte mit den Achseln. „Wir könnten es versuchen.“

„Das ist doch Schwachsinn. Du willst doch eigentlich gar nicht.“

„Stimmt.“

„Und warum bietest du es mir dann an?“

Sie zuckte mit den Achseln. „Das ist für uns Frauen die Eintrittskarte zum Kuscheln.“

„Und was kommt danach?“

„Ich denke Leere, wie immer.“

Er lächelte. „Und genau das haben wir beide nicht verdient. Also genießen wir einfach das, was wir uns geben können. Gegenseitige Wärme, Geborgenheit und Kuscheln zum Nulltarif."

Zehn Minuten später schliefen sie tief und fest, eng umschlungen wie zwei Orang-Utan-Babys.

***

„Ich bin froh, dass ich mir heute Mittag die beiden Einsatzstellen hab ansehen können." Dr. Klinger setzte seine Brille ab und begann sie zu putzen. „Für einen Psychologen ist es immer wichtig, auch das gesamte Umfeld der Geschehnisse mit in seine Expertise einfließen zu lassen."

Um sein Team nicht tagelang außer Gefecht zu setzen, hatte Schober es geschafft, einen Polizeipsychologen aus Kassel kommen zu lassen, womit der Dienstvorschrift Genüge getan war. Auch wenn der Einsatz für viele Kollegen traumatisch verlief, die Arbeit musste weitergehen. Um nicht so viel Zeit zu verlieren, hatte die Bundespolizei kurzerhand einen kleinen Besprechungsraum im Hotel „Ten Hoopen" gebucht. Hier konnte der Psychologe in Ruhe mit den betroffenen Kolleginnen und Kollegen reden.

„Sie wundern sich", fuhr der Doktor fort, „dass ich Sie als Team hier sitzen habe und nicht jeden einzeln?"

„Weil wir das Ganze auch als Team erlebt haben?", fragte Bianca zögerlich.

„Exakt." Er blätterte in dem vorläufigen Einsatzbericht. „Habe ich das jetzt richtig verstanden, dass Sie, Herr Jessen, Ihre hilflose Kollegin nur durch einen finalen Befreiungsschuss vor einer unmittelbar bevorstehenden Enthauptung gerettet haben?"

Thomas guckte erstaunt. „Nein. Das war genau umgekehrt."

Der Psychologe hingegen sah den Irrtum locker. „Also wurden Sie selbst beinahe geköpft?“

„Ja.“

„Und wer hat dann geschossen?“

„Meine Kollegin.“ Er zeigte auf Bianca, die neben ihm saß und ebenfalls erstaunt guckte.

Dr. Klinger setzte seine Brille wieder auf, um Bianca genauer betrachten zu können. „Und Sie können so gut schießen?“

„Sonst hätte ich wohl nicht getroffen“, konterte sie trocken.

„Aha.“ Mehr kam nicht von dem Doc, der sich eifrig Notizen machte.

Bianca fühlte sich verarscht. „Passt das nicht in Ihr Weltbild oder wie?“

„Das ist irrelevant“, lächelte Dr. Klinger sie an, „es muss in das Bild passen, was ich mir von Ihnen machen soll.“ Er sah sie durchdringend an. „Was haben Sie nach dem Schuss getan?“

„Es waren Schüsse. Der Kerl fiel nicht gleich um. Da habe ich ein zweites Mal geschossen.“

„Okay, was taten Sie also nach diesen Schüssen?“

Bianca zögerte. „Als ich uns beide in Sicherheit wähnte, habe ich versucht, dieses Bild aus meinem Kopf zu kriegen.“

„Was für ein Bild?“

„Die Augen von dem Kerl.“

„Und dann?“

Sie zuckte mit den Achseln. „Dann habe ich mich hingesetzt und geheult.“

„Und was haben Sie getan, Herr Jessen?“

„Ich habe mich danebengesetzt und mitgeheult.“

Dr. Klinger wurde hellhörig. „Und das geben Sie so frank und frei zu?“

„Warum nicht? Wenn man gerade dem Tod von der Schippe gesprungen ist, kann man sich schon mal die gute Laune versauen, finden Sie nicht?“

„In der Tat.“ Ein Lächeln huschte über Klingers Gesicht. „Übrigens eine sehr schöne Umschreibung.“ Er wandte sich an Bianca. „Kamen Ihnen, Frau Trapp, danach nicht Zweifel, ob Herr Jessen wirklich der richtige Partner für Sie ist?“

„Vorher habe ich mich das öfter gefragt. Jetzt weiß ich, dass er es ist.“

„Und Sie, Herr Jessen?“

„Ich wusste es schon vorher.“

Die Blicke Klingers wanderten zwischen ihnen hin und her. „Was wollen Sie tun, um diesen Vorfall zu vergessen?“

„Gar nichts“, antwortete Thomas. „Wir versuchen, ihn zu verarbeiten. Gemeinsam zu verarbeiten.“

„Warum nicht vergessen?“

Jetzt antwortete Bianca. „Vergessen heißt, nichts daraus zu lernen, und es gibt eine Menge, was wir das nächste Mal besser machen könnten.“

Dr. Klinger zog die Stirn kraus. „Sie, Frau Trapp, sind die große Retterin. Was meinen Sie, könnten Sie ein nächstes Mal besser machen?“

„Wir müssten beim nächsten Mal, was hoffentlich nie geschehen wird, besser aufeinander aufpassen.“

Der Doc machte ein vergnügtes Gesicht. „Dann war's das von meiner Seite, Frau Trapp, Herr Jessen. Haben Sie eventuell noch Fragen?“

Bianca war entgeistert. „Und für diesen ‚Small Talk‘ sind Sie von Kassel hierher gekommen?“

„Small Talk kann man das nicht nennen. Mein Job ist es, herauszubekommen, ob Sie durch die nächtlichen Vorfälle posttraumatische Belastungsstörungen davongetragen haben könnten.“

Thomas hatte Zweifel. „Die treten teilweise erst nach Jahren auf."

„Richtig!" Der Doc nickte. „Vor allem dann, wenn man krampfhaft versucht, zu vergessen. Sie gehen das Ganze offensiv und vor allem als Team an, und das ist der beste Weg, diesem zweifellos erlittenen Trauma entgegenzuwirken. Sie stehen sich nahe genug, um sich gegenseitig helfen zu können, aber nicht so nahe, dass Sie sich dabei gegenseitig auf die Nerven gehen. Eine bessere Voraussetzung für eine ‚heilende Seele' gibt es nicht, wenn man es so nennen kann."

Bianca wurde hellhörig. „Wie kommen Sie darauf, dass wir uns nahe genug sind?"

Dr. Klinger hatte offensichtlich Spaß an der Frage. „Wie Ihnen vielleicht aufgefallen ist, sitzen wir an einem sehr schmalen Tisch. Sie beide auf der einen Seite, ich hier auf der anderen. Mir ist aufgefallen, dass Sie sich an entscheidenden Stellen kleine Signale mit den Knien gegeben haben." Er beobachtete grinsend, wie den beiden die Röte im Gesicht aufstieg. „Sie funktionieren als Team also hervorragend."

Thomas fühlte sich ertappt. „So toll hat die Kommunikation leider nicht geklappt. Es kam nämlich kein Signal zurück." Er sah Bianca verstohlen von der Seite an.

„Von dir kam aber auch nichts", erwiderte sie kopfschüttelnd.

„Und das ist kein Wunder", klärte sie der Doc schmunzelnd auf. „Sie sollten das nächste Mal darauf achten, dass Sie auch wirklich das Knie Ihres Partners anstoßen und nicht meines."

***

„Mein Gott, war das peinlich!" Bianca musste nur daran denken und schon lief sie wieder rot an. „Ich hatte zeitweilig das Bedürfnis, ‚vielen Dank für die schöne Nacht' auf dein Bein zu schreiben."

Thomas lachte. „Na, das Gesicht vom Herrn Doktor hätte ich dann sehen mögen."

Kösters wartete schon vor der Firma der Jahanis auf sie.

„Na, ihr beiden Helden? Seid ihr einigermaßen glimpflich durch den Psycho-TÜV gekommen?"

„Scheint so", grinste Thomas erleichtert. „Schober hat gleich danach wieder neue Dienstwaffen an uns austeilen lassen. Unsere eigenen Knarren liegen noch im Kriminaltechnischen Institut des LKA. Es braucht noch ein paar Tage, bis die alle Waffen, die an dem Einsatz beteiligt waren, in der Ballistik hatten. Was machst du denn überhaupt hier?"

„Nachdem ich mir Schobers Lobtiraden über euch anhören durfte, wollte ich auch mal wieder Tatortluft schnuppern."

Bianca grinste ihn an. „War es nicht so, dass sie dich von der Scheune weggeschickt haben, weil der Innenminister da heute noch mit seinem Heli landen soll?"

Kösters war verlegen. „Schober, diese miese Petze, soll mir nochmal unterkommen." Er nickte einem Kollegen der Spurensicherung zu. „Dürfen wir rein?"

„Im Großen und Ganzen ja. Dort, wo noch gearbeitet wird, sind die Räume abgesperrt."

Für Bianca und Thomas war es ein seltsames Gefühl, wieder am Ort des nächtlichen Schreckens zu sein. Betreten blieben sie bereits auf dem Hof vor den Kreideumrissen eines Menschen stehen. Ihr schossen schon wieder Tränen in die Augen. „Es tut mir so leid, aber ich konnte ihn wirklich nicht anders stoppen."

Thomas nahm sie in den Arm. „Er hat bekommen, was er wollte. Er ließ dir bei seinem geplanten Suizid gar keine andere Wahl."

Sie kramte nach einem Taschentuch. „Meinst du wirklich, dass er Selbstmord begehen wollte?"

„Die werden durch eine gezielte Gehirnwäsche derartig mürbe gemacht, dass sie nichts mehr selbst entscheiden können. Die handeln nur noch wie Automaten und sind auf Töten und Selbstzerstörung programmiert. Da kannst du genauso gut auf einen Roboter ballern."

„Es war aber ein Roboter, der Eltern hatte." Sie schnaubte kräftig und sah sich dabei um. „Was sind das für viele andere weiße Kreise auf dem Asphalt?"

„Die Reste derer, die ihre Sprengstoffwesten gezündet haben." Kösters sah sich kopfschüttelnd um. „Gehen wir rein. Vielleicht finden wir dort etwas."

In Mahmuds Büro waren die Kriminaltechniker noch bei ihrer Arbeit. Im Großraumbüro war eine Frau mittleren Alters dabei aufzuräumen. „Wir haben geschlossen", stammelte sie mit tränenerstickter Stimme. „Sie sehen ja selbst, wie es hier aussieht." Sie wandte sich zu ihnen. „Waren Sie nicht schon vorgestern hier?"

„So ist es", antwortete Thomas. „Wir sind die Kollegen Kösters, Trapp und Jessen von der Bahnsicherheit. Sie saßen gestern dort hinten in der Ecke."

Sie nickte traurig. „Kloss ist mein Name, Angela Kloss. Ich bin schon seit zwölf Jahren für die Buchhaltung und Lohnbuchhaltung verantwortlich."

„Dann kennen Sie sich ja in diesem Laden aus", bemerkte Kösters.

Sie lachte sarkastisch auf. „Das dachte ich bis gestern auch noch. Bis ich durch eine geschlossene Tür mitgehört habe, dass der alte Herr wohl umgebracht wurde."

„Also wussten die Jahanis vor uns von dem Mord an ihrem Vater?"

„Sie haben es zumindest geahnt."

Bianca sah sich um. „Gibt es hier irgendwo einen Raum, der nicht zerstört ist und in dem wir uns in Ruhe unterhalten können?“

„Sie wollen sich mit mir unterhalten?“ Sie sah die drei unsicher an. „Herr Hakim Jahani, der Rechtsanwalt, rief vor einer halben Stunde an und fragte, ob die Polizei noch hier sei, und dass ich nichts ohne sein Beisein aussagen dürfe.“

Bianca sah sie durchdringend an. „Glauben Sie denn, dass Sie einen Anwalt brauchen?“

„Nein, wozu? Deswegen war ich ja so verwundert.“

„Dann gehen wir und ich verspreche Ihnen, dass wir Ihnen rechtzeitig sagen, dass Sie besser einen Anwalt anrufen sollten, wenn Sie unwissentlich doch in etwas Kriminelles hineingeraten sind, abgemacht?“

Sie nickte. „Dann lassen Sie uns lieber rüber ins Wohnhaus gehen. Dort ist noch ein Raum für Besprechungen. Da sind die Brüder immer hingegangen, wenn sie ungestört sein wollten. Hier in den ‚Glaskästen‘, so nannten wir die Büros immer, hatten die Wände sowieso Ohren.“

***

Frau Kloss war sehr nah am Wasser gebaut und hatte vorsorglich eine ganze Packung Kosmetiktücher mitgenommen. Als sie sich etwas beruhigt und Kösters sein Diktiergerät aufgebaut hatte, konnte die Befragung beginnen.

„So, Frau Kloss, wie war das jetzt mit dem Gespräch, welches sie zufällig mitgehört haben?“

Sie sah die drei skeptisch an. „Wenn das hier angeblich kein offizielles Verhör ist, warum zeichnen Sie das Gespräch dann auf?“

„Weil wir all das, was Sie sagen, nicht mitstenografieren können“, antwortete Bianca wahrheitsgemäß und fragte:

„Wäre es Ihnen lieber, wenn wir alles offiziell machen würden?“

Zu ihrer Überraschung nickte Frau Kloss. „Ja, das wäre mir tatsächlich lieber. Dann kann man das nämlich vor Gericht abspielen und die Richter können dann bei der Verhandlung hören, dass ich absolut nichts Unrechtes getan habe.“

„Okay“, Kösters überlegte kurz und schaltete das Gerät an. „Wir sitzen hier im Wohnhaus der Jahanis, es ist der 16. August 2016 um genau 17:38 Uhr. Zur Anhörung erschien Frau Angela Kloss, geboren am 12.04.1974. Ebenfalls anwesend sind drei Beamte der Bahnsicherheit. Zum einen meine Person, Volker Kösters, zum anderen die Kollegin Bianca Trapp und ihr Partner Thomas Jessen.“ Er schaute sie fragend an. „Recht so?“

Frau Kloss nickte.

„Also, was haben Sie versehentlich mitgehört, als Amir Jahani gestern mit den beiden Hunden von seinem Spaziergang wiederkam?“

„Der Junge hatte eine gehäkelte Kappe in der Hand. So eine, wie sie der Alte immer trug. Die Hunde hätten sie in einem Gebüsch nahe der Stelle gefunden, wo sich der Selbstmörder vor den Zug gestürzt hatte. Die Kappe war blutverschmiert, und weil die Hunde völlig verrücktspielten, als sie diese Mütze, ich glaube, sie nennen sie Takke, gefunden hatten, schlossen die Jahanis daraus, dass ihrem Vater oder Großvater etwas passiert sein musste.“

Kösters überlegte kurz. „Wie war das Verhältnis zwischen dem alten Jahani und seinen beiden Söhnen?“

„Früher gut, in letzter Zeit angespannt. Der Alte kam immer öfter in die Buchhaltung und erkundigte sich über das augenblickliche Firmenguthaben und ob größere Rechnungen beglichen wurden oder noch offen seien. Das letzte Mal, als ich ihn gesehen hatte, war er derartig erzürnt, wie ich es noch nie erlebt hatte, und das, obwohl wir finanziell blendend dastehen. Er murmelte immer wieder etwas von ‚Verbrecher, das sind alles Verbrecher'."

„Haben Sie eine Ahnung, wen er damit gemeint haben könnte?", fragte Kösters.

„Seine Söhne, wen sonst? Die sind die Geschäftsführer. Die müssen irgendetwas gemacht haben, was nicht gesetzlich ist."

„Wissen Sie, was das gewesen sein könnte?"

„Ich habe da nur einen vagen Verdacht. Wir haben in der letzten Zeit Waggons von der Bundesbahn verschrottet. Dafür gab es weder Einkaufsbelege noch irgendwelche Zahlungsanweisungen. Früher hat die Bahn für Altwaggons immer Geld bekommen." Ihr schossen schon wieder Tränen in die Augen. „Die Jahanis waren eine so nette Familie. Nun bricht alles im Streit auseinander."

„Weil drei von ihnen tot sind, und der andere im Koma liegt?"

„Nein, schon vorher. Der Alte hatte seine beiden Söhne noch als letzte Handlung in seinem Leben ihrer Ämter enthoben. Heute kam Post vom Notar an den Chef. Die durfte ich immer öffnen, weil er zu mir Vertrauen hatte. Darin stand notariell beglaubigt, dass er die beiden Geschäftsführer wegen finanzieller Unregelmäßigkeiten entlassen habe. Sie würden der Firma aber als normale Angestellte erhalten bleiben."

Bianca, Thomas und Kösters sahen sich erstaunt an. „Hier hat es aber mächtig gekracht", murmelte Thomas. „Wissen Sie, wer die Nachfolge in der Geschäftsführung antreten sollte?"

„Nein", sie schnäuzte sich wieder. „Laut Gesellschaftervertrag übernimmt in diesem Fall der Aufsichtsratsvorsitzende vorübergehend die Funktion, also Jahani Senior."

„Wissen Sie, wer nun alles erbt?"

„Wenn Mahmud auch sterben sollte, sein Sohn Amir. Emin ist ja ebenfalls tot. Mein Gott, der arme Junge." Sie brach wieder in Tränen aus. „Der hat in letzter Zeit ja schon ziemlich gesponnen, aber das hat er doch nun wirklich nicht verdient. Wer köpft denn einen Jungen? Das sind doch Barbaren! Wer sind diese Kerle?"

„Wir haben Hinweise, dass es sich dabei um Islamisten handelt."

Ihre Augen weiteten sich angstvoll. „Aber das kann doch nicht sein, dass sich Muslime gegenseitig töten. Waren das etwa seine Brüder aus dieser Gebetsstube hier in Warburg?"

„Genau das denken wir", Kösters schaltete das Diktiergerät ab, „und wir versuchen dafür Belege zu finden."

Sie schüttelte den Kopf. „Wenn Sie da mal nicht zu spät kommen. Diese kleine Behelfsmoschee ist heute Nacht total ausgebrannt. Mein Sohn ist bei der Freiwilligen Feuerwehr. Der erzählte mir heute Morgen, dass da alles nur noch Schutt und Asche wäre."

Für die drei war diese Information neu.

Bianca überlegte kurz. „Wissen Sie, wo Amir im Augenblick ist?"

„Soweit ich Hakim Jahani verstanden habe, im Krankenhaus, bei seinem Vater."

Bianca sah auf ihre Uhr. „Wenn Svea und Tim beim Doc genauso schnell fertig waren wie wir, müssten sie schon dort sein um die Rundumbewachung von Mahmud Jahani zu organisieren. Dann können sie sich gleich den Anwalt Hakim Jahani und seinen Neffen vornehmen. Ich rufe sie gleich an."

Kösters war einverstanden. „Dann fahre ich währenddessen in den ‚Stall', um mit Schober das nächste Briefing vorzubereiten. Ihr beide schaut euch inzwischen in dieser ausgebrannten Gebetsstube um. Vielleicht ist da doch noch etwas zu retten. Und sagt den beiden, sie sollen, wenn sie alles organisiert haben, den Herrn Anwalt doch lieber mit zum ‚Stall' bringen. Da werden wir ihn gemeinsam in die Mangel nehmen. Über dessen Rolle bin ich mir noch nicht im Klaren."

***

Während Bianca mit Schober telefonierte, versuchte Thomas, in den Überresten der Gebetsstube noch etwas Brauchbares für die Ermittlungen zu entdecken. Es mussten in den Räumen derartig hohe Temperaturen geherrscht haben, dass der Putz von den Wänden und den Zimmerdecken vollständig abgeplatzt war.

Ein Kollege von der Spurensicherung fluchte vor sich hin. „So ein Blödsinn! Was sollen wir denn hier noch ausrichten?" Er wandte sich an Thomas. „Kollege, schauen Sie doch mal hier auf diesen Metallklumpen. Das war einmal ein Computer."

Thomas wurde hellhörig. „Haben Sie Werkzeug dabei?"

Der Mann nickte. „Sogar eine Flex. Wollen Sie sich eine Scheibe als Andenken abschneiden?"

Thomas sah ihn erstaunt an. „Meinen Sie, dass ich das brauche?"

Der Kollege versuchte, seinen Spaß zu verteidigen. „Ich denke mal, dass man so etwas bei der Fahrkartenkontrolle nicht so oft zu sehen bekommt, oder?"

Thomas grinste ihn an. „Wenn Sie das kennen, haben Sie es ja vom Schwarzfahrer zum Kriminalbeamten weit gebracht. Nun lässt man Sie sogar im Schutt herumstochern, Hut ab."

Missmutig zog der Mann eine akkubetriebene Flex aus seiner Werkzeugkiste. „Und was wollen Sie damit?"

Thomas setzte sich die Schutzbrille auf, die ihm dazu gereicht wurde. „Ich will diesen Klumpen auseinanderschneiden."

„Und wozu?"

„Um zu sehen, ob ein möglicher Brandstifter vor seiner Tat die Festplatte entfernt hat." Er grinste den Kriminaltechniker frech an. „Auf so etwas hätte ein erfahrener Ermittler eigentlich auch allein kommen können."

Der Beamte verzog sich gekränkt in einen anderen Raum und Thomas zerteilte den zusammengeschmolzenen Blechhaufen.

Bianca war mit ihrem Telefonat fertig. „Wie ich mithören konnte, hast du dir einen Freund fürs Leben gemacht."

Thomas winkte ab. „Wo kommen nur diese ganzen hochnäsigen Arschlöcher her? Okay, wir kommen von der Bahn und unsere Stellen gibt es noch nicht lange. Aber deswegen muss man uns doch nicht derartig hochnäsig begegnen."

Bianca zuckte mit den Achseln. „Gerade die kleinen Lichter glauben heller zu leuchten, wenn sie noch einen unter sich haben, den sie drangsalieren können."

„Leider." Er legte die Flex beiseite. „Gab's was Neues?"

Sie nickte. „Das kann man wohl sagen. Was die Helfer der Verbrecher bei der Bahn betrifft, müssen wir wohl umdenken. Die Kollegen der Spurensicherung sind im Haus des toten Rangierers Özgür Can auf Belege mehrerer Luxemburger Banken gestoßen, woraus klar hervorgeht, dass der Mann sich die Goldbarren im Laufe der vergangenen fünfzehn Jahre selbst gekauft und dann wohl über die Grenze geschmuggelt hatte, um die Mehrwertsteuer zu sparen. Der Mann, den sie in Maschen dabei gefasst haben, wie er die Rolle mit den Begleitpapieren des Zuges manipulieren wollte, ist irakischer Kurde. Er gab an, dass der IS seine Schwester in Norden des Iraks als Geisel hält. Er konnte das mit einem mitgeschnittenen Video aus dem Internet belegen. Jetzt versucht der militärische Abschirmdienst zusammen mit den irakischen Behörden herauszubekommen, wo die Frau festgehalten wird. Wir müssen morgen nach Köln zurück, um Nachforschungen in Sachen Can zu betreiben. Wir müssen unbedingt herausbekommen, womit er erpressbar war."

Thomas zerschnitt noch ein paar Kabel, dann konnte er den Computer auseinanderklappen. „Hab ich's mir doch gedacht", murmelte er und zeigte auf eine bestimmte Stelle. „Die Festplatte ist weg. Hier hat jemand versucht, Spuren zu beseitigen."

***

Als sie im „Stall" ankamen, konnte die Stimmung nicht schlechter sein. Sonst war zumindest immer ein gleichmäßiges Murmeln zu hören, manchmal sogar ein Lachen. Jetzt hätte man ein Blatt Papier fallen hören können.

Als Kösters sie sah, erhob er sich von seinem Platz und gab ihnen ein Zeichen, dass sie ihm in einen Nebenraum folgen sollten.

„Wundert euch nicht, Leute, aber hier brennt die Luft", begrüßte er sie.

„Was ist denn los?"

„Es wurden inzwischen noch zwei weitere Waggons auf die Verlustliste gesetzt. Einer mit Aceton und der andere mit Schwefelsäure."

„Und das sagt uns was?"

Kösters massierte sich die Stirn. „Wenn diese drei Waggons mit Chemikalien von ein und derselben Person oder Gruppe gestohlen wurden, dann können die auch mit nur mäßiger labortechnischer Kenntnis Sprengstoff herstellen."

Bianca sah ihn zweifelnd an. „Kann man denn in so kurzer Zeit so viel Sprengstoff herstellen?“

„Die Waggons fehlen nicht erst seit heute“, raunte Kösters. „Vor gut sechs Wochen wurden sie beladen. Wann genau sie geklaut wurden, steht noch nicht fest. Wir wissen nur, ab wann sie vermisst wurden, und in schlimmstenfalls sechs Wochen könnte man eine ganze Menge APEX zusammenrühren.“

Thomas war betroffen. „Also doch islamistische Terroristen?“

„Genau das wollten wir aus den beiden Überlebenden an der Eisenbahnbrücke herausbekommen. Leider wurden die beiden vorhin tot in ihrer Zelle aufgefunden. Sie haben sich erhängt.“

„Zur gleichen Zeit?“, hakte Thomas nach.

Kösters nickte. „Zur gleichen Zeit und vor allem, und das ist die Katastrophe, in ein und derselben Zelle.“

Bianca war entsetzt. „Wenn das publik wird, wird uns das die Presse kräftig um die Ohren hauen.“

„Stimmt“, Kösters kaute auf seiner Lippe herum. „Und Schober muss dafür die Rübe hinhalten.“

„Was kann der denn dafür?“, brauste Bianca auf. „Wenn die in der JVA ‚Schwachmaten‘ beschäftigen, ist doch die Bundespolizei nicht zuständig.“

„Stimmt, aber die Leitung des Falls liegt bei der Bundesanwaltschaft, und die macht keine Fehler.“

Am Eingang entstand Unruhe. Mehrere Beamte führten einen Mann herein. Kösters schien zu wissen, wer da vorgeführt wurde. „So, Leute, es gibt Arbeit für uns. Hakim Jahani ist da. Dem werden wir jetzt einmal auf den Zahn fühlen.“

Sie gingen hintereinander zu einem Besprechungsraum, der wie ein nach oben geschlossener Riesenwürfel mit Fenstern aussah. Mit großem Aufwand waren die schweren Wände herangefahren und aufgebaut worden, weil die Einsatzleitung darauf bestand, über einen komplett abhörsicheren Raum verfügen zu können. Darin fanden auch sämtliche Meetings und Briefings statt.

Jahani war knapp einssechzig klein und obwohl er kaum Haare auf dem Kopf hatte, verfügte er über eine üppige Körperbehaarung.

Schau an, ein „Yeti im Nadelstreifenanzug", dachte Bianca, als sie sich auf einen freien Stuhl auf der gegenüberliegenden Seite des Tisches setzte.

„Sie sind der Rechtsanwalt Hakim Jahani?", eröffnete Kösters die Befragung.

„Ja", kam es einsilbig zurück.

„Verwandt mit Ahmad, Mahmud und Mohammed Jahani?"

Der Mann nickte wieder. „Ahmad ist mein Onkel, Mahmud und Mohammed meine Cousins."

Kösters las die Namen von einer Liste ab. „Wir müssen Sie leider davon in Kenntnis setzen, dass Ahmad und Mohammed sowie sein Sohn Emin tot sind."

Jahani nickte betreten. „Dass Mohammed und Emin tot sind, wusste ich. Von meinem Onkel haben wir es befürchtet. Es fehlte aber die Gewissheit."

„Haben Sie neue Erkenntnisse über den Gesundheitszustand von Mahmud Jahani?"

Hakim Jahani ließ traurig die Schultern hängen. „Die Ärzte können noch nichts sagen. Er liegt im künstlichen Koma. Dass er wieder ganz der Alte werden könnte, schließen die Ärzte mit an Sicherheit grenzender Wahrscheinlichkeit aus. Das Gehirn hat zu viel Schaden genommen."

„Sagt Ihnen der Name Dr. Wilfried Schneppmann etwas?"

Jahani nickte. „Natürlich. Das ist ein äußerst angesehener Notar hier in Warburg und Vorsitzender der Anwaltskammer Nordhessen. Außerdem war Onkel Ahmad sein Klient. Alle Verträge, die er jemals abgeschlossen hatte, liefen über seinen Schreibtisch. Was ist mit ihm?"

„Sie wissen von dem neuesten Schreiben Ihres Onkels an seine Söhne?" Kösters registrierte auch die kleinste Regung des Mannes.

„Nein."

„Ahmed hat seine Söhne als Geschäftsführer gefeuert."

Jahani wurde blass. „Wann?"

„Gerade mal vor ein paar Tagen. Die beglaubigten Schreiben wurden heute erst zugestellt."

„Es tut mir leid, aber da kann ich Ihnen gar nicht weiterhelfen. Ich schwöre Ihnen, dass ich davon keine Ahnung hatte."

Kösters Ton wurde schneidend. „Es wäre schön, wenn Sie uns mitteilen würden, wovon Sie eine Ahnung haben."

Er schüttelte den Kopf. „Da gäbe es viel, was ich in letzter Zeit gemutmaßt habe, aber belegen kann ich nichts."

Kösters munterte ihn auf. „Jeder Verdacht, den Sie hegen, kann uns weiterbringen."

„Vorher hätte ich aber noch eine Frage", unterbrach sie Bianca, „die bisher letzten Worte von Mahmud Jahani waren: ‚Sie haben Emin, und sie haben Abdullah.' Wer ist Abdullah?"

„Abdullah ist mein jüngster Bruder. Er ist in Kabul und leitet dort eine weitere Firma unserer Familie."

„Und was stellen die her?"

Jahani zuckte mit den Achseln. „Sie stellen nichts her. Es ist eine Softwarefirma. Ihr größter Auftrag ist augenblicklich, die Computer der indischen Eisenbahn zu vernetzen und alle Vorgänge auf den Gleisen zentral zu steuern."

Bianca sah ihn verwundert an. „In Indien wimmelt es von Computerspezialisten. Warum beschäftigen die ausgerechnet eine Firma in Kabul?“

„Weil Abdullah Jahani derartige Programme bereits schon für die Deutsche Bahn AG geschrieben hat.“

10

Bianca und Thomas saßen schon eine ganze Weile im Wagen und schwiegen miteinander. Trotz dieser Stille war die Stimmung zwischen ihnen entspannt. Vielleicht lag das daran, dass sie wieder einmal eine Nacht in ihren eigenen Betten verbracht hatten, weder von schlechten Träumen noch von quälenden Ängsten verfolgt.

Vor dem Reihenhaus von Özgür Can wartete bereits der Fahrer der Bahn, der den Hausschlüssel schon von der Spurensicherung abgeholt hatte.

„Was gibt es für uns noch zu finden, wenn die Spurensicherung schon ‚haben fertig' gesagt hat?"

Thomas ging nicht so skeptisch an die Aufgabe. „Als die gesucht haben, wussten die noch nichts von einer eventuellen Geiselnahme oder zumindest einer Bedrohung von Cans Angehörigen."

„Einen Anhaltspunkt haben wir schon. Can ist Kurde und wurde in Silopi geboren, einer Kreisstadt im Süden Anatoliens mit rund fünfundachtzigtausend Einwohnern. Sie gilt als Hochburg türkischer Kurden. Vor Erdogan hat es dort jahrzehntelang keine ethnischen Probleme gegeben. Seit den systematischen Verfolgungen sind viele Kurden nach Syrien geflohen. Wenn Can auch Angehörige in Syrien hat, die vielleicht sogar bei den Peschmergas gegen den IS kämpfen, gibt es durchaus Potential für eine Geiselnahme. Kriegsgefangene, die einem etwas nützen, werden nicht gleich getötet."

Bianca war beeindruckt. „Du hast die Schularbeiten für uns beide gemacht. Gibt es schon eine Anfrage bei den türkischen Behörden?"

„Erfahrungsgemäß bekommen wir da erst nach drei bis vier Tagen Auskunft."

„Okay, wie gehen wir also vor?"

Thomas sah sich im Wohnzimmer um. „Ich suche nach Stammbüchern, Briefen oder Familienbildern, du suchst nach Datenträgern."

Bianca verdrehte die Augen. „Im Zeitalter der Mikrochips habe ich also wieder die Arschkarte gezogen."

***

Über zwei Stunden hatten sie erfolglos jeden Winkel des Hauses durchsucht. Vor allem ihr saß der Frust in den Knochen. „Mein Gott", schimpfte sie, „so einen Chip kann man in der kleinsten Ritze verstecken. Da kann ich bis zum St. Nimmerleinstag suchen!"

„Ich war auch nicht erfolgreich. Ich habe kein einziges Foto gefunden, vor allem kein Kinderbild, auf dem er eventuell mit Geschwistern abgebildet sein könnte. Ich habe lediglich diese Urkunden gefunden." Er ließ sie auf den Esstisch fallen. „Wenn ich nur wüsste, was da geschrieben steht."

Bianca überlegte. „Wenn wir die übersetzen lassen, dauert das wieder Tage." Sie blickte aus dem Fenster. „Da, wo ein Türke wohnt, da wohnen meist noch andere. Wollen wir mal in der Nachbarschaft fragen?"

„Gute Idee. Gehen wir."

Schon drei Häuser weiter wurden sie fündig. Aydemir stand auf dem Namensschild. Nachdem sie geklingelt hatte, öffnete ein junges Mädchen. „Ja bitte?"

Bianca zeigte ihren Ausweis. „Einen schönen guten Tag. Wir sind Bianca Trapp und Thomas Jessen von der Bahnpolizei. Sie haben doch sicherlich schon gehört, dass Ihr Nachbar tödlich verunglückt ist."

Das Mädchen nickte.

„In diesem Zusammenhang ermitteln wir. Sie kannten Özgür Can?"

„Ja, natürlich. Er war mein Onkel."

„Ihr Onkel?!", wiederholte sie erstaunt. „Er war der Bruder Ihrer Mutter oder Ihres Vaters?"

„Nein. Er war der Mann der Cousine meiner Mutter. Aber das sind bei uns auch alles Onkels."

„Dürfen wir vielleicht Ihren Vater oder Ihre Mutter sprechen?"

Das Mädchen machte keinerlei Anzeichen die beiden hereinzubitten. „Wozu?"

„Wir haben bei Ihrem Onkel ein paar türkische Dokumente gefunden und würden einen von beiden bitten, uns diese zu übersetzen."

„Das ist im Augenblick schlecht. Mein Vater kann dafür nicht genug Deutsch und meine Mutter kann im Augenblick nicht sprechen. Aber vielleicht kann ich Ihnen behilflich sein?"

„Das wäre sehr nett." Bianca lächelte sie an.

„Dann warten Sie bitte kurz. Ich hole nur schnell Onkel Özgürs Schlüssel."

„Machen Sie sich bitte keine Umstände. Wir haben einen."

Das Mädchen rief noch etwas auf Türkisch ins Haus und folgte ihnen sodann.

Biancas Neugier war geweckt, nachdem sie einen kurzen Blick in die Diele der Aydemirs hatte werfen können. „Entschuldigen Sie bitte die Frage, aber die Spiegel im Eingangsbereich sind verhängt. Sind Sie wegen Ihres Onkels in Trauer?"

„Nein, wegen meiner Schwester. Sie ist vor einiger Zeit gestorben."

„Unser Beileid, Frau Aydemir."

„Danke."

Einige Minuten später waren sie wieder im Haus von Can. Thomas breitete die Schriftstücke auf dem Esstisch aus. „Das sind die Dokumente, um die es sich handelt."

Das Mädchen las sie. „Das erste hier ist der Totenschein von Frau Can. Sie kam bei einem Verkehrsunfall in Cizre um. Das ist eine Stadt an der syrischen Grenze."

„War sie Kurdin?"

„Ja."

„War es wirklich ein ganz normaler Verkehrsunfall?"

Das Mädchen schien diese Frage absichtlich überhört zu haben. „Dieses hier", sie zeigte auf ein weiteres Dokument, „ist ein Erbschein. Die anderen beiden Blätter sind das Abschlusszeugnis von der Mittelschule und das hier", sie tippte auf das letzte Dokument, „ist das Zeugnis für die Gesellenprüfung als Schlosser. Onkel Özgür arbeitete die ersten Jahre bei der türkischen Eisenbahn."

Thomas war mit der Auskunft zufrieden. „Wir danken Ihnen sehr herzlich, Frau Aydemir."

Sie nickte. „Keine Ursache." Sie zögerte. „Können Sie mir sagen, wie mein Onkel gestorben ist?"

„So wie es im Moment aussieht, starb er an einem Herzinfarkt."

Sie sah ihn zweifelnd an. „Wegen eines normalen Herzinfarktes wird doch nicht gegen jemanden ermittelt. Warum sind Sie nicht ehrlich zu mir?" Sie setzte sich verzweifelt auf einen freien Stuhl. „Warum ist eigentlich niemand ehrlich zu mir?"

Bianca setzte sich neben sie. „Wir sind ehrlich, Frau Aydemir. Ihr Onkel verstarb wirklich an einem Herzinfarkt, aber leider, als er dabei war, gefälschte Labels an einem Waggon anzubringen."

Sie sah Bianca ungläubig an. „Warum sollte er so etwas tun? Das würde er nie machen."

Thomas setzte sich ebenfalls. „Er hat es aber getan und wir versuchen herauszubekommen, warum. Haben Sie denn eine Ahnung, weswegen er das getan haben könnte? Hat er in Schwierigkeiten gesteckt?“

Sie schüttelte den Kopf. „Nein, oder vielleicht doch? Wir hatten seit mindestens sechs Wochen keinen Kontakt mehr zu ihm gehabt. Er war eines Tages zu uns ins Haus gestürmt und hatte uns aufgefordert, Deutschland so schnell wie möglich zu verlassen.“

„Warum?“

„Das weiß ich bis heute nicht. Mein Vater hatte sich geweigert und Onkel Özgür rausgeworfen. Nur einen Tag später war meine Schwester tot. Seitdem spricht in unserem Haus niemand mehr mit mir darüber. Ich weiß noch nicht einmal, woran sie starb. Meiner Mutter hat seit Defnes Tod komplett die Sprache verloren, und mein Vater schweigt zu diesem Thema.“ Ihr liefen Tränen über die Wangen. „Warum redet niemand mit mir? Ich bin doch auch voller Trauer!“

Bianca nahm das Mädchen in den Arm, und dann brachen bei ihr alle Dämme. „Mädchen, ich kann mir vorstellen, was du augenblicklich durchmachst, und ich verspreche dir, dass ich mit der Wahrheit wiederkommen werde.“

***

Data begrüßte sie geradezu überschwänglich, als Bianca und Thomas wieder im Gleis 9½ eintrafen. Trotz der Wiedersehensfreude wirkten sie hingegen eher niedergeschlagen.

„Hast du schon etwas über den Tod der jungen Defne Aydemir erfahren können?“

Data wirkte betreten, „Ja, leider.“ Er wartete, bis sich die beiden hingesetzt hatten. „Und ihr habt schon wieder mitten in ein Wespennest gestochen.“

Thomas wirkte genervt. „Erzähl uns jetzt bloß nicht schon wieder etwas von ISIS oder Al-Qaida!“

„Leider doch. Man hat Defne Aydemirs Leiche in einem Steinbruch im Kottenforst bei Witterschlick aufgefunden. Sie wurde dort rituell, streng nach Vorschrift der Scharia, gesteinigt.“

„Was bitte heißt ‚streng nach Vorschrift‘?“

„Die Scharia schreibt vor, dass Frauen, die gesteinigt werden, stramm in weiße Tücher gewickelt und bis zur Brust fest in der Erde vergraben werden müssen, sodass eine Flucht unmöglich ist. Dort werden sie, und zwar ausschließlich von Männern, so lange mit nicht zu großen Steinen beworfen, bis der Tod eintritt. Die Steine dürfen deswegen nicht zu groß sein, damit der Todeskampf möglichst lange dauert und in höchstem Maße schmerzhaft ist. Um ihren Hals hatte sie ein Schild mit arabischen Schriftzeichen getragen. Auf dem stand geschrieben, dass sie wegen außerehelichen Geschlechtsverkehrs nach dem Gesetz der Scharia zum Tode verurteilt wurde. Die Obduktion ergab, dass sie unmittelbar vor der Vollstreckung des Urteils brutal und mehrfach vergewaltigt wurde. Spermaspuren gab es aber keine.“

Thomas wurde blass. „Um Gottes willen. Jetzt ist mir klar, warum die Mutter dieser jungen Frau ihre Sprache verloren hat und ihr Vater sich weigert, das Unaussprechliche seiner anderen Tochter mitzuteilen. Aber warum hat man davon gar nichts in der Presse gehört? Die stürzt sich doch sonst mit Wonne auf so ein Drama.“

„Diese Information ist einer Akte entnommen, die mit einem Geheimhaltungsvermerk versehen ist.“

„Und ich Idiot", murmelte Bianca, „habe dem Mädel versprochen, ihr die Wahrheit über den Tod ihrer Schwester mitzuteilen."

Thomas zuckte mit den Achseln. „Wie kommen wir nur aus der Nummer wieder raus?"

„Ihr müsst es ihr erzählen", sagte eine bekannte weibliche Stimme hinter ihnen. „Schweigt auch ihr, hat sie niemals die Chance, diesen Wahnsinn zu verarbeiten."

Sie fuhren herum. Svea und Tim standen vor ihnen. „Wenn wir diesen ganzen Irrsinn hinter uns haben, dann könnt ihr es dem Mädchen schonend beibringen."

Bianca und Thomas sprangen auf. „Was macht ihr denn hier?"

Svea lächelte sie an. „Wir haben euren Boss mitgebracht und wurden gebeten, das Bahn-Team vorläufig zu verstärken."

Bianca zog die Stirn in Falten. „Dann scheint sich aber wieder etwas zusammenzubrauen, oder?"

„Das kann man wohl sagen. ‚Discovered by Trapp and Jessen'."

***

Die größte Abteilung im Gleis 9½ war inzwischen die von Data. Von seinem Arbeitsplatz steuerte er mittlerweile über vierzig Kolleginnen und Kollegen. Ein Teil von ihnen recherchierte den Weg von der Beladung bis zum Verschwinden aller bekanntermaßen verloren gegangenen Waggons und ein anderer Teil filterte sämtliche Mitarbeiter der Bahn heraus, die auch nur am Rande an der Abfertigung dieser Waggons beteiligt waren. Eine dritte Gruppe versuchte, die Firewall des IT-Systems der Bahn zu optimieren und das „Loch" zu erspähen, durch welches die digitalen Eindringlinge kamen.

Nachdem sich Kösters Biancas Bericht angehört hatte, verfinsterte sich seine Miene noch mehr. „Wir wissen inzwischen von zwei Mitarbeitern, die durch Entführung oder Mord Angehöriger gefügig gemacht wurden. Dadurch, dass die Bundesanwaltschaft mit im Boot ist, kamen wir auch schnell an sämtliche E-Mails und die meisten Chats in den sozialen Medien heran. Can hat sich zuerst offensichtlich gegen die Erpressung gewehrt, doch dann scheint er plötzlich gefügig gewesen zu sein."

„Kein Wunder", unterbrach ihn Thomas, „nach dem, was mit seiner Nichte passiert ist, hätte ich an seiner Stelle auch keine Minute gezögert. Ich hätte vielleicht meine Vorgesetzten darüber informiert, aber da spielt das persönliche Verhältnis eine Rolle."

„Das Furchtbare ist", übernahm Kösters wieder, „dass er das auch getan hat. Wir haben eine E-Mail von ihm an den Sicherheitsdienst der Bezirksdirektion gefunden. Da diese E-Mail aber nicht über einen internen Server kam, wurde sie automatisch als Spam-Mail eingestuft und ungelesen entsorgt."

Svea war sichtlich betroffen. „Kein Wunder, dass der Mann einen Herzinfarkt erlitten hat, als er deren Befehle ausführen musste. Der arme Kerl, dessen Schwester vom IS im Irak festgehalten wird, ist auch nicht viel besser dran."

„Fazit ist", übernahm Kösters wieder die Gesprächsleitung, „je mehr der Islamische Staat in seinen Stammländern in Bedrängnis gerät, desto mehr gerät er hier bei uns außer Kontrolle. Die Bundesanwaltschaft und das BKA sind sich inzwischen sicher, dass ein ganz großes Ding geplant ist, nur haben sie keine Ahnung, was für eins und wo. Die Puzzlesteine, die wir gefunden haben, lassen mehrere Szenarien zu. Besonders beängstigend ist, wie perfekt alles, was wir bisher aufdecken konnten, organisiert ist und wie gut diese Kerle untereinander vernetzt sind. Gejagt werden sie bundesweit auf breiter Front. Unsere Aufgabe ist es, diese drei abhandengekommenen Waggons mit den Chemikalien aufzuspüren. Wenn wir die finden, dann sind wir schon mal eine große Sorge los. Nur mal als Anhaltspunkt: Ein halbes Kilo von dem Zeug verwandelt eine 50 Jahre alte Deutsche Eiche zu einem Riesenhaufen Streichhölzer."

Tim wollte mehr wissen. „Wasserstoffperoxid ist weg, Aceton und Schwefelsäure. Was braucht man noch, um dieses APEX oder auch TATP herzustellen? Woran erkenne ich so ein Sprengstofflabor?"

„Man braucht dazu noch jede Menge Eis und Kochsalz. Wenn ihr neben großen Kühlaggregaten und säurefesten Kanistern Säcke mit Kochsalz und auch noch größere Filtertüten findet, dann könnte das ein Hinweis sein. Egal was euch davon begegnen sollte, Hände weg und vor allem kein offenes Feuer. Schon höher konzentriertes Wasserstoffperoxid allein birgt bereits ein für einen Laien nicht zu kalkulierbares Gefahrenpotential."

***

Keine fünf Stunden später raste ein VW-Bus des BKA mit Blaulicht vom Flughafen Tegel nach Großbeeren im Norden Berlins. Männer mit arabischem Äußeren waren am Vorabend dabei beobachtet worden, wie sie aus einem Kesselwagen der Deutschen Bahn, mit einer handbetriebenen Pumpe, Flüssigkeit in große Kanister abfüllten. Die Besatzung einer Funkstreife war so pfiffig, die Männer nicht an Ort und Stelle nach Auftrag und Auftraggeber ihrer Tätigkeit zu befragen, sondern sie zu verfolgen. Sie lieferten die Kanister in einem Berliner Industriegebiet in

Lichtenrade ab. Dabei handelte es sich um einen riesigen Hallenkomplex in der Motzener Straße.

„Die Zieladresse steht unter Beobachtung einer zivilen Einsatzgruppe der Berliner Polizei und wir werden im Güterverkehrszentrum Großbeeren von der GSG 9 unterstützt. Das ist noch weiter im Süden Berlins. Des Weiteren haben wir zwei Hubschrauber der Polizei zur Unterstützung." Svea schaute zuversichtlich in die Runde. „Da dürfte also nichts anbrennen."

Thomas sah besorgt zu Bianca, die noch immer etwas verschnupft schien. „Bist du noch wegen Kösters sauer?"

„Ja. Mich mit den Worten ‚Annie get your Gun' in den Einsatz zu schicken, fand ich nicht so prickelnd."

Er lächelte sie an. „Mir hat er gesagt, dass ich immer schön hinter dir bleiben und erst dann schießen soll, wenn alles andere wirklich tot ist."

Biancas Gesicht hellte sich auf. „Ist nicht wahr!"

„Ganz so hat er's vielleicht nicht gesagt, aber so ähnlich", zwinkerte er ihr zu.

„Was würde ich drum geben", versuchte Svea sie zu beruhigen, „wenn meine Schwachstelle nur hervorragende Schießergebnisse wären. Dann würden die Machos auf der Dienststelle wenigstens ihre Schnauze halten."

Tim wollte etwas dazu sagen, wurde aber von ihr schon im Ansatz abgewürgt. „Sag jetzt nichts zu diesem Thema und fahr einfach weiter!"

„Womit geklärt wäre, wer bei uns der Macho ist", konnte er sich nicht verkneifen, hinzuzufügen.

Ein paar Minuten später bogen sie auf den großen Parkplatz einer Gesamtschule an der Berliner Straße in Großbeeren ein. Das LKA Brandenburg schien nicht annähernd so gut ausgerüstet zu sein wie die Nordhessen, denn in ihrem Falle musste ein kleiner Sprinter als Einsatzleitwagen dienen. So spärlich die Ausrüstung auch war, sie konnten über einen Bildschirm alles mitverfolgen, was sich in der hintersten Ecke des nahegelegenen Güterverkehrszentrums tat, nämlich gar nichts. Der Kesselwagen stand einsam und verlassen in der Abendsonne. Der einzige Unruheherd bei ihnen im Wagen war der zuständige Kreisbrandmeister. Unentwegt wies er auf die Gefahren der Hitzeeinwirkung auf den Kesselwagen hin. Er und sämtliche Einsatzkräfte, die er in der Kürze der Zeit ohne Sirene alarmieren konnte, waren vor der Schule angerückt.

„Der Wagen stand den ganzen Tag in der gleißenden Sonne und es ist nichts passiert", erwiderte der leitende Hauptkommissar der Bundespolizei genervt. „Dann wird uns das Ding jetzt, am erheblich kälteren Abend, schon nicht um die Ohren fliegen."

Eine halbe Stunde später tat sich dann doch endlich etwas. Ein Lieferwagen der Demirkan Gebäudereinigung fuhr auf das Gelände und hielt direkt vor dem Kesselwagen. Vier Männer, die von ihrem Äußeren aus dem nordafrikanischen Raum stammen konnten, stiegen aus. Zwei kletterten ohne Umschweife auf den Waggon, öffneten oben einen der drei Klappdeckel und führten den Schlauch einer Handpumpe ein. Die beiden anderen reihten diverse Kanister neben dem Abstellgleis auf und begannen einen Kanister nach dem anderen mit Wasserstoffperoxid zu füllen.

Bianca schaute ihnen interessiert zu. „Wenn die keine Bomben bauen, wozu brauchen die Kerle so viel Wasserstoffperoxid?"

„Zugriff in zehn Minuten", ertönte es in den Funkgeräten der Einsatzkräfte in Großbeeren und gleichzeitig auch in Berlin-Lichtenrade vor dem Hauptsitz der Gebäudereinigung. „Ich beginne den Countdown jetzt."

Die vier Sonderermittler beeilten sich, ihren Wagen zu besteigen und zum Güterverkehrszentrum zu fahren. Sie wollten auf jeden Fall vor Ort sein, um die vier „Hauptdarsteller" selbst befragen zu können.

Der Zugriff verlief unspektakulär. Die Männer waren unbewaffnet und begriffen gar nicht, wie ihnen geschah. Svea und Tim separierten den Anführer der vier und brachten ihn, mit auf dem Rücken gefesselten Händen, zu ihrem Bully.

„Ich weiß nicht, wer Sie sind", stammelte dieser immer wieder, „wir machen nichts Böses, Sie irren sich!"

„Dann bleiben Sie ruhig", entgegnete ihm Thomas. „Wer sind Sie, und was machen Sie hier?"

„Mein Name ist Birhan Demirkan", antwortete der Mann mit ängstlichem Blick. „Meine Mitarbeiter und ich leeren den Kesselwagen. Wenn der bis morgen nicht geleert ist, müssen wir an die Bahn noch mehr Miete bezahlen."

Thomas war mehr als erstaunt. „Sie haben die Waggons gemietet?"

„Nein. Das Wasserstoffperoxid stammt aus einer Konkursmasse. Das haben wir ersteigert. Dazu haben wir die Auflage bekommen, dass wir den Waggon innerhalb einer Woche leeren müssen."

„Weil Sie sonst Strafe zahlen müssen", unterbrach ihn Thomas.

„Richtig. Ich habe sogar die Papiere vom Auktionshaus im Auto dabei."

Bianca durchtrennte den Kabelbinder, mit dem seine Hände auf dem Rücken gefesselt waren, und der Mann holte die Papiere. Sie waren in Ordnung.

„Und was machen Sie mit dem ganzen Zeug?"

„Wir stellen unsere Putzmittel selbst her und vertreiben sie teilweise auch im Internet. So eine Eigenproduktion spart viel Geld."

„Aber Sie verstoßen damit gegen jegliche Umweltauflagen“, trompetete der aufgeregte Kreisbrandmeister, der ihnen inzwischen zum Güterverkehrszentrum gefolgt war. „Dafür werden Sie sich zu verantworten haben.“ Der Mann war sichtlich sauer vom Schicksal um die Explosion seines Feuerwehrlebens betrogen worden zu sein.

„Wer hier gegen was verstoßen hat, wird sich ja noch klären lassen.“, bemerkte Bianca trocken. „Wir sollten jedenfalls jetzt abrücken. Für uns ist dieser Einsatz beendet.“

***

„Wie siehst du denn aus?“, begrüßte sie Thomas an der Tür seines Hotelzimmers. Sie hatte versprochen ihn zu wecken.

„Nach nicht mehr als vier Stunden Schlaf“, brummte Thomas, „sieht man eben scheiße aus.“ Er hob ein Augenlid, um Bianca näher zu betrachten. „Und jetzt gibst du mir bitte die Telefonnummer von dem, der dich aufgebügelt hat.“

Sie trat ein und schloss die Tür hinter sich. „War das jetzt ein Kompliment?“

„Wenn ich wieder ins Bett darf, mache ich dir glatt noch eins.“

„Von wegen ... Du weißt, dass wir in einer halben Stunde in der Zentrale sein müssen?“

Er nickte. „Jawohl, das müssen wir. Wer hätte vor einem halben Jahr gedacht, dass wir beide einmal im Berliner Bahntower erwartet werden.“

Vom „Motel One“ waren es keine 500 Meter zum Heiligtum von dreihunderttausend Bahnmitarbeitern. Mit jedem Schritt, den sich Bianca und Thomas dem Gebäude näherten, pochte ihnen das Herz lauter.

Plötzlich hielt sie inne. „Vielleicht ist das keine so tolle Idee, hier mit unseren Waffen aufzuschlagen."

Er sah sie fragend an. „Sollen wir die Dinger, so lange wir drin sind, vor der Tür an eine Laterne hängen? Wir haben die Pistolen von der Bahn bekommen und dürfen sie wohl auch in der Verwaltung tragen."

Bianca war sich da nicht ganz so sicher.

Kaum traten sie durch die große Drehtür ins Gebäude, begann es um sie herum zu hupen und zu blinken. Fünf Meter vor ihnen stand Kösters mit hoch erhobenen Armen, umringt von Sicherheitsleuten mit ihren Waffen im Anschlag. „Achtung, da kommen seine Komplizen", rief einer von ihnen und zwei andere hechteten sich filmreif in Deckung.

Auch Bianca und Thomas hoben sofort ihre Arme. „Schön ruhig bleiben, Kollegen", rief Bianca ihnen zu, „wir kommen von einer Bundesbehörde und sind quasi Bahnpolizisten!"

Da es immer einen gibt, der alles besser weiß, meldete sich dieser auch schon zu Wort. „Lassen Sie die Hände oben. Die Bahnpolizei gibt es schon seit Jahren nicht mehr. Ich war nämlich seinerzeit dabei."

Kösters war genervt. „Wenn ich wenigstens eine Hand runternehmen dürfte, könnte ich Ihnen meinen Dienstausweis zeigen."

„Ach ja?", konterte der Mann süffisant. „Einen Dienstausweis wollen Sie auch haben?"

Bianca sah im Augenwinkel, wie sich Svea und Tim der Drehtür näherten. „Bevor Sie hier einen Herzinfarkt kriegen", rief sie dem übereifrigen Kollegen zu, „möchte ich Ihnen sagen, dass gleich noch zwei Kollegen von uns kommen."

Sie hatte es kaum ausgesprochen, da schlugen die Sensoren erneut Alarm. Das Hupen und Blinken machte den

Mann komplett kirre. Verwirrt stammelte er: „Aber warum sagt mir das denn niemand, dass heute Morgen eine Invasion zu erwarten ist?“

Bevor der augenscheinlich überforderte Security-Mann komplett verzweifeln konnte, kam sein Vorgesetzter dazu und die Situation entspannte sich. Kösters erklärte dem Chef der Security die Aufgabe dieser neuen Abteilung.

„Aber eine Frage hätte ich noch“, bemerkte der Mann kleinlaut. „Wenn es in Zukunft wieder Bahnpolizisten gibt, werden wir hier dann überflüssig sein?“

Kösters klopfte ihm auf die Schulter und steckte seinen Dienstausweis ein. „Wenn alle Ihre Kollegen so auf Zack sind wie Sie, dann werden wir Bahnpolizisten es sein, die bald wieder überflüssig sind!“

Svea konnte sich ein Lächeln kaum verkneifen. „Sie sollten in die Politik gehen, Kollege Kösters.“

Der winkte ab. „Lassen Sie uns erst einmal oben angekommen sein, dann werden Sie ganz schnell feststellen, dass ich schon längst in der Politik bin.“

***

Nachdem ein leitender Staatsanwalt und sogar ein Staatssekretär des Bundesministers des Inneren die Lage zusammengefasst hatten, herrschte Ratlosigkeit im großen Sitzungssaal der Chefetage. Erst nachdem sich Kösters davon überzeugt hatte, dass niemand anderes dazu etwas sagen wollte, erhob er sich.

„Meine Damen und Herren, die Fakten liegen auf dem Tisch und da gibt es auch nichts schönzureden. Wir müssen davon ausgehen, dass der IS einen Zugang zum Zugleitsystem der Deutschen Bahn hat und vielleicht auch noch mehr. Genau zu analysieren wie und welchen, das dauert noch an, obwohl diverse Spezialisten daran arbeiten. Solange wir keine Klarheit darüber haben, müssen wir von dem Schlimmsten ausgehen. Verhindern könnten wir den Zugriff im Augenblick nur, wenn wir auf jedem Bahnhof das Licht ausmachen und die Züge im Depot lassen würden. So würden wir die Republik durch ein hausgemachtes Verkehrschaos lahmlegen, weswegen diese Lösung schon mal ausfällt." Ein Gemurmel ging durch den Saal. „Zu dem Computerleck kommt noch, dass ein Kesselwagen mit Wasserstoffperoxid und zwei Stückgutwaggons mit kleineren Transportbehältern verschwunden sind. In den Behältern waren zum einen Aceton und zum anderen Schwefelsäure. In der gestrigen Nacht wurde einer der beiden Stückgutwaggons gefunden, in denen sich die Behälter mit dem Aceton befanden. Ich habe Chemiker beauftragt auszurechnen, was für eine Bombe gebastelt werden könnte, wenn man dafür die fehlende Menge der Chemikalie zugrunde legt. Die kamen auf die erschreckende Menge von dreißig Zentner APEX. Eineinhalb Tonnen, meine Damen und Herren. Das entspricht der Explosionskraft von sechs Zehn-Zentner-Fliegerbomben aus dem Zweiten Weltkrieg. Da fahren also mental weichgeklopfte Fanatiker mit einer Megabombe durch unsere Republik, die eine halbe Stadt in Schutt und Asche legen könnten, und Sie wollen lieber abwarten, bis uns die Kerle noch mehr Hinweise über ihr mörderisches Tun frei Haus liefern? Das kann doch wohl nicht Ihr Ernst sein? Wir müssen alles aktivieren, was wir an Kräften zu bieten haben, und danach suchen!"

Der Staatssekretär wischte hektisch die Gläser seiner Brille mit einem Tuch sauber. „Ich darf also anmerken, dass Ihnen, also der Bahn, diese Waggons gestohlen wurden?"

„Das ist richtig, Herr Staatssekretär, der Stier ist uns entlaufen. Jetzt steht er aber auf öffentlichem Eis und wir müssen alle daran arbeiten, um dieses nicht ungefährliche

Vieh da wieder runterzubekommen. Ich bitte Sie, umgehend den Krisenstab im Innenministerium einzuberufen. Wir müssen agieren, nicht einfach nur reagieren."

„Und was machen Sie einstweilen?", kam es fast pampig von dem ranghohen Beamten.

Jetzt erhob sich der Sicherheitschef der Bahn. „Wir werden all unsere dreihunderttausend Mitarbeiter darauf ansetzen, die verschwundenen Waggons wiederzufinden. Erst dann können wir uns ein genaues Bild machen, welche und wie viel von den geladenen Chemikalien fehlen. Vorher können wir gar nicht abschätzen, mit welcher Menge und mit was für Sprengstoffen wir es eventuell zu tun haben.

Alles, was nicht unmittelbar für den laufenden Fahrbetrieb gebraucht wird, wird sämtliche Hallen und Gleise, ob leerstehend oder noch in Gebrauch, nach Hinweisen auf eine chemische Verarbeitungsstätte absuchen. Wir werden den Diebstahl und dessen mögliche Folgen bei uns intern an die ganz große Glocke hängen. Dabei werden wir mit Sicherheit viele falsche Meldungen bekommen, aber wir hoffen auf die eine richtige."

„Und was ist, wenn davon etwas durchsickert?"

„Dann können wir guten Gewissens sagen, dass wir alles Menschenmögliche getan haben, um die Bevölkerung zu schützen."

***

Svea, Tim, Bianca und Thomas beschlossen nach der Sitzung in der bahneigenen Cafeteria auf Kösters und Schober zu warten. Sie saßen an einem Tisch und jeder rührte nachdenklich in der Tasse Kaffee vor sich herum. Die Erste, die sprach, war Svea. „Jetzt ist mir klar, warum Schober und euer Chef so dicke Kumpels sind. Die haben echt was drauf und lassen sich nicht die Butter vom Brot nehmen."

Bianca nickte. „Dem kann ich nur beipflichten." Sie sah zum Eingang. „Und wenn man vom Teufel spricht, kommt er auch schon um die Ecke."

Kurze Zeit später zwängten sich Schober und Kösters mit ihren Getränken ebenfalls an den Tisch.

„So, Leute", begrüßte Schober das neugierige Kleeblatt. „Der Innenminister hat soeben den Krisenstab einberufen. Volker und ich werden seitens der Bahn und der Bundespolizei daran teilnehmen. Data wird mit uns kommen und durch ihn bleibt der direkte Kontakt zu euch bestehen. Ihr vier bleibt ein Team." Er schob Bianca einen Zettel hin. „Das sind Name und Adresse eines der jungen Männer, die sich in Warburg in die Luft gesprengt haben. Seine DNA konnte ermittelt werden. Die Familie weiß von offizieller Seite noch nichts vom Tod ihres Sohnes. Dennoch schnappt ihr euch ein SEK-Team. Wenn der Sohnemann in Warburg Muslime enthauptet und ungeniert herumballert, kann es durchaus sein, dass der Rest seiner Familie auch nicht gut auf ‚Ungläubige' zu sprechen ist und über die Taten des jungen Mannes informiert war."

***

Das SEK wartete bereits mit drei Fahrzeugen vor dem Bahntower auf sie, als sie auf die Straße traten. Bianca und Thomas nahmen in einem VW-Bus Platz, Svea und Tim in dem Kombi dahinter.

„Schröder meen Name", begrüßte sie der Chef der Truppe. „Ick bin Einsatzgruppenleiter von die SEK-Bereitschaft Mitte. Mir und meene Männer ham se schon jebrieft. Ick hab jehört, Sie sind neu im Jeschäft. Wenn et also knallen tut, dann halten Se jefälligst ihre Rübe aus de Schusslinie. Is det anjekommen?“

Bianca nickte und verblüffte Thomas wieder einmal aufs Neue. „Vastanden Meesta, ick heeße Trapp. Machen Se sich wejen mir keene Sorjen. So lange ick Ihnen det nich ausdrücklich erloobe, wirtet hier nämlich nich knallen, vastanden?“

Da dieser Schröder nicht wusste, welchen Dienstrang Bianca bekleidete, schwieg er lieber.

Thomas grinste sie an. Bewundernswert, wie einfach man so einen komplizierten Sachverhalt doch klären kann, wenn man nur die Sprache des anderen spricht, dachte er amüsiert.

Nach einer knappen Viertelstunde waren sie am Einsatzort. Auf Sonderrechte verzichteten sie, um einen größeren Auflauf zu vermeiden. Die Boddinstr. 78 in Kreuzberg war ein typisches Berliner Mietshaus. In der Mitte war das Treppenhaus und links und rechts je vier Etagen zur Straße hin. Das Gleiche noch ein oder zwei Mal in Richtung der jeweiligen Hinterhöfe. Die Familie des Selbstmordattentäters wohnte im Vorderhaus, zweiter Stock rechts. Das SEK teilte sich in vier Einsatzteams auf. Team drei sicherte das Treppenhaus nach oben ab, Team vier nach unten und das erste und personell stärkste Team bereitete sich darauf vor die Wohnung zu stürmen. Die Stufen nahmen alle möglichst leise und als das zweite Team bestätigte, dass auch der Seitenaufgang gesichert sei, klingelte Bianca an der Tür. Nichts tat sich. Sie klingelte erneut. Es war deutlich wahrzunehmen, dass dahinter etwas geflüstert wurde.

„Öffnen Sie bitte!“, rief sie. „Hier ist die Polizei. Wenn Sie die Tür nicht öffnen, werden wir sie aufbrechen. Haben Sie das verstanden?“

Sie hörten, wie ein Kettenriegel zur Seite geschoben wurde und die Tür öffnete sich. Ein Mädchen von höchstens sechzehn Jahren stand dahinter und sah sie mit verheulten Augen an. „Sie kommen wegen Nihat?“

Bianca nickte. „Ja, lassen Sie uns bitte rein?“

Sie nickte und führte die vier, von den Polizisten gefolgt, in die relativ große Küche. Zwei alte Damen saßen am Tisch. Eine von ihnen hielt eine grüne Binde mit gestickten arabischen Schriftzeichen vor ihr Gesicht, die andere trug das Bild des getöteten jungen Mannes anklagend vor ihrer Brust.

Das Mädchen sagte etwas zu den Frauen. Die Worte „Policie“ und „Nihat“ kamen darin vor. Kaum hatte sie das ausgesprochen, begannen die Frauen lautstark zu wehklagen.

„Wer ist noch in der Wohnung?“, fragte Svea.

„Der Imam, der uns die Todesnachricht unseres Bruders überbrachte, meine zwei anderen Brüder und mein Vater. Sie sind zusammen mit Freunden im Zimmer und halten das Totengebet.“

„Das ist ein ganz typisches Verhalten“, flüsterte ein Teamführer ihr zu. „Die wollen auf diese Weise so viele Spuren wie möglich vernichten.“

Svea und Bianca verständigten sich mit Blicken und nickten. „Okay“, fuhr Svea fort. „Lassen wir die Herrschaften in Ruhe beten. Holen Sie inzwischen Verstärkung und dann wird alles, was in dieser Wohnung organisch ist, erkennungsdienstlich behandelt.“

„Und was machen wir mit dem Imam?“, fragte der Einsatzleiter.

„Den auch, wenn er keine Papiere bei sich hat.“

***

Inzwischen hatte die nachalarmierte Schutzpolizei das gesamte Haus abgesperrt. Svea und Bianca warteten geduldig vor dem Zimmer des Selbstmordattentäters, während sich Tim und Thomas in der restlichen Wohnung umschauten. Nach gut zwanzig Minuten öffnete sich die Zimmertür und ein junger Mann nach dem anderen ging an ihnen vorbei. In der Küche wurde jeder Einzelne von ihnen von den wartenden Polizisten ab- und dem Erkennungsdienst zugeführt.

Svea und Bianca betraten den Raum. Der Imam kniete anscheinend gen Mekka gerichtet auf einem Teppich. Links und rechts neben ihm, auch auf Gebetsteppichen, zwei ältere Männer. Die drei erhoben sich langsam und begannen, die beiden Frauen dabei keines Blickes würdigend, ihre Teppiche zusammenzurollen.

„Ich wäre Ihnen dankbar", sprach Svea sie an, „wenn Sie uns, als Vertreterinnen des deutschen Gesetzes, den nötigen Respekt erweisen und Ihre rituellen Handlungen unterbrechen würden."

Die beiden Männer sahen hilflos den Imam an. Der nickte nur kurz und einer von ihnen flüsterte mehr, als dass er sprach: „Verzeihen Sie meine tiefe Trauer. Mein Name ist Abdullah Ashfahan und das ist mein Bruder Mehmet. Wir trauern um meinen Sohn Nihat, den Allah in seiner großen Weisheit ins Paradies befohlen hat."

Bianca ging dieses pathetische Gesülze schlichtweg auf den Geist. Sie musste schwer an sich halten, um diesem Kerl nicht ihre Meinung an den Kopf zu werfen. Das schien der Imam gemerkt zu haben.

„Sie haben für den jungen Mann nur wenige Gebete in Ihrem Herzen?"

Bianca schüttelte verächtlich den Kopf. „Um genau zu sein, gar keines. Dieser junge Mann hätte mich beinahe mit in den Tod gerissen. Und ich schwöre Ihnen, wenn auch ich diese 72 ominösen Jungfrauen im Paradies angetroffen hätte, hätte ich jede einzelne von ihnen gegen diesen Wahnsinnigen aufgehetzt."

Der Imam war mit allen Wassern gewaschen. Er verneigte sich kurz vor ihr und antwortete lächelnd: „Dann hatte Nihat offensichtlich Glück, denn ich bin überzeugt davon, dass Sie das tatsächlich geschafft hätten."

Er nickte nun auch Svea zu. „Womit kann ich den Damen Gesetzeshüterinnen dienen?"

„Damit, dass Sie sich dem Erkennungsdienst gegenüber ausweisen und mir vorher ein paar Fragen beantworten."

„Gern! Welche Fragen?"

Svea versuchte mindestens genau so arrogant zu lächeln wie der Imam. „Woher wussten Sie vom Tode Nihats?"

„Man hat so seine Quellen."

„Ich nehme an, himmlische Quellen?"

Der Imam verneigte sich wieder. „Wenn Sie so gütig sind, diese so zu nennen."

Bianca spürte, dass sie sich vor dem Mann in Acht nehmen mussten.

„Nihat Ashfahan war Ihr Schüler?", fragte Svea.

„Ja", antwortete er, sich schon wieder verneigend. „Ich hatte die Ehre und das Vergnügen, ihm als jungen Menschen die Demut vor Allah und Mohammed, seinem Propheten, zu lehren, und versuchte, ihm Achtung vor jedem weiteren Leben zu vermitteln."

„Da scheint er aber einige Stunden gefehlt zu haben", konterte Bianca trocken. „Dafür hatte er in ‚Wir bauen eine Bombe' eine Eins mit Sternchen?"

„In den ihm heiligen Krieg habe ich ihn nicht geschickt. Sie scheinen den muslimischen Glauben und den Terrorismus in die gleiche Ecke zu stecken. Darf ich jetzt eine Haussuchung in der Moschee erwarten?"

„Das haben nicht wir zu entscheiden. Das wird gegebenenfalls die Bundesanwaltschaft anordnen." Svea war zunehmend gereizt. Sie hasste es, wenn jemand mit ihr redete und ihr dabei nicht in die Augen sah.

Der Imam verbeugte sich weiterhin vor ihr, immer wieder Demut heuchelnd. „Einst war Gudrun Ensslin eine gesuchte Terroristin. Hat man denn ihretwegen evangelische Kirchen durchsucht? Ihr Vater war immerhin Pastor."

„Nein", zischte Bianca ihn an, „der Bau von Bomben wurde ihr nachweislich nicht im Konfirmationsunterricht beigebracht."

11

Noch immer im Zimmer von Nihat spuckte Bianca Gift und Galle. „Dieser sakrale Wackeldackel ging mir sowas von auf den Sack!"

Thomas versuchte sie zu beruhigen. „Nun komm mal wieder runter von deiner Palme. Du sprichst schließlich vom Imam dieser Leute und wir sind hier in seinem Sprengel. Mitglieder seiner Gemeinde hören jetzt eventuell mit."

„Hat dieser Typ uns respektiert? Zwischen jedem Satz, den der Kerl von sich gegeben hat, war doch zu hören, was wir für erbärmliche Arschlöcher sind. Gott sei Dank, dass Svea und Tim die Moschee dieses Herren durchsuchen müssen."

Thomas schnaubte verächtlich. „Und wieso bist du dir so sicher, dass für den nicht wir die Arschlöcher sind? Du respektierst den doch genauso wenig wie er dich. Wer ist nun also der Gute?"

Sie setzte sich und verschränkte die Arme vor der Brust. „Hast du eine blasse Ahnung von dem, was du mich mal kannst?"

„Habe ich, mach ich aber nicht."

Sie erwiderte nichts und ihre Blicke wanderten durch den Raum. Sie blieben an zwei Ausdrucken hängen, die mit einer Reißzwecke an eine Pinnwand geheftet waren. „Was da wohl draufsteht? Wenn der Junge das da hängen hatte, war das für ihn etwas ganz Besonderes."

Die Schwester Nihats kam in den Raum. „Wie lange brauchen Sie hier noch?"

Bianca sah sich um. Sämtliche Computer und Speichermedien waren bereits von den Kriminaltechnikern eingesammelt und der Raum von den Kollegen freigegeben worden. „Eigentlich sind wir jetzt fertig." Sie erhob sich von ihrem Stuhl und ging auf die beiden Zettel zu. „Könnten Sie mir vielleicht sagen, was da draufsteht?"

„Das sind Auszüge aus dem heiligen Koran."

Eine Stelle interessierte sie ganz besonders. „Der Koran wurde doch vom Propheten geschrieben?"

Das Mädchen war erstaunt. „So wird es überliefert."

Bianca rieb sich nachdenklich am Ohrläppchen. „Wissen Sie zufällig, ob der Prophet gestottert hat?"

Das Mädchen war entsetzt. So etwas auch nur zu denken war in ihren Augen Blasphemie. Bianca bemerkte ihren Fauxpas und entschuldigte sich sofort. „Das war wirklich nicht böse gemeint. Aber schauen Sie doch mal auf diese Schriftreihe und die darunter. Das sieht doch so aus, als gäbe es diese Zeile zweimal?"

Das Mädchen kam nun auch näher und nickte. „Sie haben recht."

Das reichte Bianca nicht. „Können Sie mir übersetzen, was da geschrieben steht?"

„Da steht etwas über einen Dichter, gegen den wir die Fälle der Zeit abwarten."

Sie murmelte: „... gegen den wir die Fälle der Zeit abwarten? Was meinen Sie? Was will uns der Prophet damit sagen?"

Das Mädchen wich zurück. „Es steht mir als junge Frau nicht zu, die Verse des Korans zu interpretieren." Sie drehte sich abrupt um und eilte aus dem Raum.

„Was meinst du, kann ich die beiden Zettel mitnehmen?"

Thomas schüttelte den Kopf. „Das gibt nur wieder Ärger, wenn eine Ungläubige den Koran von der Wand reißt. Ich habe da eine bessere Idee." Er griff in die Jackentasche und holte sein Smartphone heraus. „Den Quatsch kann ich dir ja nachher über WhatsApp schicken."

Ihr Handy klingelte. Svea war dran. „Na?“, fragte Bianca, „seid ihr schon durch mit der Moschee?“

„Im Gegenteil. Schau doch mal bitte auf das Flipchart, welches bei Ashfahan in der Ecke steht. Da ist auf der dritten Seite eine Skateboardrampe gezeichnet.“

„Warte bitte einen Moment.“

Thomas hatte mithören können und schlug die dritte Seite auf.

Bianca schüttelte den Kopf. „Eine Skateboardrampe ist runder. Das ist eher eine Rampe für Rollstühle oder Ähnliches.“

„Was ist beim Rampenkopf für eine Höhe eingezeichnet?“

„Drei Meter zweiundsiebzig.“

Svea klang aufgeregt. „Macht bitte ein Foto von der Zeichnung und kommt her. Wir haben hier etwas Interessantes für euch.“

***

Unter einer Moschee hatten sie sich etwas anderes vorgestellt. Einen prächtigen Bau mit Minaretten, lichtdurchflutet und großzügig gestaltet. Irritiert standen sie vor einem heruntergekommenen Ladenlokal. Dass sie dennoch richtig waren, entnahmen sie einem Schild mit der Aufschrift „Moschee der inneren Wahrheit“. Links und rechts neben dem Schriftzug befanden sich arabische Schriftzeichen. Bianca machte ein Foto von dem Schild. Dabei ging sie auf dem Bürgersteig rückwärts und stieß beinahe mit einem alten Mann zusammen. Offensichtlich ein Moslem, was sie an seiner Kopfbedeckung zu erkennen glaubte. „Entschuldigen Sie bitte, mein Herr“, entschuldigte sie sich höflich.

Der Mann nickte freundlich und flüsterte ihr zu: „Wenn Sie die wahre Botschaft des Korans suchen, dann gehen Sie in die Omar-Ibn-Al-Khattab-Moschee. Den Geist Allahs und die Botschaft seines Propheten finden Sie hier nicht." Ohne ein weiteres Wort ging der Mann seines Weges.

Erst wollte Bianca ihm etwas hinterherrufen, aber dann ließ sie es doch lieber sein. Hier, im tiefsten Kreuzberg, wo mehr Frauen in Burka herumliefen als in arabischen Metropolen, war es sicher unangebracht, wenn eine Christin einem gläubigen Moslem etwas auf der Straße hinterherrief. Gerade wollte sie mit Thomas zusammen in diese Ladenmoschee eintreten, da hielt sie erneut inne.

„Was ist denn nun schon wieder?", raunte Thomas.

„Da oben steht Moschee und ich habe keine Kopfbedeckung." Sie überlegte kurz. „Wo bekomme ich jetzt ein Kopftuch her?"

Thomas fasste sich an den Kopf. „Das glaube ich jetzt nicht. Das ist keine Moschee, das ist eine auf religiös getrimmte islamistische Absteige. Eben hast du dem Imam noch die Krätze an den Hals gewünscht und jetzt möchten gnädige Frau eine eigene ‚Dienstburka'?"

„Die Religion als solche hat nichts mit diesem eingebildeten Fatzke zu tun. Da oben steht dick ‚Moschee' und dann ist das für mich auch eine. Basta!"

Thomas rollte mit den Augen. „Es ist aber nicht immer eine Moschee dort zu finden, wo Moschee draufsteht."

„Das ist mir scheißegal, ohne Kopfbedeckung gehe ich da nicht rein."

„Schätzelein", bemerkte Thomas entnervt. „Wenn ich irgendwann einmal ins Paradies kommen sollte und die Wahl zwischen 200 Jungfrauen und dir hätte, ich nähme die Jungfrauen ..., und zwar alle. Die sind bestimmt nicht so anstrengend wie du." Er schaute sich nach einer Lösung um. Auf der gegenüberliegenden Straßenseite sah er eine

Lotto-Toto-Annahmestelle, die auch Zeitungen und Tabak verkaufte. „Moment, ich habe die Lösung."

Kurze Zeit später kam er mit einer Bildzeitung wieder heraus. Er schlug sie auf der Motorhaube eines fremden Autos auf, faltete aus zwei Seiten ein Malerhütchen und setzte es ihr auf. „Sollte Allah dich so in seinem Haus sehen, dann wird er das erste Mal in seinem Leben ‚Watt datt denn' rufen!"

Als sie stolz erhobenen Hauptes die Moschee betrat, glaubte Tim, der mit Svea bereits in der Moschee war, ein Gespenst zu sehen. „Was ist das denn?", rief er erstaunt.

„Schnauze", giftete Bianca ihn an. „Du bist nicht Allah!"

Der eigentliche Laden war der Gebetsraum. Da waren kitschige Wandteppiche aus Plastik mit orientalischen Motiven zu sehen, ansonsten war nichts weiter an den Wänden. Etwas anheimelnd wurde der Raum nur durch ein wildes Sammelsurium von abgewetzten Orientteppichen, die kreuz und quer in alle Richtungen überlappten. Dadurch war der Boden so weich, dass man glaubte, auf einer Wolke zu gehen.

Svea war in einem der hinteren Räume damit beschäftigt, alles abzufotografieren, was dort an den Wänden hing. Diese waren im Gegensatz zum Gebetsraum reichlich bestückt. Weniger war sie über Biancas Kopfbedeckung erstaunt. „Hast du auch gleich Farbe mitgebracht?"

Bianca verzog das Gesicht. „Jetzt fang du nicht auch noch an." Sie sah sich um. „Was wolltest du mir zeigen?"

„Schau doch mal die Fotos an der Wand an."

Bianca staunte. „Was haben denn die ganzen Regierungsgebäude hier in der Moschee zu suchen?"

„Dieser Imam wollte mir vorhin weismachen, dass er damit die Gesetzestreue seiner Schüler unterstreichen wolle." Svea war noch immer genervt, wenn sie von ihm sprach.

Bianca brauste nun auch auf. „Das ist genau das, weswegen ich vorhin so sauer war. Der will uns nicht nur für blöd verkaufen, der ist fest davon überzeugt, dass wir es sind." Sie konzentrierte sich wieder auf die Fotos. „Aber was ist an diesen Motiven so sensationell?"

„Die haben Konstruktionspläne für eine Rampe, mit der jemand eine Höhe von 3,72 Meter mit einem Sprengstoffauto überspringen kann." Sveas Augen leuchteten vor Begeisterung, den Islamisten auf die Schliche gekommen zu sein. „Hier sind die wichtigsten Regierungsgebäude inklusive der Zäune abgebildet. Wenn wir herausbekommen, welche Begrenzung davon 3,72 Meter hoch ist, wissen wir auch, wo ein Anschlag geplant sein könnte."

Biancas Blicke wanderten zwischen den Fotos und Svea hin und her. „Meinst du nicht, dass das ein bisschen sehr weit hergeholt ist?"

„Was macht es sonst für einen Sinn, im Nebenraum einer muslimischen Gebetsstube Regierungsgebäude von verhassten Ungläubigen aufzuhängen? Man will sie ins Mark treffen und die Wirbelsäule unserer Demokratie ist nun mal das Regierungsviertel."

Thomas hatte den beiden bisher schweigend zugehört. „Aber welchen Sinn ergibt das?", fragte er. „Regierungsgebäude sind riesig. Wenn da eine Bombe im Foyer explodiert, werden jeweils nur eine Handvoll Menschen getötet. Wenn ich deren Philosophie richtig verstanden habe, dann wollen die so viele Unschuldige töten, wie es nur geht, und das so medienwirksam wie möglich. Dafür gibt es bedeutend bessere Ziele." Er schaute sich um. „Tim, was sagst du dazu?"

Der kratzte sich nachdenklich am Kopf. „Ich halte diese ganze Bombennummer für viel zu weit hergeholt. Mit dem Hokuspokus, den wir darum machen, binden wir enorm viele Kräfte, die woanders fehlen. Wenn in der Innenstadt unter jedem Gully ein Polizist Wache hält, dann fehlen die am Flughafen oder im Olympiastadion bei Hertha. Stell dir mal vor, da kämen bei vollbesetztem Haus 20 Leute mit Kalaschnikows und reichlich Munition durch je einen Zugang. Mit ein paar Schüssen hätten die gleich Tausende auf den Rasen getrieben. Und dann könnten sie von allen Seiten ein fröhliches ‚Moorhuhnschießen' veranstalten. Alles mediengerecht von fünfzehn und mehr Kameras aufgezeichnet. Oder lass sie das KaDeWe stürmen oder irgendeine Veranstaltungshalle."

Svea war frustriert. „Aber irgendwo müssen wir doch anfangen."

Thomas nickte zustimmend. „Genau, und das wissen die auch. Ich gebe Tim recht. Wir dürfen die Manpower der Exekutive nicht sinnlos streuen und damit verpulvern."

Svea sah auf ihr Smartphone, da sich eine Nachricht angekündigt hatte. „Wir sollen uns möglichst bald im Innenministerium melden, unsere Chefs haben Sehnsucht nach uns.

Fein, dann können wir den ersten Zaun ja gleich mal ausmessen."

Ein Beamter der Berliner Kripo, an die sie die Einsatzstelle übergeben sollten, trat zu ihnen und sah auf Biancas Papiermütze. „Alaaf, junge Frau. Die KTU ist da. Wo dürfen wir anfangen?"

***

Schober war sichtlich sauer, als er die Dienststube des Wachschutzes beim Ministerium für Inneres betrat. „Kann mir mal jemand sagen, was das für eine Scheiße ist?" Bianca, Thomas, Svea und Tim saßen wie Erstklässler, die eine Standpauke erwarteten, auf ihren Stühlen. „Ich sitze gerade in einem Meeting mit dem Innenminister und soll vier Bahnpolizisten identifizieren, die es laut Dienststellenbeschreibung gar nicht gibt, die jedoch bei dem Versuch erwischt wurden, den Zaun des Ministeriums mit einem Schnürsenkel zu durchtrennen. Habe ich irgendeine Missetat vergessen, derer ihr euch noch schuldig gemacht habt?“

„Die haben ooch noch den Rasen betreten“, bemerkte der Diensthabende hinter seinem Tresen. „Det dürfen se ooch nich.“

„Irgendwas werden sie ja wohl noch dürfen“, bellte Schober den Wachmann an. Und zu seinen Leuten gewandt: „Ihr müsstet euch mal sehen. So ein trauriger Haufen ist mir ja schon lange nicht mehr untergekommen.“ Er machte auf dem Absatz kehrt. „Los, mitkommen! Wir werden oben erwartet.“

Bis zum Fahrstuhl folgten sie ihrem Vorgesetzten wortlos. Dann wollte Svea den Sachverhalt klären. „Also, das war nämlich so ...“

„Leute“, unterbrach er sie, „mir ist es scheißegal, wie was war. Dass ihr nicht so bescheuert seid, einen Metallzaun mit einem Schnürsenkel durchtrennen zu wollen, weiß ich von allein. Ihr habt euch erwischen lassen, egal wobei, und das ist scheiße! Und nun will ich nichts mehr davon hören.“

Einen Krisenstab einmal live und in Funktion zu sehen, war für die vier interessant. In der Mitte des Raumes stand ein gut und gern zehn Meter langer ovaler Tisch mit insgesamt achtundzwanzig Arbeitsplätzen. Vor jedem der Bürostühle war ein Bildschirm in den Tisch eingelassen, sodass jeder Stabsteilnehmer sowohl die Kolleginnen und Kollegen als auch den Arbeitsbildschirm ständig im Blick haben könnte. Für jeden Fachbereich gab es einen Teilnehmer des Krisenstabs, welcher wiederum seinen eigenen

Stab an Fachleuten hatte. Diese Mitarbeiter waren in gläsernen Büros untergebracht, die rund um den großen Tisch lagen. Schober geleitete sie in das Büro für die Bundespolizei. Kösters hatte derzeit „Tischdienst“ und begrüßte sie nur mit einem kurzen Nicken.

„Was habt ihr also zu berichten?“, fragte Schober neugierig.

Die vier erzählten in allen Einzelheiten.

„Na wenigstens etwas“, brummte Schober. „Wann können wir mit den ersten Ergebnissen der DNA-Proben rechnen?“

Svea zuckte mit den Achseln. „Vor morgen Vormittag denke ich nicht.“

Sie berichtete von ihrer Rampentheorie.

Kösters sah sich die Zeichnung ganz genau an. „Ich bin kein Statiker, aber ich bin mir nicht sicher, ob das Ding nicht zusammenbricht, wenn da mit höherer Geschwindigkeit ein PKW hochrauscht. Zum Eigengewicht kommt ja noch der Druck durch die Geschwindigkeit auf die Schräge. Wir sollten das wirklich mal einem Statiker zeigen.“

Danach erzählte Bianca von dem Mann, der sie vor der Gebetsstube angesprochen hatte. „Ich bin der Meinung, dass wir da nachhaken sollten. Wenn sich die Muslime gegenseitig nicht grün sind, dann wird der eine mit Sicherheit auch delikate Dinge über den anderen zu berichten haben.“

Schober nickte. „Okay, das macht Sinn. Ich möchte aber, dass ihr bei der Recherche über Ohrstöpsel untereinander in Verbindung bleibt. Wenn ein Paar in irgendwelche Kirchen, Synagogen oder Moscheen hineingeht, sichert das andere draußen ab.“

„Glauben Sie denn, dass in Gotteshäusern Gefahr auf uns lauert?“

„Das weniger, aber ihr seid so auch schneller zu erreichen, wenn wir euch woanders brauchen. Im Augenblick wird Berlin von den Exekutivbehörden auf links gedreht. Wenn sich die Anzeichen erhärten, dass sich irgendwo anders etwas zusammenbraut, werdet ihr sofort abgezogen." Er sah auf sein Handy. „Ich muss in den Medienraum. Dort können wir die Aufzeichnung des Verhörs von Bassam Farhi sehen. Das könnte euch auch interessieren."

„Wer ist das?", fragte Thomas.

„Fahri ist kurdischer Türke, dessen Schwester bei den Peschmerga in Afghanistan gegen den IS kämpft. Er war der Helfer der Truppe und wurde dabei erwischt, wie er in Maschen die Ladelisten manipulieren wollte."

***

Als sie den Medienraum betraten, war auf dem großen Wandbildschirm das Standbild eines eingeschüchterten Mannes zu erkennen, der flehentlich in die Kamera sah.

Kösters hatte das Material schon gesichtet. „Was der Mann gemacht hat, wissen wir, warum auch. Er wurde erpresst, weil seine Schwester vom IS als Geisel gefangen gehalten wird. Interessant ist aber, wie die Erpresser an ihn herangetreten sind. Ich lass das Band mal an der Stelle starten."

„Herr Farhi, wie hat der IS zum ersten Mal mit Ihnen Kontakt aufgenommen?"

„Es kamen Anruf. Ich auflegen. Zweite Anruf, ein Mann wollen mich treffen in Stadt. Ich wieder auflegen. Dann wieder Anruf. Ein Mann erklären mir, dass mein Sohn wird gefangen von Kindergarten, wenn ich nicht kommen in die Moschee zum Gebet."

„Wann war das ungefähr?"

„Eine Woche vor erste Rolle mit Frachtpapiere. Ich bin in Moschee, wollte fragen Imam, wurde aber gezogen in andere Raum. Dort Kämpfer war von IS. Der mir sagen, dass Sohn tot, wenn ich nicht machen, was sie wollen. Ich böse gewesen und sagen, dass ich nicht machen unrechte Sache. Ich gesagt, dass Sohn ist sicher und ich gehen zur Polizei. Als ich war vor Haus von Polizei, ein Motorrad angehalten vor mir und Mann gab mir Tüte aus Plastik. Darin war Finger von kleine Kind. Finger war von meine Sohn. Dann ich bekommen Angst und ich machen, was sie sagen."

Kösters hielt das Band an. „Bisher war es leicht diesen Mann zu verurteilen. Jetzt fehlen mir, ehrlich gesagt, die Worte."

„Warum ist er nicht zur Polizei gegangen, wie es jeder vernünftige Mensch tun würde?", fragte Tim.

Svea konnte sich in die Nöte des Mannes hineinversetzen. „Weil er damit rechnen musste, auf diese Weise dann auch den Kopf seines Sohnes überreicht zu bekommen."

„Aus diesem Grunde hat Fahri seine Frau und seine Kinder zu Verwandten nach Süddeutschland geschickt. Als er sich dann erneut gegen die Kerle auflehnen wollte, wurde ihm ein Video geschickt, dass seine Schwester in Gefangenschaft zeigte."

„Okay, Chef", Tim zog die Augenbrauen hoch. „Wir haben uns das nun angesehen und angehört, aber warum sollten wir das tun?"

„Ich möchte damit demonstrieren", argumentierte Schober, „dass viele Menschen, die bei derartigen Verbrechen mitwirken, eigentlich bedauernswerte Opfer sind. Furchtbar sind nicht nur die Taten des IS. Genauso furchtbar ist es, dass wir kaum noch Täter von Opfern unterscheiden können. Wir gehen nur zu oft mit übertriebener Härte gegen eben diese Opfer vor, anstatt gegen die Täter und vor allem gegen die Urheber. Wenn wir nämlich die Köpfe dieser Wahnsinnigen jagen, dann geht uns leider meistens die ‚rechtliche Puste' aus. Ich möchte euch bitten, darauf aufzupassen, dass die Hardliner der IS euch nicht auch so entmenschlichen, wie sie es mit ihren Handlangern getan haben und wohl auch noch eine ganze Weile tun werden."

***

Eigentlich hatten sie keinen richtigen Appetit, dennoch mussten sie etwas gegen ihren Hunger unternehmen.

Tim sah sich enttäuscht um. „Gibt es in Berlin eigentlich nur Kantinen in Ministerien oder Konzerntürmen? Was ist mit den tollen Dönerbuden oder der weltberühmten echten Berliner Currywurst im ‚Curry 36' oder ‚Krasselt'? Warum gehen wir nicht mal dahin?"

„Da hätte ich auch Bock drauf", erwiderte Thomas. „Wir haben nur leider keine Zeit, danach zu suchen. Im Umkreis schmeckt es sicher nicht in jeder Bude."

Bianca hingegen ließ sich ihr Brötchen dennoch schmecken. „So bitter das ist, aber Schober hat recht mit dem, was er eben zu uns gesagt hat. Es wäre schlimm, wenn wir selbst zu Tieren werden, nur, weil wir welche jagen."

Thomas nickte zustimmend. „Ein schönes Bild, nur wissen wir noch nicht einmal, welches Tier erlegt werden soll, und in welchem Bau wir es finden. Wir sollten uns überlegen, wie wir jetzt vorgehen."

Tim winkte resigniert ab. „Wozu? Wir suchen eine einzige Nadel in vielen verschiedenen Heuhaufen. Wir haben einfach zu wenig Fakten zusammen, um effektiv fahnden zu können."

„Und deswegen müssen wir intuitiv sein. Wie würden wir vorgehen, wenn wir so eine Nummer durchziehen wollten?“ Svea rührte nachdenklich in ihrem Kaffee. „Wir haben zwei Theorien. Meine Zaunrampe und Biancas Mufti-Bande.“

„Schließt das eine denn das andere aus?“

Sie nahm einen Schluck Kaffee. „Genau daran denke ich gerade. Wir rennen alle in eine Richtung. Was ist, wenn sich da ein paar bewaffnete Rechtsradikale einen Turban aufgesetzt haben, um den Behörden mal zu zeigen, was für gefährliche Typen sie in unser ‚schönes Deutschland‘ gelassen haben.“

Tim war nicht ihrer Meinung. „Und wie erklärst du dir dann die Mitwirkung von Nihat Ashfahan an der Schießerei in Warburg? “

Dieses Argument galt für sie nicht. „Stell dir mal vor, die rechten Irren haben sich nur einen einzigen Fanatischen aus der muslimischen Ecke angeheuert. Damit hätten sie erreicht, dass tausende Polizisten in die völlig falsche Richtung fahnden, und die Nazis könnten in aller Ruhe ihre Anschläge durchziehen.“

Bianca hatte den letzten Bissen ihres Brötchens heruntergeschluckt. „Das wäre wirklich der Super-GAU. Wie kommst du überhaupt darauf?“

„Durch diesen Plan. Das war eine komplett andere Sorte von Papier.“

„Moment“, unterbrach Tim sie, „das war die dritte Seite auf dem Flipchart. Wie kann das anderes Papier sein?“

„Es war aber so und das brachte mich auf die Frage: Warum hat sich jemand solche Mühe gemacht, da ein Extra-Blatt einzufädeln?“

„Da bin ich ganz auf Tims Seite“, bemerkte Thomas. „Was ist mit all den rituellen Morden?“

„Du musst nicht unbedingt Muslim sein, um einem Mitmenschen den Kopf abzuschneiden oder Allahu Akbar zu brüllen.“ Je mehr Svea genötigt wurde, ihre Theorie zu verteidigen, desto sicherer war sie sich. „Und eines ist mir noch aufgefallen: Diese Steinigung war mir einen Zacken zu rituell. Ich kann mir kaum vorstellen, dass der deutsche Durchschnittsmuslim in Sachen Scharia derart sattelfest ist."

Bianca schob ihre halbvolle Kaffeetasse weg. „Bäh, jetzt schmeckt's mir nicht mehr." Sie kratzte sich nachdenklich am Kopf. „Die Nummer ist nun dermaßen gegen den Strom gedacht, dass du allein dafür einen dicken Orden verdienst, solltest du damit recht haben. Aber was soll ich sagen? Alles, was du von dir gibst, hört sich plausibel an."

„Dann müssen wir ganz schnell Schober darüber informieren", forderte Tim sie auf.

Thomas schüttelte den Kopf. „Bist du verrückt? Die führen da oben ein großes Kasperletheater mit dem Titel ‚Halali auf das Turban-Krokodil' auf, und ausgerechnet wir rufen während der Vorstellung, dass es der Nazischlumpf war, der den Seppel gefressen hat. Die würden uns auf der Stelle einweisen lassen."

Svea grinste. „Und was würde der Wachmann im Bahntower dazu sagen? ‚Det jeht ja jarnich, beim Kasperle jibt's ja keene Schlümpfe!'"

„Und watt nich is, det dürf ooch nich!", komplettierte Bianca die fundierte Meinung. „Aba watt mach'n wa nu?"

„Was ist mit dem Alten von gestern?" Thomas versuchte, sich an den Namen der Moschee zu erinnern. „Wo wohnt der Geist des Propheten? Der wollte uns mit seinen Worten doch etwas sagen?"

Svea nickte. „Vielleicht wollte er uns sagen, dass es in dieser seltsamen Gebetsstube gar keine richtigen Muslime gibt."

Bianca schlug mit der flachen Hand auf die Tischplatte. „Vamos, compañeros, wo ist mein Malerhütchen, ich will zur Omar-Ibn-Al-Khattab-Moschee!"

***

„Mein Name ist Ismail Hadschi bin Awad, ich bin der Imam der muslimischen Gemeinde Kreuzbergs." Ein für einen Araber sehr großer Mann stand vor ihnen und lächelte sie an.

Svea und Tim standen draußen „Schmiere", und Thomas versteckte sich mehr oder weniger hinter Bianca. Auf Socken durch ein fremdes Gebäude zu laufen war ihm ungewohnt und Menschen mit derartig peinlichen Hüten pflegte er im Normalfall gar nicht erst zu kennen.

„Falls Sie Sorge haben sollten, dass Ihnen Farbe auf das Haar tropft, so kann ich Ihnen versichern, dass Sie Ihre Kopfbedeckung getrost absetzen können. Wir haben schon vor Monaten gestrichen."

Bianca lief rot an und zog sichtlich verlegen das Papierhütchen vom Kopf. „Tut mir leid, ich dachte nur, dass man in einem Gotteshaus den Kopf bedecken sollte."

„Allah konnte durch diese rührende Geste in Ihr reines Herz sehen und wie könnte ich dann meines vor Ihnen verschließen?"

Bianca war erleichtert. „Vielen Dank ...", sie stockte. „Sagt man bei Ihnen Hochwürden?"

„Sagen Sie einfach das, was in meinem deutschen Pass steht: ‚Herr Awad'." Sein Lächeln war wirklich gewinnend. „Inwiefern darf ich Ihnen weiterhelfen? Ich nehme nicht an, dass Sie und Ihr Gatte konvertieren wollen."

Bianca zeigte Ihren Ausweis. „Wir sind Thomas Jessen und Bianca Trapp von der Bahnpolizei und nicht miteinander verheiratet."

„Sehr schön. Haben Sie meinen seltsamen Kollegen beim Schwarzfahren erwischt? Oder weshalb wurde die sogenannte Gebetsstube gestern durchsucht?"

„Nein, es lagen andere Gründe vor. Genau deswegen sind wir hier und hätten einige Fragen an Sie."

„Darf ich Sie dann in meine private Wohnung bitten? Dort haben die Wände keine Ohren. Sie verstehen, was ich meine."

„Gern, aber dürften wir uns vorher noch die Moschee ansehen? Ich war noch nie in einem so modernen, aber dennoch prächtigen Gotteshaus."

***

Bianca war tief beeindruckt. Sie hatte noch nie in ihrem Leben einen so großen und reich geschmückten Saal gesehen. Er bot zweitausend Gläubigen Platz und in jeder Nische befanden sich reich verzierte Wandmalereien.

„Davon haben wir in allen Sälen zusammengerechnet einhundertvierzehn, genauso viele, wie es Suren im Koran gibt."

„Eine Menge Holz", staunte Thomas.

„Und dabei sind wir mit unseren Räumlichkeiten noch bescheiden. Da müssten Sie einmal die Scheich-Zahid-Moschee in Abu Dhabi sehen. Sie ist wunderschön und riesig. Die haben für jede Sure einen Gebetsraum und für jeden Vers eine Nische. Insgesamt 6.236. Überall sind nur die edelsten Marmorarten, Hölzer und Stoffe verarbeitet. Da sollen Leuchter aus purem Gold an der Decke hängen."

Sie hatten inzwischen im Wohnzimmer des Imams Platz genommen und vor ihnen stand jeweils ein Glas köstlichen Tees, der von seiner Frau serviert worden war.

„Herr Awad, was meinte der Alte gestern, als er sagte, dass der Geist Allahs nicht in der kleinen Gebetsstube wohne?"

„Eben das. Es fehlt ihr alles, was eine Moschee oder Gebetsstube ausmacht. An den Wänden sind Bilder vom

Taj Mahal. Ich bitte Sie, das ist ein indisches Mausoleum und keine Moschee. Was mich aber am meisten stört, ist die Tatsache, dass sich der sogenannte Imam hier noch nicht ein einziges Mal hat blicken lassen. Weder um zu beten, noch um an irgendwelchen geistlichen Veranstaltungen teilzunehmen. Wir kennen den Mann nicht und er wurde auch nicht von der ‚DITIB', also dem Dachverband der Türkisch-Islamischen Union, geschickt. Alle diesbezüglichen Anfragen an unsere geistlichen Gremien blieben bisher unbeantwortet."

Bianca versuchte, sich möglichst jedes Wort einzuprägen. „Und warum wollten Sie das nicht vor den Wänden mit Ohren sagen?"

Herr Awad hielt kurz inne. „Weil ein Muslim nichts Böses über einen Glaubensbruder sagen darf. Das Verbot ‚falsches Zeugnis zu reden' ist auch bei uns ein Gebot."

„Ist es denn falsch?"

„Nein, Frau Trapp. Ich bin fest davon überzeugt, dass da etwas nicht stimmt, und ich bin froh, dass sich jetzt die deutschen Behörden darum kümmern."

Bianca zog ihr Smartphone aus der Tasche. „Herr Awad, ich habe hier Fotos von arabischen Schriftzeichen, die aus dem Koran stammen könnten. Würden Sie mal bitte einen Blick darauf werfen?"

Sie reichte ihm das Smartphone und er las alles sorgfältig durch. „Das sind wirklich Verse aus einzelnen Suren."

Bianca bohrte weiter. „Gibt es denn manche Verse doppelt?"

Der Imam schüttelte erbost den Kopf. „Nein, meine Dame. Das sehe ich hier auch gerade. Und es ist eine dermaßen stümperhafte Wiedergabe, dass es jeden gläubigen Muslim schaudern würde." Er reichte ihr das Smartphone zurück. „Zu welchem Zweck jemand die Verse auf diese Weise geschrieben hat, weiß ich nicht, aber einen geistlichen Sinn hat es mit Sicherheit nicht." Er lächelte wieder freundlich. „Sie scheinen sich für den Koran zu interessieren, Frau Trapp." Er erhob sich, ging zum Bücherregal und zog ein Buch heraus. Dann kam er zurück und setzte sich wieder. Mit einer leichten Verbeugung überreichte er es ihr. „Das ist die deutsche Übersetzung des Korans, und zwar die des reinen Korans und keine salafistische Interpretation."

„Ich bedanke mich sehr herzlich, hätte aber noch eine Frage, die Ihnen vielleicht unangenehm sein könnte."

„Solange Ihnen die Antwort nicht wehtut, dürfen Sie mich alles fragen."

„Können Sie sich hier in Deutschland eine von Geistlichen durchgeführte Steinigung nach den strengen Regeln der Scharia vorstellen?"

Er blickte sie entsetzt an. „Nein, auf gar keinen Fall. Wir sind sogar der Meinung, dass der moderne Islam und die Scharia der Altvorderen unvereinbar sind, und lehnen sowieso alles ab, was nur annähernd gegen unsere Gesetze verstoßen könnte."

Sie zog die Stirn kraus. „Gegen Ihre Gesetze?"

Er blieb in der Stimme fest. „Gegen unser beider Gesetze, Frau Trapp. Sie und ich, wir sind Deutsche, mit jeder Faser unseres Herzens und das mit Stolz."

***

Inzwischen hatte Data alle Details sowie den Bericht der Rechtsmedizin über die Steinigung des Mädchens aus der Datenbank der Polizei gezogen und stieß in der Kantine des Innenministeriums zu ihnen.

„Sind wir nun endlich vollständig?", fragte Schober etwas angesäuert.

„Sind wir“, begann Svea ihren Vortag, in den sie alles eingearbeitet hatte, was die vier zusammengetragen hatten.

Nach einem kurzen Moment des Schweigens öffnete Data sein Tablet. „Ich denke mal, dass das auch der von euch erbetene Bericht über die Steinigung aussagt. Darin heißt es, ich zitiere: ‚Es muss daraus geschlossen werden, dass die am Leichnam vorgefundenen Verletzungen der jungen Frau nicht auf eine Tötung durch Steinigung schließen lässt, wie es uns der oder die Täter mit der Herrichtung des Fundortes vortäuschen wollten. Die Leiche des Mädchens wurde eindeutig post mortem, wie bei Steinigungen üblich, halb eingegraben.‘“

Schober schüttelte den Kopf. „Meine Fresse. Waren wir nun blind oder hatte Miss Marple mal wieder ein drittes Auge für die Fakten?“

„Nix da“, wehrte Bianca ab. „Das ist alles dem kriminalistischen Superhirn der Kollegin Timm entsprungen.“

Data begann plötzlich auf seinem Tablet zu tippen. „Ich werd' verrückt“, murmelte er. „Wir haben gerade eine Meldung der deutschen Feldjäger in Kabul bekommen. Der Software-Jahani ist laut seiner Angestellten heute Morgen von deutschen Soldaten abgeführt worden.“

„Wunderbar“, lächelte Schober erleichtert, „dann haben wir ihn ja endlich und das Datenloch kann gestopft werden.“

„Leider nicht“, erwiderte Data. „Diese Deutschen sind mit ihrem Gefangenen weder auf ihrem Stützpunkt noch in irgendeinem staatlichen Gefängnis aufgetaucht.“

„Und das bedeutet?“, fragte Schober in die Runde.

Die Antwort von Kösters kam prompt. „Dass da wohl ein paar Reichsbürger auf Bundeskosten Urlaub am Hindukusch machen, die da nichts zu suchen haben.“

Schober erhob sich hektisch. „Haltet ihr weiter Kriegsrat, ich muss zum Minister. Das haut dem glatt das Monokel aus dem Auge."

Er ließ seinen noch fast gefüllten Teller stehen und verließ schnellen Schrittes das Restaurant.

„Hat es dem Herrn nicht geschmeckt?", fragte die verdutzte Kellnerin.

Tim lächelte sie aufmunternd an. „Das liegt nicht am Essen. Dem ist etwas anderes auf den Magen geschlagen."

Kösters saß eine Weile wie vom Donner gerührt vor seinem Teller, als wäre plötzlich alles in ihm zum Stehen gekommen. Doch von einer Sekunde zur anderen kehrte wieder Leben in ihn zurück. „Und nun?" Er sah sich in der Runde um. „Ich schaue in leere Gesichter. Hat der ‚Thinkpool' die Arbeit eingestellt oder gibt es Lösungen für unser Problem?"

„Ich frage mich", dachte Bianca laut, „warum da plötzlich Islamisten und ich nehme mal an Neo-Nazis eine Allianz bilden. Was haben ungebetene Ausländer und Herrenmenschen plötzlich gemein?"

„Den Antisemitismus. Wenn du dich in Teheran auf den Marktplatz stellst und ‚tötet alle Juden' schreist, wirst du von den Ayatollahs sofort zum Tee eingeladen. Denen ist es dabei völlig egal, ob du ein Nazi oder sonst wer bist."

„Ich hätte da eine Idee, wie wir die immer aufwändigere Recherche optimieren könnten", unterbrach sie Data. „Wir sollten zwei Untergruppen des Bahnteams bilden. ‚Timm und Struppi' versuchen herauszubekommen was wer bei uns will, und Miss Marple und ihr Mr. Stringer konzentrieren sich auf das Wann und Wo."

„Und was macht der Herr Datenakrobat inzwischen?"

„Ganz in Ruhe aufessen, was sonst?"

***

In kürzester Zeit konnten Thomas und Bianca im Ministerium einen kleinen Sitzungssaal für sich ergattern. Ihnen zugeteilt wurde Isolde Ahr, eine junge Kollegin, die sich als eine wahre Virtuosin auf der Computertastatur erwies. Bianca oder auch Thomas mussten nur etwas denken und schon erschien es auf einer der an beiden Längsseiten des Raumes angebrachten elektronischen Wandtafeln.

„Und nun?“, fragte Thomas.

„Jetzt will ich erst einmal diese Koranverse sortieren. Vielleicht fällt mir dann etwas auf.“

„An diesem Koran hast du dich festgefressen, was?“

„Haben wir denn etwas anderes?“

Nur ein paar Minuten später war die deutsche Übersetzung der einzelnen Verse, die ihr Imam Awad über WhatsApp zukommen ließ, groß an der Wand zu lesen.

Der Berg
Sag: Wartet ab! Gewiss, ich gehöre mit euch zu denjenigen, die abwarten.
Oder sagen sie etwa: „Ein Dichter, gegen den wir die Fälle der Zeit abwarten“?
Oder sagen sie etwa: „Ein Dichter, gegen den wir die Fälle der Zeit abwarten“?
Und bei einem Buch, das in Zeilen niedergeschrieben ist.

Der Donner,
und die geduldig sind im Trachten nach dem Angesicht ihres Herrn, das Gebet verrichten und von dem, womit wir sie versorgt haben, heimlich und öffentlich ausgeben und mit dem Guten das Böse abwehren, für sie gibt es letztendlich die Wohnstätte,
Der Kenner des Verborgenen und des Offenbaren, der Große und hoch Erhabene.

Allah weiß, womit jedes weibliche Wesen schwanger ist und wie der Mutterleib abnimmt und wie er zunimmt. Und alles hat bei ihm ein Maß.
Und auf der Erde sind nebeneinanderliegende Landstriche und Gärten mit Rebstöcken und Pflanzen und Palmen, mehrstämmig und einstämmig, die mit demselben Wasser bewässert werden. Wir zeichnen die einen von ihnen vor den anderen im Ernteertrag aus. Darin sind wahrlich Zeichen für Leute, die begreifen.
Diejenigen, die ungläubig sind, sagen: „Wenn doch ein Zeichen von seinem Herrn auf ihn herabgesandt würde!" Du bist aber nur ein Überbringer von Warnungen. Und jedes Volk hat einen, der es recht leitet.

Bianca stand erst hilflos davor, schritt dann stirnrunzelnd hin und her. So sehr sie auch grübelte, sie fand keinen Zugang zum Inhalt dieser Worte.

„Mann, Thomas, nun sag doch mal was dazu."

„Was soll ich dazu sagen? Ich habe das jetzt zum dreißigsten Mal gelesen und weiß nur, dass ich von dem Zeug, das der Schreiber dieser Zeilen geraucht haben muss, auf keinen Fall etwas probieren will. Man kann auch die Bibel oder das BGB derart zerfleddern, dass darin alles keinen Sinn mehr ergibt."

Sie schüttelte den Kopf. „Du bist mir eine richtig tolle Hilfe." Und zu der Kollegin gewandt: „Fällt Ihnen dazu etwas ein?"

„In der Schule", antwortete sie zaghaft, „haben wir mal versucht, eine Geheimsprache zu entwickeln. Dazu haben wir Sätze in Zahlen zerlegt, um sie dann wieder nach einem besonderen Schlüssel zusammenzubauen."

„Und was war das für ein Schlüssel?"

„Ein besonderes Buch. Welches, weiß ich nicht mehr. Im Prinzip kann man aber jedes Buch nehmen. Dabei ist es wichtig, dass der Absender der Botschaft und der Empfänger das gleiche Buch benutzen."

„Aber hier haben wir schon einen fertigen Text."

Die Kollegin zuckte mit den Achseln. „Der ergibt aber keinen Sinn!"

Thomas kratzte sich nachdenklich am Kopf. „Vielleicht ergibt es einen Sinn, wenn wir den Text in Zahlen umwandeln."

„Und dann?"

„Dann haben wir vielleicht eine Telefonnummer oder einen Code."

„Oder eine Zeitangabe, Uhrzeit oder Datum", fügte die Kollegin zu.

„Dann probieren wir das. Googeln Sie doch einfach mal den ersten Satz."

Isolde tippte ihn ein. Auf dem Bildschirm erschien ein Hinweis auf die Sure 52 „der Berg". Als sie auf den Link gingen, erschien noch die Versnummer 31.

„Na bitte, geht doch."

Nach kurzer Zeit hatten sie zwei Zahlenkolonnen ermittelt. Zum einen die 523130302 und dann die 13229847. Eine Weile saßen die drei davor und grübelten, bis sie zu dem Entschluss kamen, einfach mal die erste Zahl bei Google einzugeben. Es erschien ein Hinweis auf ein Foto, dessen Rechte diese Nummer hatte. Darauf zu sehen war eine Hochzeitsgesellschaft irgendwo in Südeuropa.

„Nee", murmelte Bianca enttäuscht, „da haben wir uns vergaloppiert."

Sie subtrahierten, addierten, dividierten, multiplizierten, aber die Ergebnisse wurden nur noch seltsamer.

Wut stieg in ihr hoch. „Nun bekommen wir mal eine richtige Nuss zu knacken und prompt beißen wir uns daran die Zähne aus."

„Wir sollten eine Pause machen." Thomas nickte der jungen Kollegin zu. „Gehen Sie in die Kantine oder eine rauchen. Wir werden uns die Beine vertreten."

Isolde verließ den Raum.

„Und wir beide gehen ein wenig frische Luft schnappen. Das wird uns jetzt guttun."

Vor der Kantine befand sich ein großzügiger Dachgarten mit Tischen. Dorthin hatte sich Data mit seinem Tablet zurückgezogen.

„Na, ihr Lieben, macht ihr auch endlich mal eine Pause?" Er schaute auf und sah in Biancas wutverzerrtes Gesicht. „Verzweiflung oder Ärger?"

Ihr huschte ein leichtes Lächeln übers Gesicht. „Ein wenig von beidem, denke ich."

„Und dein Partner hat dich in die laue Nachtluft geschleppt, um dich hier zu trösten?"

Thomas winkte ab. „Was soll ich machen? Da drin hätte sie mir womöglich noch die Wideboards vollgeheult."

Als Bianca etwas erwidern wollte, schreckte Data plötzlich hoch.

„Moment mal, hier ist was." Er wischte und tippte auf dem Tablet herum.

Bianca beugte sich zu ihm hinüber, um auch etwas zu erspähen. „Was ist denn?"

„Ich habe sämtliche Rufnummern der Handys, die wir auf dem Schrottplatz und an der Eisenbahnbrücke beschlagnahmt haben, hier auf mein Tablet umgeleitet. Alle haben plötzlich eine SMS bekommen." Er tippte konzentriert weiter. „Der Empfänger ist unbekannt, aber ich werde dennoch in fünf Minuten vom Provider die Daten bekommen."

„Und was wurde gesimst?"

„Am 19.08. um 19:39 Uhr beginnt die 1. Messe!"

Thomas war ratlos. „Ja, was denn nun? Wieso Messe? Das sagen doch Christen? Warum suchen wir dann die ganze Zeit im Koran nach der Lösung?“ Er schaute in seinen Kalender. „Außerdem ist das ein Freitag. Das ist doch bei den Muslimen der Sonntag.“

„Da kommt noch etwas“, rief Data. Auf dem Bildschirm erschien eine endlos lange Zahlen- und Buchstabenreihe. „Das sieht aus wie ein Monsterschlüssel für eine WLAN-Anlage.“

„Ihr könnt mich für verrückt halten“, murmelte Thomas, „aber irgendwie kommt mir das bekannt vor. Trotzdem habe ich keine Ahnung, wo ich das schon mal gesehen habe.“

Bianca klopfte ihm aufmunternd auf die Schulter. „Dann hast du genau bis morgen um 19:39 Uhr Zeit, das herauszufinden. Für jede Minute früher wären wir dankbar.“

***

Es war inzwischen schon eine Stunde und achtundzwanzig Minuten der 19. August. Schober hatte zum Abschlussmeeting für diesen Arbeitstag gebeten.

„Also, Herrschaften, wie weit sind wir? Svea!“

„Wir haben sämtliche Emails, die zwischen unseren Truppen in Afghanistan und Deutschland hin und her gegangen sind, auf verschiedene Stichworte hin überprüft. Wir wurden fündig. Drei Soldaten hatten mit zwei einschlägig vorbestraften rechtsextremistischen Gewalttätern regelmäßig Kontakt. Die drei werden im Augenblick von ihren Vorgesetzten verhört. Diese beiden Gewalttäter, mit denen sie hier in Deutschland Kontakt hatten, sind in der rechten Szene organisiert. In diesem Augenblick werden deren Haftbefehle ausgestellt. Zu welcher Vereinigung sie in Deutschland gehören, recherchieren wir noch. Bei einem von beiden sind wir relativ sicher, dass er Kontakt mit Salafisten hat oder hatte. Mit einer Email hatten sie sich in Bochum in einer einschlägigen Teestube verabredet. Der Verfassungsschutz hat eine nahezu komplette Namensliste der Salafisten. Der Bundesanwalt versucht durchzusetzen, dass die gesamte Truppe morgen festgesetzt werden soll. Was die Gebetsstube hier in Kreuzberg betrifft, so haben wir lediglich die DNA von Nihat Ashfahan nachweisen können. Alle anderen Proben hatten keine Übereinstimmung in unserem System. Nachdem wir die uns bekannten Emails beider Zielgruppen auf die genannten Örtlichkeiten hin gescannt hatten, haben wir fünf favorisierte Nennungen bekommen. An erster Stelle war das Kanzleramt, an der zweiten die O^2-Arena, da soll morgen Abend ein Konzert mit diversen Militärkapellen stattfinden, an dritter war das Velodrom genannt, dort tourt morgen Abend ‚Santiano', an der vierten der Flughafen Tegel und an Platz fünf Bahnhof Zoo."

Schober schüttelte den Kopf. „Mein Gott, um allein diese fünf Örtlichkeiten effektiv zu schützen, brauchen wir tausende Polizisten." Er hielt für kurze Zeit inne. „Ihr trommelt bitte fünf Teams von Fachleuten zusammen. Ein jedes Team soll für den zugeteilten Bereich ein Angriffsszenario mit der dazugehörigen Abwehrstrategie entwickeln. Die Ergebnisse möchte ich morgen Vormittag um 11:00 Uhr auf meinem Schreibtisch haben." Er sah Bianca an. „Und was hat uns das Bahnteam zu melden?"

Bianca war mit ihrem Ergebnis nicht sehr zufrieden. „Wir haben die Info, dass morgen um 19:38 Uhr etwas passieren soll. Wir sind dabei abzuklären, auf welchen Bahnhöfen morgen um 19:38 Uhr Züge ein- oder ausfahren und an welchen Flughäfen zu dieser Zeit Maschinen starten oder landen. Mit einer exakten Ortsangabe können wir leider noch nicht dienen."

Schober nickte. „Okay, das nächste Treffen ist morgen um 11:30 Uhr. Bis 11:00 Uhr will ich auch von euch genau wissen, was, wann, wer gegen wen und vor allem wo. Gibt's noch Fragen?“ Niemand meldete sich. „Okay, dann an die Arbeit.“ Er sah sich nach Bianca und Thomas um. „Sie beide bleiben bitte noch kurz hier. Möchten Sie auch noch einen Kaffee?“

Sie waren nicht abgeneigt.

Schober erhob sich und ging zur Kaffeemaschine. „Ich kann mir vorstellen, dass für Sie die Arbeit im Ministerium neu und auch irgendwie beklemmend ist.“

„Nun ja“, antwortete Bianca, „neu stimmt, aber nicht beklemmend. Sie ist frustrierend, da man ständig auf der Stelle tritt.“

Er lächelte. „Geduld scheint nicht Ihre Sache zu sein. Werden Sie Ihren Job schaffen?“

Thomas schüttelte den Kopf. „Was wollen Sie hören, Herr Schober? Sagen wir ‚klar doch‘, dann lügen wir. Sagen wir ‚keine Ahnung‘, dann ziehen Sie uns von dem Job ab. Letzteres wäre zwar ehrlich, aber unprofessionell. Was bevorzugen Sie?“

„Ein ehrliches ‚Klar doch‘.“ Schober grinste sie an. „Brauchen Sie Hilfe?“

Bianca nickte. „Ich wäre froh, wenn noch mehr von uns hier wären. Wenn das Ziel nämlich wirklich ein Bahnhof sein sollte, brauchen wir Leute, die sich auf den Gleisen auskennen. Die Schüffelhubers turnen zwar irgendwo herum, aber wir bräuchten sie hier im Ministerium. Könnten Sie bitte die Kollegen Schüffelchen und Mayerhuber anfordern. Das sind zwei alte Bahnhaudegen, die wir dringend bräuchten, sollte es hier hoch hergehen.“

12

Bianca war fassungslos. „Da kommt man mitten in der Nacht todmüde von der Arbeit und hat auf einmal kein Hotelzimmer mehr.“ Wütend brüllte sie in ihr Handy. „Mensch, Data, wenn ihr ein Hotel für uns bucht, dann doch nicht immer nur für eine Nacht. Unsere Zimmer sind weg und hier ist alles ausgebucht.“

Dieser Vorfall war Data extrem peinlich. „Ich werde mich in ein paar Minuten wieder bei euch melden.“

Ihr war nur noch zum Heulen zumute. „So ein Mist. Es gibt eben Tage, an denen es sich nicht lohnt aufzustehen. Heute ist so einer.“

Thomas legte seinen Arm um ihre Schultern und genoss es, dass sie sich sogleich an ihn lehnte. „Wenn Data sagt, dass er sich gleich meldet, dann macht er das auch.“ Er sah auf die Wanduhr in der Rezeption. Es war schon kurz vor halb drei. Obwohl sie noch zwei Stunden mit Zahlen und Buchstaben jongliert hatten, waren sie nicht mal einen kleinen Schritt mit ihrem Problem weitergekommen. Um spätestens neun Uhr mussten sie wieder auf der Matte stehen und sie hatte keine Ahnung, wann und woher Data mitten in der Nacht Hotelbetten herzaubern wollte. „Wo sind denn Frau Timm und der Kollege untergekommen?“, fragte Thomas den Nachtportier. „Die hatten doch sicher dasselbe Problem.“

„Deren Disponent“, antwortete der Mann noch immer verwundert, „hat es irgendwie geschafft, zwei Einzelzimmer im ‚Steigenberger‘ zu organisieren.“

Thomas grinste. „Vielleicht findet er noch eine Suite im Schloss Bellevue für uns.“

Sein Handy klingelte.

„Hier Data. Ich habe eine gute und eine schlechte Nachricht für euch.“

„Dann fang mit der guten an."

„Ich habe was im Adlon bekommen. Es ist aber nur ein Einzelzimmer."

Thomas hatte auf ‚laut' gestellt.

„Egal, nehmen wir", murmelte Bianca.

Thomas sah sie ungläubig an. „Und wo soll ich schlafen?"

Sie schloss wieder die Augen und kuschelte sich noch enger an seine Schulter. „Links."

***

Bianca wurde erst im Foyer des „Adlons" wieder wach. So viel Glanz scheint sogar durch halb geschlossene Lider zu dringen. „Meine Herren aber auch, hast du einen Job als Scheich bekommen?"

Thomas ging grinsend auf die Rezeption zu. „Nee, Data hat wohl Spendierhosen angehabt."

Sie legten ihre Dienstausweise auf den Tresen. Der Concierge lächelte sie an. „Ah ja, das wurde eben aus dem Innenministerium bestellt. Ein Zimmer für Sie und Ihre kleine Gattin?"

Thomas spürte förmlich, wie Bianca trotz ihrer Müdigkeit von Chill- auf Kampfmodus umschaltete. „Nee, Süßer. Das Zimmer ist für mich und meinen Stecher!" Sie griff nach der Chipkarte, drehte sich von dem irritiert schauenden Concierge weg und stolzierte zu den Aufzügen.

Thomas zuckte mit den Achseln und lächelte den Concierge entschuldigend an. „So sind sie heutzutage, die Mädels. Toll, aber irgendwie anstrengend."

Im Fahrstuhl siegte ihre Neugier. „Hat er noch etwas dazu gesagt?"

Er schüttelte den Kopf. „Nein, das wird für ihn wohl neu gewesen sein."

„Und was hast du geantwortet?"

„Ich verweigere die Aussage!" Er lächelte sie an. „Das nächste Mal mimst du aber den ‚Deppen'."

Bevor sich die Aufzugtür öffnete, gab sie ihm schnell noch einen Kuss auf die Wange. „Prima, dass man solche Späße mit dir durchziehen kann."

Als sie ihre Zimmertür geöffnet hatten, glaubten sie erst, im falschen Film gelandet zu sein. Das vermeintliche Einzelzimmer hatte beinahe die Größe ihrer beider Wohnungen zusammen. Da stand vor einem riesigen Fernseher keine Couch, sondern eine ganze Liegelandschaft und das Einzelbett hatte, selbst wenn man französische Maßstäbe ansetzte, enorme Überbreite. Leider nur mit einem Kissen und einer Decke. Sie ließen wie auf Kommando das Gepäck fallen und hechteten gleichzeitig in die Federn. Bianca ergatterte das Kissen und Thomas war auf seine Decke stolz.

„Und nun?"

„Genieße ich es mit dir hier zu liegen, ganz ohne Koran und Zahlenkolonnen."

Sie drehte ihm den Rücken zu, um sich Sneakers und Jeans auszuziehen. Dabei spürte sie, wie ihr Rücken von seiner Hand gestreichelt wurde. Das fühlte sich nicht nach Mittel zum Zweck an, sondern wie selbstverständlich, nicht wie Anmache, sondern einfach nur liebevoll und unendlich warm. Plötzlich wurde ihr klar, dass so eine kleine Geste der Zuneigung genau das war, was ihr die letzten Jahre gefehlt hatte.

Er bekam einen Schreck, als ihm bewusst war, was er tat. „Sorry, tut mir leid, ich war in Gedanken."

Sie legte sich neben ihn und kuschelte sich an ihn. „Und was waren das für Gedanken?"

„Ich dachte daran", brummte er verlegen, „dass es schön wäre, öfter mit dir nach Hause zu kommen."

Sie sah auf die Uhr und bekam einen Schreck. Es war inzwischen halb vier. „So, jetzt wird geduscht. Ab durch die Mitte!"

„Du hast recht." Er erhob sich aus dem Bett. „Und sorry, ich wollte dich nicht anbaggern." Er zog schnell Poloshirt und Jeans aus und ging ins Bad. Kurze Zeit später hörte sie das Wasser rauschen.

Was sie plötzlich dazu bewegte, wusste sie nicht. „Scheiß der Hund drauf", murmelte sie, „wieso eigentlich nicht anbaggern? Das Leben ist kurz." Sie erhob sich ebenfalls, folgte ihm lächelnd, zog Slip und BH aus und öffnete die Duschkabine. „Mach mal Platz." Sie stieg hinein und verschloss die Kabinentür hinter sich. Er stand wie vom Donner gerührt vor ihr. „Ich will auch wissen, wie es ist, wenn wir gemeinsam nach Hause kommen", flüsterte sie, schlang ihre Arme um seinen Hals und küsste ihn. Seine Lippen fühlten sich auf den ihren wunderbar an. Vorsichtig und liebevoll fanden sich ihre Zungenspitzen. Ihre Münder lösten sich und sie lächelten sich an. Er strich ihr zärtlich über die wundervollen Brüste.

Sie wollte sich wieder an ihn schmiegen, doch dann musste sie lachen. „Ich habe das Gefühl, zwischen uns steht etwas."

„Und was machen wir damit?", zwinkerte er ihr lächelnd zu.

Sie küsste ihn sanft. „Es gibt Dinge im Leben, die können wir Frauen einfach wegstecken, und ich bin mir sehr sicher, dass uns das beiden mächtig Spaß machen wird."

Als sie eine ganze Weile später völlig erschöpft, aber glücklich in ihrem Riesenbett in den Schlaf fielen, war die Sonne schon längst aufgegangen.

***

Um kurz nach acht Uhr hatte sein Handy ihre Nacht abrupt beendet. Sie wurden nach Ruhlsdorf-Zerpenschleuse im Norden Berlins zu einem Nebengleis eines schon lange stillgelegten Bahnhofs der privaten Heidekrautbahn beordert. Dort waren die beiden noch vermissten Waggons mit der Schwefelsäure und gut von abgehackten Büschen und jungen Bäumen getarnt der Kesselwagen mit dem Wasserstoffperoxid entdeckt worden. Er stand direkt neben der alten Stückfrachthalle des ehemaligen Bahnhofs. Den neuesten Satellitenbildern nach zu urteilen, war die Halle noch so gut erhalten, dass sie den Terroristen leicht als Unterschlupf und Labor hätte dienen können. Als Thomas dann ziemlich verschlafen sein Tablet anschaltete, fand er bereits alle relevanten Infos über die Einsatzstelle vor.

Bianca und er saßen im Fond des von Svea gesteuerten Dienstwagens. Sie waren froh, von den beiden abgeholt worden zu sein.

„Na, wie wohnt es sich im vornehmen Adlon?“, rief Tim vom Beifahrersitz nach hinten. „Ich habe gehört, dass ihr armen Schweine euch eine Suite teilen musstet?“

„Keine Ahnung“, brummte Thomas. „Ich war derartig mit Schlafen beschäftigt, dass ich nichts von dem Ambiente mitbekommen habe.“

Sein Smartphone meldete eine Mitteilung von WhatsApp. Sie kam von Bianca , die neben ihm saß. „Ich danke dir für diese Nacht. Du solltest übrigens dein Tablet besser auf deinem Schoß ablegen. Da zeichnet sich eine sehr deutliche Wölbung ab.“

Er grinste sie verlegen an und schrieb zurück: „Tut mir leid, aber ich denke an dich. Das Tablet ist nicht schwer genug.“

„Simst ihr euch da etwa gegenseitig?“, kam die Frage von vorn.

„Nein“, log Bianca, „Data hat sich gemeldet.“

Im selben Augenblick meldete er sich tatsächlich und sie las seine Nachricht laut vor. „Leute, haltet die Augen offen, eines der Handys, welches auf der Verteilerliste der Terroristen verzeichnet war, hat sich soeben für kurze Zeit bei dem Sendemast eingeloggt, der eurer Einsatzstelle am nächsten ist.“

Svea hatte die Hände am Steuer. „Tim, gib das bitte sofort ans SEK weiter. Frag auch gleich, wann die eintreffen.“

Doch die waren schon da. Sammelpunkt war der Parkplatz des Ruhlsdorfer Bootshauses. Als sie eintrafen, hatten die SEK-Beamten bereits an der Halle Stellung bezogen.

Der Einsatzleiter eilte zu ihnen. „Das Gebäude scheint leer zu sein. Die beiden dahinten sind die Meldenden.“ Er zeigte auf die Schüffelhubers. „Die behaupten übrigens, von der Kölner Bahnpolizei zu sein.“

Bianca winkte ihnen zu. „Die können Sie ruhig durchlassen, die sind wirklich von der Bahnpolizei.“

„Werdet ihr auch ständig mit Alaaf begrüßt“, fragte Schüffelchen genervt, „wenn die Leute auf eurem Dienstausweis Bezirksstelle Köln lesen?“

Thomas grinste. „Nee. Vielleicht solltet ihr bei Dienstbeginn die Masken ablegen.“

Während Mayerhuber über den Sinn der Worte nachdachte, tat Schüffelchen so, als hätte er das nicht gehört. „Wir wurden von einem Zugführer alarmiert, der einen der Waggons im Vorbeifahren gesichtet hatte.“

„Und? Sind es unsere gesuchten Waggons?“

Schüffelchen nickte. „Nummer und Ladung stimmen überein.“

„Wisst ihr schon, ob etwas aus den Tanks mit der Säure fehlt?“

„Auf den ersten Blick ist einer der Plastiktanks mit der Schwefelsäure halbleer.“ Schüffelchen sah in fünf fragende

Augenpaare. „Ich habe mich mit Data schon kurzgeschlossen. Die Menge, die fehlt, reicht, um rund 1,5 Tonnen APEX herzustellen."

„Heilige Scheiße", entfuhr es Svea, „sind die Terroristen in der Halle denn noch zugange?"

„Ob die das sind, weiß ich nicht. Eine offene Tür ist durch einen umgefallenen Palettenstapel blockiert. Irgendetwas rumort dadrin, aber was es ist, konnten wir bisher noch nicht erkennen."

Die einzelnen SEK-Teams bestätigten diese Beobachtung nach Anfrage des Einsatzleiters. „Können wir loslegen, oder warten wir noch auf den höheren Dienst?"

Bianca schüttelte den Kopf. „Bei uns ist niemand angekündigt." Sie schaute sich fragend in der Runde um, aber es kam kein Einwand. „Dann walten Sie Ihres Amtes, Herr Kollege. Lassen Sie uns vorher aber noch die Logenplätze einnehmen."

Der Polizist nickte. „Achtung, Leute, in zehn Minuten Zugriff", orderte er in sein Mikrofon. Er machte zwei Schritte weg von ihnen, drehte sich dann aber nochmal um. „Übrigens, Popcorn gibt's weiter hinten am Platz!"

Kaum waren sie an ihrer Zuschauerposition, kam auch schon der Befehl „Zugriff" über ihre Ohrstöpsel. Von allen Seiten der Halle waren laute Rufe der Polizisten zu hören. Glas splitterte. Es polterte und rumorte in der Halle, als würde darin jemand randalieren. Plötzlich drang ein lautes Scheppern nach draußen, als ob ein Metallregal oder Blechschrank umgefallen sei, und was dann passierte, wurde später vom Einsatzleiter in seinem Bericht als „Inferno" beschrieben. Zuerst breitete sich eine Stichflamme in rasender Geschwindigkeit vom Ort des Scheppperns durch die gesamte Halle aus. Es folgte eine Explosion, deren Stichflamme sämtliche Fenster nach außen platzen ließ. Das Dach wurde auf voller Breite ein gutes Stück angehoben, und eine Wolke aus Staub und heißen Explosionsgasen schoss aus dem so entstandenen Spalt. Der Kesselwagen mit dem Wasserstoffperoxid, der direkt neben der Halle stand, wurde davon mittig getroffen. Dessen Detonation zerstörte die gesamte linke Seite der Halle. Das Dach der rechten Hallenseite krachte wieder auf die Mauern zurück und stürzte zum Teil ein. Der Kadaver eines Rehbocks, der durch die Wucht der Detonation in zwei Teile gerissen und aus dem Fenster geschleudert wurde, landete im hohen Bogen direkt vor ihnen. Ein undurchdringlicher Staubnebel legte sich über die gesamte Einsatzstelle. Jeder, der eines hatte, hielt sich ein Tuch vor Mund und Nase.

„Team eins vollständig und unverletzt", quäkte es im Ohrstöpsel. „Team zwei ein leicht verletzter Kollege geborgen."

Es entstand eine Pause. „Team drei, meldet euch!", rief der Einsatzleiter, aber nichts geschah. „Was ist mit Team vier?"

„Team vier vollständig, ein durch Splitterflug leicht verletzter Kollege."

Aus der Ferne waren die Martinshörner der herbeieilenden Feuerwehren zu hören.

Bianca und Thomas schlichen mit gezogenen Dienstwaffen und in gebeugter Haltung, als würden sie erwarten, jeden Augenblick aus der Halle heraus unter Feuer genommen zu werden, zu einem der Tore. Svea, Tim und die Schüffelhubers eilten zu einem jeweils anderen Hallentor.

„Kannst du dir erklären", fragte Bianca Thomas verblüfft, „was wir da eben erlebt haben?"

„Uns sind gerade das Labor der Sprengstoffkocher und ein Kesselwagen um die Ohren geflogen. Ich denke mal, dass die Stichflamme am Anfang durch eine sogenannte Hammerschlagreaktion ausgelöst wurde."

„Wer hat denn mit einem Hammer gewerkelt?"

„Niemand. Du hattest als Kind doch sicher mal eine Pistole mit Zündplätzchen?"

„Klar doch. Zwar nicht offiziell, aber mein Waffendepot war unter der Matratze."

„Siehst du, das ist das gleiche Prinzip, nur in Groß. Bei einer Kinderpistole schlägt der Bolzen auf das Sprengstoffplätzchen und durch die schlagartige Reibung explodiert der instabile Sprengstoff, wenn auch nur in einer ganz kleinen Menge. Vor dem Knall ist doch irgendetwas aus Blech umgefallen."

Bianca nickte. „Ja, das haben wir gehört."

„Und wenn sich an der Stelle des Hallenbodens, an der der Schrank oder das Regal aufgeschlagen ist, Acetonperoxid in Pulver oder Kristallform befunden hat, dann knallt es eben. Und je mehr von dem Staub da rumliegt, desto größer der Knall."

Ihr war mit einem Schlag das ganze Szenario klar. „Vor Stunden oder Tagen hatte sich das Reh in der Halle verirrt und konnte den Weg nicht mehr zurückfinden, weil, durch welchen Grund auch immer, die Paletten den Rückweg des Tieres versperrt hatten. Als das SEK anrückte, kam das arme Vieh in Panik, hat auf der Flucht das Blechding umgeschmissen, und das war's dann."

„Durchaus plausibel", bestätigte Thomas.

Die ersten Feuerwehren fuhren vor.

Nachdem Bianca und Thomas gewartet hatten, bis sich der Staub etwas gelegt hatte, betraten sie vorsichtig die Halle. In der Mitte war das Dach in voller Länge eingestürzt. Dort, wo die Mauer der Explosion nicht standgehalten hatte und nach außen gekippt war, lagen die Trümmerteile des kompletten Daches auf dem Hallenboden. Unter einem Balken ragten zwei Beine im grünen Kampfdrillich heraus, die sich unkoordiniert bewegten.

Durch den Schutt hindurch war ein Stöhnen zu hören. Da immer wieder Trümmerteile nachrutschten, konnten sie sich nur vorsichtig an den Mann herantasten. Erst räumten sie die kleineren Teile über ihm zur Seite, dann versuchte Thomas den Balken über dem Mann anzuheben. Leider erfolglos. Zu zweit versuchten sie es aus Leibeskräften erneut. Wieder nichts. Zwanzig Meter weiter sah Thomas Schüffelchen in den Trümmern herumsuchen. „Schüffel, komm mal her, wir brauchen deine Hilfe", rief er ihm zu.

Während der Kollege über die Trümmer zu ihnen stieg, suchte Thomas einen geeigneten Balken, den er als Hebel nutzen konnte. Kurze Zeit später schleifte er ein längliches Teil hinter sich her. Während Schüffel versuchte, einen Ansatzpunkt für den Hebel freizuräumen, verwickelte Bianca den verschütteten SEK-Kollegen in ein ablenkendes Gespräch. Anfangs antwortete er noch relativ klar, trübte aber zusehends ein.

Nach einer Minute waren Schüffelchen und Thomas endlich so weit. Nun konnten sie den Hebel unter den Balken schieben und gaben Bianca ein Zeichen. „Wenn wir ‚jetzt' rufen, dann ziehst du den Mann raus!"

Mit aller Kraft zogen sie an dem Balken. Schüffelchen warf sich zusätzlich noch mit seinem ganzen Gewicht darauf. „Unsagbar", brüllte er sich selbst anfeuernd, „ist des Meisters Kraft, wenn er mit dem Hebel schafft." Der Balken hob sich etwas an. Dann kam von beiden ein langgezogenes „Jetzt" und Bianca zog mit aller Kraft an den Beinen des Verschütteten. Ein Stück weit ging es ganz gut, doch das Gesäß des Mannes blieb an dem Balken hängen. In diesem Augenblick eilte ihnen ein Feuerwehrmann zu Hilfe und Bianca konnte nun den vor Schmerz aufschreienden Polizisten komplett herausziehen. Zu viert trugen sie ihn eiligst aus der Halle in Sicherheit. Draußen kümmerten sich sofort ein Notarzt und zwei Sanitäter um ihn.

In ihren Ohrstöpseln überschlugen sich jetzt die Befehle, da sich inzwischen auch die Rettungskräfte auf ihren Kanal geschaltet hatten.

Ohne zu zögern, ging das Viererteam wieder an die Stelle, an der sie den SEK-Mann geborgen hatten. „Ein SEK-Mann ist niemals allein. Der zweite muss hier irgendwo in der Nähe liegen“, rief Thomas.

Fieberhaft räumten sie weitere Trümmerteile zur Seite. Der Feuerwehrmann hatte inzwischen über Funk alle verfügbaren Kollegen zur Hilfe gerufen.

„Hier ist er“, brüllte Schüffelchen und der Angriffstrupp eines der Löschfahrzeuge eilte ihnen zur Hilfe. Unter einem noch viel dickeren Balken als dem vorherigen sahen sie das zweite Opfer.

„Scheiße“, fluchte einer der Wehrmänner. „Wir brauchen hier Rettungsspreizer und Hebekissen!“, rief er über Funk. Innerhalb kürzester Zeit wimmelte es nur so von Helfern rund um den Verletzten.

Thomas signalisierte Bianca und Schüffelchen zu gehen. „Wir ziehen ab. Hier sind jetzt genug Spezialisten. Wir können dem armen Tropf nicht weiterhelfen.“

Draußen legte er einen Arm um Bianca. „Alles gut?“

Sie sah besorgt auf seine Hand, aus deren Rücken ein Splitter, dick wie ein Zahnstocher, herausragte. „Bei mir ist alles gut. Tut es weh?“

Er sah sich nun auch die Bescherung an. „Jetzt, wo du fragst, schon. Ich werde wohl ein Stückchen Bundesbahnbalken entwendet haben.“

Plötzlich hörten sie in ihren Ohrstöpseln einen seltsamen Ton, als ob jemand ein Handy auf einen Hallenlautsprecher gelegt hätte.

Schüffelchen wurde sauer. „Telefoniert da jemand von den Einsatzkräften?“ Keine Antwort. „So ein Idiot“, fluchte er leise weiter. „Apropos Idiot“, er schaute sich suchend um. „Hat jemand den Bahnkollegen Mayerhuber gesehen?“, fragte er über Funk. „Der ist hier bei der Einsatzleitung“, kam die Antwort.

Schüffelchen schüttelte den Kopf. „Das Catering scheint eingetroffen zu sein. Wenn der ganze Irrsinn hier vorbei ist, will ich möglichst bald einen neuen Teampartner. Der Huber ist nur dann zur Stelle, wenn es was zu saufen oder zu fressen gibt. Wenn man ihn zu etwas anderem braucht, ist er nicht aufzufinden.“

Ein Helikopter der Bundespolizei schwebte ein und landete neben den verrosteten Gleisen des alten Bahnhofs. Kösters stieg aus. „Kinder“, rief er erleichtert schon von weitem, als er seine Leute weitgehend unversehrt antraf, „das ist nun schon die zweite Einsatzstelle, die euch um die Ohren fliegt. Kann man euch denn keine zwei Minuten allein lassen?“

***

Thomas berichtete Kösters, während ihm einer der Notfallsanitäter den Splitter aus der Hand zog und einen Druckverband anlegte.

Mit dem Einsatzleiter zusammen verschaffte er sich danach einen Überblick von der Einsatzstelle.

„Das, was da geknallt hat, war nur ein bisschen herumliegender Staub. Stellt euch mal vor, euch wären von dem Zeug die ganzen 1,5 Tonnen um die Ohren geflogen, die die Kerle vielleicht zusammengerührt haben.“ Kösters schüttelte den Kopf. „Und wir müssen annehmen, dass diese Idioten mit dieser Menge durch Berlin rennen.“

„Gibt es denn inzwischen weitere Anhaltspunkte?", fragte Thomas.

„So einige", bestätigte Kösters. „Es loggen sich immer wieder die Einmalhandys von der Verteilerliste ein. Immer nur für kurze Zeit und alle im Großraum Berlin. Einer von den Kerlen muss hier auch unter den Trümmern liegen." Er sah auf die Uhr. „Hier gibt es für uns nichts mehr zu tun. Wir müssen zurück. Svea, Bianca und Thomas, ihr kommt mit mir in den Helikopter. Tim und die Schüffelhubers fahren mit ihren Dienstwagen zum Ministerium. Wir treffen uns dort im großen Sitzungssaal."

Bianca war es in dem Hubschrauber etwas unheimlich. Trotzdem staunte sie wie ein kleines Kind, als sie das Armaturenbrett betrachtete. Überall blinkte es und überall gab es Bildschirme mit diversen Anzeigen. „Jetzt wird mir auch klar, warum so eine Mühle von zwei Piloten geflogen wird. Einer allein kann das ja alles gar nicht im Auge behalten."

Als sie über Berlin einschwebten, erstarrte sie plötzlich und stieß Thomas mit dem Ellenbogen an. Mit der Hand deutete sie ihm, dass er seinen Kopfhörer abnehmen sollte.

Er nahm ihn ab und beugte sich zu ihr. „Was ist denn?", brüllte er sie durch den Lärm der Hubschrauberturbinen an.

Sie zeigte auf die viereckige Anzeige mit der Landkarte. „Siehst du das?"

„Ja, das ist deren Navi."

„Und die Zahlenreihen oben in der Ecke?"

„Das sind die genauen Koordinaten unserer augenblicklichen Position."

„Fällt dir daran nichts auf?"

Er wusste erst nicht, worauf sie hinauswollte, dann fiel bei ihm aber der Groschen. „Ich werde verrückt. Unsere Koranzahlen sind ja fast identisch!"

Sie machte mit dem Handy ein Foto.

„Wenn mich nicht alles täuscht, sind wir gar nicht so weit von dem Ort entfernt, an dem der Anschlag stattfinden soll."

***

Kaum war der Hubschrauber auf dem Dach des Innenministeriums gelandet, ließen die beiden Kösters und Svea stehen.

„Wir müssen nur schnell etwas klären", riefen sie Kösters noch im Laufen zu. Über Handy benachrichtigten sie die Kollegin, die sich mit der Technik ihres zugeteilten Arbeitsraumes so gut auskannte. Sie trafen fast zeitgleich dort ein.

„Haben Sie auch ein Navi auf dem Computer?"

Die Beamtin sah Bianca irritiert an. „Auf dem PC nicht. Wozu auch? Ich renne mit dem Ding ja nicht herum."

„Können Sie Koordinaten googeln?"

„Klar doch", kam es trocken. „Wohin wollen Sie denn?"

„Ich will auf den 52. Breitengrad, 31 Minuten, 30,302 Sekunden und den 13. Grad nördlicher Breite, 22 Minuten und 9,847 Sekunden."

Sie tippte die Zahlen langsam mit und drückte auf die Entertaste. „Soll ich Ihnen auch noch einen Platz reservieren?"

Bianca sah sie verständnislos an. „Was meinen Sie damit?"

„Na, das, was man auf so einem Bahnhof mit einem Platz macht, nämlich verreisen. Sie haben mir die Koordinaten des Berliner Hauptbahnhofes gegeben."

„Bingo!", rief Thomas. „Du hattest mit deinem Koran doch recht. Und nun, werte Kollegin, möchten wir noch wissen, welcher Zug von welchem Gleis um 19:39 Uhr abfährt."

Sie tippte die Zahlen ein. „Um 19:39 Uhr fährt der ICE 1534 von Gleis 1 nach Eisenach."

„Kommt der Zug von irgendwo her oder startet der in Berlin?"

„Das Zustellgleis ist in Berlin Gesundbrunnen. Dort wird der Zug gereinigt. Vorher kam er aus Augsburg."

Bianca horchte auf. „Zustellgleis?"

Darin kannte sich Thomas aus. „So werden Bereitstellungsgleise genannt, auf denen die Züge gereinigt und die Speisewagen neu bestückt werden."

Bianca überlegte. „Nun wissen wir endlich, wann und wo etwas passieren soll. Es ist Zeit, denke ich, die Nummer an die große Glocke zu hängen."

Thomas bremste ihre Begeisterung etwas. „Sollten wir nicht lieber auf die Schüffelhubers warten? Vielleicht haben die Zahlenkolonnen auf den Handys auch etwas mit der Bahn zu tun, und wenn sich jemand damit auskennt, dann ist es Schüffelchen."

„Okay", Bianca erhob sich vom Stuhl. „Dann gehen wir schon mal zum großen Sitzungssaal. Dort soll ja gleich die Hautevolee der inneren Sicherheit eintreffen."

Thomas folgte ihr. „Und dazu gehören wir beide jetzt auch."

***

Kurz bevor Schober mit seinem Vortrag beginnen wollte, versuchten sich Kollege Tim und die Schüffelhubers möglichst unauffällig zu den noch freien Plätzen zu schleichen.

Bianca machte Schüffelchen ein Zeichen, dass er sein Smartphone auf lautlos stellen sollte. Dann schickte sie ihm die Zahlenreihen. „Kannst du damit was anfangen?"

Sie musste nicht lange auf Antwort warten. „Das sind alles Waggonkennzahlen eines Personenzuges, ohne Leerzeichen hintereinandergeschrieben. Hierbei scheint es sich um einen ICE zu handeln."

Sie zeigte das Ergebnis Thomas.

Als Letzter betrat der Innenminister mit seinen Assistenten den Sitzungssaal. Sowie er Platz genommen hatte, begann Schober.

„Meine Damen und Herren, wir stehen vor der wohl größten Bedrohung unserer Nation seit der ‚Roten Armee Fraktion'. Dabei handelt es sich um den brandgefährlichen Zusammenschluss zweier Gruppen. Zum einen eine Bande von mutmaßlich salafistisch ausgerichteten IS-Kämpfern und zum anderen eine Gruppe rechtsradikaler Reichsbürger. Beide Gruppen verfügen leider über kriegserprobte Kämpfer. Mit Erschrecken mussten wir Verbindungen zwischen einer Gruppe sogenannter Reichsbürger und Einheiten der Bundeswehr feststellen. Wir haben sogar Anhaltspunkte, dass eine Verbindung zu einer kämpfenden Truppe in Afghanistan besteht."

„Ist das Verteidigungsministerium darüber informiert?", fragte der Minister.

„Selbstverständlich, wir arbeiten eng mit dem militärischen Abschirmdienst und dem Verfassungsschutz zusammen." Er sammelte sich neu. „Die größte Bedrohung geht augenblicklich von einer Riesenmenge Sprengstoff aus. Wir haben Grund zu Annahme, dass bis zu eineinhalb Tonnen APEX im Großraum Berlin versteckt und offensichtlich in genau vier Stunden, also heute um 19:39 Uhr, zur Explosion gebracht werden sollen. Wir gehen davon aus, dass das Primärziel eines von fünf Zielen ist, die im

Visier der Terroristen stehen." Er zählte die fünf Ziele auf, die Svea gestern schon aufgelistet hatte.

Bianca glaubte, falsch gehört zu haben, und wollte schon aufspringen. Thomas hielt sie zurück. „Lass ihn erst einmal ausreden", flüsterte er ihr zu. „Wenn du den hohen Herren jetzt widersprichst, dann fliegst du hier raus, ohne dass dich danach auch nur jemand anhört."

Sie nickte ihm zu und versuchte sich zu entspannen.

Schober berichtete weiter von dem personellen Aufwand, der unternommen wurde, die genannten Ziele effektiv zu schützen.

„Um zu vermeiden, dass eine Massenpanik durch verfrühte Medienberichte entsteht", fuhr er fort, „wird das Regierungsviertel erst um 18:00 Uhr abgesperrt. Die Presse wird etwas von einer großangelegten Übung erfahren." Er sah sich im Saal um. „Gibt es noch Fragen?"

Da alles schwieg, erhob sich der Minister. „Herr Schober, ich möchte Sie und den Herrn Staatssekretär noch in kleiner Runde sprechen."

Bianca und Thomas saßen wie die begossenen Pudel da. „Jetzt verstehe ich überhaupt nichts mehr", murmelte sie.

Das Vibrieren ihres Smartphones meldete eine SMS. „Du und Thomas sofort in den Erste-Hilfe-Raum neben der Wachschutzzentrale kommen. Ich erwarte euch dort. Niemanden darüber informieren! Volker"

***

„Wo sind wir denn hier hineingeraten?", flüsterte sie Thomas ins Ohr, als sie mit dem Aufzug ins Erdgeschoss fuhren.

„Ich denke mal, dass Volker im Augenblick etwas anderes zu tun hat, als uns zu verarschen."

Als Kösters den Sanitätsraum betrat, saßen die beiden gespannt wartend auf der Liege. „Nur, weil ich euch heute Nacht ‚Roomsharing' verordnen musste, braucht ihr euch jetzt nicht auch noch die Pritsche teilen", zwinkerte er ihnen zu. Als er sich auf den Hocker neben der Liege setzte, wurde sein Gesicht sofort wieder ernst. „Ihr werdet euch sicher über die Geheimniskrämerei wundern, aber hier geht ein ganz dicker Hund ab." Kösters beobachtete jede Regung in ihren Gesichtern. „Data hat euch bei der Frachthalle in Ruhlsdorf-Zerpenschleuse gebeten, nach einer Person zu suchen, die ein Prepaid-Handy benutzt, dessen Nummer mit auf dem Verteiler der Terroristen steht."

Sie nickten. „Wir haben aber niemanden ausmachen können. Bis auf uns und das SEK war da niemand anderes, als Data uns die Ortung gemeldet hatte."

„Das wissen wir." Kösters hatte sichtlich Probleme, seinen Verdacht zu äußern. Er beugte sich näher zu ihnen. „Es muss einer von uns sein."

Thomas war sich nicht sicher, richtig verstanden zu haben. „Etwa einer von uns dreien?"

„Streng genommen, ja."

„Es kann doch aber noch jemand unter den Dachtrümmern liegen. Die werden doch nicht innerhalb von zwei Stunden alles aufgeräumt haben", unterbrach ihn Bianca.

„Das haben Data und ich auch zuerst angenommen. Aber leider wurde von besagtem Handy aus diese SMS an den gesamten Terrorverteiler geschickt." Er zeigte ihnen sein Smartphone. „Es bleibt alles wie geplant. Es ist mit keinen Spezialkräften zu rechnen" war dort zu lesen.

„Das hat der Typ gesendet, nachdem Schober die Einsatzziele offiziell genannt hatte?"

„Ja, exakt danach."

„Spezialkräfte ist ein Wort, das nur von Insidern benutzt wird."

„Das denken wir auch."

„Aber woher will der das in Ruhlsdorf gewusst haben?"

„Hat er nicht. Das Handy hatte sich für diese kurze SMS beim Sendemast hier um die Ecke eingeloggt."

Bianca und Thomas sahen sich betreten an. Sie konnten es noch immer nicht glauben. „Das würde ja bedeuten, dass Svea, Tim oder einer der Schüffelhubers ein Maulwurf ist!"

„Oder einer von uns hier", fügte Thomas hinzu. „Wir drei waren ebenfalls an beiden Orten."

„Gehen wir das mal der Reihe nach durch", begann Kösters seine Überlegungen. „Was spricht für Svea?"

„Von ihr stammt die Theorie der fünf inzwischen favorisierten Ziele. Ansonsten habe ich absolut keinen Anlass, an ihr zu zweifeln."

„Aber diese fünf Ziele ergeben sich aus den Protokollen der ausgewerteten Emails und WhatsApp-Nachrichten. Um darauf zu kommen, muss man kein falscher Fuffziger sein", fügte Thomas hinzu.

„Okay, was ist mit Tim?"

Bianca schüttelte den Kopf. „Der tut, was Svea ihm aufträgt."

„Aber bei krummen Dingern würde er nicht mitmachen, sosehr er seine Svea auch vergöttert", relativierte Thomas diese Vermutung.

„Was ist mit Schüffelchen?"

„Never ever!"

„Mayerhuber?"

Sie zögerten. Thomas fand als Erster die passende Beschreibung. „Wenn es bei den Terroristen eine anständige Verpflegung gibt, dann würde er, so fürchte ich, auch bei so einem fragwürdigen Haufen mitmachen."

„Der geht Schüffelchen mit seiner ständigen Fresserei tierisch auf den Zeiger“, komplettierte Bianca die Analyse. „Nach der ganzen Sache hier wollte er dich auch um einen neuen Partner bitten.“

„Was ist mit dir, Bianca?“

„Warum sollte ich? Ich habe wesentlich zur Aufdeckung des ganzen Unternehmens beigetragen. Würde ich da mitmischen, hätte ich es doch verhindert.“

Kösters nickte. „Das ist doch mal eine schlüssige Entlastung.“ Er sah zu Thomas. „Und was ist mit dir?“

„Ich mache das, was Bianca mir aufträgt.“

Kösters grinste. „Und du vergötterst sie?“

Thomas lief bis über beide Ohren rot an.

„Ich habe mir für unsere Zusammenarbeit vom ‚Lieben Gott‘ das erste Gebot ausgeborgt“, rettete Bianca die Situation augenzwinkernd, „und seitdem hat er keine anderen Götter mehr neben mir.“

„Und trotzdem lassen die Fakten niemand anderen zu als einen aus unserem Haufen.“ Kösters zog die Stirn kraus. „Und wir wissen noch immer nicht, wo die miesen Schweine zuschlagen werden.“

„Doch, das wissen wir inzwischen.“ In kurzen knappen Sätzen unterrichtete Bianca Kösters von ihren eigenen Ermittlungen.

Kösters sprang auf. „Dann sollten wir ganz schnell Schober in euren kleinen Sitzungssaal bitten. Dort kannst du ihm zu deinem Vortrag auch noch die entsprechenden Bilder anbieten.“

***

Obwohl Schober enorm gestresst wirkte, nahm er sich die Zeit, Biancas Ausführungen zuzuhören. „Was uns helfen würde“, schloss diese ihren Vortrag, „wäre das Wissen, inwieweit die Terroristen in der Lage sind, auf das Computernetz der Bahn zuzugreifen. Können sie fahrende Züge umleiten, sich also auch in die Stellwerke einhacken?"

„Sorry", unterbrach sie Data, „wir sind uns ziemlich sicher, dass sie nur noch beobachten können. Uns ist es gelungen, einige Löcher in unserer Firewall zu schließen. Genaueres könnte uns Herr Jahani sagen, aber der Softwareentwickler ist im Augenblick nicht erreichbar. Augenzeugenberichten nach wurde er von deutschen Soldaten vor seiner Kabuler Firma in Gewahrsam genommen. Er ist aber weder in einem afghanischen noch in einem deutschen Gefängnis angekommen. Es muss befürchtet werden, das Jahani an den IS ausgeliefert wurde."

„Und das von Mitgliedern der deutschen Truppen", bemerkte Schober. „Ich könnte kotzen, wenn ich so etwas höre."

Data sprach weiter, ohne darauf einzugehen. „Die drei Soldaten, die von den Augenzeugen zweifelsfrei identifiziert wurden, können sich das nicht erklären. Ein Alibi für die Zeit können sie aber auch nicht angeben. Die drei wurden fürs Erste verhaftet."

Kösters war entsetzt. „In was für einen furchtbaren Sumpf haben wir da nur reingepikt."

„Wenn es so einen Sumpf gibt", erwiderte Thomas, „dann ist es unsere Aufgabe, so lange darin herumzuwühlen, bis er ausgetrocknet ist."

Schober nickte. „Das nenne ich eine gesunde Einstellung." Er sah aufmunternd in die Runde. „Dann müssten wir nur noch klären, wie die Terroristen den Sprengstoff in die Waggons kriegen."

„Wir gehen davon aus, dass sie schon auf dem Bereitstellungsgleis zuschlagen werden. Wozu bräuchten die sonst die einzelnen Waggonnummern?"

„Okay, Volker. Das Ganze klingt plausibel, aber ich kann die große, vom Minister abgesegnete Aktion nicht mehr stoppen. Ich traue dir und der Kriminalistin einiges zu, gar keine Frage, aber ich habe einfach keine Leute mehr, um euch unterstützen zu können. Ich habe nur noch eine ganz kleine operative Reserve. Das ist die neue BFE+."

Bianca stutzte. „BFE+? Da habe ich ja noch nie etwas davon gehört!"

„Das ist eine ganz neue Truppe des Innenministeriums zur Bewältigung besonderer Gefahrenlagen. Die BFE ist eine Einheit spezialisierter Polizeikräfte der deutschen Bundespolizei für die Terrorismusbekämpfung. Sie ist auch auf Häuser- und Nahkampf gegen militärisch geschulte Terroristen spezialisiert und sitzt bei uns ab 17:00 Uhr in Schönefeld als Feuerwehr in den startbereiten Hubschraubern. Das ist unsere gesamte Reserve. Wir müssen aber sehen, dass wir eure Baustelle auch zusätzlich besetzen. Ich hätte da nur noch zwei Züge aus den Bereitschaftskasernen für euch."

Volkers Gesicht entspannte sich zusehends. „Okay, die hätte ich bitte komplett aufgerüstet, aber in Privatklamotten, auf den Bahnhöfen, die Data dir noch ansagt. Ich will, dass die Leute nach und nach in ganz normalen Zügen im Hauptbahnhof einlaufen und sich bis 18:00 Uhr auf allen Ebenen des Berliner Hauptbahnhofes postiert haben. Und ihr", er deutete auf Bianca und Thomas, „schnappt euch Schüffelchen und Tim. Svea und Mayerhuber will ich zur besonderen Verwendung hier bei mir haben. Da habe ich sie auch im Auge. Ihr werdet euch den Zug auf dem Bereitstellungsgleis ansehen und prüfen, ob daran etwas manipuliert wurde. Falls nötig, greift ihr ein. Um Hilfe geschrien wird aber erst, wenn ihr sicher seid, dass ihr die Kerle aufgescheucht habt." Er sah sich in der Runde um. „Noch Fragen?"

Schweigen.

„Dann ‚let's get ready for rumble'!"

***

Nachdem Schober gegangen war, trommelte Bianca den Rest ihrer Truppe zusammen. Tim wirkte ohne seine Svea geradezu eingeschüchtert. Er merkte an der allgemeinen Stimmung und der Begrüßung, dass etwas nicht stimmte.

„Was ist denn los?", fragte er kleinlaut, als er an den Tisch trat. „Ist Svea aus irgendeinem Grund in Ungnade gefallen?"

„Im Gegenteil", beruhigte ihn Kösters. „Schober ist von ihr derartig eingenommen, dass er sie an seiner Seite wissen will."

„Mach dir nichts draus", versuchte Thomas ihn zu trösten. „Uns beiden fehlen zu einer Beförderung die ..."

„Thomas, ich bitte dich!", unterbrach ihn Bianca.

„Die blonden Haare, wollte ich sagen."

„Auch nicht viel besser", brummte sie. „Svea weiß etwas, sie kann etwas, sie macht etwas, und nur das ist maßgebend. Sie hätte eine Beförderung verdient."

„Jetzt fehlt nur noch Schüffelchen?", fragte Kösters.

Sie zuckte mit den Achseln. „Ich weiß auch nicht, wo er ist."

In diesem Augenblick ging die Tür auf, und der Gesuchte trat ein. „Habt ihr Mayerhuber gesehen?", fragte er in die Runde. „Ich suche den jetzt schon seit einer halben Stunde."

Kösters glaubte, den Grund dessen Fehlens zu kennen. „Ihr habt oben doch nebeneinander gesessen? Hat der Kollege Mayerhuber während des Briefings etwas gesimst?"

Schüffelchen nickte. „Einmal hatte er sein Handy angemacht, aber nur ganz kurz."

Data hatte die Lösung schnell auf seinem Tablet. „Der Herr Mayerhuber hat es anscheinend vorgezogen, jetzt endgültig die Seiten zu wechseln. Er hat vor einer Viertelstunde das Haus mit einem Dienstwagen verlassen. So zeigt es jedenfalls die Kamera im Parkhaus an."

Schüffelchen war wie vom Donner gerührt. „Aber das kann er doch nicht machen. Der kann uns doch nicht einfach verraten, dieses verfressene Schwein!"

„Data, melde diesen Vorfall bitte Schober. Der wird ihn umgehend zu Fahndung ausschreiben."

Kösters, der zu ihnen gestoßen war, sah in die Gesichter seines wackeren Häufleins. „So, Leute, das ist unsere erste ganz große Nummer, die wir miteinander durchstehen müssen. Die dürfen wir auf keinen Fall versieben. Taktik der IS-Terroristen ist es, niemals eingleisig zu fahren. Wenn eine Bombe hochgeht, dann geht in der Regel inmitten der panischen Leute auch noch eine zweite hoch. Eine andere Variante: Erschreckt die Leute mit ein paar Schüssen und treibt die flüchtende Menschenmenge danach erst recht ins Verderben. Ich fürchte, dass wir heute mit beiden Varianten rechnen müssen, sonst hätten die Terroristen nicht versucht, so viele Sturmgewehre zu erbeuten. Das Darknet ist voll von vollautomatischen Waffen. Sie werden welche haben, und nur das Modernste, was der Markt hergibt. Das Wesentliche an den Kämpfern ist aber, und das dürft ihr nie vergessen, sie begehen erweiterten Selbstmord. Dabei ist ihre Maxime, so viele Menschen wie möglich mit in den Tod zu reißen. Der Selbsterhaltungstrieb dieser Wahnsinnigen ist durch Psychoterror nahezu ausgelöscht. Das heißt also für euch?" Er blickte in die Runde.

„Es wird sich keiner der Kämpfer ergeben", ergänzte Thomas, „solange er nicht tot ist. Sollte er doch Anzeichen für ein Aufgeben machen, auf keinen Fall darauf eingehen. Was dann passiert, haben wir in Warburg gesehen!"

„Richtig! Hört auf euren Kollegen“, unterstrich Kösters Thomas’ Aussage. „Er weiß, wovon er spricht. Er und Bianca haben diesen Irrsinn gerade erst mitgemacht. Unsere Einheiten kommen also in Zivil und per Bahn an. Sie durchkämmen Ebene für Ebene des gesamten Bahnhofs. Identifizierte Zielpersonen werden jeweils durch mindestens einen Kollegen markiert. Sowie der Terrorist auch nur andeutungsweise eine Waffe ziehen sollte, wird er umgehend ohne Freigabe final ausgeschaltet. Eine Verhaftung in vorgeschriebener Form wäre für den Beamten und für das gesamte Umfeld lebensgefährlich. Mitglieder dieser Gruppe waren bei deren letzten Aktion schon mit Sprengstoffwesten ausgerüstet. Sollten die Terroristen versuchen, den Bahnhof von den beiden Außenseiten zu stürmen, werden die Kollegen die Türen, so gut es geht, abriegeln. Wir nehmen an, dass in einem einlaufenden ICE im Untergeschoss des Bahnhofes eine 1,5 Tonnen schwere Bombe gezündet werden soll. Vermutlich erfolgt der Ablauf ähnlich wie bei der in der Vergangenheit attackierten Moscheen in Bagdad. Unter diesen Umständen werden sie vor der Detonation versuchen, die Menschen möglichst nah an die Bombe zu treiben. Wie diese gezündet werden soll, wissen wir nicht. Da immer mehr Selbstmordattentäter kurz vor der Auslösung der Sprengkörper plötzlich doch Vorbehalte bekommen, werden immer mehr Sprengsätze über Funk, meist per Handy, gezündet. Data, du wirst dafür sorgen, dass im Umkreis des Bahnhofes alle öffentlichen Handyfrequenzen gestört werden. So kann keine Verbindung mehr zustande kommen und somit eine Zündung per Handy verhindert werden. Wir glauben zu wissen, welcher Zug als Bombe präpariert wurde. Der betreffende ICE steht in Gesundbrunnen. Bianca, Thomas, Schüffelchen und Tim, ihr werdet das direkt auf dem Bereitstellungsgleis überprüfen. Sollte der Zug wirklich so eine

Monsterbombe mit sich führen, dann werdet ihr unter allen Umständen verhindern, dass das Ding losfährt. Wie, das liegt an euch. Hat Data noch etwas hinzuzufügen?"

„Ja bitte! Leute, ich bin die ganze Zeit nur für euch da. Ich habe den gesamten Bahnhof und auch die Bereitstellungsgleise in Gesundbrunnen auf dem Schirm. Das Problem ist nur, dass auch die Terroristen Zugang zum Zugleitsystem haben. Sie können sehen, wo welcher Zug mit welchen Waggons fährt oder steht. Sie können sie aber nicht leiten. Also Achtung, Feind hört mit! Noch eine Einschränkung während des Einsatzes: Ich werde jeweils nur mit einem von euch kommunizieren, und zwar mit dem örtlichen Einsatzleiter. Würden fünfzig Leute über einen Kanal sprechen, wäre eine klare Verständigung nicht mehr möglich. Also nur der Einsatzleiter spricht, aber den hören dann alle, wann und zu wem er etwas sagt. Sollte der Chef im Ring aus irgendeinem Grund nicht mehr ansprechbar sein, meldet sich sein Vertreter umgehend bei mir an. Ist das so weit klar?"

Alles nickte.

„Und wer wird das sein?", fragte Schüffelchen.

Kösters überlegte kurz und war sich schnell sicher, die richtige Wahl getroffen zu haben. „Thomas, du bist der Boss. Du bist eine coole Socke und kannst das durchziehen. Du wirst durch Bianca vertreten, dann kommt Schüffelchen und Tim wird der letzte der Mohikaner sein, wenn er der Boss ist." Er sah den Leuten reihum in die Augen. „Hat jemand mit meiner Entscheidung ein Problem?"

Niemand sagte etwas.

„Dann wünsche ich uns allen viel Glück."

„Moment, ich habe noch eine Frage", rief Data. „Von wo wird der Einsatz geleitet?"

„Von hier und von dir, lieber Data. Ich werde den Einsatzgruppen im Bahnhof vorangehen."

Data war völlig verdattert. „Und was ist, wenn das ganze Ding in die Luft fliegt?"

Kösters winkte ab. „Dann, mein Lieber, will ich auch nicht mehr leben."

***

Bevor es losging, hatte jeder noch 15 Minuten Zeit, sich zu sammeln. Bianca und Thomas zogen sich dazu in den Erste-Hilfe-Raum im Erdgeschoss zurück.

„Du bist so schweigsam?", fragte sie ihn.

Er nickte. „Ja. Ich überlege, ob Kösters mit der Wahl, mir die Einsatzleitung zu übertragen, den Richtigen ausgesucht hat."

„Unbedingt", kam es knapp von ihr, „er hat den Besten für diesen Job genommen."

„Hättest du diese Ehre nicht viel mehr verdient als ich?"

Sie stellte sich vor ihn, nahm sein Gesicht in beide Hände und küsste ihn liebevoll. „Ich habe noch nie in meinem Leben einem Menschen mehr vertraut als dir. Du wirst die Nummer rocken, dessen bin ich mir sicher. Und solltest du mal einen Aussetzer haben, dann bin ich ja auch noch da. Wir sind ein Team, egal wer das Sagen hat", nickte sie ihm entschlossen zu.

Er war sich nicht so sicher. „Bisher warst du diejenige, die mir den Arsch gerettet hat."

Sie schüttelte den Kopf. „Der Boss sollte nicht schneller schießen können, sondern schneller denken."

Er lächelte. „Na wenigstens eine, die fest an mich glaubt." Er strich ihr liebevoll eine Haarsträhne aus der Stirn. „Hast du schon eine Ahnung, was aus uns wird, wenn wir diesen ganzen Irrsinn hinter uns haben?"

„Dann werden wir eine ganze Nacht miteinander verbringen oder zwei oder drei oder ganz viele ..."

Er strahlte sie an. „Allein das wäre ein Grund, ums Überleben zu kämpfen."

„Und wenn das nicht klappen sollte, dann suchen wir uns beide eine bequeme Wolke zum Vögeln. Sollen sich die, die wir mitgenommen haben, ruhig das Gezeter ihrer jeweils zweiundsiebzig Jungfrauen anhören. Wir hingegen werden unseren Spaß miteinander haben, egal wo." Sie gab ihm einen Klaps auf den Hintern. „Vorher gehen wir aber in die Waffenkammer und rüsten auf. Wenn es wirklich hoch hergehen sollte, werden zwei Magazine für unsere Pistolen kaum reichen."

In der Waffenkammer wurden ihre Augen immer größer, als der „Kammerbulle" gar nicht aufhören wollte, ihnen Waffen und Ausrüstung vorzulegen.

„Was sollen wir denn mit dem ganzen Zeug anfangen?", wunderte sich Bianca. „Wir firmieren weder als Zwei-Mann-Armee, noch wollen wir China angreifen."

„Order per Mufti", brummte der Beamte. „Wenn unser Cheffe die ‚Große Nahkampftoilette' anordnet, dann isset eben so!"

„Na, wenn das so ist", antwortete Thomas grinsend, „müssen Sie mir nur noch sagen, wo Sie unseren Flugzeugträger geparkt haben."

13

Ihren VW-Bus konnten sie um 18:30 Uhr vor der Swinemünder Brücke parken. Von dort, hieß es, hätten sie einen guten Überblick über das gesamte Bahnhofsgelände. Sie waren so pünktlich, dass sie von ihrem Standort die Einfahrt des Zuges um 18:34 Uhr beobachten konnten.

„Was soll das denn?", rief Thomas erstaunt aus. „Wieso fährt der Zug denn in die Bahnhofshalle? Warum hat uns das niemand gesagt? Seit wann sind Bereitstellungsgleise denn ‚indoor'?"

Schüffelchen blieb relativ ungerührt. „Weil er in einer Halle besser gereinigt und bestückt werden kann. So einen Luxus gibt es leider nicht überall."

„Mist", stöhnte Bianca. „Wie sollen wir denn da jetzt unauffällig rankommen?"

Thomas' Hirn arbeitete auf Hochtouren.

„Die Insassen in so einem Wagen können uns draußen doch beobachten, während wir keine Chance haben, durch die getönten Scheiben ins Wageninnere zu sehen." Sein Blick fiel auf einen Messtrupp, der auf der gegenüberliegenden Seite der Brücke arbeitete. „Wir könnten es schaffen, ohne dass jemand Verdacht schöpft."

„Und wie sollen wir das machen?"

„Indem wir uns verkleiden. Schüffel, siehst du die Messingenieure da hinten?"

„Ja."

„Du gehst zu denen und beschlagnahmst deren gesamtes Equipment."

„Okay."

„Data, hörst du mich?"

„Als würdest du neben mir stehen."

„Du rufst bei der Feuerwehr an. Wir brauchen hier sofort ein Löschfahrzeug und einen Mann in Zivil, der die

Wärmebildkamera vom Löschfahrzeug bedienen kann. Diese Fahrzeuge sind serienmäßig mit Wärmebildkameras ausgestattet. Und, der soll auch ein passendes Stativ mitbringen."

Bianca zog die Stirn kraus. „Kannst du uns mal sagen, was du vorhast?"

„Wir verkleiden uns als Messtrupp und tun so, als würden wir den Bahnsteig vermessen. Selbst vom Bahnsteig haben wir aufgrund der getönten Scheiben kaum eine Möglichkeit, von außen etwas zu sehen. Aber mit einer extrem empfindlichen Wärmebildkamera könnten wir jegliche Lebewesen im Inneren des Zuges orten, egal, wo sie sich versteckt halten. Und da gibt es leider viele Möglichkeiten."

Bianca war beeindruckt. „Sag nie wieder, dass du nicht der Richtige für den Job bist."

Schüffelchen zog mit Tim im Schlepptau los. Trotz heftiger Proteste des Messingenieurs hatten sie sich nach kurzer Zeit perfekt gestylt. Ein wenig seltsam muteten die weiten Regenjacken, die sie bei knapp 30 Grad trugen, an, aber eine andere Möglichkeit, die schusssicheren Westen und die Waffen zu verbergen, hatten sie nicht. Einige Minuten später hielt auch das von Data alarmierte Löschfahrzeug an der vereinbarten Stelle, Ramler Straße Ecke Swinemünder Straße.

Thomas erklärte dem Fahrzeugführer kurz die Lage. Nachdem er begriffen hatte, worum es bei dem Einsatz ging, richtete er sich an seine Leute in der Mannschaftskabine.

„Hat jemand Bock, abgeknallt zu werden?" Alle sahen ihn verdutzt an und warteten auf eine Erklärung.

„Macht die Wärmebildkamera mit Stativ fertig, dann werde ich mich eben in die Ausrüstung eines Vermessers werfen."

Sie hatten zwar Probleme, alle Mann in den VW-Bus des Messtrupps zu bekommen, aber für diese kurze Strecke hielt jeder die Luft an. Sie fuhren wie selbstverständlich vor dem Haupteingang des Bahnhofes vor, packten Messinstrumente und -latten aus und machten sich auf den Weg.

Schüffelchen war ebenfalls von Thomas beeindruckt. „Kannst du überhaupt mit so einem Messdings umgehen?"

„Nicht die Bohne, aber ich kann ein wichtiges Gesicht machen und dabei auf den Knöpfen herumdrücken."

Als sie um 18:48 Uhr auf dem Bahnsteig ankamen, hatten sie bis zur planmäßigen Abfahrt zum Berliner Hauptbahnhof nur noch 38 Minuten Zeit. Plötzlich stellte sich ein Bahnmitarbeiter vor ihnen auf. „Was wollen Sie denn hier?"

Thomas zeigte seinen Ausweis. „Machen Sie sich keine großen Gedanken, wir ermitteln hier."

„Und was?", kam die Gegenfrage.

Schüffelchen hatte mit Bahnhofspersonal Erfahrung und wusste, dass man diese Kollegen mit einer einigermaßen plausiblen Erklärung beruhigen konnte, so dämlich diese strenggenommen auch war. „Sie haben doch gesehen, dass wir Sonderermittler der Bahn sind, und haben sicher schon von ‚Pfusch am Bau' gehört. Vergangenen Winter hat sich der Bahnsteig hier durch die Kälte zusammengezogen und wir messen jetzt nach, ob der sich bei der augenblicklichen Wärme wieder ausdehnt und wie weit. Es geht dabei um das Gütesiegel ‚Euronorm'."

Es dauerte ein wenig, bis der Mann reagierte. „Na, dann ermitteln Sie mal. Aber wenn ich es nicht besser wüsste und Sie mir nicht Ihre Ausweise gezeigt hätten, würde ich denken, Sie verarschen mich."

„Würden wir niemals tun, Meister. Und nun lassen Sie uns unsere Arbeit machen."

Bianca schüttelte den Kopf. Jetzt war ihr klar, wie einfach es für Verbrecher ist, ihrem Beruf nachzugehen.

„Schüffel, du gehst mit deiner Messlatte ganz nach hinten, Bianca in die Mitte und Tim geht ans andere Ende des Bahnsteigs. Data, hast du die Bilder über die Bahnhofskameras von der Rückseite des Zuges auf deinem Bildschirm?"

„Habe ich. Hier ist alles ruhig."

Tim beobachtete die Leute eines Reinigungstrupps dabei, wie sie im letzten Waggon mit der Arbeit begannen. „Die Putzleute scheinen in Ordnung zu sein", meldete er. „Ihre Kittel sind so eng, dass sie darunter bestimmt keine Knarren haben." Thomas sah, wie er den Mann am Putzwagen um ein Tuch bat, weil das Prisma seines Messstabes verunreinigt sei. Während der Mann in seinen Schubladen suchte, konnte Tim das Gefährt überprüfen. „In der Karre sind auch keine Waffen, zumindest keine größeren."

Schüffelchen verwickelte derweil den Lokführer in ein kurzes Gespräch, als dieser den Führerstand verlassen hatte. „Der Mann hat jetzt Schichtende. Sein Kollege müsste in einer knappen halben Stunde hier eintreffen."

„Dann bleibt uns nicht viel Zeit."

Thomas wurde ungeduldig. „Habt ihr von euren Standorten Bewegung im Zug festgestellt?"

„Negativ", kam die Rückmeldung der Kollegen.

Thomas überlegte. „Hör mal Data, wenn dies der Bombenzug ist, dann müssen die Täter das APEX schon lange platziert haben. Das würde auch die per SMS mitgeteilten Wagennummern erklären. Die stimmen jedenfalls überein."

„Dann müssen die Kerle schon an Bord sein", antwortete Data. „Hoffentlich könnt ihr sie mit der Kamera ausmachen."

Der Feuerwehrmann stieß ihn an. „Ich habe die ersten Bilder."

Thomas schaute wie gebannt auf den Bildschirm, als der Mann die Kamera langsam den Zug entlangschwenkte. Im Bistrowagen wurden sie fündig. „Da liegt jemand."

„Ist der tot?"

„Keine Ahnung. Nee, der lebt. Sehen Sie, hier bewegt er sich." Er schwenkte die Kamera weiter. „Schauen Sie, in der Bordküche sind noch zwei, und hier, im Zugleiterabteil, ebenfalls."

Je weiter Thomas mitzählte, desto beklommener wurde ihm ums Herz. Der Techniker in ihm war allerdings begeistert, dass man mit so einer Kamera trotz der Hitze und der damit aufgeheizten Außenhaut des Zuges alles so genau erkennen konnte.

„Und schauen Sie mal, bei dem hier kann man sogar die Waffe erkennen." Der Feuerwehrmann war von seiner Ausrüstung selbst fasziniert. „Mit einer normalen Wärmebildkamera hätten Sie hier nichts ausrichten können", erklärte er. „Aber die hier ist besonders empfindlich. Da können Sie sogar bei achthundert Grad Celsius noch etwas erkennen, so warm wird es nämlich bei Zimmerbränden. War eine gute Idee von Ihnen, uns zu holen."

„Sind wir jetzt bei sechs Terroristen?", fragte Thomas nach.

Der Feuerwehrmann nickte.

„Data, du hast mitgehört?"

„Ja, soll ich nachfordern?"

„Auf keinen Fall. Je mehr von uns hier aufkreuzen, desto größer ist die Gefahr, dass wir von denen entdeckt werden. Hier fahren S- und Regionalbahnen. Um uns herum und über uns tobt das Leben. Das Gleis liegt direkt neben einem Einkaufscenter. Wenn die hier ihre Bombe zünden, gibt es unzählige Tote."

„Da hast du recht", hörte er Datas Stimme in seinem Ohr. „Du musst entscheiden."

„Ich muss vor allem erstmal nachdenken. Data, kannst du Züge auch umleiten?"

„Ich nicht, aber ich kann sie umleiten lassen."

Thomas schien zuversichtlicher. „Hier neben uns steht noch ein ICE. Könntest du diesen Zug statt des unsrigen im Hauptbahnhof einlaufen lassen?"

„Wird zwar knapp mit der Zeit, aber es ginge. Hättet ihr denn einen Zugführer?"

„Moment, das regle ich kurz."

Thomas winkte Schüffelchen heran. „Deine Aufgabe ist es jetzt, den Zugführer, der hier gleich seinen Dienst antreten will, auf den anderen Zug umzusetzen. Der soll den 1534er ersetzen. Das restliche Personal gibt's am Hauptbahnhof. Hauptsache, er fährt sofort los."

Schüffelchen stellte keine Fragen. „Okay, und wenn er sich weigert?"

„Dann zeige ihm deinen Ausweis."

„Und wenn er dann noch immer nicht will?"

„Dann setzt du dich selbst auf den Bock. Wichtig ist, dass dieser Zug pünktlich in den Hauptbahnhof einläuft, verstanden?"

„Und wer fährt dann den hier?"

„Das werde ich dann zur Not machen. Im Simulator bin ich schon mal von Köln nach Düsseldorf gefahren." Thomas nickte entschlossen. „Irgendwie werde ich das schon deichseln. Data, hast du mitgehört?"

„Ja. Ich habe bereits alles veranlasst. Und was ist mit dem Original 1534er?"

„Es ist genauso wichtig, den ebenfalls pünktlich abfahren zu lassen. Wenn die Terroristen merken, dass etwas nicht stimmt, drücken die auf den Knopf, und das müssen wir unbedingt verhindern. Noch sitzen sie in ihren Verstecken und werden sich erst dann rühren, wenn sich der Zug in Bewegung setzt."

***

18:54 Uhr. Kösters' Truppe war inzwischen vollständig auf dem Berliner Hauptbahnhof oder auch Lehrter Bahnhof, wie seine alte Bezeichnung war, eingetroffen. Sie hatten sich mittlerweile auf allen vier Ebenen gleichmäßig verteilt und trotzdem waren keinerlei Uniformen zu sehen. Die Kolleginnen und Kollegen zeigten unglaubliche Kreativität in ihrer Tarnung. Auf der Bahnhofsmission gab es keine Rollstühle mehr, weil schwer bewaffnete Polizisten die noch schwerer bewaffneten Kolleginnen oder Kollegen durch die Gänge schoben. Zwei Beamte konnte er als Bettler ausmachen. Einer stand auf einer umgedrehten Bierkiste und hielt eine emotionale Rede, wie er es sich in London an dem legendären „Speakers Corner" abgeschaut haben mochte. Zwei Kolleginnen verteilten zu dem inhaltlichen Bullshit, den ihr Zugführer vom Stapel ließ, Gutscheine und Flyer von Starbucks, Pizza Hut, Gerry Weber und der Saftbar. An anderes Material waren sie in der kurzen Zeit nicht herangekommen. Unübertroffen hingegen war ein Trupp, der sich als eine Kapelle der Heilsarmee ausgab. Die Uniformen schienen echt zu sein, allerdings war die Musik, die sie machten, mehr als gewöhnungsbedürftig. Es waren auch noch etliche Einzelkämpfer unterwegs, sodass sich Kösters in seinem abgerissenen Trenchcoat nicht gar so verloren vorkam. Was aber noch fehlte, waren die vermeintlichen Terroristen. Data hatte für den Eingangsbereich Washingtonplatz und den gegenüberliegenden Europaplatz je zwei Kollegen der Spezialeinheit abgestellt. Sie suchten mit beweglichen Kameras den jeweiligen Vorplatz nach annähernd Verdächtigen ab und jagten deren Konterfeis durch die elektronische Gesichtserkennung. Bisher konnte aber niemand einen Treffer melden. Kösters schaute auf die Uhr.

„So Leute, es ist 19:00 Uhr, ich hoffe, alle können mich auf den Empfangsgeräten hören. Leider konnte in der Kürze der Zeit kein vernünftiges Briefing stattfinden, sodass ich das jetzt auf diesem Wege machen muss. Worum es im Prinzip geht, weiß jeder. Ich habe soeben aus der Zentrale offiziell erfahren, dass eines der Zielobjekte definitiv der Hauptbahnhof ist. Wir können aber noch nicht mit Sicherheit sagen, ob wir hier auch tatsächlich das Primärziel sind. Der offensichtlich präparierte Zug läuft planmäßig um 19:34 Uhr auf Gleis 1 ein. Ab 19:15 Uhr tritt hier der Notfallplan in Kraft. Es wird auf jedem Smartphone innerhalb des Bahnhofes und in dessen unmittelbarer Umgebung eine Anzeige erscheinen, dass der Bahnhof wegen der Entschärfung einer Fliegerbombe geräumt werden muss. Ansonsten sind die Dinger lahmgelegt. Wundert euch also nicht über die Unruhe, die dadurch entstehen wird. Im Augenblick konnten bisher noch keine Gefährder durch die Kameras in und vor dem Bahnhof identifiziert werden. Sowie ihr eine verdächtige Person ausmachen könnt, markieren und sie uns melden. Sollten diese Personen eine Waffe ziehen, so sind sie umgehend final auszuschalten. Ohne Quittung, Ende."

„Data, du hast mitgehört? Habe ich etwas vergessen?"

„Hat sich von hier aus nicht so angehört."

„Kannst du mir sagen, warum sich hier nichts tut?"

„Mir fällt da eben ein Grund ein", murmelte Data. „Habt ihr den Mayerhuber irgendwo gesehen?"

„Wieso? Der hat sich doch mit dem Dienstwagen verdünnisiert."

„Ja, aber der war doch heute Morgen auch bei dem Einsatz in Ruhlsdorf dabei, oder?"

„Ja."

„Dann kann es sein, dass er noch seinen Knopf im Ohr hat und alles mithört."

Kösters wurde kalkweiß. „So eine Scheiße. Dann hat er eventuell dafür gesorgt, dass sein Haufen jetzt irgendwo anders zuschlagen wird. Die Bombe allein reicht ja hier auch schon."

Data war skeptisch. „Der Mann ist vom Fach. Dass wir die Frequenz stören können, müsste er wissen. Er wird sich ganz sicher etwas ausgedacht haben, damit auch ohne Handy pünktlich gezündet werden kann."

Kösters' Smartphone piepte. Eine SMS wurde gemeldet. Sie war von Data. „Ich weiß nicht, was Mayerhuber alles mithören kann. Daher die SMS. Macht euch aber keine Sorgen, der Zug, der als ICE 1534 einfahren wird, ist sauber."

„Sorgen sind dennoch berechtigt", antwortete Kösters „Jetzt kann er seine Leute im Bahnhof nicht warnen und abziehen. Wenn es welche gibt, dann sind sie also noch hier!"

***

19:05 Uhr. Gerhard Kremser war pünktlich am Bahnhof Gesundbrunnen, um am Bereitstellungsgleis den frisch gereinigten ICE 1534 nach Eisenach zu übernehmen. Erstaunt sah er auf die Leute in den knallroten Warnjacken. „N'abend, Kollegen." Er schaute demonstrativ auf seine Armbanduhr. „Es ist Freitagabend, kurz nach sieben. Was gibt es um diese Zeit zu messen, was nicht auch noch am Montag gemessen werden könnte?"

Thomas zeigte ihm erst seinen Ausweis und danach auf Schüffelchen. „Der Kollege hat neue Anweisung von der Fahrdienstleitung für Sie."

Kremser verlor schlagartig seine gute Laune. Er hatte schon gehört, dass Lokführern vor Dienstantritt quasi aufgelauert werden würde. Blut soll ihnen dabei sogar abgenommen worden sein und deren Urin wurde untersucht, um einen Drogen- oder Medikamentenkonsum nachzuweisen. Aber dass ihm das jetzt passieren sollte, erschreckte ihn. Obwohl er absolut sauber war, nahm er all seinen Mut zusammen und ging festen Schrittes auf Schüffelchen zu. „Hallo, Herr Kollege. Ich soll mich an Sie wenden."

„Hallo", antwortete Schüffelchen kurz und zeigte dem Mann ebenfalls seinen Ausweis. „Wenn ich Sie kurz bitten dürfte, mit in diese Lok hier zu kommen.

„Moment!" Der Mann bekam hektische Flecken im Gesicht. „So geht das aber nicht. Ich muss mich in der Lok des 1534er anmelden. In einer halben Stunde soll ich damit im Lehrter Bahnhof einlaufen."

Schüffelchen nickte. „Nun beruhigen Sie sich mal. Mit Ihnen ist ja auch alles in Ordnung." Er zeigte auf den Zug, der auf dem gegenüberliegenden Gleis stand. „Dies ist ab sofort der 1534er und Sie werden mit dem losfahren."

„Und wie soll das ohne Personal funktionieren? Okay, die Zugbegleiter steigen am Hauptbahnhof zu, aber das Cateringpersonal fährt von Augsburg bis Eisenach durch."

Schüffelchen war verblüfft. „Hier ist aber niemand ausgestiegen, und an Bord sind sie auch nicht. Aber kommen Sie erstmal rein, da werde ich Ihnen alles erklären."

Widerwillig folgte Kremser seinem vermeintlichen Kollegen.

Mit der Wärmebildkamera auf dem Bahnsteig konnten Thomas und der Feuerwehrmann genau verfolgen, wie weit der Reinigungstrupp mit seiner Arbeit war.

„Jetzt wird's gleich spannend", kommentierte der Hauptbrandmeister die Bilder, „ob sie die ‚Schwarzfahrer' überhaupt entdecken."

Thomas blieb ruhig. „Das denke ich nicht. In noch nicht einmal einer Stunde, die der Trupp für die Reinigung eines ganzen Zuges hat, schauen die bestimmt nicht in alle Fächer und Nischen. Da werden lediglich die Mülleimer geleert und hier und da ein wenig gesaugt."

Wie von ihm vorausgesagt, zog die Reinigungskolonne an den Terroristen vorbei, ohne sie zu bemerken.

„Die Terroristen scheinen sich besser in den Zügen auszukennen, als uns lieb ist", bemerkte Bianca.

Schüffelchen kletterte wieder aus der Lok des ICE und machte ein zufriedenes Gesicht. „Nachdem er mit der Fahrdienstleitung telefoniert hatte, war für ihn fast alles in Butter."

„Gibt's ein Problem?", erkundigte sich Thomas.

Schüffelchen nickte. „Das alte Cateringpersonal ist nicht an Bord des 1534er. Die Zugbegleiter sind raus, die haben wir selbst noch gehen sehen."

„Macht euch darüber keine Gedanken", funkte Data dazwischen. „Ich werde mich um alles von hier aus kümmern. Macht ihr einfach euren Job weiter so gut wie bisher."

Bianca sah sich nervös um. „Ist es nicht sehr auffällig, wenn wir hier mit unseren knallroten Jacken schon seit einer halben Stunde auf dem Bahnsteig stehen und palavern?"

Schüffelchen hatte die Ruhe weg. „Würden wir um diese Zeit schuften wie die Blöden, dann wäre das erst recht auffällig." Er sah auf die Bahnhofsuhr. „Ich sollte mich mal mit meinem ‚ICE Sensenmann‘ bei der Fahrdienstleitung anmelden.“

***

19:15 Uhr. Kösters blickte auf sein Smartphone. Pünktlich war auf dem Display zu lesen, dass der Bahnhof geräumt werden müsse, da in zwei Stunden eine Fliegerbombe unter den Gleisen entschärft werden solle, die bei Wartungsarbeiten gefunden worden sei.

„Super, Data, das hat ja schon mal geklappt. Ist bei der anderen Baustelle auch alles im Lot?“

„Alles bestens bisher. Der Polier in Gesundbrunnen scheint ein fähiger Mann zu sein.“

Die Bahnhofsbesucher strebten inzwischen, vom Servicepersonal mehr oder weniger geleitet, den Ausgängen entgegen. Die Mitglieder der kleinen Kapelle der Heilsarmee hingegen nicht. Die überlegten laut diskutierend, ob diese Massenflucht ihren teilweise recht schrägen Klängen geschuldet oder doch von anderen Umständen ausgelöst worden war. Kösters ging auf sie zu. „Was ist, Leute, bis hierher habt ihr euren Kram wirklich originell durchgezogen, aber nun macht, dass ihr auf eure Posten kommt. Habt ihr meine Durchsage nicht gehört?“

„Wie bitte?“, fragte der Dirigent. „Was für ein Posten? Wir sind dort, wo uns Gott hingestellt hat, und eine Durchsage habe ich nicht gehört. Wer sind Sie überhaupt?“

Kösters wurde sauer. „Hör mal, du Schmalspur-Karajan! Nun ist Schluss mit dem Karneval, oder bist du gegen eine Posaune gerannt? Wenn du es noch nicht gemerkt hast, ich bin hier auf dem Bahnhof für heute dein Chef. Und nun nimm mit deinem Kadaver Haltung an und verpiss dich auf deinen zugewiesenen Posten.“

Eine Kollegin tippte ihm auf die Schulter und er drehte sich zu ihr um. „Chef, ich störe Sie nur ungern, aber die sind nicht von uns, das sind echte Soldaten Gottes."

Kösters lief bis zu den Haarspitzen rot an. Als er sich wieder zu der Kapelle wandte, um sich in aller Form bei der heiligen Truppe zu entschuldigen, rannten die schon mit aufgerissenen Augen und ihren Instrumenten unter den Armen Richtung Ausgang.

„Menschenskind", ranzte er die Kollegin an. „Hätten Sie mir das nicht schon früher sagen können?"

Sie war sich keiner Schuld bewusst. „Woher sollte ich denn wissen, dass Sie, als Einsatzleiter, eine Musikkapelle der Heilsarmee nicht von einer Einheit schwer bewaffneter Polizeibeamter unterscheiden können?" Sie wandte sich ab und hielt ihre Hand vor den Mund, damit er ihr Schmunzeln nicht sah.

„Data", fragte er unsicher, „haben das alle mithören können?"

„Leider nicht", kam die Antwort. Anfangs ärgerte er sich über das extrem breite Grinsen, das er bei Data glaubte gehört zu haben, doch beruhigte er sich sogleich wieder und machte ein deppertes Gesicht.

***

19:20 Uhr. Das ganze Team um Data herum war inzwischen vollauf beschäftigt. Der eine hielt Kontakt zur Konzernführung, der andere zur Fahrdienstleitung, der Dritte leitete eine Großfahndung nach dem verschwundenen Catering-Personal des alten 1534er ICE und ein vierter Kollege zur IT-Abteilung, damit sich das Streckenbild für die terroristischen Hacker so darstellte, als führe der alte ICE 1534 ganz normal um 19:34 Uhr im Hauptbahnhof ein.

Data hingegen hatte alle Hände voll zu tun, seinen beiden Einsatztrupps das „digitale Händchen" zu halten.

„Data", fragte Thomas, „Kannst du garantieren, dass das Signal auf unserem Gleis pünktlich auf ‚grün' springt?"

„Ich habe keine andere Information. Im Augenblick diskutieren die hohen Herren darüber, wohin der Zug geleitet werden soll."

„Irgendwohin in Richtung Schorfheide. Da ist so viel Pampa, dass auch eine heftige Detonation keinen großen Schaden anrichten kann. Wir haben aber auch nicht unendlich Zeit. Der Mann mit dem roten Knopf für die Fernzündung wird bald Lunte gerochen haben. Spätestens wenn er merkt, dass sein Handy im Lehrter Bahnhof blockiert wurde. Weit fahren muss er dann nicht, um wieder Empfang zu haben."

Auf dem Bahnsteig des Bahnhofes Gesundbrunnen drängelte Schüffelchen: „Hör auf zu quatschen, wir müssen in den Zug."

Thomas sah auf die Uhr. „Du hast recht. Tim und Bianca, ihr packt bitte euren Mess-Kram zusammen und kommt zur Lok nach vorn. Beeilt euch, die Zeit drängt."

Schüffelchen sah ihn fragend an.

„Ich möchte, dass die beiden den Bahnsteig sichern, wenn wir anfahren. Nicht, dass die Guten brav an Bord bleiben und die Terroristen im letzten Augenblick abspringen."

„Na und?", erwiderte Schüffelchen, „dann ist das so. Aber wenn die Kerle nicht springen sollten, dann brauchen wir jeden Mann an Bord, um die Lok so lange zu verteidigen, bis sie den Zug aufs freie Feld gezogen hat. Die sind ja nun leider nicht blöd und nach spätestens fünf Minuten wissen die, dass die Fahrt nicht zum Hauptbahnhof geht."

„Das ist doch ein alter ICE. Sind da Waggons und Lok noch nicht getrennt?"

„Das sieht bei ICE 1 und 2 nur so aus. Sogar bei diesem hier, dem Einser, gibt es einen Gang, der vom Fahrgastbereich durch die gesamte Lok nach vorne zum Führerstand geht. Abschließen bringt da wenig. Mit drei gezielten Schüssen wären die durch die Tür."

Schon von weitem sahen und vor allem hörten sie, wie der mobile Caterer mit seinem Wagen den Bahnsteig in Richtung Lok heranratterte.

„Haben die hier eine fahrende Wurstbude?"

Schüffelchen nickte. „Auf den kurzen Spät- und Nachtstrecken werden die Bistros oftmals geschlossen und durch solche Servicewagen ersetzt."

Als sie der Wagen fast erreicht hatte, schaute plötzlich Svea dahinter hervor. „Als Messtrupp seid ihr schon ganz gut verkleidet. Ich hingegen brilliere durch die Accessoires. Sandwich, Kaffee oder Hot Dog gefällig?"

Thomas freute sich über die willkommene Verstärkung. „Hat Schober dich nach der Rehabilitierung gleich wieder ins Gefecht geschickt?"

Sie lächelte in die Runde. „Was ist eine Timm schon ohne ihren Struppi?"

„Okay", wurde Thomas wieder dienstlich, „wir haben es mit sechs Terroristen zu tun, die sich im Bistro und einem Waggon davor verstecken. Sobald die merken, dass das Ziel der Fahrt gar nicht der Lehrter Bahnhof sein kann, werden sie versuchen, zum Lokführer vorzudringen. Mit dir haben wir jetzt eine weitere Verstärkung und sollten umdisponieren. Schüffel sitzt vorn und fährt das Ding. Bianca und ich werden versuchen, ihm den Rücken freizuhalten. Svea und Tim, ihr werdet hinten einsteigen. Haltet euch am Ende des Zuges so lange bedeckt, bis die in der Mitte anfangen, Randale zu machen. Dann jedoch wird es Zeit, die Herrschaften in die Zange zu nehmen. Genug Waffen und Munition habt ihr?"

Svea lachte. „Einen ganzen Wurstkessel voll."

***

19:22 Uhr. Kösters Nervosität stieg.

„Data, ist unser Zug pünktlich abgefahren?"

„Nein, noch nicht. Planmäßige Abfahrt ist in drei Minuten."

„Achtung, hier oben auf Bahnsteig Gleis 13/14 tut sich etwas. Da sind plötzlich zwei Typen aus dem Fahrstuhl gestiegen, die kommen mir nicht koscher vor. Ich bleibe dran."

„Ich sehe sie auch, ich bin schräg hinter dir."

Kösters nahm das Funkgerät an den Mund. „Achtung an alle, die Aktion scheint anzulaufen."

„Achtung", meldete sich jetzt noch eine andere Stimme. „Hier vorm Starbucks sind auch plötzlich zwei Typen aus der Tür vom Treppenhaus zur Verwaltung gekommen. Sehen aus wie Deutsche, aber so, wie die sich verhalten, führen sie definitiv etwas im Schilde. "

„Ich stehe vor dem Croissantladen und sehe sie auch. Ihr habt recht. Mit denen stimmt etwas nicht."

„Weiß der Teufel, wo die herkommen, hier, vor Douglas, stehen plötzlich auch zwei. Mein Passmann zur Linken, kannst du sie sehen?"

„Du meinst die mit den weiten Trainingsjacken und den Tarnanzughosen?"

„Exakt! Da bleiben wir dran."

„Hier Einsatzleitung", flüsterte Kösters. „Am Eingang Europaplatz sind ebenfalls zwei von den Typen. Dann haben wir insgesamt acht Ziele. Immer schön dranbleiben. Alle handeln aus eigenem Ermessen. Die Feuerfreigabe erfolgt ab sofort generell für alle. Ohne Quittung Ende!"

***

19:24 Uhr. Svea und Tim hatten es mit ihrem Servicewagen beinahe bis zum Ende des Zuges geschafft. Bianca hatte sich inzwischen eine viel zu große blaue Jacke übergezogen. In einer Jackentasche fand sie eine Trillerpfeife und stellte sich vorne dicht neben dem Zug auf den Bahnsteig. „Und was genau soll ich hier tun?“, fragte sie Schüffelchen, der aus der Seitentür der Lok hinausguckte.

„Wenn bei dem Signal da vorne plötzlich zwei Arme auf 45° nach rechts oben zeigen, trillerst du, winkst mit dem rechten Arm und steigst ein. Die Tür schließt du dann, indem du den Knopf drückst.“

Mit Erleichterung stellte sie fest, dass Svea und Tim mitsamt ihrem Karren hinter der letzten Tür verschwanden. „Na, dann kann es ja losgehen“, murmelte sie. Das Signal zeigte „freie Fahrt“ an. Sie hob den Arm, trillerte einmal lang, stieg ein und schloss hinter sich die Tür. „Gott steh uns bei“, murmelte sie.

Ihr Zug und der Nachbarzug setzten sich nahezu gleichzeitig in Bewegung, nur in entgegengesetzte Richtungen. Der neue ICE 1534 in westlicher, ihrer in östlicher. Auf der Swinemünder Brücke stand ein Löschfahrzeug der Berliner Feuerwehr mit eingeschaltetem Blaulicht. Mit seinem Tatütata schien es den ICE grüßen zu wollen. Schüffelchen bedankte sich mit einem kurzen Hupen.

Plötzlich durchfuhr es Thomas heiß. „Mensch Schüffel, was machen wir, wenn die Schweine einfach die Notbremse ziehen, wenn sie merken, dass sich das Fahrziel geändert hat?“

„Beruhige dich“, hörte er Schüffelchens sonore Stimme. „Die Leitung habe ich bereits gekappt.“

***

19:25 Uhr. Kösters Nervosität stieg, als einer der vermeintlichen Täter am Ohrstöpsel seines Handys herumnestelte. „Data, kann es sein, dass die sich doch untereinander verständigen können?“

„Eigentlich nicht. Vielleicht wundert er sich nur, dass kein Empfang ist.“

„Nein, wie kann das denn sein, der spricht mit irgendjemandem.“ In Kösters stieg Unruhe auf. „Einsatzleitung an alle. Sprechen da auch andere Zielpersonen ins Handy?“

„Ja, hier oben im 2. Obergeschoss. Aber der Typ hat kein Handy, sondern ein ganz normales Handsprechfunkgerät.“

„Hast du das gehört, Data?“

„Jepp. Sollten sie tatsächlich miteinander kommunizieren können, dann analog. Die öffentlichen digitalen Kanäle sind alle dicht. Da ist auch nichts mit ‚Push-to-Talk-Funktion‘.“

Kösters ahnte Böses. „Wie weit reichen diese billigen Handsprechfunkgeräte?“

„Vielleicht 500 Meter effektive Reichweite auf freiem Feld. In massiven Gebäuden erheblich weniger“, antwortete Data. „Mehr nicht.“

Kösters spürte, dass seine anfängliche Unruhe berechtigt war. „Dann ist Mayerhuber hier in der Nähe, denn das, was die da reinsprechen, sieht nicht nach Small Talk aus.“

Einer der Verdächtigen im Erdgeschoss riss sich abrupt den Rucksack vom Rücken. Bevor er ihn überhaupt nur öffnen konnte, stand sein Kollege bereits schon mit einer Maschinenpistole im Anschlag. „Für ein freies Deutsch...“, rief der Mann mit sich überschlagender Stimme, konnte seinen Satz jedoch nicht beenden. Ein Polizist stieß ihm die Schulterstütze seiner Maschinenpistole wuchtig gegen den Kehlkopf und trat seinem geschockten Gegner die Waffe aus der Hand. Als der nach Luft röchelnd in die Jacke griff, rammte ihm der in Nahkampf ausgebildete Beamte den Ballen der rechten Hand von unten gegen die Nase. Wie vom tödlichen Blitz getroffen sackte der Terrorist zusammen und schlug mit dem Hinterkopf auf den Steinfußboden auf. Die Geschehnisse schockten den zweiten Terroristen daneben sichtlich. Das, was er mit ansehen musste, und zusätzlich das üble Geräusch berstender Schädelknochen seines Partners paralysierten ihn regelrecht. Zu keiner weiteren Gegenwehr fähig, ließ er sich entwaffnen. Nur Sekunden später lag er mit auf dem Rücken gefesselten Hand- und zusammengebundenen Fußgelenken neben seinem leblosen Gesinnungsgenossen. An beiden Terroristen wurden keine Sprengstoffwesten gefunden. „Zwei Angreifer ausgeschaltet. Wir brauchen hier im Erdgeschoss einen Notarzt", ertönte die Meldung des Truppführers.

Die restlichen Fahrgäste, die sich noch in der Haupthalle des Bahnhofes befanden, spendeten Beifall. Sie hielten es für eine gelungene Einsatzübung der Bundespolizei.

„Data!", rief Kösters in sein Funkgerät. „Die BFE+-Kräfte sollen sich mit ihren Helikoptern sofort auf den Weg machen. Ich fürchte, die brauchen wir hier gleich."

„Kann mir mal jemand sagen, wo meine beiden Verdächtigen hier vor Douglas hin sind, die sind plötzlich wie vom Erdboden verschwunden."

Eine andere Stimme: „Dann waren sie es doch. Ich habe eben zwei Schatten die Treppe hochflitzen sehen."

***

19:26 Uhr. Der ICE 1534a war schon seit einer Minute unterwegs. Langsam begann sich im Bistrowagen etwas zu regen. Die Terroristen krochen mühsam aus ihren engen

Verstecken. Zuerst wagte sich ihr Anführer auf den Gang vor der Küche. Nur mit einer Sprayflasche „bewaffnet" drückte er sich so weit wie möglich außerhalb des Aufnahmebereichs der Deckenkamera an der Wand entlang. Ein kurzer Stoß aus der Sprühflasche ließ das Sicherheitssystem an dieser Stelle erblinden. Währenddessen wurden von den anderen Terroristen die Waffen aus den kleinen Verschlägen gezogen, in denen normalerweise Konserven gelagert wurden.

Svea konnte im Hochleistungsokular ihres MP7-Visiers durch die Glastüren dreier Zweite-Klasse-Großraumwagen hindurch erkennen, dass die Terroristen schwer bewaffnet waren.

„Wie viele sind es?", fragte Thomas.

„Keine Ahnung", antwortete sie. „Ich kann durch einen schmalen Spalt immer nur eine Person erkennen. Einer von ihnen trägt eine AK12 am Schulterriemen und eine MP5 vor der Brust. Es ist davon auszugehen, dass die anderen nicht minder bewaffnet sind."

Thomas war schockiert. „Wo haben die Kerle bloß derartig moderne Waffen her?"

„Aus dem Darknet", bemerkte Bianca. „Aber was blieb ihnen denn anderes übrig? Die bestellten G36 haben wir ja abgefangen."

„Und wie ist die Stimmung unter den Herrschaften?", wollte Thomas wissen.

„Ich würde sie mit ‚gelöst' beschreiben. Von denen scheint noch niemand begriffen zu haben, dass wir kurzfristig für sie umgebucht haben."

„Dann haben wir ja noch etwas Zeit, bevor der Zirkus beginnt."

***

19:30 Uhr. Auf dem zweiten Obergeschoss des Hauptbahnhofes war eine wüste Schießerei entbrannt. Zwei der Terroristen hatten sich hinter einem Treppenschacht verschanzt und schossen auf alles, was sich auf ihrem Bahnsteig oder auf den Nachbargleisen bewegte. Zwei weitere kamen auf einmal schießend aus dem Aufzug heraus, wurden aber durch mehrere Salven der Polizisten sofort in Deckung gezwungen.

„Wir haben sie auf Gleis 13 an der Treppe Abschnitt E festgenagelt. Wir brauchen noch Unterstützung von den anderen Gleisen."

„Zwingt sie weiterhin in Deckung", funkte Kösters, „ihr bekommt gleich Hilfe. Data, was ist mit den Spezialkräften?"

„Sind in Schlagweite."

„Die Hubschrauber sollen je eine Einheit auf Gleis 11 Westseite und eine auf Gleis 11 Ostseite absetzen. Wenn die aber von beiden Seiten kommen, dann sollen sie auf ‚friendly fire' achten! Die Ziele befinden sich auf dem Nachbargleis."

Unmittelbar nach seiner Anweisung hörte Kösters die einschwebenden Hubschrauber.

Data meldete sich. „Boss, Schober lässt anfragen, ob der Bahnhof inzwischen evakuiert ist?"

„Evakuierung ist abgeschlossen und beide Vorplätze sind geräumt."

***

19:33 Uhr. „Ich glaube, jetzt fangen sie an, unruhig zu werden. Die rennen aufgeregt hin und her", meldete Svea.

„Kein Wunder", brummte Schüffelchen, „wir hätten inzwischen durch einen relativ langen Tunnel fahren sollen und den vermissen sie."

„Jetzt sieht es so aus, als würden sie sich anbrüllen. Ihr solltet euch da vorne langsam auf einen lautstarken Besuch einstellen."

Thomas nickte entschlossen. „Danke, Svea. Dann rückt ihr auch langsam vor, damit ihr uns entlasten könnt."

Er sah liebevoll zu Bianca hinüber und machte ein Zeichen, dass sie ihr Funkgerät ausschalten solle.

Sie betätigte den Schalter. „Was ist denn los, Herr Einsatzleiter?"

„Ich wollte nur sagen, dass der General tierisch in seine Kavallerie verliebt ist."

Sie lächelte ihn an und warf ihm eine Kusshand zu. „Ich hoffe, nur in die Reiterin."

Er nickte ihr zu. „Ich wünschte, du wärst nicht hier. Wer weiß, ob wir hier lebend rauskommen."

„Ich bin hier absolut richtig. Stell dir vor, dieser Einsatz geht schief. Dann wäre das mit dir ein One-Night-Stand gewesen, und so etwas hat mir meine Mutter streng verboten!"

Sie sah auf, als sie das Zischen einer sich öffnenden Tür hörte. „Schalten wir uns wieder online. Ich fürchte, es geht los."

„Thomas", meldete sich Data in diesem Augenblick. „Schober ist hier. Gib mal eine Lage."

„Geht jetzt nicht. Die haben gerade kapiert, dass wir mit ihnen eine Kaffeefahrt ins Grüne machen."

„Und eben haben sie versucht die Notbremse zu ziehen", bemerkte Schüffelchen ruhig. „Spätestens jetzt sind sie richtig nervös."

Plötzlich war doch Schobers Stimme zu hören. „Herr Jessen, denken Sie an Eigensicherung. Ich will keinen Knast voller Terroristen, ich will Sie und Ihre Leute nachher gesund und munter hier bei mir haben. Ich habe keinen Bock, auch noch Ihre Berichte schreiben zu müssen."

Als er die erste Salve aus Biancas Maschinenpistole hörte, beendete er seine Rede. „Gott stehe Ihnen bei“, murmelte er.

***

19:36 Uhr. Xaver Mayerhuber stand mit seinem Dienstwagen Heide- Ecke Döberitzer Straße. Er musste eine Weile suchen, bis er einen Parkplatz mit Blick auf den Hauptbahnhof gefunden hatte. Vor seinem geistigen Auge spielte sich das komplette Szenario ab, wie seine Gesinnungsgenossen wahllos mordend durch den Bahnhof zogen, wie die Menschen, von den Salven der automatischen Gewehre getrieben, die Treppen hinabstürzten.

„Okay, ihr habt unseren Funkverkehr irgendwie unterbrochen“, murmelte er, „oder unsere Handquetschen reichen nicht so weit. Wir wollten das Ganze als aufrechte Deutsche nicht, aber ihr habt uns mit eurer Politik der Schwäche zu dieser Maßnahme gezwungen!“

Er hatte sein Notebook vor sich, auf dem er die ein- und ausfahrenden Züge auf dem Bildschirm kontrollieren konnte. Der 1534er fuhr gerade auf Gleis 1 ein. Diese Kontrolle reichte ihm aber nicht. Er hatte seinen Standort extra so gewählt, dass er den Zug auch bei der Einfahrt in den Bahnhofs-Vortunnel kontrollieren konnte und er beobachtete, wie der Zug langsam auf seinen letzten Metern im Tunnel zum Bahnhof verschwand. Er blickte auf die Uhr. Es war 19:38 Uhr.

„Bei der Deutschen Bahn ist selbst der Tod pünktlich“, rief er hysterisch lachend und drückte auf die in seinem Smartphone eingespeicherte Nummer. „Jeden Augenblick wird dieses riesige Bauwerk aus Glas und Beton in sich zusammenstürzen. Die Welt wird davon berichten und seinen Namen, der Name eines aufrechten deutschen Patrioten, wird morgen die ganze Welt kennen." Er wartete, aber es passierte nichts. Entgeistert sah er auf sein Handy. Der Ruf ging raus, aber es klingelte nicht. Er stoppte den Wählvorgang, wartete kurz und drückte erneut auf das Feld mit der Nummer. Wie gebannt sah er auf das Smartphone, aber es tat sich nichts. Kalte Schauer liefen ihm über den Rücken. Wo hatten die plötzlich einen derartig starken Störsender her, dass Telefone in so einem weiten Umkreis blockiert waren? Er war doch extra so weit weggefahren. Pures Entsetzen lähmte sein Hirn, alles an und in ihm erstarrte. Sollte denn alles umsonst gewesen sein? Doch kurz darauf entspannte er sich wieder ein wenig. Er dachte an die Sicherung, die er eingebaut hatte. Die Jungs kannten ja den Schalter, an dem sie den Zeitzünder einschalten konnten, wenn die Bombe nicht pünktlich explodieren sollte. Er begann hysterisch zu kichern.

„Wenn es mit dem Handy nicht klappt, dann gibt es heute eben den Tod mit Verspätung!"

Er schaute auf und erbleichte. Um ihn herum standen Polizisten mit ihren Maschinenpistolen im Anschlag. Fragend schaute er einem von ihnen direkt ins Gesicht. Der schien seine Frage verstanden zu haben. „Wie habt ihr mich gefunden?" Der Polizist zuckte mit den Achseln und zeigte auf sein Ohr. Mayerhuber verstand. Sein „Knopf" im Ohr, über den er alles hatte mithören können, wurde angepeilt. Ihm war ein Anfängerfehler unterlaufen und damit schlagartig klar, dass er sein Leben in diesem Augenblick verwirkt hatte. Er griff nach seiner Pistole, die auf dem Beifahrersitz lag, und hob sie betont langsam hoch und zielte auf den Beamten. Bevor er jedoch abdrücken konnte, fühlte es sich so an, als explodieren seine Brust und die Waffe in seiner Hand. Dort, wo einmal seine Finger gewesen waren, spritzte im hohen Bogen Blut an die zersprungene Windschutzscheibe. Mit schwindendem Bewusstsein wurde ihm klar, dass man auf ihn geschossen hatte. Er spürte Erleichterung. „So wird mich noch nicht einmal Gott wiedererkennen, wenn ich vor ihm stehe."

Ein weiterer Schuss traf ihn in den Hals. Xaver Mayerhuber fiel erst und rutschte dann seitlich auf den Beifahrersitz. Sein Kreislauf sackte immer mehr und er sank langsam in eine tiefe Bewusstlosigkeit. Alle wussten von den Sprengstoffwesten der Terroristen und bevor das Bombenräumkommando der Polizei nicht grünes Licht gegeben hatte, wollte ihm niemand erste Hilfe leisten. Kurz bevor die Kollegen eintrafen, war Xaver Mayerhuber seinen Verletzungen erlegen.

***

19:44 Uhr. Der Kampf im zweiten Obergeschoss des Bahnhofes gestaltete sich sehr viel schwieriger als geplant. Die mit den Hubschraubern auf den Bahnsteigenden abgesetzten Kräfte fanden zu wenig Deckung, als dass sie entscheidend hätten vorrücken konnten.

„Die Terroristen hatten sich zwischen Treppenschacht und Aufzughäuschen verschanzt. Da kommen wir nicht ran, ohne dass sie uns abknallen."

Nachdem im Erdgeschoss sämtliche Einsatzziele ausgeschaltet waren, wurde die komplette Etage von ebenfalls schwer bewaffneten Schutzpolizisten gesichert.

„Einsatzleitung an alle", funkte Kösters auf dem allgemeinen Kanal, „ich habe hier drei Kollegen bei mir. Wir stehen im Erdgeschoss vor dem Fahrstuhl, der oben, direkt vor den Terroristen, ankommt. Mit ein wenig Glück haben wir das Überraschungsmoment auf unserer Seite. Auf mein Kommando deckt ihr sie mit Dauerfeuer ein, dass ihnen die Querschläger nur so um die Ohren fliegen. Auf mein weiteres Kommando stellt ihr dann den Beschuss auch sofort wieder ein. Im selben Augenblick öffnen wir die Fahrstuhltür und werden die Attentäter ausschalten." Jeder konnte die Klingel des Aufzugs hören, als sich unten dessen Tür öffnete. Die vier Männer stiegen ein. Zwei legten sich auf den Bauch, Kösters und der vierte knieten dahinter. Kösters drückte den Knopf mit der „Zwei". „So, Kollegen, dann wollen wir mal." Er wartete, bis der Fahrstuhl begann, aufwärts zu fahren. „Feuer frei!" Durch die dicken Schachtwände war zu hören, welch ein Inferno da oben von der Feuerkraft dieser modernen Handfeuerwaffen angerichtet wurde, mit denen die Spezialkräfte ausgerüstet waren. Sie näherten sich dem Kriegsschauplatz ...

***

Für einen kurzen Augenblick war der Terrorist, den Bianca im Visier hatte, erstaunt, eine weibliche Stimme zu hören.

„Sie sind umstellt. Legen Sie Ihre Waffen nieder und ergeben Sie sich."

Der Angreifer selbst konnte den roten Punkt auf seiner Stirn nicht sehen, aber sein Mitstreiter bemerkte ihn. Ein arabischer Wortschwall war zu hören. Erst schien er zu zögern, dann rannte der sicherlich noch keine zwanzig Jahre alte Mann auf sie zu. Mit der Maschinenpistole in einer Hand feuerte er wie wild in ihre Richtung, mit der anderen griff er an seine Sprengstoffweste. „Allahu A...", mehr kam nicht mehr über seine Lippen. Eine kurze Salve ließ seinen Schädel im Laufen förmlich explodieren.

„Achtung nochmals!", rief Thomas ins Funkgerät. „Sie könnten Sprengstoffwesten tragen! Gebt ihnen keine Möglichkeit sich euch zu nähern."

Der Kampfesbruder des Islamisten ahnte bereits, dass er seinem Schöpfer ebenfalls in wenigen Augenblicken gegenüberstehen würde. Nur er und Allah kannten sein Geheimnis, dass er sich keine zweiundsiebzig Jungfrauen wünschte. Ihm würden schon ein paar gut gebaute zärtliche Jünglinge reichen, aber würde ihm Allah seine Bitte verzeihen? Schließlich hatte er noch keinen einzigen Ungläubigen getötet. Mit dem Mut der Verzweiflung erhob er sich aus der Deckung. Thomas hatte die Waffe bereits schon auf die Stelle gerichtet, an welcher der junge Mann hinter der Rückenlehne des Sitzes auftauchen musste. In sein Hirn brannte sich das Gesicht eines Jünglings ein, welches noch auf seine allererste Rasur wartete, welches noch nie nach einer erfüllten Liebesnacht lächeln durfte. Dieser junge Mensch hörte noch nicht einmal mehr die Schüsse, die ihn töteten.

„Mein Gott“, stöhnte Thomas auf. „Wir töten hier Kinder!“

„Nein“, antwortete Bianca gepresst. „Wir versuchen, am Leben zu bleiben. Getötet wurden sie von ihren machthungrigen Mullahs.“

***

Der Fahrstuhl hielt und Kösters kam dieser kurze Moment, bis sich die Türen öffnen sollten, wie Minuten vor. „Feuer einstellen!“, rief er, als die Türen begannen, langsam zu beiden Seiten zu gleiten. Dabei knirschte es gewaltig, denn durch Geschosseinschläge waren die Metallbeschichtungen der Türen aufgerissen und rieben aneinander. Direkt vor ihnen kauerten oder lagen die Terroristen hinter einem steinernen Treppenschacht. Einer schien tot, zwei versuchten noch, ihre Waffen hochzureißen, erlagen aber dem Kugelhagel der Maschinenpistolen. Der letzte war anscheinend schon durch einen kompletten Nervenzusammenbruch kampfunfähig. An allen Gliedmaßen zuckend lag er in seinem eigenen Urin und war nicht mehr ansprechbar. „Der kriegt jetzt schon Stress mit den vielen Jungfrauen. Dabei ist er noch gar nicht tot“, kommentierte ein Beamter das erschütternde jämmerliche Bild.

„Sechs haben wir, es fehlen im ersten Obergeschoss noch zwei“, rief Kösters.

„Nee“, kam die Antwort. „Hier ist alles sauber.“

„Scheiße“, schimpfte er. „Dann sind uns zwei durch die Lappen gegangen. An alle! Zwei schwer bewaffnete Terroristen sind noch flüchtig. Höchste Alarmstufe! Unbedingt auf einen möglichen Hinterhalt achten.“

14

An den Fenstern huschten die Bahnhofsschilder „Berlin Buch“ vorbei. „So, Leute“, meldete sich Schüffelchen. „In zehn Minuten fallen höchstens noch ein paar Kühe tot um, wenn uns der Zug um die Ohren fliegt. Ihr solltet euch mal langsam etwas ausdenken, wie wir die Nummer beenden wollen.“

Als Antwort hörte er eine Salve aus Biancas Maschinenpistole. „Die Schweine arbeiten sich Sitzreihe für Sitzreihe immer weiter in unsere Richtung vor. Svea, wo seid ihr?“

„Wie viele sind es denn noch?“, fragte Svea.

„Den Bildern der Wärmekamera nach“, antwortete Thomas, „müssten es noch vier sein. Wir sehen aber nur drei. Und wo seid ihr?“

„Wir tasten uns langsam in Richtung Bistrowagen vor.“

„Dann seht dort doch mal die Fächer durch. Wenn, dann haben sie die Bombe hundertprozentig dort untergebracht.“

Die Terroristen schienen sich wirklich nur noch darauf zu konzentrieren, die Lok des ICE zu stürmen. An eine Absicherung nach hinten dachten sie dabei nicht. Nur ein Wagen der ersten Klasse lag jetzt noch zwischen Svea, Tim und dem Bistrowagen. Da sie bequem in den einzelnen Abteilen Deckung suchen konnten, waren sie durch diesen Wagen recht zügig durch. Auch das Bistro zu durchqueren war kein Problem. Als sie jedoch in die kleine Bordküche eindrangen, waren ihre Nerven aufs Höchste angespannt. Von vorne waren immer wieder Schüsse zu hören und das Wissen, hier in einer eineinhalb Tonnen schweren Bombe herumzulaufen, hielt jede Faser ihrer Muskeln in höchster Alarmbereitschaft.

„Du durchsuchst hinten die Schränke, ich gucke hier in der Kochzeile.“

Egal, welches Fach Svea auf ihrer Seite auch öffnete, überall waren Pakete mit Sprengstoff untergebracht. Das Fach über dem Herd ließ sie dann richtig erschaudern.

„Thomas", funkte sie, „wir haben ein Problem. An einem Sprengstoffpaket ist ein Zeitzünder angebracht. Demnach haben wir noch 5 Minuten und 18 Sekunden Zeit."

„Ach du Scheiße", meldete sich Tim zurück, „Hier liegt jemand unten im Getränkeschrank eingeschlossen. Das könnte der Zugbegleiter sein."

Svea eilte zu ihm, um ihm bei der Befreiung des Mannes zu helfen. Gemeinsam zogen sie ihn auf den Gang. Dort zog Tim ihm den Knebel aus dem Mund.

„Ich danke Ihnen, wer sind Sie?"

„Wir sind vom Bundeskriminalamt", antwortete Tim.

„Und wer sind Sie?"

„Mein Name ist Turgut Akgün. Ich bin der Zugbegleiter."

„Okay, wir haben überhaupt keine Zeit, um lange miteinander zu reden. Hier fliegt gleich alles in die Luft. Können Sie laufen?"

Sie halfen dem Mann beim Aufstehen. Er stand zwar etwas wackelig auf den Beinen, aber er konnte sich halten.

„Thomas", Svea war die Anspannung anzuhören. „Wir haben gerade den Zugbegleiter befreit und absolut keinen Bock mit dem ganzen Käse hier in die Luft zu fliegen. Wir müssen die Sache schnellstens beenden, um unsere Knochen heil aus dem Zug zu bekommen."

„Richtig. Hier vorne haben sich die Fronten verhärtet. Es wird nur dann geschossen, wenn jemand seinen Kopf aus der Deckung nimmt. Wie lange haben wir noch?"

„3 Minuten 40, ungefähr."

„Schnappt euch den Schaffner und geht so weit nach hinten wie möglich. Wenn der Zug hält, nichts wie raus und dann lauft, so schnell ihr nur könnt. Verstanden? Wir versuchen derweil, die Sache hier vorn zügig zu beenden."

„Verstanden", bestätigte sie.

Schüffelchen meldete sich aus dem Führerstand der Lok. „Ich bremse gleich ab. Sowie ich ‚jetzt' brülle, springt ihr in Fahrtrichtung rechts raus, verstanden?"

„Und du?"

„Macht euch um mich keine Sorgen. Achtung, jetzt festhalten."

Thomas lugte über einen Sitz, um zu sehen, wie die Terroristen reagierten, wenn Schüffelchen in die Eisen stieg.

Der Ruck war gewaltig. Die Bremsen des Zuges kreischten ohrenbetäubend. Einer der Kerle flog durch den halben Großraumwagen, weil er beide Hände an der Waffe behalten wollte, als die Bremsen anzogen. Bianca schoss sofort, als sie das sah, und traf ihn am Oberschenkel. Der Mann brüllte vor Schmerz auf und sein Blut spritzte durch die Wunde nach allen Seiten.

Ihnen blieben nur noch 2 Minuten 38 Sekunden.

„Da waren's nur noch zwei", murmelte sie und schaute sich zu Thomas um. „Gib mir Feuerschutz, wenn ich zur Tür krieche!"

Er nickte.

„Los!"

Thomas beugte sich leicht vor und schoss auf alles, wohinter sich die Feinde verstecken konnten. Mit dem Rücken stemmte er sich gegen einen Sitz und konnte so der Kraft, die beim Bremsen auf seinen Körper wirkte, einigermaßen standhalten. Bianca hatte bereits die Hälfte der Strecke zur Tür geschafft.

„So, und jetzt ich", rief Thomas. Bianca begann zu schießen und gab ihm Rückendeckung.

Während Thomas ebenfalls zur Tür robbte, wechselte er blitzschnell das Magazin seiner MP7 und schoss wieder, damit Bianca näher zur Tür kriechen konnte.

Svea und Tim hingegen kamen mit dem Schaffner in ihrer Mitte nur schleppend voran. Doch je besser der wieder laufen konnte, desto schneller wurden sie und bald rannte er völlig eigenständig zwischen ihnen mit. Sie blickte auf ihre Uhr. Jetzt müssten es noch ca. eineinhalb Minuten sein. Auch machte der inzwischen bremsende Zug ihr Fortkommen schwieriger.

Unter größter Anstrengung kamen sie an der letzten Tür des Zuges an. Svea betätigte den Notfallhebel, der den Luftdruck, welcher die Tür geschlossen hielt, mit einem zischenden Geräusch entweichen ließ. Sie öffnete sich nur einen Spalt. Um sie aber ganz zu öffnen, musste Svea nachhelfen. Sie stockte abrupt in ihrer Bewegung und seltsame Bilder schossen ihr durch den Kopf. Sie hatte plötzlich noch einmal vor ihren Augen, wie Tim den Zugbegleiter mit ihrer Hilfe aus dem Fach herauszog und dann von seinem Mundknebel befreite. Wieso war der Mann geknebelt gewesen, aber nicht gefesselt? Wenn er nicht gefesselt war, warum hat er sich den Knebel nicht selbst aus dem Mund genommen?

Der vermeintliche Schaffner schien ihre Gedanken zu ahnen. Im selben Augenblick, in dem sie sich entsetzt zu ihm umdrehte, hatte er auch schon eine Pistole aus seiner Hose gezogen und eröffnete das Feuer. Ein furchtbarer Schmerz durchfuhr sie. Sie war im Bauch getroffen. Sofort knickten ihr die Knie ein. Dann ein weiterer Schuss. Sie wunderte sich, dass sie gar nichts mehr spürte, als die Kugel ihre Schulter durchschlug. Wie in Zeitlupe kippte sie aus dem noch rollenden Zug.

Tim begriff erst gar nicht, was sich da vor seinen Augen abspielte. Voller Entsetzen musste er zusehen, wie seine

Partnerin mit schmerzverzerrtem Gesicht aus dem Zug stürzte.

„Svea“, brüllte er verzweifelt und dann sah er nur noch rot. „Ich bring dich um, du Schwein!“ Mit aller Kraft griff er den Mann von hinten und klemmte dessen Kopf in seine Armbeuge. Mit der anderen Hand verkrallte er sich in sein Gesicht. Mit so viel Adrenalin im Blut spürte Tim nicht, wie sich ein Schuss löste und ein Projektil aus nächster Nähe in sein Bein drang. Er wollte diesen Kerl nur noch töten. Bei seinem brutalen Griff in das Gesicht des Mannes glitt ein Finger in die Augenhöhle seines Gegners. Er hatte noch nie einen Menschen derart animalisch vor Schmerzen brüllen hören. Mit einem Ruck riss er dessen Gesicht mit aller Gewalt zur Seite. Das Knirschen der Halswirbelknochen war sogar durch das Kreischen der Bremsen zu hören. Der Kopf des Mannes klappte schlaff zur Seite und Tim ließ sich mit ihm im Arm aus dem noch rollenden Zug fallen. Keine zwanzig Meter von ihm entfernt landete ein Hubschrauber der Bundespolizei. Männer rannten auf ihn zu.

„Weg!“, brüllte Tim. „Hier fliegt gleich alles in die Luft!“

Er wurde von drei Beamten ergriffen, die ihn zu dem rettenden Hubschrauber trugen und in höchster Eile hineinwarfen. Kaum war er an Bord, schoss der Helikopter auch schon wieder in die Höhe.

Neben Svea war ein weiterer Helikopter gelandet. Der Notfallsanitäter erfasste die Schwere ihrer Verletzung mit einem Blick und ihm war sofort klar, dass diese Frau mit aller Vorsicht transportiert werden musste. Da er über Funk von der drohenden Gefahr hörte, rief er zwei Kollegen zu sich und zu dritt schirmten sie Svea mit ihren Körpern vor der zu erwartenden Explosion ab. Der Hubschrauber startete ohne sie.

Bianca und Thomas ließen sich annähernd gleichzeitig aus den Zugtüren fallen. Thomas rief noch: „Versuch abzurollen, wenn du landest!“, aber das war einfacher gesagt als getan.

Schüffelchen sah die beiden aus dem Zug fallen und gab wieder Gas. Für ihn galt nur eines: Wenn es schon knallen sollte, dann möglichst weit weg von seinen Freunden. Zwischen ihm und der Bombe war schließlich noch eine dicke Lok. Das war für ihn Schutz genug, hoffte er.

Als Bianca und Thomas in einem Getreidefeld aufschlugen, riss es ihnen fast die Beine weg. Unkontrolliert überschlugen sie sich mehrfach. Bianca knallte mit dem Hinterkopf auf etwas Hartes, dabei riss es ihr die Maschinenpistole aus der Hand. Thomas, der den Gurt seiner Waffe um den Hals trug, kostete die Aktion einen Schneidezahn. Beiden war klar, dass die Terroristen ebenfalls gesprungen sein konnten. Bianca richtete sich trotz heftiger Hüftschmerzen, so schnell es ihr möglich war, auf, um nach ihnen zu sehen.

Dabei wurde ihr gewahr, dass der Zug nicht angehalten, sondern Schüffelchen wieder beschleunigt hatte. Thomas folgte ihrem Blick und sie sahen ihm verblüfft hinterher. Die unmittelbar folgende Detonation war gewaltig. Die Druckwelle riss sie erneut von den Beinen und der Knall machte sie annähernd taub. Mühsam rappelte Bianca sich wieder hoch. Vergeblich schaute sie sich nach Thomas um, konnte ihn aber nirgends entdecken. Dafür sah sie knapp zehn Meter von sich entfernt einen der Terroristen aus dem Getreide auftauchen. Reflexartig griff sie nach ihrer Waffe, aber vergeblich, sie war weg. Die Zeit, ihre Pistole aus dem Holster zu ziehen, hatte sie nicht mehr. Angst stieg in ihr auf. Der junge Mann hingegen war seines Sieges gewiss. Lächelnd hob er seine Maschinenpistole und ging auf sie zu. Er hob an und zielte. Bianca war wie paralysiert. Dann peitschte ein Schuss über das Feld. Sie hörte ihn nur sehr dünn, irgendwie unwahr. Seltsam, dachte sie, das müsste doch wehtun, wenn man getroffen wird. Sie wunderte sich auch darüber, dass sie nicht umkippte. Zu ihrer Überraschung knickte jedoch ihr Gegner kurz ein, richtete sich aber sogleich wieder auf. Obwohl es in ihren Ohren piepte und klingelte, nahm sie einen zweiten dünnen Schuss wahr. Er musste ganz in ihrer Nähe abgegeben worden sein. Wie vom Blitz getroffen sackte der junge Mann endgültig zusammen.

Bianca sah sich um.

Thomas kniete schräg hinter ihr, noch immer mit seiner Pistole im Anschlag. „Seltsam", murmelte er, „genauso hat sie es mir auf der Schießbahn beigebracht und diesmal hat es sogar geklappt."

Bianca sank, kalkweiß im Gesicht, auf die Erde. Tränen schossen ihr in die Augen. „Ich will so eine Scheiße nicht mehr", stammelte sie. „Ich möchte nie wieder schießen müssen, ich will wieder auf meinen Bahnhof zurück und ich möchte, dass dieser Krach in meinen Ohren aufhört!"

Wie aus dem Nichts stand auf einmal ein Mann neben ihr. „Notarzt" stand auf seiner Jacke und er beugte sich behutsam zu ihr herunter. „Haben Sie Schmerzen?", fragte er sie.

„Ich habe jede Menge Watte in den Ohren", brüllte sie ihn an. „Außerdem ist hier ein Mordskrach. Ich kann Sie kaum verstehen." Sie sah auf ihre Hände. Sie waren blutverschmiert, wie auch ihre gesamte Kleidung. „Wer blutet denn hier so?", fragte sie verwundert. Bis zu diesem Zeitpunkt hatte sie noch nichts von den vielen kleinen Verletzungen, die sie sich beim Sprung aus dem fahrenden Zug beigebracht hatte, bemerkt.

Thomas setzte sich zu ihr. „Na, du siehst ja bunt aus."

„Was?", fragte sie zurück.

Er brüllte. „Darf ich dich küssen?“

Sie sah ihn fragend an. „Was müssen wir?“

Ihm war in diesem Augenblick völlig egal, was die Kollegen oder der Arzt dazu sagen würden. Er nahm sie in den Arm und küsste sie.

Erst wollte sie sich dagegen wehren, genoss dann aber seine offen gezeigte Liebe. Sie ließ ihn gewähren.

Thomas hatte sich beim Sturz außer dem Verlust eines Zahnes eine kleine, dennoch stark blutende Platzwunde an der Nasenwurzel geholt und die beiden, von oben bis unten blutverschmiert, eng umschlungen im Gras sitzend, gaben ein seltsames Bild ab.

„Als würde hier ‚Rosamunde Pilcher im Zombieland‘ gedreht werden“, murmelte der Doc und tippte ihnen auf die Schulter. „So, jetzt ist mal gut. Jetzt sind Sie Blutsbrüder und ich darf Sie weiter untersuchen.“

„Was haben Sie gesagt?“, brüllte Thomas ihn an. Er pulte dabei mit einem Finger in seinem Ohr. „Herr Doktor, erst war es taub, dann hat es geklingelt, und jetzt piept es.“ Mit einem Mal wurde ihm bewusst, dass Schüffelchen gar nicht gesprungen sein konnte, weil der Zug wieder beschleunigt hatte und weitergefahren war. Schüffelchen hatte damit allen am Einsatz Beteiligten das Leben gerettet. Ohne den Arzt weiter zu beachten, erhob er sich, um ausfindig zu machen, was von dem Zug noch übrig war.

Ihm wurde schwindlig, aber darauf nahm er jetzt keine Rücksicht. In rund dreihundert Metern Entfernung sah er entgleiste Anhänger und direkt vor einem riesigen, rauchenden Krater eine völlig zerfetzte Waggonhälfte. Von dem Bistrowagen war nichts mehr zu erkennen. In Thomas keimte Hoffnung auf. Ganz vorne glaubte er eine noch relativ intakte Lok zu erkennen. Sie lag augenscheinlich unversehrt neben dem Gleis auf dem Dach. Daneben stand ein Feuerwehrauto. Thomas wusste, dass er Schüffelchen in diesem Augenblick nicht helfen konnte.

***

Tim hatte einen glatten Oberschenkeldurchschuss erlitten, bei dem aber keine größeren Gefäße verletzt worden waren. Dennoch war es ihm unmöglich zu Svea zu gelangen. Seine Beinmuskulatur konnte ihn einfach nicht mehr tragen und ein Sanitäter hielt ihn immer wieder davon ab, zu ihr zu kriechen.

„Nun sagen Sie mir doch bitte, wie es meiner Kollegin geht?"

Der Mann zuckte mit den Achseln. „Wie oft soll ich Ihnen noch sagen, dass ich die ganze Zeit nur bei Ihnen war. Ich weiß es nicht."

Inzwischen hörte Thomas wieder etwas besser und bekam von Tims Nöten über seinen Knopf im Ohr etwas mit. Obwohl ihm bei jedem Schritt, den er tat, die Knochen wehtaten, und sich um ihn herum alles drehte, schleppte er sich mühsam zum Ort des Geschehens. Plötzlich spürte er eine Flüssigkeit aus seiner Nase rinnen. Er wischte sich mit dem Handrücken über die Oberlippe. Es war kein Blut, die Flüssigkeit war leicht gelblich klar, also Entwarnung für ihn. Ihn ergriff stattdessen eine Unruhe, so lange nichts von Timm und Struppi gehört zu haben. Als ein Rettungshubschrauber über dem Feld einschwebte, sah er seine böse Vorahnung bestätigt. Gleichzeitig mit Schober traf er bei Tim ein.

„Hut ab, Kollege Jessen, das habt ihr wirklich toll gemacht!", begrüßte ihn der Kriminaloberrat.

Thomas sah ihn irritiert an. „Meinen Sie das ironisch?"

Schober schien von dieser Frage bestürzt zu sein. „Ganz im Gegenteil. Ihnen und Ihrem Team gehört meine volle

Bewunderung. Sie haben zwar ein Kornfeld vernichtet, dafür aber Ihr Land vor einem deutschen ‚9/11' bewahrt. Jetzt hätte ich dennoch gerne einen Lagebericht von Ihnen, sofern Sie dazu imstande sind."

Thomas musste sich schwer zusammennehmen, da sein Schwindelgefühl von Minute zu Minute zunahm. „Was ich bisher sagen kann, ist, dass fünf der sechs Terroristen tot sind. Zwei konnten den Zug lebend verlassen. Einen habe ich ausschalten können. Wenn ihr also nur einen Toten da hinten im Feld findet, könnte noch einer flüchtig sein. Unsere weitere Bilanz ist eher ernüchternd. Mit Bianca und mir gibt es zwei nur leicht Verletzte. Svea hingegen scheint es heftiger erwischt zu haben." Er zeigte auf den Rettungshubschrauber. „Ist der etwa für Svea?"

Schober nickte. „Leider. Soweit ich gehört habe, hat sie einen Bauchschuss abbekommen. Die Notärzte sind gerade dabei, sie für den Transport zu stabilisieren."

Thomas zuckte mit den Achseln. „Es tut mir furchtbar leid, also vier Verletzte, zwei schwer, zwei leicht. Wissen Sie schon, was mit Schüffelchen ist?"

„Den holen sie gerade aus seiner Lok. Er soll aber leben."

„Na, dann", versuchte Thomas zu scherzen, „gebe ich Ihnen Ihr Team zu 100 % ramponiert zurück." Er merkte, wie sich die Welt um ihn immer heftiger drehte, und hatte plötzlich das Gefühl, in einen Strudel geraten zu sein. „Nun lassen Sie mich bitte in Ruhe, mir wird nämlich gerade ..."

Schober konnte ihn gerade noch auffangen und vorsichtig auf die Seite legen.

***

Es piepte schon wieder. Thomas fragte sich, ob er dieses schreckliche Geräusch jemals wieder aus seinen Ohren bekäme. Er versuchte, seine Augen zu öffnen, aber irgendetwas hinderte ihn daran. Es gelang ihm nur bei einem, aber auch dabei störte ihn etwas.

„Hört mich jemand?", fragte er vorsichtig in den Raum.

„Hallo, Herr Jessen", sagte eine männliche Stimme neben ihm. „Da sind Sie ja wieder."

Er wollte den Kopf schütteln, aber ein heftiger Schmerz ließ ihn sofort wieder ruhig liegen. „Was ist denn passiert?"

„Sie sind aus einem Zug gefallen und haben sich eine Schädelfraktur zugezogen. Warten Sie mit dem Öffnen der Augen, ich nehme Ihnen erstmal die Kompressen ab."

Thomas spürte, wie Verbände abgenommen wurden, und sofort wurde es zwar um ihn herum heller. Dennoch hielt er die Augen weiterhin geschlossen. Er wollte vermeiden, dass ihn noch einmal solch ein furchtbarer Schmerz durchfuhr.

„Eine Schädelfraktur?", murmelte Thomas ungläubig vor sich hin. „Aus dem Zug gefallen?"

„Richtig, Herr Jessen."

„Und nun habe ich Matsch in der Hypophyse?"

„Ich hoffe, nun nicht mehr. Mein Name ist übrigens Altrichter. Ich bin Ihr behandelnder Neurochirurg. Sie haben eine Fraktur der hinteren rechten Augenhöhle und das Siebbein ist ebenfalls gebrochen. Dadurch haben Sie Hirnflüssigkeit verloren. Durch einen kleinen Eingriff haben wir sie wieder ‚abgedichtet', und nach einem dreitägigen Schlaf dürfte Ihr Körper wieder so viel Liquor gebildet haben, dass wir Sie noch heute auf eine normale Station verlegen können. Übrigens, eine saftige Gehirnerschütterung haben Sie auch noch."

Thomas vernahm das Geräusch eines Motors im Hintergrund.

„So, Herr Jessen, ich habe die Jalousien heruntergelassen. Jetzt ist es nicht mehr so hell im Raum, und Sie können die Augen vorsichtig öffnen."

Anfangs war es nur unscharf zu erkennen, doch dann sah er in ein freundliches Gesicht.

„Sie sind offensichtlich keine Jungfrau und alleine. Dann bin ich noch auf der Erde?"

„Und da bleiben Sie auch noch ein Weilchen, jedenfalls aus medizinischer Sicht."

Thomas begann sich zu erinnern. „Was ist mit meinen Kollegen?"

„Wenn Sie sich noch etwas gedulden, können Sie ihnen diese Frage gleich selbst stellen."

***

Das Klinikum am Urban schien ein riesiges Krankenhaus zu sein, denn die Gänge, durch die Thomas mit seinem Bett geschoben wurde, wollten gar nicht enden. „Wenn ich gewusst hätte, wie lange wir unterwegs sind, hätte ich Stullen mitgenommen", grummelte er. So ganz schien sein Schädel doch noch nicht in Ordnung zu sein, denn er spürte auf den Gängen die kleinste Unebenheit oder Kurve im Kopf.

Endlich hielten sie vor einer Zimmertür. BG II/Saal vier war auf einem Schild zu lesen.

„Guten Tag, Herr Jessen, ich bin Schwester Birgit."

„Hallo, Schwester Birgit, Sie dürfen Bruder Thomas zu mir sagen." Trotz seines ramponierten Gesichtes versuchte er ein Lächeln. „Bevor Sie mich da reinschieben, was hat BG II/Saal vier zu bedeuten?"

„Das ist die Station zwei der berufsgenossenschaftlichen Kliniken am Urban, und davon der vierte Saal."

„Ich komme in einen Saal?", fragte er entrüstet. „Wie viele Betten stehen denn da drin?"

„Die Normbelegung ist sechs Betten. Sie sind aber nur zu fünft."

Thomas war entsetzt. „Sorry, aber da mache ich nicht mit. Ich möchte meine Ruhe haben."

„Papperlapapp", entgegnete sie freundlich, „Sie werden es lieben, Herr Jessen, denn Sie werden darin schon sehnsüchtig erwartet."

Sie öffnete die Tür, schob ihn hinein und über ihm erschien Kösters Gesicht. „Ach du Scheiße", rief der erschreckt. „Ich habe ja schon mal jemanden gesehen, der von nur einem LKW überfahren wurde. Wie viele waren es denn bei dir?"

„Gefühlte zehn", entgegnete Thomas mit einem Auge mühsam zwinkernd. „Ist Bianca auch hier?", war sofort seine Frage.

„Wenn der wirklich so schlimm aussieht", erklang eine ihm vertraute und geliebte Stimme, „will ich ihn lieber umtauschen."

Ihm schossen Tränen in die Augen, als er neben ihr Bett geschoben wurde und nach ihrer Hand greifen konnte. Als Kösters wieder in seinem Blickfeld erschien, zog er sie schnell wieder zurück.

„Du kannst ruhig wieder zugreifen", grinste der ihn an, „euer Geheimnis ist aufgeflogen."

„Wie denn?", fragte er unsicher. „Haben wir uns unvorsichtig verhalten?"

„Kann man so sagen." Kösters hatte sichtlich Spaß an der Situation. „Du hättest während deines Halb-Komas nicht ständig nach Bianca rufen sollen."

„Mist", grinste Thomas. „Ich fürchte, ich habe uns verpetzt."

„Du nicht allein. Bianca hat im Aufwachraum ständig nach Thomas gerufen. Der diensthabende Anästhesist, ebenfalls ein Thomas, machte sich schon Hoffnungen."

„Jetzt haben wir es beide verbockt", grummelte sie leise, aber glücklich.

Thomas machte sich auf alles gefasst. „Und mit welchen Konsequenzen haben wir zu rechnen?"

„Wieso?", stellte sich sein Boss dumm.

„Na, wegen der Beziehung?"

„Was für eine Beziehung?", fragte Kösters mit aufgesetztem Engelsgesicht. „Ihr habt euch bei bitterer Kälte gegenseitig gewärmt. Wer wird sich unter guten Kollegen denn dabei etwas anziehen wollen?"

„Ich", kam es aus Schüffelchens Bett, „und eines sage ich dir, Herr Vorgesetzter. Selbst wenn im Büro zehn Grad unter null herrschen sollten, behalte ich meine Sachen an!"

„Schüffel", rief Thomas, so laut er konnte. Aufrichten konnte er sich noch nicht. „Du lebst ja auch noch!"

„Ich schon, aber meine schöne Lok ‚haben fertig'."

„Gott sei Dank parkt ja nicht jeder so ein wie du", machte sich jetzt Tim bemerkbar.

„Hi mein Großer, ist alles gut?", fragte Thomas erfreut.

„Ja, am Wochenende darf ich sogar wieder aufstehen."

„Übrigens", fuhr Schüffelchen fort, „wenn es sich so anhören sollte, als ob eine Kuh ihren Hinterhuf aus dem Sumpf zieht, dann wundere dich nicht. So pflegt man sich neuerdings in Kreisen des Bundeskriminalamtes ‚gute Nacht' zu sagen."

„Was denn?", lachte Thomas. „Haben wir hier noch ein Pärchen?"

„Mir war auch kalt und ihn nimmt ja sonst keiner", hörte er Sveas dünne Stimme.

Thomas bekam feuchte Augen. „Alle leben noch und sind hier. Mein Gott, bin ich glücklich." Er wischte sich mit dem Zipfel seiner Bettdecke die Wangen trocken. „Was habt ihr für Verletzungen? Bitte der Reihe nach."

„Bauch- und Schultersteckschuss", meldete sich Svea leise.

„Oberschenkel glatt durchschossen", lautete Tims Bericht.

Schüffelchen schien sich über seine Verletzungen zu ärgern. „Bein gebrochen und Arsch zerschnitten."

„Und du, mein Schatz?", Thomas drückte zärtlich Biancas Hand. „Rundum grün und blau, eine Kopfplatzwunde und Becken gebrochen."

„Und ich habe mir das Motherboard verstaucht, als ich mir eure Abenteuer live mit anhören musste", meldete sich Data über Kösters' Tablet. „Macht nie wieder so eine Scheiße mit mir!"

Thomas war froh, dass es niemand von ihnen schlimmer erwischt hatte und bei allen in absehbarer Zeit wieder in Ordnung zu kommen schien. Jetzt kamen andere Fragen in ihm auf. „Chef, kannst du mir vielleicht sagen, in was wir da genau hineingeschliddert sind?"

Kösters Stimme wurde sachlich. „Die bundesdeutschen Sicherheitsorgane haben eines unterschätzt, nämlich die Gefährlichkeit eines Tieres, das man in die Ecke getrieben hat. Je mehr der IS in seinen Stammländern unter die Räder kam, desto militanter und gefährlicher wurden seine Schläfer, die über ganz Europa verteilt zu sein schienen. Um in Deutschland ein Exempel zu statuieren, suchte eine Zelle militanter Salafisten in der sogenannten Reichsbürgerszene Verstärkung. Die träumten schon lange von einem bewaffneten Kampf gegen die Bundesrepublik Deutschland. Da gibt es diverse Untergruppen. Von einem besonders gefährlichen Haufen, sie nennen sich die ‚wahren Patrioten Bayerns', von denen Mayerhuber der Chef war, wussten wir bis dato gar nichts. Die gesamte noch lebende Truppe sitzt jetzt jedenfalls hinter Schloss und Riegel. Deren Mitglieder haben sich aus frustrierten Afghanistan- und Kosovoveteranen rekrutiert."

„Wieso frustriert?", fragte Bianca.

„Die Leute waren in ihren Einsatzgebieten oftmals Herr über Leben und Tod. Das waren alles durch die Bank weg exzellent ausgebildete Einzelkämpfer und obendrein noch super bewaffnet. Zurück in der Heimat waren sie wieder ein Nichts. Aufgrund psychischer Probleme kamen sie trotz dieser exzellenten Ausbildung für einen Dienst bei der Bundes- oder Länderpolizei nicht mehr infrage. Oftmals endeten sie als psychische Wracks in einem Leben mit Hartz-IV-Perspektive."

Thomas konnte es nicht begreifen. „Was verbindet einen bescheuerten Reichsbürger und einen Islamisten von Mullahs Gnaden?"

„Die furchtbare Macht, die ein Mensch über unbewaffnete Mitmenschen hat, wenn er mit einer Maschinenpistole vor ihnen steht. Dann zum Beispiel auch noch der blinde Hass gegen Juden. Das ist eine gefährliche Basis, auf der es sich aufbauen lässt. Diese salafistische Terrorzelle hat über den Jahani-Enkel von der Möglichkeit Wind bekommen, Bahnwaggons zu stehlen. Endlich konnten sie auf diesem Weg Chemikalien in großem Stil erbeuten, um mit ihren Bomben ganze Landstriche in Schutt und Asche legen zu können. Sie benötigten dazu nur den Cousin der Jahanis in Kabul in ihrer Gewalt. Das haben dann Mayerhubers ehemalige Bundeswehrkollegen in Afghanistan erledigt. Die hatten dort auch die nötige Hardware von der Armee, um mit seiner Kenntnis ins Intranet der Bahn zu gelangen. Mit den nötigen Passwörtern hatte sie die eigentlich exzellente Firewall auch nicht als Feind identifiziert.

Diese unsägliche Sauerei mit Özgür Cans Nichte geht ebenfalls auf das Konto dieser bayrischen Reichsbürger. Die haben die Scharia dummerweise mit deutscher Gründlichkeit interpretiert und dadurch sind sie ja letztendlich auch aufgeflogen. Die Angehörige des armen Schweins aus Maschen haben sich dann IS-Leute in Afghanistan geschnappt. Fragen dazu?"

„Ja", kam es von Tim. „Wie geht es Mahmud Jahani?"

„Der liegt noch immer in einer Art Wachkoma. Die Ärzte befürchten, dass ihm, selbst wenn er aufwachen sollte, ein Leben als Pflegefall bevorsteht."

„Und was ist aus der Cateringtruppe und dem Zugbegleiter geworden?", fragte Schüffelchen.

„Die haben sie Gott sei Dank lebend in der Lagerhalle eines dieser deutschen Terroristen gefunden."

„Aber wie", gab Schüffelchen keine Ruhe, „haben die das logistisch gemacht, unbemerkt aus der Küche eines Bistrowagens eine fahrende Bombe zu bauen?"

Kösters nickte anerkennend. „Das war wirklich eine logistische Meisterleistung. Die haben während der Fahrt alles so bedient, dass es von den Fahrgästen wohl keinerlei Beschwerden gab. Anhand der Überwachungskameras konnten wir nachvollziehen, dass die fast auf jedem Halt Koffer mit Sprengstoff nachgeliefert bekamen, die sie dann in sämtlichen Fächern dieser kleinen Küche verstauten. Die Töpfe, Teller, Gläser und anderen Geschirre, die dafür weichen mussten, wurden dann am jeweils nächsten Bahnhof in denselben Koffern wieder aus dem Zug geschmuggelt, in denen der Sprengstoff an Bord kam."

Stille herrschte im Krankensaal. Die Gedanken daran, zu welchen Ungeheuerlichkeiten verblendete und von, in ihren Augen, ‚wahrem Glauben' besessene Menschen bereit waren, zu begehen, war schlicht nicht zu begreifen. Das hatten sie alle hautnah miterleben müssen und ihnen war allen klar, dass sie daran noch lange zu knabbern hatten.

„Hat man die Geiseln in Afghanistan retten können?", fragte Svea leise.

„Bisher leider nicht und deren Prognose würde ich eher als mies einschätzen."

„Der Rest ist schnell erzählt", unterbrach Kösters das allgemeine Schweigen. „Diese Irren wollten den ganz großen medienwirksamen Knall. Wie man Bomben baut, haben sie in den IS-Ausbildungslagern gelernt und die Zutaten konnten sie auf bekanntem Weg organisieren."

„Und was ist mit den Terroristen geschehen?"

„In den Zugtrümmern fanden die Kriminaltechniker Gewebereste von vier verschiedenen Männern und zwei Leichen haben wir im Feld gefunden. Sechs habt ihr insgesamt orten können, die haben wir gefunden. Der Angriff auf den Bahnhof wurde von diesen sogenannten Reichsbürgen durchgeführt. Die Überlebenden waren komplett geständig, sodass wir die gesamte Truppe ausheben konnten."

Kösters klopfte anerkennend auf Thomas' Bett. „Übrigens, die Nummer mit der Wärmebildkamera war genial. Schober konnte sich vor Bewunderung beim Rapport vor dem Innenminister kaum einkriegen."

„Danke für die Blumen", murmelte Thomas.

„Und nun noch eine Formalie: Im Zusammenhang mit dem Tod der Terroristen wird gegen euch alle ermittelt. Ihr seid dementsprechend vom Außendienst suspendiert, solange der Fall nicht abgeschlossen ist."

„Das kann dauern", stöhnte Tim.

„Keine Bange", munterte Kösters ihn auf. „So lange werden wir euch schon beschäftigen. Nach dem Krankenhausaufenthalt geht es mit euch fünfen erstmal in die Rehaklinik. Da gibt es auch besonders geschulte Psychologen, die sich um euch kümmern. Und die braucht ihr auch, nach dem, was ihr in den letzten Tagen alles erleben musstet. Danach spendiere ich euch einen Urlaub nach Wahl, wenn ihr wollt, auch als Quintett. Für heute Abend habe ich Champagner kaltstellen lassen."

„Super", bemerkte Schüffelchen bedient. „Das wird ja ein toller Abend. Vier Turteltauben und ein Anstandswauwau mit 'nem zerschnittenen Arsch besaufen sich. Dann fangen wir am besten doch gleich damit an."

„Nix da", bremste ihn Kösters. „Ihr habt noch einen Termin. In einer Stunde kommt ein Maskenbildner und danach gibt's einen Pressetermin mit euch."

„Willst du uns verarschen?", fragte Thomas besorgt. „Ich sehe aus wie ein Zombie auf Urlaub. Wer will denn sowas fotografieren?"

„Zeitungen, Radio und Fernsehen. Verbeulte Kämpfer der Demokratie kommen viel besser zur Geltung als glattrasierte. Zu diesem Meeting kommen natürlich auch der Bahnchef, der Innenminister, der Bundespräsident und alle anderen, für die es wichtig ist, in eurer Nähe gesehen zu werden. Ihr seid schließlich Helden."

„Wir sehen also wie verbeulte Helden aus?", protestierte Svea, so laut sie konnte.

„Mit Verlaub", konterte Kösters. „Schau in den Spiegel, das ist nun mal Fakt."

„Sehen wir so schlimm aus?"

Kösters nickte. „Wie gesagt, Helden dürfen das."

Bianca musste lachen. „Wenn die Pressefritzen uns so fotografieren, was haben die Bilder dann wohl für Untertitel?"

„Dem Tod von der Schippe gesprungen", funkte Data dazwischen.

„Kein Wunder“, Schüffelchen grinste breit. „Wenn schon die Bahn nicht pünktlich kommt, dann hat auch der Tod Verspätung.“

Ende

Ich danke:

Martina Gade (Lektorat)
Swen Hollstein (Lokführer)
Dr. Wolfgang Hilbert (Chemiker)

Für ihre Unterstützung und die fachliche Beratung.

MONOGRAMM VERLAGSGESELLSCHAFT

www.Monogramm-Verlag.de